살아 있는
모든 것에
안부를
묻다

살아 있는
모든 것에
안부를
묻다

시인이 관찰한 대자연의
경이로운 일상

니나 버튼 지음 김희정 옮김

일러두기
옮긴이 주는 각주로 표시하였습니다.

들어가는 말

    수많은 지구의 생명이 나를 둘러싼 채 소용돌이치고 있다. 그들은 눈에 보이지 않을 정도로 미세하며, 융성하고, 싸우고, 사랑하면서 살아간다. 어릴 때 나는 내 이름과 주소를 쓰고, 거기에 〈지구〉라는 특기 사항까지 기재하는 것으로 내가 존재한다는 사실을 세상에 알렸다. 내가 중심에 있고 그 주변을 둘러싼 벽을 확장하는 내 나름의 방식이었다. 그러다가 다른 사람들도 자기 자신을 세상의 중심에 두고 있다는 사실을 알게 되면서 내 마음속에 질문들이 생겨났다. 그것으로도 모자라서 인간만 주인공이 아니라는 사실까지 알게 되었다. 자연에는 주인공들이 넘쳐 났다.

    그런데 자연은 무엇인가? 사람들은 환경, 야외를 자연이라고 부르기도 하고 우리의 타고난 성향을 가리키는 것이라고도 하지만, 〈자연nature〉과 〈예수의 탄생nativity〉이 같은 어원을 가졌다는 사실을 보면 끊임없이 새로 태어나는 것과 관련 있는 듯했다.

나는 고등학교에서 인문학 과정을 공부했지만 선택 과목으로는 생물학을 공부했다. 칼 폰 린네Carl von Linné와 찰스 로버트 다윈Charles Robert Darwin이 인간을 다른 동물들 사이에 분류한 것을 보고 인간이 자연에 속한다는 것을 깨달았다. 그 후 나는 대학에서 문학과 철학을 공부하면서, 이 두 분야를 열심히 공부하다 보면 생명과 삶에 관한 모종의 답에 도달할 수 있다고 믿었다. 하지만 문학은 주로 개인적인 문제를 이야기하느라 바빴고 당시의 철학 사조는 추상적인 영역에 머물렀다. 나는 자연에 관한 질문을 던졌던 고대 그리스 철학자들에게 관심을 가지게 되었다. 데모크리토스Democritos는 원자와 별에 관해 글을 썼다. 탈레스Thales는 물에 관해 알아야 할 모든 것을 알고 있었다. 아낙시만드로스Anaximandros는 화석에서 얻은 지식을 바탕으로 우리가 물고기의 먼 친척일 것이라고 추측했다. 헤라클레이토스Heracleitos는 세상 만물이 강과 비슷하게 변화하는 성정을 가지고 있다는 사실을 이해했다.

그들의 뒤를 이은 아리스토텔레스Aristoteles는 생명과 삶의 모든 면에 열정을 보여서 물리학과 기상학에서부터 언어와 시학에 이르기까지 깊이 탐구했다. 그의 다양한 관심은 생명과 삶을 가리키는 〈비오bio〉와 언어 혹은 이성을 가리키는 〈로고스logos〉, 이렇게 두 개의 그리스어 단어로 응집된다. 아리스토텔레스는 이론들 사이에서만 살고 싶지 않았기 때문에 레스보스섬으로 떠나 자연을 구체적으로 공부하며 1년을 보냈다. 아리스토텔레스의 제자 테오파라투스Theophrastus가 식물이 주변 환경과 맺는 관계를 연구하는 동안 아리스토텔레스는 동물 연구에 집중했다. 동물의 해부학적 구조와 신체 발달에 대한 아리스토텔레스의 관찰과 연구가 너무도 뛰어나고 세세해서, 그는 동물학의 시조가 되었을 뿐 아니라 그가 내린 결론들 중 많은 것이 지금까지 타당하다고 인정되고 있다.

그의 연구는 〈우리가 가장 잘 아는 동물〉, 다시 말해 인간에서부터 시작했지만 나중에는 다른 종으로까지 영역을 확장했다. 우리가 위대하다고 해서 다른 생물들의 위대함을 과소평가할 필요가 없었기 때문이다. 아리스토텔레스는 명금류와 비둘기, 까마귀, 딱따구리, 개미, 벌, 두족류, 고래, 여우를 비롯한 네발짐승을 연구했다. 매미의 생명 주기를 묘사하거나 뱀이 서로 몸을 감은 채 교미를 하는 모습도 관찰했다. 또 수정란을 절개해서 배아가 이미 눈, 혈관, 그리고 뛰는 심장을 가지고 있다는 사실을 밝혀내기도 했다. 그는 〈내림〉 혹은 〈세습〉에 대해 궁금증을 가졌다. 이것이 자기가 〈에이도스eidos〉라고 명명한 개념과 관련 있다고 추측하며, 이 개념이 글자가 어떤 순서로 배열되어 단어를 만드는 것과 유사한 현상이라고 상상했다. 이로써 그는 DNA 유전자 개념에 매우 근접하게 되었다.

이 모든 생명의 추동력은 과연 무엇일까? 아리스토텔레스는 모든 생명체는 살아 있는 동안 몸을 이루는 물질에 생기를 불어넣고 영양소가 몸 구석구석에 미치도록 인도하는 일종의 영혼 같은 것이 있다고 믿었다. 또 자연은 점점 더 복잡한 유기체를 만들어 내는 특별한 능력을 갖추고 있다고 보았고, 모든 생명체가 환경에 적응해야 하기 때문에 결국 환경이 가장 중요하다고 생각했다. 환경은 가정생활과 같아서, 불화가 생길 수도 있지만 결국 협조가 이루어졌다. 해, 달, 별과 마찬가지로 집 안의 각 부분도 모두 각각의 역할을 가지고 있었다. 결국 이 개념은 생명을 이해하기 위한 맥락과 균형 잡힌 프레임워크가 되었다. 벽을 세워서 집을 짓는 것처럼 말이다. 실제로 집이라는 의미의 그리스어 〈오이코스oikos〉는 〈생태계 ecology〉의 어원이다.

나는 도시에서 자랐어도 자연을 모르는 아이는 아니었다. 가족 소유의 여름 별장은 없었지만 엄마는 여름 방학이 되면 도시에서 벗어난 곳에 있는 시골집을 빌렸고, 그 전통은 동생이 결혼을 해서 외국에 살기 시작한 후에도 계속되었다. 동생은 스웨덴의 시골 여름 별장을 빌려서 향수를 달랬고, 나는 제부가 휴가를 받아 오기 전까지 그곳에 머물며 동생, 조카들과 시간을 보내고는 했다.

우리 가족과 별개로 나는 시골에 집이 있는 일련의 연인들과 약 30여 년 동안 연애를 했다. 그들을 만나면서 내 관심도 점점 다양해졌다. 그중 한 명은 언어가 어떻게 세계를 확장하는지를 아는 작가였고, 또 다른 한 명은 자연이 모두 연결되어 있다는 개념에 익숙한 생물학자였다. 그는 닥터 두리틀*처럼 동물들의 신뢰를 얻었고 심지어 그의 포치**를 좋아하게 된 수컷 큰들꿩의 머리를 쓰다듬을 수도 있었다. 나는 그 생물학자가 가진 엄청난 수의 장서를 통해 야생 동물들을 알아 나갔다.

다시 말하자면 나는 자연에 손님으로 방문을 하는 경우가 많았다. 그 상황에 변화가 온 때는 엄마가 돌아가신 후에 동생과 내가 엄마의 아파트를 팔아 여름 별장으로 쓸 수 있는 시골집을 장만하면서부터였다. 생명 자체가 그렇듯 어떤 것을 물려받아 새로운 것을 얻게 되었고 그 새로움은 다양한 의미를 가졌다. 시골집은 동생에게는 자녀와 손주들과 보내는 휴가를 의미했고 나에게는 원고를 쓰기 위해 찾는 은신처가 될 터였다. 자연과 생명, 삶에 대한 글을 쓰길 원하는 나에게 그 시골집은 완벽한 장소가 되어 줄 수 있지 않을까?

오두막집은 활기찬 분위기가 감도는 큰 마당의 가운데에 자리 잡고 있었다. 남쪽에는 소나무와 떡갈나무 사이로 이끼가 덮인 작은 언덕이 있었고, 서쪽으로는 비밀의 통로가 있을 것 같은 블루베리 덤불이 무성했다. 북쪽에 난 가파른 경사는 공유지와 맞닿아 있었고 그 뒤로 반짝이는 바다가 보였다. 경계선 표시가 없어서 모든 것이 사

* 휴 로프팅Hugh Lofting의 작품에 나오는 인물로, 동물들과 소통할 수 있는 특별한 능력을 가졌다.
** 건물의 입구나 현관에 지붕을 갖추어 잠시 차를 대거나 사람들이 비바람을 피하도록 만든 곳.

적인 동시에 공개적이었다.

마당이 넓게 느껴지는 바람에 집은 오히려 작아 보였다. 전통적인 여름 별장답게 별 계획이 없이 커다란 하나의 공간으로 지어졌다가 시간이 흐르면서 개조와 증축을 거친 곳이었다. 베란다로 난 유리창을 막아 벽을 세운 공간에 이층 침대 두 개가 들어가 있었다. 부엌과 목욕탕도 나중에 소규모 증축을 통해 마련한 듯했다. 그다음부터는 지형 때문에 더 이상 개조 작업이 불가능했을 것이다.

그 대신 마당의 네 구석 모두에 작은 별채들이 있었다. 그중 한 곳은 이전에는 화장실이었지만 이제 연장 창고로 사용되고 있었다. 또 다른 한 곳은 목공용 헛간이었고 그 옆에 개방형 창고도 있었다. 세 번째 구석에는 작은 오두막이 있었다. 네 번째 구석에는 여럿이 잘 수 있는 공간이 마련되어 있었는데, 나는 마음속으로 이곳을 글을 쓰는 공간으로 사용하기로 정했다.

계약서에 면책 조항들이 포함된 사실을 고려하면, 여기저기 단점이 많은 것은 어찌 보면 당연한 일이었다. 수리할 곳을 상의하기 위해 온 목수는 새로 짓는 편이 낫겠다며 투덜거리기까지 했다. 속상해라, 그는 이 집이 내뿜는 목가적인 매력을 보지 못하는 것일까? 그의 눈에는 이 집이 어떻게 보이는 것일까?

여기저기 수리를 하는 것은 피할 수 없다는 결론이 났다. 나는 건축 기술자들과 일하는 것이 진정으로 기뻤다. 내 책을 쓰는 일도 건물을 짓는 일과 비슷한 느낌이 들기 때문이다. 청사진은 언제나 새로워서 더듬거리며 앞으로 나아갈 수밖에 없었다. 다양한 자재들을 적절한 비율로 사용하는 일은 늘 어려웠다. 나는 날마다 책상에 앉아 무엇을 지어 올리는 문제와 씨름하는 데 시간을 바쳤다.

생명과 자연에 완전히 몰두하기 전에 해결해야 할 프로젝트가 두 가지 있었다. 그중 하나는 자연과 문화 모두를 관통하는 강에 관한 것이었고, 또 다른 하나는 르네상스의 인본주의가 인문학과 자연 과학을 어떻게 통합했는지에 관한 것이었다. 에세이 장르에 새로운 활기를 불어넣은 로테르담의 에라스무스Erasmus는 내가 가장 따르고 싶은 인물이었으며, 그와 동시에 위대한 백과사전 편집자 콘라트 게스너Conrad Gessner도 내 마음을 사로잡았다. 아리스토텔레스와 마찬가지로 게스너도 동물학에서 언어학에 이르기까지 대여섯 개의 학문을 연구해, 수천 가지의 식물에 관한 책뿐 아니라 수천 명의 사상가와 작가에 관한 책을 썼다. 또 다양한 동물종 사이의 관계에서 영감을 받아 1백 개가 넘는 언어 사이의 관계를 연구하기도 했다.

나는 항상 백과사전이라는 개념에 크게 공감해 왔다. 백과사전에서는 크고 작은 것 모두가 똑같은 비중을 차지한다. 그 안에서는 주인공이 없기 때문에 오히려 세상을 다양한 각도에서 보여 준다. 내가 볼 때 게스너의 관점은 생명의 영역과 범위를 그대로 반영하고 있었다. 내가 집필하고 있던 르네상스에 관한 책에서는 그에 대해 몇 챕터 이상을 할애할 수 없었지만, 다양한 동물과 식물, 언어, 문학을 통합하는 그의 방법이 좋았다.

시골집에 마련한 글을 쓰는 공간에는 그가 써낸 70여 권의 방대한 저서를 보관할 수 있는 곳이 없었다. 또한 집 주변에 아주 많은 수의 생물종이 사는 것도 아니었다. 어차피 그들 사이에 오가는 의사소통을 내가 이해할 수는 없을 것이다. 지구상의 삶과 생명에 관해 내가 아는 것은 모두 인간의 알파벳을 통해 나에게 전달된 지식들뿐이다. 내 주변을 날아다니고, 걸어 다니고, 기어다니고, 헤엄쳐 다니는 생명체들은 그들 나름의 언어, 자연에 걸맞은 언어를 가지고 있을 것이다. 그들은 글자 그대로 땅에 뿌리를 내리고 있거나, 임시로나마 뿌리를 내리지 않은 경우에는 땅과 견실한 관계를 맺으며 걸어 다니거나 가벼운 몸으로 날아다니고 있을 것이다. 알파벳보다 더 오래된 동물들의 언어를 과연 내가 어떻게 찾아낼 수 있을까? 서로 다른 것들은 보통 벽을 높게 세워 다른 세상과 격리를 꾀하지 않는가.

하지만 삶과 생명에 관한 모든 일이 그렇듯 이 문제 또한 스스로 해결책을 내놓았다.

차례

1
파랑 지붕

내가 우리 오두막집을 위쪽에서부터 알게 되었다고 해도 틀린 말은 아닐 것이다. 보수 공사의 견적을 내기 위해 찾아온 사람마다 지붕부터 살펴보자고 했다. 딱 보아도 지붕을 다시 잇고 단열재도 보충해야 했기 때문이다. 집 안에서 적외선 카메라로 천장을 올려다보니 2월의 저녁만큼이나 청보라색을 띤 이미지가 보였는데, 이것은 엄청난 양의 찬바람이 안으로 새어 들어오고 있다는 뜻이라고 했다. 또 파란색 중간중간에는 노란색 점도 가끔 보였다. 노란색은 따뜻할 때 나타나는 색이니 지붕 아래에 단열재가 조금 남아 있기는 한 듯했다. 그 이미지를 보고 있으니 궁금해졌다. 집 안에는 마치 구름 조각이 떨어진 것처럼 단열재가 여기저기 조금씩 남아 있었다. 어떻게 그곳에, 그런 식으로 단열재 조각들이 남아 있게 된 것일까? 나머지 단열재가 지붕 밖으로 날아가 버린 것은 아닐 텐데 말이다.

나는 3월 말에 돌아오기로 약속한 일꾼들을 만나기 위

해 시골집에서 자게 되었다. 거기에서 밤을 난 것은 처음이었다. 여전히 겨울의 한기가 완전히 가시지 않은 시기였기에 라디에이터가 따뜻해지기를 기다리며 나는 근처로 산책을 나갔다. 작디작은 돌멩이들마저 빛을 받아 땅에 부조 같은 그림자를 새기고 있었다. 그곳은 아직은 헐벗었지만 새 생명을 맞을 준비를 모두 마친 듯한 땅이었다. 박새가 머위 덤불 위에서 재잘거리고 있었다. 여기저기 보이는 움 속에서 수많은 생명이 형상을 갖추어 가고 침엽수 방울들에서는 씨들이 금방이라도 터져 나가려고 준비를 하고 있을 것이다. 수없이 많은 것이 내가 발견해주길 기다리고 있는 듯했다.

오두막으로 돌아와 전기 곤로를 틀었더니 실내가 아주 조금 더 따뜻해졌다. 스파게티를 삶을 물이 끓는 동안 나는 엄마의 아파트에서 온 이삿짐 상자 몇 개를 살펴보았다. 정리할 것들이 엄청나게 많았지만 오늘 저녁에는 쉬면서 책을 읽어야겠다고 마음먹었다. 사방을 감싼 침묵이 편안했다. 이 침묵은 내가 가져온 우주에 관한 책과 참 어울렸다.

주먹만 한 우주에서 생명을 이루는 원소들이 탄생한 빅뱅도 결국 저 먼 외계 어디에서인가 벌어지지 않았는가. 수많은 은하계와 무한한 미래가 그 작은 곳에 단단히 감싸여 있던 놀라운 찰나의 순간이 있었다. 그러다 영원한 크레셴도를 알리는 폭발이 시작되었다. 그 시작에서 별로 가득한 하늘이 생겨났고 그 별들은 수십억 년에 걸쳐 탄소와 산소와 은과 금과 생명에 필요한 모든 것을 만들어 냈다. 심지어 내 몸 안의 양자와 전자도 한때 우주 공간에서 방사선 물질로 존재할 때가 있었다. 그렇다면 내 몸이 죽은 별 혹은 별을 만든 원재료가 모여서 만들어진 것이라고 해도 무리가 아닐 것이다. 그런 재료는 아직도 충분히 많다. 여전히 수백만 톤의 우주 물질이 지구에 도착하고 있기 때문이다.

나는 눈을 감고 생각에 잠겼다. 내가 읽고 있는 책의 시각으로 본다면, 지구는 소립자가 바위, 물, 식물, 동물 등으로 조합된 거대한 순환 체계의 아주 작은 일부분일 뿐이다. 지구상에 존재하는 덧없기 짝이 없는 이 형상들이 잠깐 나타났다가 스러져 가는 사이에 태양계는 은하계를 한 번 더 공전한다. 은하년이라 부르는 이 공전 주기는 약 2억 2천5백만 년에서 2억 5천만 년이다.

우주 공간에서 별과 행성들은 거대한 시계처럼 정확하게 움직인다. 하지만 시계도 그렇듯 가끔은 조금씩 엇나갈 때도 있다. 달이 지구에서 서서히 멀어져 가는 것도 바로 이런 이유에서인지도 모르겠다. 1년에 4센티미터밖에 멀어지지 않고 있으니 당장은 그다지 큰 변화로 보이지 않을 것이다.

책에 나오는 우주의 규모를 생각하다 보니 오두막의 벽도 점점 뒤로 물러나서 방이 커지는 느낌이었다. 천문학자인 저자는 세상에서 가장 작은 물체라도 큰 그림에 영향을 줄 수 있다고 했다. 예를 들어 눈앞 1미터 정도 떨어진 곳에 들고 있는 동전으로 수십만 개의 은하계를 가릴 수 있고 그 각각의 은하계는 수천억 개의 별로 이루어져 있다. 우리가 속한 은하계에 위치한 별들은 너무도 넓은 공간에 퍼져 있어서 어떤 별에서 나온 빛은 우리 눈에 도달하기까지 수백만 년이 걸린다고 한다. 그사이 원래 빛을 발한 별은 죽어 없어졌을 수도 있지만 빛은 계속 우주 공간을 여행하는 것이다. 죽은 음악가의 연주를 담은 오래된 레코드와 비슷하다고 할 수 있다.

그 빛은 어디로 가는 것일까? 우주에는 중심이 존재하지 않으며 어느 방향이나 똑같은 것 아닌가? 나는 인간 두 명의 사진을 싣고 발사된 탐사선을 떠올리고 조금 우울해졌다. 그 사진이 지구에 관한 가장 중요한 정보라고 생각하는 것은 조금 주제넘은 일이 아닐까? 외계에 언어가 있다면 물론 우리와 다른 문자를 쓸 것이다. 우주는 우리가 언어가 아니라 수학으로 접근한 세상이다.

어쩌면 지구의 전자기 진동을 기록한 나사NASA의 데이터를 보내는 것이 지구를 더 잘 소개하는 방법이었을지도 모른다. 그 전자기 진동을 소리로 전환한 것을 들었을 때 나는 시작도 끝도 없이 웅얼거리는 듯한 하모니에 특별한 감동을 받았다. 우리가 상상하는 우주의 음악이 바로 이런 것일까? 요하네스 케플러Johannes Kepler는 토성과 목성을 베이스, 지구와 금성을 알토, 화성을 테너, 수성을 데스캔트*로 추측했다. 실제로 이 행성들이 어떤

* 가장 높은 음역.

소리를 내는지는 알 수 없지만 나사가 들려준 지구의 음악을 들은 나는 이곳에 사는 생명들이 사랑스럽고도 취약한 존재들이라는 느낌을 받았다.

오두막 밖에 나가면 별이 보일까? 나는 책을 내려놓고 밖으로 나가 재킷을 어깨에 걸친 채 한동안 서 있었다. 내가 읽고 있던 책에 따르면 서유럽 인구의 90퍼센트는 별이 가득한 진짜 밤하늘을 보지 못한다고 한다. 별빛이 인공조명으로 인해 가려져 있기 때문이다. 물론 우주 공간의 대부분은 분명 어둠이 지배적이지만, 우리가 별과 같은 물질로 이루어져 있다면 별들을 바라보는 것도 재미있는 일일 것이다. 그날 밤 내 눈에 보이는 것은 대기의 영향으로 반짝이는 희미한 북극성뿐이었다.

그러다 더 가까운 곳에 있는 무엇인가가 보였다. 그림자 같은 것이 펄럭거리며 지나간 듯한데, 박쥐가 있나? 나는 박쥐에 대해 조금 복잡한 감정을 가지고 있다. 성공적으로 공중을 정복한 유일한 포유류인 박쥐는 아주 숙련된 비행술을 자랑한다. 새와 달리 박쥐는 새가 가지고 있는 깃털이 없다. 그 대신 엄지와 나머지 네 손가락 사이를 팽팽하게 연결하는 피부가 날개 역할을 한다. 이 피부는 발뼈까지 이어져서 날개 폭이 더 커지는 효과를 낸다. 그뿐이 아니다. 날개가 달린 박쥐의 손은 내가 컴퓨터 키보드를 치는 속도보다 더 빨리 공중에서 움직일 수 있다.

박쥐는 초음파를 아주 빠르고 잦은 간격으로 쏘아서

어둠 속에 있는 나방을 찾아낸다. 하지만 자기들끼리 나누는 의사소통은 더 물리적인 성격을 띠며 우리 귀에도 들리는 주파수로 재잘거리는 소리를 내고는 한다. 한편 암컷 박쥐가 혈연관계가 있는 다른 박쥐의 해산을 도우면서, 새끼가 더 쉽게 나올 수 있는 자세를 직접 시범을 보이고 그런 다음에 새끼를 받는 모습이 관찰된 적도 있다. 인간이 아기를 낳는 것과 비슷하다. 따뜻한 피를 지니고 털로 덮인 박쥐가 우리 눈에 그렇게 이상해 보이는 이유는 도대체 무엇일까? 우리가 일과를 마치고 감각이 더 무디어지는 밤과 연관된 동물이기 때문일까?

한참 후에 나는 실내로 다시 들어가서 이층 침대에 누웠다. 비록 좁았지만 위쪽 침대에 누군가가 있는 것처럼 아늑한 느낌이 들었다. 따뜻한 타인의 몸은 침묵만이 흐르는 차갑고 거대한 외계로부터 우리를 지켜 준다.

갑자기 어떤 소리가 아주 가까운 곳에서 들렸다. 지붕 위에서 누군가가 돌아다니는 것일까? 박쥐일 수는 없었다. 누구일까? 바깥이 너무 어두워 아무것도 보이지 않으니 그냥 잠을 자는 것이 좋겠다는 결론을 내렸다. 아침의 빛이 너무도 기다려졌다.

동이 틀 무렵 잠에서 깬 것은 나 혼자만이 아니었다. 지붕 위에서 어젯밤의 그 소리가 다시 들려왔다. 작은 발자국 소리였다. 새였을까? 살며시 나가서 살펴보니 아무것도 없었다. 하지만 집 뒤에서 무엇인가를 발견했다. 지붕과 벽을 잇는 곳을 가리고 있는 스크린에 커다란 구멍이 뚫려 있었고, 그 구멍은 입구처럼 보였다.

하루 종일 부엌에서 이삿짐 상자들을 정리하면서도 그 구멍이 상상력을 계속 자극했다. 점심시간이 되었을 즈음, 집 주변을 한 바퀴 돌다가 마침내 지붕에서 나는 수수께끼 같은 소리의 주인공을 만났다. 벽에 달린 스크린에서 사지를 쭉 펴고 편히 누워서 꾸벅꾸벅 조는 모습이 시에스타를 즐기는 듯했다. 녀석은 설치류처럼 이빨을 가지고 있어서, 처음에는 쥐처럼 보였지만 복슬복슬한 꼬리털을 보니 쥐는 아니었다.

한순간 모든 의문이 풀렸다. 이 다람쥐가 자기가 살 공간을 넓히기 위해 지붕 아래에 있던 단열재를 물어다 내버린 것이다. 꽤 성공적인 전략이었고, 적외선 카메라 영상으로 보건대 천장에 꽤 멋진 다람쥐 아파트를 꾸민 듯했다.

내 감정은 솟구치고 곤두박질치기를 반복했다. 이 침입자는 우리 집에 상당한 피해를 끼쳤다. 그와 동시에 나는 항상 다람쥐를 좋아했고, 녀석에 대해 아는 것도 꽤 많았다. 나는 녀석의 앞다리에 난 섬세한 털과 엄지 모양의 발가락 덕분에 손처럼 보이는 앞발을 쳐다보았다. 나무 사이를 뛰어다닐 때 방향타 역할을 하고 밤에는 담요 역할도 하는 털이 보송보송한 꼬리도 보았다. 만지지 않아도 그 부드러움이 느껴졌다.

꼬리 밑의 성기를 보니 암컷이었다. 무리 생활을 하지

않는 암컷 다람쥐의 인생은 험하다. 봄에 짝짓기를 한 후 암컷은 수컷을 자기 영역에서 쫓아내 버리고 혼자 새끼들을 돌본다. 언젠가 생물학자 동료 한 명이 둥지에서 떨어진 새끼 다람쥐를 발견해서 데려왔는데, 그때 나도 엄마 다람쥐의 삶이 얼마나 정신없이 바쁜지 절감하게 되었다. 우리는 엄마 다람쥐 노릇을 하려면 무슨 일을 해야 하는지 서둘러 조사했다. 한두 가지가 아니었다. 아기 다람쥐는 세 시간마다 한 번씩 먹이를 먹여야 하는 데다 그 작은 배를 핥거나 마사지를 해주어 소화를 도와야 한다. 그다음에는 둥지 전체가 화장실로 변하지 않도록 한 마리씩 차례차례 둥지 바깥으로 향하게 들고 있어야 한다. 새끼 다람쥐를 돌보려면 풀타임으로 매달려야겠다며 걱정을 하고 있었는데, 다행히 엄마 다람쥐가 새끼를 찾으러 와서 마음을 놓을 수 있었다. 어쩌면 새끼들을 돌보다가 자기 먹이를 구하러 잠깐 자리를 비운 사이에 한 마리가 둥지에서 떨어졌을 수도 있었다. 새끼 다람쥐가 조금 자라서 여기저기 뛰어다니기 시작하면 매나 고양이 등의 먹잇감이 되기가 쉬워지기 때문에, 엄마 다람쥐는 숨을 돌릴 여유가 없다. 하지만 투철한 책임감으로 무장한 암컷 다람쥐는 친척인 경우에 고아가 된 새끼 다람쥐까지 돌본다.

마음 약한 내 성격이 고개를 들기 시작했다. 인류 역사가 진행되는 거의 내내 다람쥐는 늘 핍박을 받아 왔다. 그들은 게르만 문화권의 겨울과 봄 축제에서 제물로 사용되기도 했고, 작디작은 몸이지만 가난한 사람들의 식량일 뿐만 아니라 가죽을 팔아 얼마간의 돈을 벌게 해주는 수입원이 되기도 했다. 특히 16세기에는 1년에 3만 장의 다람쥐 가죽이 스톡홀름에서 수출되었다는 기록이 있는데, 스톡홀름은 스웨덴의 여러 다람쥐 가죽 생산지 중 하나에 불과하다. 최근에는 불그스레한 털을 가진 유럽다람쥐와 20세기에 미국에서 들여온 회색다람쥐가 경쟁을 벌이고 있다. 회색다람쥐는 자기만 면역성을 가지고 있는 바이러스를 보유하고 있다. 녀석들은 때때로 깡패 집단처럼 몰려다니면서 개나 어린아이를 물기도 한다.

우리 집 벽의 스크린에서 휴식을 취하고 있는 이 유럽다람쥐는 보호받아 마땅하다는 결론을 내렸다. 나는 살금살금 후퇴해서 집 안으로 들어왔고 조용히 앉아 다시 책을 읽기 시작했다.

하지만 책에 집중하기가 조금 힘들었다. 지붕에 사는 이웃이 계속 생각났기 때문이다. 다람쥐와 함께 사는 것은 어떤 느낌일까? 사실 선례는 많이 있다. 고대 그리스 로마 시대와 르네상스 시대의 귀족 여성들은 다람쥐를 관상용으로 키웠다. 다람쥐가 상류 사회에서 활발히 활동했을 것 같지는 않지만, 18세기 영국 젠트리 계급의 남성이 자기가 길들인 다람쥐들의 음악적 재능에 관해 떠벌린 기록이 있다. 그 신사의 재능 있는 다람쥐들은 합창곡은 별로 좋아하지 않았지만 실내악이 연주되면 우리 안에서 박자에 맞추어 발을 힘차게 구르고는 했다. 그중 한 마리는 10여 분을 알레그로로 장단을 맞추다가 잠시 멈춘 다음 다른 리듬을 따랐다. 우리 안에 햄스터 바퀴만 설치해 주었다는 사실을 감안하면 다람쥐들은 우리에 갇혀서 사는 삶을 훨씬 더 지루하게 생각했을 것이 분명하다.

날이 저물고 다시 밤이 되었다. 이제는 더욱더 다람쥐에 대한 생각을 피할 수 없었다. 녀석이 지붕 바로 아래 공간을 끊임없이 돌아다니고 있었기 때문이다. 처음에는 우리가 단지 몇 장의 판자만을 사이에 두고 있다는 사실이 놀라웠다. 녀석이 움직이는 소리를 듣고 있자니 매우 가까운 느낌이 들었다. 박쥐가 어떻게 눈으로 보지 않고도 상대방의 움직임을 감각하는지 이해할 수 있었다.

그러나 얼마 지나지 않아 다람쥐의 소리를 낱낱이 들어야 하는 상황에 짜증이 나기 시작했다. 내가 잠에 들려고 하면 녀석이 부스럭거렸다. 녀석은 수면 장애가 있는 것이 분명했고, 그 덕분에 나까지 자기가 힘들어졌다. 마치 까다로운 아이와 한 방에서 자는 듯했다. 녀석이 움직일 때마다 아이가 투정을 부리는 느낌이었다. 무엇인가가 제자리에 있지 않거나 아니면 너무 더웠을 수도 있다. 「어서 잠이나 자!」 나는 천장 위의 부스럭거리는 쪽을 향해 힐난조로 외쳤다. 다람쥐가 둥지의 인테리어 디자인에 각별하게 신경을 쓴다는 명성은 들은 바가 없지만, 어쩌면 녀석이 얼마 남지 않은 단열재를 재배치하고 있을 가능성도 있었다. 단열재를 침대로 사용하고 있다면 너무 더울 것이었다. 다람쥐 둥지는 보통 안쪽에 풀과 이끼를 두르는데, 단열재에 들어간 광물질 섬유판이 기도를 자극할 수도 있었다. 그러고 보니 단열재가 그녀의 건강에 해롭지 않을까?

다람쥐가 큰 소리로 몸을 긁었다. 아마 벼룩도 있을 것이다. 보통 다람쥐 둥지에는 해충이 들끓는다. 나는 전에 해충 때문에 아주 고생한 적이 있다. 내 침대 위에 달린 환기구를 통해 새털에 사는 이가 옮은 것이다. 다락에 살던 비둘기들이 주범이었다. 다람쥐의 벼룩도 비슷한 사태를 야기할 것이라는 예감이 들었다.

녀석이 다시 잠에서 깨어 돌아다니고 있었다. 다람쥐는 자기 오줌을 발에 적신 다음 그 발로 여기저기 돌아다니며 오줌 도장을 찍어 영역을 표시한다. 지금 저 위에서 영역을 표시하고 있는 것일까? 녀석이 무엇인가를 갉는 소리가 들린 듯했다. 모든 설치류가 그렇듯이 다람쥐도 계속 자라나는 앞니를 날마다 다듬을 필요가 있다.

밤새 잠을 설쳤는데 아침 7시쯤에 지붕 쪽에서 또 부스럭거리는 소리가 들렸다. 아하, 다람쥐도 잠에서 깬 것이 분명했다. 부엌에 갔더니 창문으로 녀석이 집 안을 들여다보고 있었다. 아마 녀석도 아침을 먹으러 가고 있었을 것이다.

커피를 마시면서 나는 이삿짐 상자에서 망원경을 찾아냈다. 이제 그녀와의 시간을 원거리에서 즐길 수 있게 되었다. 녀석에게 가까이 가는 것은 불가능했다. 마치 서커스 같은 광경이 펼쳐졌기 때문이다. 캥거루를 방불케 하는 녀석의 다리는 스프링처럼 점프를 했고, 녀석은 춤추는 태양의 흑점만큼이나 동서남북으로 또 위아래로 순간 이동을 했다. 그녀의 움직임을 지켜보다가 혹 멀미가 나는 듯했다. 다람쥐는 문제없이 5미터를 뛸 수 있지만 그런 높이에서 떨어지기도 한다. 하지만 점프를 하는 그녀에게서는 두려움도 대담함도 느껴지지 않았다. 모든 점프가 단 한 번의 유연한 현재성으로 거리낌 없이 이루어졌다.

마침내 그녀가 가문비나무에 멈추어 서자, 나는 망원경의 초점을 맞출 수 있었다. 녀석이 아침 식사용 솔방울을 발견한 것이다. 앞발로 솔방울을 나선형으로 돌리면서 껍질을 너무나도 체계적으로 벗기며 먹어서 씨껍질이 4초마다 하나씩 땅에 떨어지고 있었다. 솔방울 전체를 다 먹어 치우는 데 딱 7분이 걸렸다.

내가 옷을 갈아입고 하루를 준비하는 사이 녀석은 잠시 종적을 감추었다. 오두막 구석에서 다시 만났을 때에는 약간 신경질적으로 꼬리를 살짝 휘두르는 몸짓으로 나를 맞았다. 내가 녀석을 얼마나 배려했는지 생각하면서 약간 마음의 상처를 받았지만, 녀석은 아무런 방해도 없이 사는 데 익숙해졌기 때문이라고 짐작했다. 하지만 그녀가 즐기던 조용한 삶은 이제 얼마 가지 못할 것이다. 밤사이 나는 착한 이웃이 되지 않겠다고 결심했다. 다람쥐가 모두 그렇듯 녀석도 둥지를 여러 개 가지고 있을 테니 이제 다른 둥지에 가서 살 때도 되었다. 오두막 안에서 녀석의 소리가 다시 들리자 나는 천장을 쾅쾅 두들겼다. 그 뒤로 아주 조용해진 것을 보면 녀석도 상황을 파악한 듯했다.

솔직히 나도 실내에서 자연을 만나고 싶지는 않았다. 마당을 한 바퀴 둘러보던 중에 딱따구리가 나무를 쪼는 소리가 들려왔다. 나는 그 소리가 반가웠다. 딱따구리는 다양한 종이 번창하며 살아가는 숲에서 사는 새로 알려져 있기 때문이다.

보기 힘든 귀한 생물종을 발견하는 것이 나의 목적은 아니다. 어디에서나 쨱쨱거리는 박새마저 놀라운 특징들을 가지고 있다. 박새가 도구를 사용하고 계획을 세우며, 침팬지에 버금가는 지능을 가지고 있다는 사실이 알려진 후에 나는 박새를 완전히 다르게 보게 되었다. 박새는 바늘 모양의 솔잎을 부리로 물고서는 나무 틈새에 숨은 송충이를 후벼 파서 잡아먹고, 다른 새가 어디에 먹이를 숨기는지 주의 깊게 기억했다가 음식을 훔쳐 먹기도 한다. 또 주변에 맹금류가 출몰했다는 경고음을 허위로 내서 사람들이 설치해 놓은 새 모이통에서 다른 경쟁자들을 쫓아내는 경우도 있으며, 정말로 배가 고프면 다른 작은 새나 잠든 박쥐를 잡아먹기도 한다. 물론 평화주의적인 개체도 존재한다. 그러니까 박새가 스웨덴에서 제일 성공적으로 번식한 새가 된 이유가 그들의 교활함 때문만은 아니다.

갑자기 예상치 못한 소리가 들렸다. 이렇게 외딴곳에도 그 새가 있을까? 하지만 맞았다. 세상에서 가장 많이 보이는 새, 지구상에 사는 사람의 수보다 세 배나 많은 개체 수를 자랑하는 새, 바로 수탉의 꼬끼오 소리였다. 이웃 누군가가 마당에 닭을 풀어놓은 것이 틀림없었다. 동화에서나 만날 법한 아늑한 느낌이 스며들었다.

물론 요즘에는 대부분의 닭이 자연과는 거리가 먼 곳에 산다. 공장식 축산으로 부화기에서 태어나 알을 낳는 임무를 맡은 암탉들은 한 마리씩 분리되어 작은 닭장에서 살고, 고기를 생산하려는 목적으로 키워지는 닭들은 다른 닭 5만 마리와 함께 창문도 없는 창고에 갇힌 채 붐비고 더러운 환경에서 항생제를 먹어 가면서 산다. 동남아시아의 깊은 정글에서는 닭의 조상들이 여전히 몇 마리씩 모여서 남에게 들킬세라 조심스럽게 돌아다니고 있을 것이다. 그들은 너무 예민해서 포획을 당하는 경우에 충격으로 죽어 버리기도 한다. 사실 산업적으로 생산되는 닭들도 도살장으로 가는 길에 수천 마리씩 지레 죽는다고 하니 그다지 다르지 않다.

정글에 살던 닭의 조상은 인도에서 오래전에 가축으로 길러지기 시작했다. 그곳에 원정을 간 알렉산더 대왕이 몇 마리의 닭을 데리고 고국으로 돌아왔다. 닭은 달걀과 고기의 공급원일 뿐 아니라 번식력까지 갖춘 매우 실용적인 야전 식량이었다. 그러나 고대 그리스와 로마에서 닭은 대부분 점을 치는 데 이용되었다. 닭이 먹이를 먹는 모양이나 날아가는 모습은 해석이 가능한 상징 혹은 계시라고 여겨졌기 때문이다. 수탉은 완전히 다른 이유로 키워졌다. 공격적인 수탉 두 마리가 어느 쪽도 후퇴할 수 없는 투계장에 갇히게 되면 그들은 죽을 때까지 싸워야 했다. 이 인기 있는 볼거리는 영국에서 19세기까지도 계속되었다. 그때 많이 사용된 품종의 이름은 여전히 〈밴텀 bantam급〉이라는 복싱 용어로 남아 있다.

공장식 양계장이 아니더라도 암탉은 상당한 위상을 누린다. 어느 해 여름에 나는 암탉을 키우는 곳과 붙어 있는 오두막집을 빌린 적이 있다. 닭들은 하루 종일 자유롭고 위풍당당하게 마당을 누비고 다니다가 데니시페이스트리만 한 크기의 똥을 누었다. 그 똥들을 밟지 않으려고 피해 다니는 동안 나는 닭들 사이에 존재하는 엄격한 위계질서를 이해하기 시작했다. 어디서 많이 본 듯한 익숙한 패턴이었다. 더 시간이 흐른 후에는 닭들이 서른 가지가 넘는 꼬꼬댁 소리를 내고, 그 소리에는 공중에서 오는 위협과 땅에서 오는 위협의 종류까지 구분하는 상세한 메시지가 담겨 있다는 사실도 알게 되었다.

덩치가 엄청나게 큰 암탉은 여우의 공격으로 인해 수탉이 죽음을 당했을 때에도 살아남았다. 무리에 속해 있던 수탉이 그렇게 여우에게 잡아먹힌 후에 새로 데려온 젊은 수탉은 덩치 큰 암탉을 두려워했다. 심지어 새가 공룡의 후손이라는 이야기를 들은 닭장 주인의 막내아들도 암탉을 무서워했다. 하긴 그 거대한 새를 보면 공룡 후손설을 떠올리지 않을 수 없었다.

그 사실을 제일 먼저 추측한 인물은 생물학자인 토머스 헨리 헉슬리Thomas Henry Huxley였다. 1868년 공룡 뼈대를 연구하고 있던 어느 날, 그의 저녁 식사 식탁에 칠면조 다리 요리가 올랐다. 그는 자기 앞에 놓인 칠면조의 허벅지 뼈와 실험실에서 본 뼈가 얼마나 비슷한지를 알아차리고 크게 놀랐다. 그 후 유전자 분석을 통해 그의 견해가 맞았다는 것이 증명되었다. 닭과 칠면조는 진짜로 공룡의 가장 가까운 친척이다. 어쩌면 더 큰 포식자를 피해 작은 공룡들이 나무가 빽빽한 숲으로 들어간 것이 그 시초였을지도 모른다. 닭은 지금도 밤에는 횃대에 올라앉아 자는 것을 선호하지 않는가.

얼마 가지 않아 수탉이 꼬끼오 소리를 멈추었다. 그 후부터는 공유지에서 어슬렁거리는 비둘기와 전나무 꼭대기에 앉은 까마귀 소리밖에 들리지 않았다. 솔직히 말해서 나는 두 새 모두 그다지 높이 평가하지는 않았다. 비둘기는 평화와 사랑, 그리고 성령의 상징이 되었지만 실생활에서 녀석들이 주는 인상은 완전히 다르다. 새 이를 나에게 옮겨 준 것도 비둘기였다. 그런데 이 녀석들이 어쩌다가 성령과 관련 있는 새가 되었을까? 비둘기는 멸종한 도도와 친척이라고 알려져 있는데, 포르투갈어로 〈도도〉는 〈도우도doudo〉, 즉 〈멍청하다〉는 뜻이다. 몸집에 비해 머리가 작아서 천재 같은 인상과는 거리가 멀기 때문일 것이다. 대충 지은 둥지에 자기가 알을 낳았는지 아닌지조차에도 별 관심을 쏟지 않는 것으로 보아서 비둘기도 마찬가지라고 생각했었다. 하지만 이런 인상은 최근 읽은 몇 개의 글 덕분에 많이 바뀌었다. 날짐승에 관한 엄청난 양의 정보를 모아 온 작가 제니퍼 애커먼Jennifer Ackerman의 글도 그중 하나다.

닭과 마찬가지로 비둘기도 다른 새들에 비해 인간과 가깝게 살아온 기간이 길다. 비둘기가 널리 퍼진 이유도 인간이 그들을 필요로 했기 때문이다. 산비둘기라고도 불리는 돌비둘기는 1만 년 전부터 사육이 되기 시작했다. 정글에서 살던 닭의 조상이 가축이 된 시기와 비슷하다. 특히 산비둘기 새끼는 고기가 연해서 진미로 여겨졌다. 빠른 번식이 목표였기 때문에 짝짓기에 열성적인 수컷과 새끼를 많이 낳는 암컷은 특별히 보살핌을 받았다. 그들은 아무 문제 없이 인간 가까이에서 살았다. 그들의 서식지인 바위 절벽과 건물의 벽돌 틈, 발코니 등이 별로 다르지 않기 때문에 도시에 자리 잡을 수 있었다.

16세기 인도 무굴 제국의 아크바르 대왕은 2만 마리 이상의 비둘기를 기르면서 바람직한 형질을 발현하도록 품종 개량을 했다. 그가 사용한 품종 개량 방법은 후에 유럽 이곳저곳에서 사용되었다. 또 다윈이 진화론을 구축하는 데 영감이 되었는데, 인간이 비둘기의 여러 성질 중 취사선택을 통해 품종을 만들어 낼 수 있을 정도로 유전자 변형이 쉽다면 자연은 똑같은 일을 더 광범위하게 할 수 있을 것이라는 논리였다.

19세기에 비둘기 사육사들이 가장 귀하게 여긴 비둘기의 특성은 길을 찾는 뛰어난 능력이었다. 이 특징 덕분에 고대 이집트와 로마 시대부터 비둘기는 편지를 전하는 역할을 했고, 전신이 발명되기 전까지 전서구의 활약이 계속되었다. 로이터 통신과 로스 차일드 은행 같은 거대 기업도 전서구를 이용했지만, 개인이나 작은 단체들도 비둘기를 이용해 편지를 주고받았기 때문에 크고 작은 규모의 비둘기 집이 성행했다. 19세기 스웨덴에서 요트 경주가 열릴 때면 경기 결과를 지닌 전서구를 일간지 『스톡홀름스 다그블라드*Stockholms Dagblad*』의 인쇄소에 보내 속보를 발행하기도 했다.

더 심각한 일도 비둘기가 맡는 경우가 많았다. 이 날개 달린 영웅들이 탐험가, 스파이, 군사 작전을 도우며 펼친 활약상은 스릴 넘치는 소설로 나와도 손색이 없을 것이다. 예를 들어 1850년에는 극지방 탐험대의 메시지를 전하기 위해 4천 킬로미터를 날아간 비둘기가 있었다. 그러나 불행하게도 날아가는 도중에 메시지를 적은 종이가 없어져 버리기는 했다. 제1차 세계 대전은 물론 제2차 세계 대전 중에도 모든 진영에서 전서구를 사용했다. 심지어 전투에서 보여 준 용기를 치하하는 훈장을 받은 비둘기들까지 있었다. 영국 비둘기 한 마리는 날개 일부가 총에 맞아 떨어져 나간 후에도 끝까지 임무를 완수해 내는 끈기를 보여 주었다. 독일 전서구들의 삶도 전혀 쉽지가 않았다. 총뿐 아니라 송골매의 공격도 감수해야 했기 때문이다.

비둘기는 용감하고 민첩하며 관찰력이 뛰어나다. 그들은 익숙지 않은 지역에서도 시속 80킬로미터의 속도로 수천 마일을 가로지르며 길을 찾을 수 있고 노련한 관찰력 또한 타의 추종을 불허한다. 연속으로 같은 곳을 찍은 다음 그 사진들을 비둘기들에게 보여 주면 사람은 놓치고 마는 차이를 정확히 알아낸다. 미국 연안 경비대는 구명조끼에 흔히 사용되는 색의 점을 찾는 훈련을 비둘기들에게 시킨 다음 배가 난파했을 경우에 헬리콥터로 그 비둘기들을 데려가 바다에 빠진 사람들을 찾아내도록 한다. 큰 파도가 심하게 치는 곳에서도 녀석들은 구명조끼를 입은 사람들을 잘 발견한다.

비둘기의 시각적 재능은 예술 분야에서도 잘 드러난다. 약간의 훈련을 거친 비둘기는 파블로 피카소Pablo Picasso와 클로드 모네Claude Monet의 그림을 구분할 줄 알고, 조르주 브라크Georges Braque 같은 입체파 작가와 오귀스트 르누아르Auguste Renoir 같은 인상파 작가의 차이를 안다. 연구 팀들은 색, 패턴, 질감을 상징하는 신호를 이용해서 비둘기로 하여금 어떤 그림이 아름다운지 혹은 추한지를 판단하도록 하는 데도 성공했다.

비둘기의 뛰어난 능력은 그 정도에서 그치지 않는다. 그들은 숫자에 능하고, 어떤 물체의 이미지를 아홉 개까지 적절한 순서로 늘어놓을 수 있다. 기억력 또한 비범해서 1년 사이에 이미지를 1천 개까지 기억할 수 있고 나중에 흑백으로 바꾸거나 위아래를 뒤집어서 보여 주어도 알아본다.

지적 능력이 이만큼 뛰어나다는 사실을 알고 나니 비둘기를 멸시해 온 것이 부끄러워졌다. 비둘기의 숫자가 그렇게 급격히 늘어난 것도 또 인간 근처에 살기를 저렇게 강하게 원하는 것도 따지고 보면 우리 잘못 아닌가. 비둘기를 기를 때 그런 특성이 더 강해지도록 품종 개량을 한 것이 바로 인간이기 때문이다. 비둘기와 인간이 아주 가까운 관계를 맺으며 지내 온 기간이 매우 길다는 사실을 뒷받침하는 증거는 곳곳에 있다.

녀석들은 자기들 무리 내에서도 동료들을 하나하나 구별할 줄 알고 게다가 인간의 얼굴도 기억하고 구별한다. 그뿐 아니라 여러 사람의 얼굴을 사진으로 보여 주면 그 얼굴에 떠오른 분노나 슬픔 등의 감정까지 알아차린다.

감정을 읽는 비둘기의 능력은 생존과 연결되어 있는 듯하다. 이 능력을 이용해 위협적인 공격을 감지하기도 하고 거의 눈에 띄지 않는 미세한 신호를 보내 서로 힘을 합치기도 한다. 찰나의 시선, 어떤 자세, 깃털을 부풀리는 각도 정도면 충분하다. 우리 인간도 무의식적으로 다른 사람들의 감정을 읽는다. 때로 말보다 어투나 얼굴 표정이 더 정확한 감정을 전달한다. 사실 말은 의사소통의 7퍼센트밖에 담당하지 않는다. 행간을 읽는 기술이야말로 모든 의사소통의 기본이 아닐까?

물론 이런 내 생각에는 문제가 있었다. 우리 감정을 다른 생물들에게 투사해서 정돈된 패턴으로 그들을 규정하는 것은 쉬운 일이다. 예를 들어 우리는 비둘기에게는 온화함만을 상징하도록 허락해 왔으며 날카로운 시각은 오직 매나 독수리와 연관을 지어 왔다. 깍깍거리는 까마귀는 구구거리는 비둘기와 정반대의 이미지를 구축하게 되었고, 테드 휴Ted Hugh가 까마귀를 등장시킨 일련의 시를 발표한 후에는 반영웅의 이미지가 더욱 공고해졌다. 우리 머릿속에서 제비는 바이올렛 향기가 은은한 창공을 뚫고 솟아오르지만 까마귀는 해변 여기저기에 흩어진 쓰레기들 사이에 떨어진 아이스크림이나 쪼아 먹는다.

꽥꽥거리는 까마귀 소리를 들으면서 어떻게 아름다운 시상을 떠올릴 수가 있단 말인가? 나는 까마귀가 〈고운 소리로 노래를 하는 새〉라는 이름의 〈명금류〉로 구분된 것 자체를 이해할 수 없었다. 소리가 아니라 발 모양 같은 엉뚱한 기준으로 구분한 것이 아닌가 하는 의심이 들 정도였다. 까마귀가 극락조과 새들과 생물학적 연관성이 있다는 사실 또한 수수께끼처럼 들렸다. 뿔까마귀 녀석들의 검은색과 재색은 장의사의 옷에나 어울린다. 게다가 녀석들의 새된 목소리도 기분 좋은 소리와는 거리가 멀다.

그러나 모두가 잘 알다시피 겉모습에 속아 넘어가서는

안 된다. 고대 로마인들은 까마귀의 노래에서 믿음을 들었던 것이 분명하다. 〈크라, 크라〉하고 우는 소리를 라틴어로 〈내일〉이라는 의미의 〈크라스cras〉로 듣고 그렇게 적었기 때문이다. 고대 로마인들의 귀에 까마귀 소리는 영원한 희망처럼 들렸을 것이다. 실은 나도 까마귀가 완전히 음울하기만 한 새가 아니라는 사실을 알고 있었다.

언젠가 주말에 조카 둘과 외부 군도로 요트 여행을 한 적이 있다. 여성 선원이 자신의 반려 까마귀를 데려왔다. 그가 우리에게 미리 까마귀를 무서워하는지를 물었던 것으로 보아서 까마귀에게 의심의 눈초리를 보내는 사람이 많은 듯했다.

여행을 하는 동안 그 까마귀는 거의 대부분의 시간을 늠름한 선원처럼 양다리를 넓게 벌려 튼튼하게 버틴 자세로 덱에 서 있었다. 선원이 배를 조종하느라 바쁜 사이에 까마귀는 스파이처럼 은밀하게 승객들을 감시하는 것이 자기의 임무라고 믿는 것처럼 행동했다. 끊임없이 담배를 만지작거리는 내 조카들의 행동이 특히 까마귀의 주의를 끌었다.

하룻밤을 보낼 섬에 도착한 우리에게 잘 곳을 선택할 기회가 주어졌다. 선원과 까마귀가 지내는 오두막에서 함께 묵는 것이나 요트의 침실을 사용하는 것 중 하나를 선택하면 되었다. 우리는 파도에 흔들리는 배의 움직임을 즐기고 싶기도 하고 까마귀와 가까운 곳에서 자는 일이 익숙하지 않기도 해서 요트에 머물기로 했다. 그 까마귀는 열린 문간에 밤새 버티고 서서 모든 것을 주시하는 것을 좋아했다.

그런 새의 감시에서 자유로운 하룻밤을 보낸 후, 조카 한 명이 아침 첫 담배를 피우기 위해 덱으로 올라갔다. 조카가 담배를 꺼내기가 무섭게 까마귀가 지옥에서 온 박쥐처럼 오두막 쪽에서 재빨리 날아들었다. 내 조카의 어깨에 쿵 소리를 내며 앉은 녀석은 조카가 담배 피우는 모습을 자세히 관찰하기 시작했다. 담배가 떨어져 가고 있었기 때문에 담배 한 개비 한 개비가 소중한 시점이었다.

점심을 먹고 나서 두 조카는 마지막 남은 담배를 누가 차지할지를 추첨했고, 거기서 이긴 사람이 경건한 마음으로 담배에 불을 붙였다. 그 순간 까마귀가 홀연히 나타났다. 그리고 우리가 앉아 있는 곳을 향해 직진하더니 엄청난 공중 곡예 기술을 보이며 담배를 낚아챈 다음 오두막의 지붕으로 돌아갔다. 녀석은 오두막의 지붕에 앉아서 모두가 소중히 여기는 그 물건을 자기 부리에 문 채 우리를 놀리듯 바라보았다. 모든 것이 분명해진 느낌이었다. 녀석은 나쁜 징조가 아니었다. 그냥 장난을 치며 즐기고 있는 것이었다.

그때 이후 나는 까마귀의 장난기를 경험한 일화를 많이 들었다. 녀석들은 자기들끼리 숨바꼭질을 하고 개들과 술래잡기도 한다. 고양이를 놀리거나 공중에 막대를 던지고 그것을 잡는 놀이도 한다. 또 눈 덮인 지붕에서 냄비 뚜껑을 이용해 썰매를 타고, 아래쪽에 도착하면 부리로 뚜껑을 들고 꼭대기로 올라가서 다시 썰매를 탄다.

장난을 친다는 것은 창의력이 있다는 의미이고, 까마귀는 최선을 다해 자신의 창의력을 과시한다. 이솝 우화에는 물이 조금밖에 담기지 않은 물병을 발견한 목마른 까마귀의 이야기가 나온다. 그 까마귀는 물병에 조약돌들을 집어넣어서 물의 높이를 올려 물을 마신다. 실제 실험에서도 까마귀는 이와 비슷한 행동을 했을 뿐 아니라 도구를 사용해야 해결할 수 있는 다수의 임무를 완수하는 능력을 보였다.

사실 까마귀는 우리가 지적 능력과 연결 짓는 특성을 많이 가지고 있다. 녀석들이 유머 감각을 지녔다는 사실도 꽤 명백하다. 계획을 하고, 호기심을 보이고, 적응을 하는 능력을 가진 동시에 매우 개인주의적이다. 고대부터 까마귀는 도시에서 얻을 수 있는 수많은 기회에 이끌려 도시에 살면서도 절대 가축이 되는 운명은 허락하지 않았다. 지적 능력은 교육적인 부모 밑에서 자라며 사회생활을 배우는 비교적 긴 아동기를 거치는 것과 연관이 있다. 까마귀는 이런 모든 조건에 부합한다. 아리스토텔레스는 까마귀가 다른 새들보다 새끼를 더 오래 돌보고, 가족 성원들과 계속 관계를 유지한다는 관찰 결과를 남겼다. 이제 우리는 그들이 수없이 많은 종류의 소리로 의사소통을 하고, 좋은 물론 개체도 구별한다는 것을 알게 되었다. 거기에 더해 그들은 저마다 식별이 가능한 소리를 가지고 있어서, 같은 무리의 다른 성원들끼리는 소리를 듣고서 누구인지 알아차릴 수 있다. 심지어 인간의 보디랭귀지도 이해를 하기 때문에 손가락으로 어디인가를 가리키면 그곳을 쳐다본다. 침팬지는 그렇게 하지 못한다.

까치와 마찬가지로 까마귀도 죽은 친척 주변을 둘러싸며 모이곤 한다. 비록 이런 행동이 죽음을 기리기 위한 것인지 충성심을 표현하기 위한 것인지는 알 수 없지만 말이다. 하지만 확실한 것은 녀석들의 기억력이 좋다는 사실이다. 까마귀는 기억력 게임을 하면 두 개의 동일한 이미지를 문제없이 맞춘다. 사람의 얼굴을 구별하는 능력이 탁월해서 미 육군은 오사마 빈라덴Osama bin Laden을 찾는 작전에 까마귀를 동원하려는 시도를 했다. 까마귀는 자기에게 못되게 군 사람을 알아보는 능력이 특히 탁월하고 심지어 다른 까마귀에게 악당을 식별하는 법을 가르치기도 한다. 녀석들은 주변에서 일어나는 일을 모두 상세히 파악하고 있기 때문에 우리 집 주변에서 무슨 일이 일어나는지 제일 잘 알고 있을 것이다.

나무에 앉아 날카로운 시력으로 나를 관찰하는 녀석들은 내가 그들을 볼 수 있는 것보다 훨씬 더 자세히 나를 볼 수 있을 것이다. 그 사실을 생각할수록 조금 어색하게 느껴졌다. 하지만 바로 그것이 자연의 순리이다. 그들은 나무에 앉아 있으면 주변의 자연과 잘 어우러져서 눈에 띄지 않는다.

우리 집 천장에 사는 다람쥐는 예외였다. 자기가 선택한 둥지에서 누구의 방해도 받지 않으며 살고 싶었을지도 모르지만 수줍음과는 거리가 먼 녀석이었다. 다음번에 다람쥐를 마주친 때는 녀석이 어디인가로 바삐 가는 도중이었다. 그때 우연히 사과를 먹고 있었던 나는 사과 한 조각을 그쪽으로 툭 던졌다. 늘 그렇듯 그녀는 서두르고 있었지만 잠깐 멈추어서 나를 빤히 쳐다보았다. 내가 던져 주는 음식을 받아먹을 정도로 자존심을 버리지는 않았지만 나를 더 자세히 관찰하기 위해 뒷다리로 꼿꼿이 섰다. 눈이 아이처럼 커다랗고 하얀 배는 무방비 상태로 노출이 되어 있었다. 이번에는 짜증 난다는 듯 꼬리를 움찔거리지도 않았다. 바로 그 순간 나는 그녀의 다락 아파트를 압수하는 것에 대한 보상으로 견과류로 가득 채운 다람쥐 모이통을 설치하기로 결심했다.

인간이 아닌 생물들과 가까이 지내는 것은 놀라울 정도로 편안한 경험이 될 수 있다. 심리학적인 관점에서 보면 그 이유를 짐작하기가 어렵지 않다. 그런 관계는 이유나 죄책감이나 용서 같은 개념에서 자유로울 수 있다. 나는 그녀에게 지붕 밑의 펠트와 단열재에 대해서, 그리고 지붕이 집 전체에서 얼마나 중요한 부분인지에 관해서 길게 설명할 수 있었고, 그녀가 지붕 밑 그 공간에 계속 머무를 경우에 벌어질 일을 차근차근 짚어 줄 수도 있었다. 그러나 아무 소용도 없는 일일 것이다. 다람쥐 세상의 문법은 우리가 사는 세상의 법칙보다 훨씬 단순하며 〈이러이러할 수도 있다〉 따위의 조건부 명제 같은 복잡한 요인들이 존재하지 않는다. 그녀는 원인과 결과라는 것에 그다지 익숙하지 않다. 그녀에게 과거 시제는 손에 잡히는 씨앗의 기억이나 실제 장소와 단단히 결합되어 있을 뿐이고 그마저도 가끔 망각한다. 소유격 대명사 중에서 그녀에게 필요한 표현은 〈내 것mine〉이 유일하다.

일단 다람쥐가 퇴출 명령을 받아들인 듯했다. 지붕 문제 중 한 가지는 해결된 느낌이 들었다. 다행이었다. 점심시간 이후에 목수와 그의 조수들이 왔다. 그들은 오자마자 지붕 밑에 있는 펠트 일부를 뜯어서 그 아래가 어떤 상태인지 보고 싶어 했다. 사다리가 등장하고 안전이 확보된 후에 두 사람이 지붕 아래로 들어갔다.

나와 다람쥐가 상황을 전혀 다르게 이해하고 있다는 사실을 깨달은 것은 바로 그때였다. 우리는 분명 상황을 정반대로 이해하고 있었다. 그녀는 우리의 행동을 자신의 영역에 대한 뻔뻔한 공격으로 받아들였고 이런 식의 침해에 대해 매우 강한 감정적 대응을 감행하기로 결심한 듯했다. 녀석은 전쟁에 나서는 타잔처럼 나무들을 건너뛰며 달려왔다. 몇 개의 나무를 거쳐 그녀는 지붕 밑으로 뛰어들었다. 그곳에서 뒷다리로 꼿꼿이 서서 저주의 말을 요란하고도 길게 퍼부었다. 상황이 얼마나 심각한지를 강조하기 위해 발도 몇 번 굴렀다. 일꾼들은 어색하지만 눈을 뗄 수 없다는 표정으로 그녀를 바라보다가 다시 아래로 내려와 펠트를 제거하는 작업을 시작했다.

그 장면은 정말 인상적이었다. 그토록 당당하고 용감할 수 있다니! 그럼에도 불구하고 녀석은 영역 싸움에서 졌고 둥지 철거를 피할 수 없었다. 그녀의 다락 아파트는 사라지고 집은 당분간 일꾼들이 차지할 예정이었다. 나는 짐을 싼 다음 집 안팎을 마지막으로 한번 둘러보고 열쇠를 넘겼다.

지붕 밑 공간에 새 펠트와 단열재를 설치하는 작업이 마무리된 즈음에는 봄이 조금 더 무르익어 있었다. 지붕 작업은 새 국면에 접어들었다. 홈통과 세로 물받이가 설치될 예정이었는데, 이 작업을 하는 금속 세공인이 물받이를 빗물 통과 연결할지를 물었다.

빗물 통을 설치하는 것은 당연한 일이었다. 실용적일 뿐 아니라 그런 물건은 상징성도 가지고 있기 때문이다. 인터넷 덕분에 나는 딱 마음에 드는 초록색의 중고 금속 빗물 통을 찾는 데 성공했다. 금상첨화로 판매자가 오두막으로 빗물 통을 가져다주기로 했다. 나는 그냥 오두막에 가 있다가 그 물건을 받기만 하면 되었다. 시기적으로 시골집 마당에 여름 둥지를 만든 철새들을 볼 수 있을 것이라는 희망도 있었다. 집들이 선물로 이미 새집까지 샀고, 그 김에 소량의 빗물을 측정할 수 있는 강우계도 샀다.

내가 시골집에 묵었던 주에 일꾼들은 휴가를 떠난 상태였다. 하지만 마당에서 열심히 망치질하는 소리가 들렸다. 딱따구리가 목수들의 작업과 봄 햇살에서 영감을 얻은 것이 분명했다. 딱따구리는 봄마다 새 구멍을 만들어 둥지를 짓는다. 그렇게 만든 둥지에서 새끼를 낳고 키운다. 암수 사이에서는 새끼를 돌보는 일을 평등하게 나누어서 사이좋게 해내면서도 사회성이 뛰어나지는 않다. 그럼에도 불구하고 그들은 북소리처럼 들리는 나무 쪼는 소리를 통해 서로 협조하고 중요한 정보를 전달한다. 딱따구리에게 부리로 쪼는 수를 달리해서 특정 물건을 요청하는 법을 가르치는 데 성공한 실험도 있다. 타악기의 대가인 그들은 쪼아 대는 대상을 바꾸어서 음조를 바꾸는 예술가이기도 하다.

딱따구리의 부리는 북채 기능을 할 뿐 아니라 망치, 레버, 끌, 곤충 감지기 등으로도 변신한다. 이 다양한 기능을 1분 사이에 모두 동원할 때도 많다. 우리 마당을 방문한 딱따구리는 자신의 능력을 기꺼이 나에게 보여 줄 준비가 된 듯했다. 녀석은 무엇인가를 살피듯 약하게 나무 둥치를 두드려서 애벌레의 위치를 알아낸 후 나무껍질을 들어 올려 맛있는 식사를 즐겼다. 그런 다음 부리는 드릴로 변신해 새 둥지가 될 구멍을 파는 데 동원되었다. 나는 녀석이 우리 마당에 구멍을 이미 몇 개나 만들었을지 궁금했다. 그 구멍들 중 하나에는 이미 동고비가 살고 있었다. 동고비는 진흙으로 입구를 세심하게 좁혀서 딱따구리가 자기 새끼를 먹는 것으로 월세를 거두어들이지 않도록 했다.

모든 집이 그렇듯 새 둥지의 모양새도 그곳에 누가 사는지에 관해 말해 준다. 딱따구리는 자기 집을 톱밥으로 꾸미는 반면 어떤 새는 나무껍질 조각들을 사용한다. 창고 근처에 떨어진 찌르레기의 둥지는 예술 작품 그 자체였다. 바깥쪽은 침엽수 잔가지를 엮어서 사이사이에 이끼와 자작나무의 껍질 조각으로 장식했고, 안쪽은 진흙으로 매끄럽게 만든 다음 부드러운 풀로 안락하게 꾸며냈다. 새들이라고 해서 아름다움과 잘 만들어진 공예품을 음미하지 말라는 법은 없다. 어떤 외국 새들은 둥지를 생화로 끊임없이 단장을 하고, 레이디들의 눈을 끌기 위한 춤을 추는 곳에 특정 색깔의 물건을 가져와 장식을 하기도 한다.

새집을 가져온 덕에 나도 새가 둥지를 트는 데 일조한 느낌이 들었다. 나무에 올라가는 것을 별로 좋아하지 않기 때문에 나는 가지에 걸어 둘 수 있는 모델을 샀다. 우리 오두막과 비슷하게 생긴 빨간색의 작은 집이었지만 둥지를 틀기에는 좋은 조건이 아니었다. 바람이 불면 엄청나게 흔들릴 것이기 때문이다. 흔들거리는 이 작은 집이 적어도 겨울새들의 모이통 역할이라도 했으면 좋겠다고 바랐다.

새집을 가지에 건 다음 나는 내가 살 집의 내부를 꾸미기 시작했다. 꾸밀 만한 공간도 별로 없긴 했지만, 램프를 가져다 놓았고 엄마가 사용했던 야생화 무늬의 커튼을 달았다. 그 작업을 마치고 밖으로 나갔다가 놀랍게도 푸른박새가 실패작에 불과한 새집으로 날아드는 광경을 목격했다. 입구가 흔들거리는데도 녀석은 아무 망설임 없이 구멍 속으로 정확하게 들어갔다. 작은 새의 몸이 빠른 속도로 입구에 들어갈 때 퐁 하는 소리가 들렸을 뿐이다.

푸른박새가 둥지에 까다롭지 않다는 사실은 알고 있었다. 스톡홀름 집의 부엌 환기구에도 푸른박새 한 마리가 이미 살고 있었다. 창문 밖으로 몸을 한껏 기울이면 금속 철망 사이로 반짝이는 까만 눈 두 개와 마주치기도 했다. 우리는 서로 상대방에 대해 조금 궁금해하는 사이였다. 그녀는 날아서 지나가다가 처음으로 부엌 창문을 통해 나를 발견하고는 급히 이웃집 마당에 있는 느릅나무로 돌아갔다. 애벌레를 찾느라 방금까지 앉아 있었던 나무였다. 내가 부엌에서 나와 방으로 들어가면 그녀도 자리를 떴지만 부엌 창문 근처로 다시 가면 날아가다가도 그 느릅나무의 가지에 앉았다. 우리는 그런 식으로 오가기를 몇 번 반복했다. 그러다 푸른박새가 창문 가까이로 왔는데, 창문에 비친 내 실루엣에 놀라 뒤로 물러섰다. 내가 물러서자 그녀는 다시 돌아왔다. 마치 댄스 스텝을 밟는 느낌이었다. 그 춤을 계속 추는 사이에 녀석은 점점 대담해졌다. 얼마 가지 않아 내가 방으로 들어가면 녀석은 나를 찾아 창틀로 날아와 앉았다. 다른 새들과 마찬가지로, 나와 다른 방식으로 세상을 경험하는 그녀의 눈에 나는 호기심을 북돋는 관찰 대상이었을 것이다. 푸른박새는 그림자로도 형상과 거리를 일부 짐작하고 물체를 약간

왜곡되게 감지하는 시각을 가지고 있다. 모두 곤충을 더 잘 찾아내려는 목적에 최적화된 것이다. 그러나 내 정체를 파악하기는 어려웠을 듯하다.

우리의 만남이 유리창을 사이에 두고 이루어졌기 때문에 더 안전하기는 해도 더 이상했을 확률이 높다. 작가 비외른 본 로젠Björn von Rosen은 집 안에서 자기가 움직일 때마다 이 창문에서 저 창문으로 자리를 옮기며 따라다니는 새를 묘사한 적이 있다. 로젠과 그 새의 접촉은 그가 그녀에게 창틀에서 먹이를 주면서 시작되었고, 시간이 흐르면서는 밖으로 나온 로젠을 보고 그녀가 접근하는 단계까지 발전했다. 나는 우리 스톡홀름 집에 사는 푸른박새와 그런 가까운 관계까지 발전하지 못했지만 수줍으면서도 호기심에 가득한 그녀의 눈을 마주 볼 수는 있었다.

나의 푸른박새는 점점 사라져 가는 낙엽수림 대신 새로운 도전과 어려움이 도사리고 있는 도시로 이주한 생물들 중 하나였다. 도시로 이주한 새들이 마주치는 문제는 단지 나무가 아니라 건물에 둥지를 틀어야 하는 데서 그치지 않는다. 박새는 도시 소음을 뚫고 서로에게 자기의 존재와 의사를 전달하기 위해 더 큰 소리로 울어야 하고 찌르레기의 노래는 점점 더 빨라진다. 소음으로 가득 찬 도시 환경 속에서 새들은 점점 더 잠에서 일찍 깨고, 생물학적 시계가 더 빨리 움직여 성적 완숙기에 더 빨리 도달한다. 마치 도시 생활의 스트레스가 새들에게까지 전염이 되는 듯한 형국이다. 도시가 확장되면서 많은 종류의 동물이 도시에 살게 되었고, 우리 집 발코니에서도 열두어 종의 새를 볼 수 있다. 어느 날 길을 걷는데 머리 위에서 깃털이 우수수 떨어졌다. 참매가 비둘기 둥지를 발견한 것이었다. 한 종이 도시로 들어오면 사슬처럼 다른 종도 따라 들어오게 마련이다.

그럼에도 불구하고 새를 생각하면 도시의 벽보다는 자유로운 비상을 떠올리고 싶은 것이 나의 바람이었다. 책상에 앉아 있다가도 비슷한 종류의 가벼움이 느껴지는 날이면, 나는 잉크가 묻은 수많은 깃펜을 떠올리곤 한다. 새의 깃털로 만든 펜은 수천 년 동안 자유로운 비상의 꿈을 담고 이카로스Icaros와 천사들처럼 날아올랐다. 몸은 무겁더라도 말과 생각에 날개를 다는 것은 가능했기 때문이다.

레오나르도 다빈치Leonardo da Vinci는 날아다니는 새를 관찰해서 알게 된 사실들로 몇 권의 책을 채웠다. 그는 공기가 어느 정도 물처럼 행동하고, 날개 위와 아래로 모두 공기가 흐른다는 것도 깨달았다. 세월이 많이 흐른 후에는 새의 비행에 관한 그의 연구로부터 도움을 받은 라이트 형제가 비행 기계를 발명하기에 이르렀다. 예를 들어 라이트 형제는 새의 꼬리 깃털이 비행 중 방향을 잡는 데 필수적이라는 사실을 이해했다.

하지만 어떤 파일럿도 새를 능가하지는 못한다. 새의

비행은 모든 면에서 알면 알수록 경탄스럽다. 시속 60킬로미터 이상의 고속 비행을 하다가도 갑자기 멈추어 흔들거리는 가지에 착륙할 수 있는 새도 있고, 바람이 세차게 불어도 잠을 잘 수 있는 새가 있는가 하면, 공중에서 짝짓기를 할 수 있는 새도 있다. 새의 깃털은 감각 기관의 역할을 해서 깃털의 뿌리는 풍속 정보를 피부 신경에 전달한다. 날개를 위쪽으로 움직이면 깃털이 활짝 펴지지만, 날개가 공기를 밀어젖히는 동안 미세한 가시들이 깃털들을 연결해서 흩어지지 않도록 한다. 동일한 깃털은 단 한 개도 존재하지 않으며 새가 날기 위해서는 모든 깃털이 힘을 합쳐야 한다.

철새들이 긴 여행을 하는 내내 함께 뭉치는 것과 다르지 않다. 태양 아래 수많은 것과 마찬가지로 그들도 같은 법칙을 따른다. 태양을 중심으로 지구가 도는 동안 그 위에 존재하는 모든 생명이 영향을 받기 때문이다. 다행히도 우리는 시속 10만 8천 킬로미터로 움직이는 지구의 속도를 감지하지 못한다. 그러나 그물처럼 얽힌 자오선은 5백만 마리에 달하는 철새가 세상을 가로질러 이동할 때 방향을 잡도록 도움을 준다. 어떤 새는 태양에 가까워지기 위해 수천 마일을 쉴 새 없이 날고 어떤 새는 심지어 히말라야산맥을 가로지른다. 새의 깃털에 묻어 씨앗이 이동하기도 하며, 나름의 이유로 이동하는 곤충도 새의 비행에 편승하기도 한다. 새가 날갯짓을 하면 공기는 마치 희열에 찬 듯 진동을 한다. 하늘 높이 나는 새의 심장은 몸 전체에 생명력과 온기를 순환시키기 위해 내 심장보다 열 배나 빨리 뛴다.

그 많은 새가 이동을 하도록 만드는 추동력은 과연 무엇일까? 새가 온도 변화를 감지한다는 사실은 명백하다. 최근 들어 기후가 변화하면서 수백만 마리의 철새가 이동하는 거리가 짧아졌고, 북유럽 국가들의 기온이 점점 더 높아지면서 다른 곳으로 이동을 하지 않고 1년 내내 한곳에 머무는 새의 수가 증가했다. 다람쥐도 변화하는 기후에 적응하고 있다. 핀란드에서는 겨울의 추위가 혹독해지면 다람쥐가 동쪽으로 이동한다는 말이 중세 시대부터 전해 내려온다. 이런 일이 벌어질 때면 그들은 무리를 지어 이동을 하는데, 서로 거리를 두는 식으로 독립적인 생활 패턴을 유지하면서도 그들이 구성하는 횡대가 몇 마일에 달할 때도 있다고 한다. 스웨덴에서는 특히 춥고 눈이 많이 왔던 1995년 겨울에 다람쥐 대이동이 목격되었다. 하지만 가장 극적인 이야기는 시베리아를 출발한 다람쥐 떼의 대이동이었다. 산맥과 강도 그들의 앞길을 막지 못했다. 수많은 다람쥐가 기진맥진한 상태로 발에서 피와 진물이 줄줄 흐르고 간혹 마비되기도 했지만 발을 뗄 수 있는 다람쥐는 계속 전진했다. 혹독한 추위가 닥쳤던 1847년 겨울에는 다람쥐 수천 마리가 예니세이강을 헤엄쳐 건너서 크라스노야르스크시로 이동했지만 거기서 대량 학살을 당하고 말았다.

이런 현상을 생각하다 보니 다람쥐에 대해 조금 더 궁

금증이 생겼다. 각자 영역을 확보하며 혼자 사는 것을 선호하는 그들이 그런 식으로 공동체를 형성해 동쪽으로 이동하도록 만든 요인은 무엇이었을까? 결국 서로서로 영향을 준 것일까, 아니면 급격한 온도 변화가 닥칠 예정이라는 점을 감지하는 내부 측정기가 있는 것일까?

철새는 내부 측정기와 빛 감지기를 가지고 있는 것 같다. 원래 머물던 곳에 가을이 와서 햇빛이 약해지기 시작하자마자 수십억 마리의 새가 전세기를 타고 움직이는 여행객들처럼 떼를 지어 갑자기 남쪽으로 이동하기 시작한다. 비행기 승객들과 마찬가지로 철새도 수화물 중량 한도를 넘어서는 안 되기 때문에 자기 몸 안에 음식을 얼마큼 저장할 수 있는지를 그램 단위까지 정확히 알아야 한다. 대부분 견과류 하나 정도에 든 열량이면 아프리카까지 여정이 가능하다. 음식 말고도 몸 안에는 무게가 나가는 중요한 것들이 있다. 날갯짓을 하는 데 필요한 가슴근육이 빨리 자라야 하고 길을 찾는 데 도움을 줄 뇌세포의 성장도 중요하다. 그러나 진화는 철새의 방광을 필요 없는 바닥짐*으로 간주해서 없애 버렸다. 폐기 물질은 날아가는 사이에 몸 밖으로 배출하면 되는 일이기 때문이다.

매우 오래전부터 그들의 시간표는 뇌에 각인되었으며 아무도 혼자 뒤에 남겨지는 것을 원치 않는다. 1933년 독일의 한 조류 관측소에서 날개에 부상을 입은 황새 한 마

* 배나 열기구의 중심을 잡기 위해 바닥에 놓는 물건.

리를 돌보아 주었다. 하지만 이동을 해야 한다는 욕구가 너무 절박한 나머지 녀석은 관측소를 탈출했다. 녀석은 날아갈 수 없었기 때문에, 6주에 걸친 가을 내내 동료들이 날아간 방향으로 150킬로미터를 걸었다. 이 경로는 새끼 때부터 머릿속에 있는 지식인 듯하다. 처음 이동을 하는 새도 길을 찾아갈 줄 안다. 새장에 갇힌 찌르레기도 황새와 비슷한 절박감을 느끼는 것 같다. 그들도 이동을 해야 하는 계절 동안 새장의 창살에 날개를 계속 부딪히며 날아가길 원하는 것으로 보였기 때문이다.

철새는 머릿속에 지도를 가지고 있다. 그 지도에는 지구의 이미지뿐 아니라 별의 위치도 점자처럼 찍혀 있다. 제비갈매기 새끼는 둥지에 앉아서 하늘을 빤히 올려다보며 몇 주 만에 태양과 여러 별의 위치를 외운다. 북극성은 그들의 기준이다. 제비갈매기는 둥지를 떠나기 전에 주변을 한 바퀴 돌면서 그 지역의 지형과 풍경을 각인한다. 그들의 지도는 날아가는 동안 무한대로 확장될 것이다.

바로 이것, 철새의 여정이 『닐스의 모험 *Nils Holgerssons underbara resa genom Sverige*』에 나오는 지리 공부에 생명력을 불어넣는다. 어린이 동화 『닐스의 모험』은 원래 학교 교과서로 쓰기 위해 기획되었다. 출판사는 저자 셀마 라겔뢰프 *Selma Lagerlöf* 에게 교사들이 수업에 사용하는 지리학적 정보와 교육 지침을 전달했다. 그 자료를 읽으면서 라겔뢰프는 점점 흥미를 잃어 갔다. 어떻게 하면 생생하게 살아 있는 교과서를 만들 수 있을까? 황금처럼 소중한 초록으로 덮인 지형과 기후, 식물 등의 이야기에 생명력을 불어넣을 수 있는 방법은 무엇일까? 그녀가 찾은 해결책은 이 풍경 속으로 동물을 들여보내는 것이었다. 그러자 빡빡한 숲에서 움직임이 보이고 나무에서 노랫소리가 들리기 시작했다.

동물이 줄거리를 이끌어 나간다는 아이디어는 조지프 러디어드 키플링Joseph Rudyard Kipling의 『정글북*The Jungle Book*』에서 차용한 것이다. 그 책에서는 한 소년이 동물들 속에서 그들의 언어와 교훈을 배운다. 키플링의 우두머리 늑대 〈아킬라〉에 해당하는 것이 라겔뢰프의 우두머리 거위 〈아카〉이고, 키플링의 호랑이 〈시어 칸〉은 라겔뢰프의 여우 〈스미레〉와 들어맞다. 스웨덴의 자연환경은 정글과 상당히 다르기 때문에 라겔뢰프의 작품에는 무스, 청둥오리, 백조, 독수리 등이 등장한다. 이들은 원래 자연에서 사는 모습과 다르지 않게 행동한다. 말은 하지만 옛 우화나 디즈니 작품들에 등장하는 것처럼 동물의 모습을 가진 인간이 아니다. 그저 지구상에 오로지 인간만 사는 것이 아니며 인간이 가장 중요한 존재가 아니라는 사실을 보여 줄 뿐이다.

물론 여우 스미레가 거위 떼를 쫓아 스웨덴을 횡단한 일은 말이 되지 않지만, 야생 거위 떼의 두서없는 여정에 목적의식과 흥분감을 주면서 맥락을 부여한다. 라겔뢰프는 자연 과학을 전혀 모르는 사람이 아니었다. 예를 들어 어릴 때 집 거위가 야생 거위를 만나 도망갔다가 새끼를 데리고 돌아오는 모습을 본 적도 있고, 야생 거위의 행동에 대해 철새 전문가의 조언을 구하기도 했다. 그녀는 언어를 사용해서 자연에 대한 지식에 생명력을 불어넣었다. 작가 미셸 투르니에Michel Tournier는 후에 『닐스의 모험』을 장 드 라퐁텐Jean de La Fontaine의 우화나 앙투안 드 생텍쥐페리Antoine de Saint-Exupéry의 『어린 왕자*The Little Prince*』와 동급의 고전이라고 평가했다.

내 눈에 닐스의 날개 달린 친구들은 그 이야기에 등장하는 어느 누구보다도 빛을 발한다. 새는 현실 속에서도 동화 같은 존재이다. 종이에 적힌 글자만큼 가벼운 데다 놀라운 감각을 가진 덕분에 폭풍우가 치는 바다와 광대한 대륙을 건너 원하는 장소에 정확하게 도달할 수 있지 않은가.

새의 비행을 가까이에서 관찰하고 싶은 욕심을 품은 적이 있었다. 그래서 꽤 더웠던 어느 9월 저녁에 나는 베멘회이로 향하는 마지막 버스에 올랐다. 닐스가 모험을 시작한 바로 그곳이었다. 텐트, 그리고 새처럼 방향을 잡는 데 도움을 줄 별자리 지도가 그려진 우산도 챙겼다. 최종 목적지는 철새가 지나가는 길에 위치한 팔스터보 해안이었다. 버스가 종점에 도착했을 때는 이미 해가 져서 어두웠지만, 등대에서 비치는 불빛 덕분에 풀이 짧으면서도 수평선이 가까운 장소를 찾을 수 있었다. 그곳에 텐트를 치고 자리를 잡았다. 이내 텐트 위에서 부드럽게 웅얼거리는 듯한 소리가 들렸다. 수백만 마리의 철새가 해안선 전체를 완전히 덮는 광경을 담은 레이더 화면 영상을 본 적이 있다. 새들은 꽃이 활짝 피듯 화면을 덮었다가 순간적으로 바다 쪽으로 스러지듯 사라져 버리곤 했다. 해안선 자체가 날아가는 듯한 그 광경이 이제 내 머리 위에서 펼쳐지고 있었다.

나는 그 웅얼거림 아래에 몸을 눕혔다. 나를 감싸는 포근한 다운 침낭이 야생 거위의 날개처럼 느껴졌다. 어린아이의 기억보다 더 빠른 속도로 호수와 강과 산이 날아가는 새의 기억에 저장되는 것을 상상했다. 새는 어디에 있든 상관없이 위치의 경도와 위도를 알고 있다. 그들은 뛰어난 감각을 가지고 있고 눈이 머리 양쪽에 자리한 덕분에 넓은 시야를 확보할 수 있다. 게다가 파도의 움직임에서 나오는 초저주파음을 바다 건너에서부터 들을 수 있지만 가장 중요한 것은 그들이 가지고 있는 지구에 대한 감각이다. 지구 깊숙한 곳에서 강물처럼 흐르며 붉게 빛나는 쇳물은 자기장을 만들어 내고 새는 쇳가루가 방향을 그리듯 가야 할 방향을 찾아낸다. 지구의 자기장은 새가 이동할 때 명확한 방향을 제시해 준다. 이를 방해하는 것은 오직 도시인이 사용하는 전자 제품에서 나오는 전자기뿐이다. 새는 우리보다 지구와 태양과 훨씬 더 치열하고 밀접한 관계를 맺으며 살고 있었다.

동이 틀 무렵 텐트 밖을 내다보았다. 나는 꿈과 현실이 완전히 구분되지 않은 경계선 정도의 의식 상태에 있었다. 풀 위에 알 하나가 반짝이고 있는 모습이 마치 동화의 한 장면 같았다. 그 모습을 더 자세히 살펴본 후 나는 주변 환경을 이해하는 내 능력이 새에 비해 한참 떨어진다는 사실을 다시 한번 절감했다. 그 알은 공이었고 밤에 내 영토로 선언한 곳은 사실 골프장이었기 때문이다. 텐트를 챙기고 떠날 준비를 하면서 작은 알 하나에도 세계를 가로지르는 여정을 감당할 수 있는 모든 것이 다 들어 있을 것이라는 생각에 이르렀다.

알은 새의 기원이다. 그러니 알껍데기 안에 들어 있는 그 작은 생명과 모종의 연결점을 찾기를 원하면 거기서부터 시작하는 것이 좋을 것이다. 콘라트 로렌츠Konrad Lorenz는 회색기러기를 연구하면서 바로 그렇게 했다. 그는 어릴 때 다뉴브강 위를 날아가는 야생 기러기 떼를 보고 기러기에 매료되었다. 그들이 어디로 가는지도 모르면서 어린이다운 열망으로 그들을 따라가고 싶어 했다. 그 후에 그는 자기의 감정을 이미지로 표현했는데 거기에는 늘 기러기가 등장했다. 동물학자로서 그는 다른 방법으로 그들의 삶을 따라가게 되었다. 로렌츠의 집은 어항에 사는 물고기, 개, 영장류, 설치류, 앵무새, 갈까마귀 등으로 가득했지만 로렌츠는 자신이 기르던 회색기러기들과 특별한 관계를 유지했다. 회색기러기가 알에서 어떻게 부화하는지를 보기 위해 그는 집 거위에게 회색기러기 알 몇 개를 품도록 했다가, 부화하기 직전에 알 하나를 부화기로 옮겨서 생명의 탄생을 지켜보았다. 알에 귀를 대보니 안에서 쩍쩍거리고, 똑똑 두드리고, 부스럭거리는 소리가 들렸다. 그러다가 알껍데기에 구멍이 났고 부리가 삐져나왔다. 조금 더 시간이 흐른 후 모습을 드러낸 눈 하나와 그의 눈이 마주쳤다. 그런 다음 회색기러기 새끼가 엄마를 향해 내는 첫 접촉용 울음소리가 들려왔다. 로렌츠는 작은 속삭임 같은 그 소리를 따라 했다. 이 만남의 의식을 통해 로렌츠는 회색기러기의 엄마가 되었고, 새끼 기러기는 그를 보호자로 각인했다.

의도한 바는 전혀 아니었지만 그 후 내내 새끼 기러기를 단 한순간도 혼자 두는 것이 불가능했다. 잠시라도 자리를 뜨려고 하면 아기 새는 가슴이 찢어질 듯한 소리로 울었기 때문에, 그는 낮에는 바구니에 담아서 녀석을 들고 다니고 밤에는 침실로 데리고 갔다. 일정한 간격으로 질문을 건네는 것처럼 〈비비비비?〉 하는 접촉용 울음소리도 냈다. 라겔뢰프는 『닐스의 모험』에서 이 소리를 〈나 여기 있는데, 어디 있어요?〉라고 해석했고, 로렌츠도 그의 해석이 정확하다고 생각했다. 그는 아기 새를 키우는 동안 대화가 끊기지 않게 유지했다. 무력한 아기 새에게는 지속적인 접촉이 꼭 필요했기 때문이다. 또 아기 기러기와 형제자매들이 어느 정도 큰 다음부터는 그들이 풀밭에서 신선한 풀잎을 먹고 호수에서 헤엄을 칠 수 있게 허락했다. 녀석들이 날 때에는 로렌츠도 팔을 한껏 벌리고 그 아래에서 함께 뛰었다. 녀석들을 땅에 착륙시키려면 그의 몸을 땅 가까이로 웅크리면 되었다.

하지만 기러기들은 자기들끼리 의사소통도 해야만 한다. 멀리 이동할 때뿐 아니라 언제나 말이다. 그들은 사이클 경주에 나선 선수들처럼 한데 뭉쳐 있을 때마저 시끄럽게 대화를 나누면서 서로 안부를 묻고 관계를 유지한다. 학과 마찬가지로 기러기도 브이자 대형으로 비행을 하기 때문에 날갯짓을 하면 공기 중에 소용돌이가 생겨 뒤따라오는 새의 비행을 돕는다.

다른 종류의 새들은 다른 방식으로 무리를 지어 날아다닌다. 나는 남쪽 지방에 갔다가 수만 마리의 찌르레기가 떼 지어 사방으로 날아가면서 계속 움직이는 그물을 만들어 내는 추상화 같은 광경을 목격한 적이 있다. 찌르레기 무리는 추운 날 입에서 나오는 입김처럼 지평선에서 사라졌다가 다시 솟구치기를 반복하면서, 작아졌다가 다시 커지는 구름을 연상시켰다. 한순간에는 공중에 찍힌 지문처럼 보이는가 하면 다음 순간에는 둥둥 떠가는 기체처럼 보이기도 했다. 그런 새의 무리는 〈중얼거림〉이라는 뜻도 가지고 있는 단어인 〈머머레이션murmuration〉으로 부른다. 나는 그 표현이 좋다. 중얼거림, 흥얼거림, 웅웅거림 등과 연관이 있고, 각 개체의 목소리가 더 큰 공동체의 소리로 조화를 이루며 섞여 드는 상태를 떠올리게 만든다.

그렇게 큰 무리는 어떻게 만들어지게 되는 것일까? 인

간은 이제야 겨우 그런 무리의 구성원들이 다른 동료들의 움직임을 추적하는 방식을 이해하기 시작했다. 새는 우리보다 시야가 넓고 반응 시간이 더 빠르기 때문에 각각의 새는 일곱 마리의 다른 새를 지켜볼 수 있다. 그럼에도 불구하고 번개처럼 재빨리 서로의 움직임에 맞추고 대응하는 능력은 여전히 수수께끼로 남아 있다. 심지어 수십만 마리가 밀집 대형으로 비행을 할 때도 충돌하는 법이 절대 없다. 그들은 속도를 전혀 줄이지 않고 10분의 7초 만에 방향을 바꾼다. 상식적으로는 그런 속도로 의사소통을 할 수가 없다. 게다가 각 개체는 반응 시간이 그보다 느리다. 그들 사이에는 눈에는 보이지 않지만 더 직접적인 어떤 접촉이 벌어지고 있는 것일까?

실제로 그런 식의 일이 벌어지고 있었다. 1990년대 그들의 뇌에 특별한 신경 세포가 다른 개체의 행동을 보고 그대로 따라 하려는 충동을 불러일으킨다는 사실이 밝혀졌다. 이것을 거울 신경이라고 하는데, 웃음이나 몸짓, 하품 등이 전염성을 가지게 되는 원인이기도 하다. 거울 신경은 또 새의 무리 안에서 거의 눈에 띄지 않는 움직임도 전달을 한다. 사회적 공동체 안에서 다른 개체와 리듬을 맞추는 일은 무척 중요하다.

그렇다면 반응이 차례차례 전달되면서 점점 증폭이 된다는 뜻일까? 나는 일본의 한 섬에 사는 원숭이들을 관찰하고 얻은 연구 결과인 〈100번째 원숭이 효과〉를 떠올렸다. 연구 팀은 그 섬의 원숭이들에게 고구마를 주었다. 어

느 날 어린 암컷 원숭이 한 마리가 좋은 아이디어를 생각
해 냈다. 그녀는 고구마를 바닷물에 씻어서 흙을 제거하
고 먹기 시작했고 서서히 다른 원숭이들도 그런 행동을
따라 했다. 그러다 놀라운 일이 벌어졌다. 상당수의 원숭
이, 그러니까 1백 마리 정도의 원숭이가 그런 행동을 하
게 된 즈음에 갑자기 가까운 섬에 사는 다른 원숭이들도
고구마를 씻어 먹기 시작한 것이다.

그와 비슷한 시기에 새에게서도 비슷한 현상이 관찰되
었다. 1950년대 영국에서는 알루미늄 포일로 만든 허술
한 뚜껑을 씌운 우유병이 유통되고 있었다. 매일 아침마
다 우유병이 집 앞으로 배달되어 놓여 있었다. 얼마 가지
않아 런던에 사는 푸른박새들은 그 알루미늄 포일 뚜껑
을 쪼면 우유병 맨 위쪽에 떠 있는 크림을 먹을 수 있다는
사실을 깨달았다. 영국의 모든 푸른박새가 이 기술을 습
득하기까지 그리 오래 걸리지 않았다.

마치 새로 습득한 행동을 따라 하는 개체의 수가 어느
수준에 이르면 마치 모종의 임계 질량에 이르기라도 한
것처럼, 발전하는 속도가 빨라지고 무리의 성격도 달라
지는 듯하다. 엘리아스 카네티Elias Canetti는 저서 『군중과
권력Masse und Macht』에서 군중이 어떻게 갑자기 폭도로 변
하는지를 묘사했다. 군중은 사상이나 문화 운동에 쉽게
휩쓸리기도 한다. 나 또한 일단의 시인들이 찌르레기들
처럼 집단적으로 방향을 바꾸는 모습을 목도한 적이 있
다. 각자의 시들은 개인의 개별성에 관한 내용임에도 불

구하고 말이다. 나는 그 현상에 대해 책까지 썼다.

나는 〈군중 심리〉라는 개념에 매혹되면서도 동시에 불편한 느낌을 가지고 있다. 군중 심리를 생각하면 어릴 적에 꾸었던 두 가지의 꿈이 떠오른다. 그중 하나는 두 팔을 옆으로 펼치고 다리를 오므린 채 하늘을 날아다니는 전형적인 비행 환상의 꿈이었다. 하지만 다른 꿈에서는 내가 외계인 같은 존재들이 사람들에게 서로 닮도록 만드는 혈청을 주사하는 장면을 지켜보고 있었다. 주사를 맞은 사람들은 모두 변신이 기분 좋은 것이라고 나를 설득하지만 나에게는 그런 식으로 모두 동일해지는 것이 악몽이었다. 내가 겁이 난 것이 규격화되는 것이었는지, 자율성을 잃는 것이었는지는 모르겠다. 다만 그저 나도 내친구 다람쥐처럼 내 정체성을 지켜 내고 새처럼 자유롭게 날고 싶어 했다는 것은 확신할 수 있다.

물론 문제는 그들이 어디까지 자유를 누릴 수 있는가 하는 점일 것이다.

자유와 단합, 고독과 유대 사이에는 역학이 존재한다. 새는 이 역학을 잘 보여 준다. 날아다니며 살아가는 그들의 삶은 계절의 변화, 주변 환경의 영향, 조상에게서 물려받은 유전자의 영향을 받는다. 그에 더해 동료들과 함께 여행의 방향을 정하고 서로를 보호한다. 나는 스토라 칼쇠의 절벽에서 바다오리 수천 마리가 한데 모여서 맹금류의 공격을 피하고, 동료들이 바다에서 자맥질하는 것을 보면서 물고기가 어디에 있는지를 파악하는 광경을 목격했다.

동시에 그들은 모두 독특한 개성을 지니고 있었다. 또 1만 4천 개의 알 중에서 자기 알을 찾아내는 능력도 가지고 있었다. 알에서 막 나온 새끼 새들도 귀청이 떨어져 나갈 듯이 시끄럽게 꽥꽥거리는 소란 속에서 자기 부모가 자기를 부르는 소리를 정확히 알아들었다.

이와 비슷한 현상을 쉽게 목격할 수 있다. 우리 눈으로는 거의 감지할 수 없는 작은 뉘앙스의 차이가 알 하나하나, 새 한 마리 한 마리, 새소리 하나하나를 모두 다르게 만든다. 결국 생명과 삶은 온갖 종류의 분류법을 넘어서는 운명을 가진 수십만의 존재가 살아 내는 것이다. 그런 개별성은 가을에 무리를 지은 채 하늘 높이 날아서 이동하는 철새의 비행 대형에서는 보기 힘들지만, 봄을 맞이한 후에는 가을에 발휘하지 못했던 것까지 보충하고도 남을 듯한 기세를 보인다. 봄이 되면 긴 여행길을 지탱해 준 응집력은 사라지고 의사소통 또한 성격이 바뀐다. 지난가을에 수없이 많은 새의 무리를 남쪽으로 실어 나른 바로 그 공기가 이제는 같은 종의 다른 수컷을 경계하는 영역 표시의 노래로 가득 찬다.

그들의 노래는 종을 구분하기 위한 것만은 아니다. 새의 노랫소리에는 〈우리〉와 〈나〉가 함께 들어 있다. 어찌 보면 성과 이름이라고 할 수도 있겠다. 봄이 되면 수컷은 〈나〉를 표현하는 노래에 작은 뉘앙스의 차이를 담아 암컷이 다른 수컷이 아닌 자기를 선택해 주기를 기다린다. 그런 후에야 각각의 개성에 전체 종, 다시 말해 〈우리〉의 개성을 더한 노래를 부를 수 있게 된다.

각각 떨리는 마음으로 자기의 모든 것을 담아 큰 소리로 떠들어 대는 새들의 합창은 내 심금을 울린다. 푸른박새의 보잘것없는 쩍쩍거리는 소리에도 자신이 세상의 중심이라는 마음이 담겨 있다. 하지만 그렇지 않을 이유도 없지 않은가. 빅뱅에서 출발한 영원한 크레셴도도 결국 따지고 보면 모든 가능성을 담은 주먹만 한 곳의 중심에서 시작되지 않았는가. 그러니 그들의 노랫소리가 단순하다고 해서 큰 의미를 담지 말라는 법은 없다.

새의 노래에 〈여기에 내가 있어〉라는 뜻 이상의 의미가 담겨 있을까? 나는 서로 다른 새소리를 구별하는 법을 배웠다. 새소리-스웨덴어 관용어집에 따르면, 예를 들어 노랑턱멧새는 영어로 〈빵 한 조각에 치즈는 필요 없어요A piece of bread and no cheese〉 하고 말하는 듯한 소리를 낸다고 한다. 물론 녀석들이 지저귀는 소리가 이와 비슷한 리듬을 가지고 있다는 뜻이지, 우리가 그 의미를 이해하거나 그런 소리가 나는 것도 아니다. 찌르레기 소리는 〈트루 트룰리 트루 티 티true truly true tee tee〉와는 다른 리듬을 가지고 있다.

새는 음조로 의사소통을 하며 인간은 그런 미세한 음조의 차이를 구분할 능력이 거의 없다. 예를 들어 우리 귀에는 배음이나 굴뚝새가 1분 사이에 내는 750가지의 소리가 들리지 않는다. 심지어 되새의 노래에 담긴 복잡한 변주조차 그 소리를 녹음해서 열 배 느리게 듣지 않고는 알 수가 없다.

게다가 새는 인간과 다른 성대 구조를 가지고 있다. 새의 울대는 한 번에 한 가지 이상의 음조를 낼 수 있다. 그리스 신화에서 시링크스Syrinx는 목신 판Pan의 추적을 피해 갈대로 변신한 님프Nymph의 이름으로 〈울대〉라는 뜻을 가지고 있다. 욕정에 가득 차서 님프를 쫓던 판이 화가 나서 숨을 세차게 내쉴 때마다 갈대가 노래를 불렀고, 판은 그 갈대를 잘라 여러 음이 동시에 나는 팬파이프를 만들었다. 새의 울대도 전혀 끊기지 않고 한 번에 연속적이고 복합적인 소리를 낼 수 있다. 몸의 3분의 1을 차지하는 기낭과 1초에 스무 번씩 숨을 쉬는 호흡 덕에 가능한 일이다.

새는 아름다움도 매우 중요하게 여기는 듯하다. 성공적으로 노래를 하고 나면 몸에 도파민과 옥시토신이 도는 화학적 보상을 받기도 한다. 이런 현상은 가을에 더 많이 관찰되는데, 새는 가을이 되면 영역 표시나 짝짓기 상대에 대한 구애를 위해서가 아니라 노래 그 자체를 위해 노래를 부르는 경우가 대부분이다.

물론 새의 노래를 즐기는 것은 새들뿐이 아니다. 수십만 년 전에 목소리를 낼 수 있는 성대를 갖추게 된 우리 조상들은 새소리를 따라 하고 싶어 했다. 지금까지 발견된 가장 오래된 악기 중 하나는 피리의 종류인데 그 악기는 거의 새 뼈로 만들어졌다. 시간이 흐르면서 언어가 생긴 후에는 노래의 음조, 리듬, 공명을 모방할 수 있는 것은 시가 유일하다고 여겨졌다. 시는 음악에 근원을 두고 있기 때문이다. 고대 그리스의 시는 음악에 맞추어 낭독하게 되어 있었고 아리스토텔레스는 시에서 고조되는 약강 오보격 리듬이 춤추기에 적당하다고 생각했다.

새소리를 들으며 레스보스섬을 산책하던 아리스토텔레스는 어떤 생각을 했을까? 시, 천국, 영혼, 짧은 인생 등 자신이 쓴 글의 소재들을 새가 제대로 포착했다고 생각했을까? 어쩌면 그는 음률에 들어 있는 문법을 살피듯 새의 노래를 자신이 쓴 『시학Poetics』과 비교했을지도 모른다.

이 주제에 관해 아리스토텔레스와 토론을 하면 얼마나 재미있을까? 아리스토텔레스라면 음조의 효과에 관해 후세대 과학자들이 발견한 내용에 크게 관심을 보일 텐데 말이다. 예를 들어 반려견을 키우는 사람이나 어린아이를 키우는 부모는 모두 두 개의 음조로 완전히 다른 의미를 전달할 수 있다. 뚝 끊기는 음조의 끝이 아래로 향하면 경고나 꾸지람의 의미(못됐구나Bad boy!)를 지니지만 끝이 올라가면 명령(이리 와Come here!)이 된다. 또 더 길고 부드러운 음조의 끝이 아래로 향하면 진정하라는 뜻(자, 자There, there!)이 되지만 끝이 올라가면 격려의 의미(잘했어Well done!)를 담는다. 감정은 목소리의 톤에 실려서 전달되기 때문에 언어를 이해하지 못하는 대상에게도 의미를 전달할 수 있다. 어쩌면 리듬은 엄마의 자궁 안에서 들었던 심장 소리를 잠재의식 속에서 일깨우는 역할을 하고 있는지도 모른다. 엄마가 차분할 때면 심장이 느리게 뛰었고 엄마가 화나거나 긴장하면 심장이 빨리 뛰었다는 기억 말이다.

아리스토텔레스는 진심으로 새의 세계를 이해하길 원했다. 그의 제자 테오파라투스가 백합과 꽃박하 연구에 파묻혀 지내는 동안 아리스토텔레스는 140종의 새에 집중했다. 새의 부리 구조와 기능에서부터 알껍데기와 난황의 색조에 이르기까지 샅샅이 연구했다. 그러나 다른 무엇보다도 새의 삶에 대해 알고 싶어 했다. 그는 최초로 철새의 이동에 관해 설명을 하려는 시도를 했고 새소리에 대해 놀라울 정도로 많은 발견을 했다.

예를 들어 그는 새가 알에서 태어날 때부터 노래하는 능력을 타고나는 것이 아니라 학습을 통해 노래를 익힌다는 사실을 알아차렸다. 이제 우리는 그것이 사실이라는 것을 알고 있다. 둥지에 있는 아기 새가 아빠 새의 노래를 들으면 뇌의 신경망이 꽃처럼 피어난다. 노래하는 법을 배우지 않은 새가 내는 소리는 같은 종의 다른 새가 이해하지 못한다. 아기 새는 끊임없이 아빠 새의 노래를 기억해 내면서 같은 멜로디를 수만 번 연습한다. 그러나 결국 완성된 노래는 개별적으로 조금씩 다르다.

인간이 아기 새에게 노래를 가르친 사례가 있다. 19세기 독일에서 숲을 관리하던 사람들이 피리새 새끼들을 둥지에서 훔쳐 키우면서 먹이를 줄 때마다 휘파람을 불었다. 놀랍게도 아기 피리새들은 그 휘파람의 멜로디를 따라 했다. 피리새는 아름다운 노랫소리로 유명한 새가 아니었는데, 이 아기 피리새들은 포크 송이나 고전 음악의 한두 소절을 불렀다. 심지어 찌르레기는 피리새보다 멜로디를 더 잘 따라 할 수 있다. 볼프강 아마데우스 모차르트Wolfgang Amadeus Mozart가 기르던 찌르레기는 자기 주인이 작곡한 피아노 소나타 중 한 곡의 주제부를 노래할 줄 아는 것으로 유명했다.

하지만 앵무새를 능가할 새는 없다. 야생 앵무새는 매우 사회적이며 의사소통을 활발하게 한다. 인간에게 길들여진 앵무새는 멜로디나 악기 소리를 따라 할 수 있을 뿐 아니라 어조와 문장까지도 따라 할 줄 안다. 앵무새가 술을 마시면 특히 더 뻔뻔해진다는 기록을 남긴 것으로 보아서, 아리스토텔레스도 앵무새를 접해 본 경험이 있는 듯하다. 그는 레스보스섬에서 레치나* 한 잔을 앵무새와 나누어 마셨을까? 아테네의 아카데미에서 벌어지는 사상 교류 수준까지는 아니더라도 아리스토텔레스는 다른 생물종도 언어를 가질 수 있다는 사실에 주목했다. 이 분야에서도 그는 개척자였다.

언어적 재능이 가장 뛰어난 새는 회색앵무다. 『기네스

* 향을 첨가한 그리스산 포도주.

북『Guinness World Records』에 따르면 8백여 개의 단어를 말할 줄 아는 회색앵무가 있었다고 한다. 가장 유명한 회생앵무는 〈알렉스〉다. 아이린 페퍼버그Irene Pepperberg는 매우 특정한 목표 의식을 가지고 알렉스에게 기초 영어를 가르쳤다. 그녀는 새가 추상적 개념과 복잡한 질문을 이해할 수 있다는 사실을 증명하고자 했다.

새는 입술이 없기 때문에 알렉스는 알파벳 〈p〉를 발음하는 데 어려움을 겪었지만 얼마 지나지 않아 1백여 개의 단어를 습득했다. 그는 쉰 개의 물체, 일곱 개의 색깔, 다섯 가지의 모양, 그리고 다양한 재질을 문제없이 식별해 냈다. 숫자도 여섯까지 셀 수 있었을 뿐 아니라 0과 〈없다〉의 개념도 이해했다. 알렉스는 또 〈더 크다〉와 〈더 작다〉의 차이, 〈같다〉와 〈다르다〉의 차이도 알았다. 감정 표현도 할 수 있었고, 무엇인가를 원치 않으면 단호하게 〈아니〉라고 말했다. 한편 원하는 것이 있는 경우에는 창의적으로 단어를 조합했다. 예를 들어 알렉스는 사과를 〈반베리banberry〉라고 불렀는데 그에게는 바나나와 비슷한 맛이지만 체리처럼 보였기 때문이다. 케이크를 묘사하기 위해서 〈맛있는 빵yummy bread〉이라는 단어를 발명하기까지 했다.

그는 두 명의 조교가 자기 앞에 앉아 다양한 물건의 이름을 말하고 서로 묻고 대답하는 모습을 보고 단어들을 익혔다. 조교들은 알렉스가 자기들과 동질감을 느낄 수 있도록 새처럼 앉아서 교육을 시켰지만, 알렉스는 심지어 조교들끼리 사적으로만 나누는 말까지 습득해서 적절하게 사용하는 능력을 보였다. 인간의 언어를 배우는 것이 새의 특기는 아니지만, 알렉스를 통해서 그의 예민한 뇌를 어느 정도 이해할 수 있었다. 그는 새가 추상적인 개념과 복잡한 질문을 이해한다는 사실을 성공적으로 증명했다.

새의 정신세계 중 많은 부분을 인간이 이해하지 못한 것만큼은 확실하다. 우리는 새의 지적 능력을 과소평가했을 뿐 아니라 그들 사이의 의사소통 능력도 얕잡아 보았다. 그들이 내는 소리 중 많은 부분이 우리 귀로 들을 수 있는 영역 밖에 있다. 게다가 그들이 내는 소리의 내부적 순서에 따라서 의미가 달라지는 듯하다. 여섯 가지의 음조를 다양한 방법으로 조합하는 쇠박새의 의사소통 방법은 음절들을 조합해서 다른 단어를 만들어 내는 인간의 언어를 연상시킨다.

그 말은 새의 노래를 인간의 언어와 비교할 수 있다는 뜻일까? 이것은 아리스토텔레스와 다윈 모두 열린 마음으로 탐색했던 가능성이다. 그 둘 사이에 연관성이 있다는 것까지는 밝혀졌지만 구체적인 내용은 여전히 새의 뇌에 감추어져 있다. 과학자들이 두개골 크기에 집착을 보일 때만 해도 지적 능력 면에서 새는 거의 바닥 수준이라는 평가를 면하지 못했다. 그러나 학계의 관심이 두개골 내부와 뇌 속에 들어 있는 신경 세포로 향하기 시작하면서, 인간과 새의 신경 세포가 비슷한 방식으로 연결되어 있으며 비슷한 뇌 영역에서 학습이 이루어진다는 사실이 밝혀졌다. 새의 뇌는 공간이 부족하기 때문에 신경이 더 빼곡하고 단단하게 뭉쳐 있고 연결도 더 짧다는 점만 달랐다.

그뿐이 아니었다. 인간과 새의 유사점은 같은 유전자에서 발현된 것이라는 사실도 밝혀졌다. 1998년 발견된 유전자에 〈포크헤드 박스 단백질 P2 forkhead box protein P2〉라는 괴상한 이름이 붙여졌고, 보통 〈FOXP2〉로 부르는 이 유전자는 언어 유전자로 널리 알려지게 되었다. 이 유전자에 변이가 생기면 언어 장애와 자폐증을 초래한다. 그런데 인간뿐 아니라 다른 동물에서도 이 유전자가 발견되었으며, 동물의 경우에도 이 유전자에 변이가 생기면 비슷한 문제를 일으킨다. 변이 유전자를 가진 동물은 소리를 멈칫거리며 내거나 소리를 흉내 내는 것을 어려워한다.

내 머리 위 높은 곳에서 찌르레기가 소나무 가지에 앉은 채 전혀 더듬거리지 않고 유창하게 노래를 하고 있다. 녀석의 신경 세포들은 번개만큼 빠르게 의사소통을 하고 있을 테니, 새의 노래가 그들의 언어라면 이 찌르레기는 언어 천재일 것이다. 음조의 변화가 거의 없는 비둘기나 노래를 별로 부르지 않는 까마귀보다 찌르레기가 평균적으로 더 머리가 좋다고 할 수는 없을 것이다. 지적 능력이 소리로만 표현되지는 않는 데다 언어는 끝없이 다양하기 때문이다. 그러나 찌르레기의 노래가 새의 노래 중에서 가장 사랑스럽다고는 할 수 있다. 이른 봄에 시작되었다가 갑자기 침묵에 빠져 버리는 것이 덧없어서 오히려 더 치열하게 느껴진다. 우리가 부르는 노래와 마찬가지로 찌르레기가 부르는 노래도 아마 그렇고 그런 사랑에 관한 것이겠지만, 새마다 조금씩 자기만의 개성을 가미해서 구태의연한 삶과 시의 테마를 계속 이어 나간다.

알고 보니 내가 환영할 수 있는 철새의 수는 그다지 많지 않았다. 우리 마당에 사는 대부분의 새가 이동을 하지 않고 같은 곳에서 겨울을 났기 때문이다. 그러던 어느 날 마침내 마당에 새로 도착한 물건이 있었다. 바로 지붕에서 떨어지는 빗물을 모을 수 있는 통이었다. 나에게 그 중고 빗물 통을 팔고 배달까지 해준 사람과 함께 요란한 소리를 내며 그 물건을 오두막 한쪽 구석으로 옮겼다. 나는 그에게 빗물 통의 개통을 축하하는 의미로 커피를 마시자고 제안했다. 우리 집까지 친절하게 빗물 통을 가져다주어 고맙다고 말하자, 그는 이 빗물 통의 여행 이력이 꽤 길다고 대답했다. 사실 이 통은 머나먼 나라에서 주스를 담은 채 이동해 로테르담 항구에 도착했고 그다음 스웨덴 남부의 어느 식료품점으로 보내졌다. 나는 통의 여정을 들으면서 철새의 이동을 상상했다. 새가 빛나는 태양을 쫓아가는 동안 황금색 주스로 가득 찬 통은 새의 여정을 반대로 거슬러 올라가는 여행을 했다. 멀리서 우는 갈매기 소리를 들으며 나는 그 통이 잠깐 머물렀던 항구의 분위기를 잠시 느꼈다.

다시 혼자가 된 나는 그 마음을 놓지 않은 채 저녁 식사를 하고 싶었다. 시골집에 올 때 챙겨 온 생선그라탱이 데워지는 동안 나는 물려받은 파티오 테이블을 닦았다. 테이블 매너라고는 전혀 없는 일부 새가 테이블에 흔적을 남겨 놓았기 때문에 나는 음식을 내오기 전에 식탁보를 깔았다. 입맛을 돋우는 김이 모락모락 올라오는 생선그라탱에 곁들일 차가운 맥주만 있으면 완벽한 저녁이 될 터였다. 맥주를 가져오기 위해 딱 30초 동안 자리를 비웠을 뿐이지만 이곳을 호시탐탐 노리던 새에게는 충분한 듯싶었다. 다시 파티오 테이블로 나와 보니 갈매기 한 마리가 으깬 감자 한가운데 서 있었다.

완전히 예상치 못한 기습 공격이었다. 집 안으로 들어가기 전까지 갈매기라고는 한 마리도 보이지 않았건만 아마도 생선 냄새가 바닷가까지 퍼진 모양이었다. 만족스러운 기색으로 날아가는 갈매기의 발이 소스로 범벅이 되어 있었다. 생선은 이미 자취도 없이 먹어 치운 후였다.

10대였을 때 나는 바다 위에 떠 있는 것처럼 보이는 갈매기를 참 좋아했다. 당시만 해도 갈매기에 대해 아는 바가 별로 없었지만 아무것도 모르는 채로 갈매기를 사랑한 사람은 나 말고도 많았다. 1970년대 출간된 『갈매기의 꿈Jonathan Livingston Seagull』은 수백만 권이 팔린 베스트셀러가 되었고 심지어 영화로 만들어지기까지 했다. 이 책은 철학적인 갈매기 조나단 리빙스턴이 뛰어난 비행술을 연마하며 많은 것을 터득한 끝에, 동료 갈매기 떼의 다툼에서 벗어나 혼자 높이 나는 이야기를 담았다. 조나단 리빙스턴은 사회적 성향이 굉장히 강한 실제 갈매기와 닮은 점이 전혀 없다. 1950년대 갈매기를 연구하기 시작한 동물학자 니콜라스 틴베르헌Nikolaas Tinbergen은 커다란 사회로 통하는 문이 자기 눈앞에서 열리는 느낌을 받았다. 갈매기의 몸짓과 소리 하나하나에 먹이와 위험, 분노, 순종, 협조, 짝짓기 상대 찾기, 아기 새 키우기, 적당한 둥지 자리 등의 정보가 담겨 있었기 때문이다.

다른 많은 새와 마찬가지로 갈매기도 쓰레기 더미와 식당들로 인해 항상 먹이를 구할 수 있는 도시로 유입되었다. 해안 지역보다 건물의 지붕이 더 안전한 집을 만들 수 있는 환경을 제공했기 때문에 내가 사는 스톡홀름의 아파트에서도 옆 건물에 사는 갈매기 가족의 운명을 지켜볼 수 있는 기회가 있었다. 창문을 통해 나는 아기 갈매기들이 나는 법을 배우는 모습을 보았다. 아기 갈매기 중 한 마리가 떨어지자, 엄마 갈매기는 자기 몸을 던져 그 근처로 다가오는 행인들로부터 아기 갈매기를 보호했다.

갈매기는 공중을 나는 것만큼 쉽게 다양한 환경 사이를 오간다. 바닷물과 담수를 둘 다 마실 수 있고, 생선의 온갖 부위부터 쥐 같은 작은 동물, 그리고 사람들이 뿌려주는 각종 음식 부스러기에 이르기까지 못 먹는 것이 없다. 녀석들은 또 독창적이기도 해서 비가 오는 소리처럼 들리도록 땅을 발로 쿵쿵 밟아 땅속의 벌레를 유인한다. 심지어 부리에 빵 조각을 물고 연못 속의 금붕어를 유인하는 행동이 관찰된 사례도 있다. 머리가 좋은 갈매기의 저녁 메뉴는 셀 수 없을 만큼 다양하다. 그러니 물속에 든 생선과 공장에서 만든 생선그라탱을 차별할 이유가 있겠는가. 그래도 나에게는 아직 맥주가 있었기 때문에 간단한 샌드위치를 만들어 먹으면 되었다.

밖은 아직 완전히 어두워지지 않았다. 내 머리 위에서 찌르레기가 각양각색의 노랫소리로 공기를 변신시키고 있었다. 가없는 하늘은 녀석의 가없는 노래로 가득 찼다. 땅에서 멀리 떨어진 높은 곳은 생명으로 드리워져 있다. 빼앗긴 내 저녁 식사가 하늘로 솟구치는 두 날개 사이에서 소화되는 동안, 나는 내가 매 호흡마다 들이쉬는 공기가 수천의 다른 존재가 이미 들이쉬고 내쉬어 온 공기라는 사실을 예민하게 감각하게 되었다.

그렇다, 나는 최근에 소동을 부린 바로 그 다람쥐와도 같은 공기를 들이마시고 있었다. 이제 그녀도 다시 만족스러워 보였고 나도 행복한 마음이 들었다. 갑자기 녀석이 천장에서 자취를 감춘 일은 조금 이상했지만 말이다. 그런데 오두막으로 다가선 나는 기시감을 느꼈다. 일꾼들이 지붕과 벽 사이에 새로 설치한 푸르고 산뜻한 스크린을 보다가 어디선가 본 광경이 눈에 들어온 것이다. 다람쥐가 드나들던 구멍이 있던 바로 그 자리에 다른 누군가가 갉아서 만든 새 구멍이 있었다.

2
문 앞의 날갯짓

바쁜 봄을 보내고 있는 것은 새뿐이 아니었다. 나와 일꾼들도 여름이 오기 전에 끝내야 할 일이 많았기 때문에 시골집을 방문하는 일이 더 잦아졌다. 내가 자꾸 나타나자 너무 성가셨는지 다람쥐는 집 안에 사는 것을 더 이상 편안하게 생각하지 않는 듯했다. 사실 그것이 내 의도이기도 했지만 말이다. 그러나 그런 이유 말고도 시골집에 자주 가서 계절이 바뀌며 생기가 더해지는 모습을 보는 일 또한 즐거웠다. 새가 지저귀고 있었고 꽃망울이 맺히고 있었으며 곤충이 깨어나기 시작했다. 곤충의 작은 날개에 부딪혀 반사되는 빛은 웅장하거나 요란하지는 않지만 치열하고 눈부셨다.

아직 3월밖에 되지 않았는데도 창문 근처에서 졸린 듯 날아다니는 파리가 보였다. 파리를 쫓으려고 손짓을 하다가 문득 박새 가족 하나를 먹여 살리려면 얼마나 많은 곤충이 필요한지에 대해 생각했다. 그 파리가 잡아먹히기 전에 짝짓기에 성공하면 한 달 사이에 10만 마리의 파리가 새로 탄생할 수도 있었다. 그러니 파리야, 어서 날아가 짝짓기 모험에 나서렴!

조금 후에 나는 새로 잠에서 깬 멧노랑나비가 강우계에서 탈출하는 것을 도왔다. 햇빛처럼 샛노란 수컷 나비였는데, 아마 암컷이 깨어나기 전에 먼저 동면에서 깨어난 부지런한 녀석인 듯했다. 봄이 와서 들뜬 것은 새뿐이 아니었다. 나비도 자기 짝이 될 수 있는 상대의 냄새를 맡으면 그 작은 심장이 분명 조금 더 빨리 뛰겠지만, 내가 보기에 멧노랑나비는 그 열정이 조금 더 뜨거웠다. 멧노랑나비의 짝짓기 기간은 일주일 정도 되는데 수컷은 암컷에게 그야말로 모든 것을 진정으로 주고 싶어 한다. 암컷이 산란에 성공할 확률을 높이기 위해 수컷은 영양가와 호르몬을 포함한 모든 것을 바친다. 어쩌면 얼마 가지 않아 몇몇 먹음직스러운 이파리에서 멧노랑나비의 알을 발견할 수 있을지도 모르겠다.

목마른 곤충들이 물을 찾아 헤맨다는 사실을 내가 너무 늦게 깨닫는 바람에 폭이 좁은 강우계는 본의 아니게 곤충들의 함정이 되고 말았다. 강우계에 몸을 던진 다음 희생자는 커다란 호박벌이었다. 그녀가 구출되었을 때는 이미 너무 놀라고 지쳐 보여서 설탕물을 한 스푼 먹여야 할 정도였다. 그녀는 내 노력을 고맙게 여기는 것이 분명했다. 코끼리 코 같은 주둥이를 설탕물에 담그는 모습을 보면서, 나는 그녀가 사기를 다시 회복해 가는 과정을 실시간으로 목격하는 듯한 느낌을 받았다. 녀석은 곡예사처럼 다리를 움직여 몸을 다듬었고, 그러자 보송보송한 잔털이 다시 통통해지면서 볼륨감이 살아나고 햇빛을 받아 빛이 나기 시작했다. 내 안에서는 손가락으로 그 보드라운 몸을 쓰다듬고 싶다는 충동이 일었다.

나는 호박벌의 털이 얼마나 부드러운지 알고 있었다. 내 피부로 직접 느껴 본 적이 한 번 있었기 때문이다. 더운 여름날 버스 여행을 하는 도중에 호박벌이 고집스럽게 내 주변을 날아다니던 날에 벌어진 일이었다. 어쩌면 그날 내가 꽃향기가 나는 향수를 뿌린 탓일지도 모르지만, 호박벌이 나에게 유독 친근하게 다가왔다. 옆자리에 앉은 남자는 기사도 정신을 발휘해서 손을 내저으며 그 호박벌을 쫓으려고 했다. 그 바람에 호박벌이 내 가슴 사이로 들어와 버렸고 이제는 기사도 정신 정도로는 쫓아낼 수가 없었다. 결국 그 호박벌은 그대로 내 가슴골 사이에 머무르게 되었다.

그녀가 움직이자 약간 간질거렸다. 나를 쏘지는 않았다. 그녀를 뭉개지 않기 위해 내가 몸을 구부리는 자세를 취했기 때문이다. 사실 녀석이 〈그〉인지 〈그녀〉인지는 알 수 없었다. 호박벌의 침은 산란관에서 발달하기 때문에 암컷만 침을 쏠 수 있는 데다 꼭 필요하지 않은 경우에는 잘 쏘지 않는다. 그 대신 녀석들은 보통 한쪽 다리를 들어 올려 경고 신호를 보내거나 부티르산 냄새가 나는 구토물을 게워 내서 상대방을 위협하는 쪽을 택한다.

호박벌이 새 일행을 받아들인 듯하니 나도 마땅히 그

친절에 보답해야 한다고 생각했다. 상대가 호박벌이 아니라 집게벌레였다면 나도 달리 반응했을 것이다. 집게벌레에게는 불공평한 일이지만, 곤충은 뼈대가 몸 밖에 나와 있고 그렇게 드러난 뼈는 불쾌한 연상을 불러일으킨다. 하지만 무당벌레처럼 화려한 앞날개를 가지고 있거나 호발벌처럼 부드러운 털을 가지고 있으면 이야기가 다르다. 사실 호박벌은 엄청나게 털이 많다. 미국의 한 연구 팀은 호박벌 한 마리에서 3백만 개의 털을 센 적도 있다. 다람쥐 털의 수와 맞먹는다. 상상하기도 어려운 숫자라는 생각이 들었지만 내 피부에 느껴지는 감촉은 부드럽기 짝이 없었다. 오랜 시간 버스 여행을 하는 내내 호박벌이 내 피부에 닿아 있었기 때문에 이 여행 동반자에 대해 가능한 한 모든 것을 알아보기로 했다.

아마추어 생물학자로서 내 관심의 대상은 세월이 흐르면서 변화를 거쳤다. 어릴 때는 부끄럼을 타는 오카피 같은 이국적인 포유류에 관심이 많았다. 오카피는 기린, 얼룩말, 영양을 섞어 놓은 듯한 묘한 짐승이다. 화룡점정으로 마치 카멜레온처럼 양쪽 눈을 각각 서로 다른 곳에 초점을 맞출 수 있는 특기까지 보유하고 있다. 동화에나 나올 법한 이 신기한 동물은 콩고의 우거진 정글 안에서만 볼 수 있어서 19세기까지도 과학계에 알려지지 않았다.

나는 멀리 떠나지 않아도 어디에서나 모험을 할 수 있다는 사실을 깨달았다. 우리와 비슷해서 친근감이 들긴

하지만 포유류만 들여다볼 필요는 없었다. 포유류보다 지구상에 먼저 나타난 훨씬 더 많은 종류의 동물이 있었다. 그들에 관한 이야기는 공상 과학 소설을 읽는 느낌을 주었다.

그들 중에는 눈이 5천 개쯤 나거나, 귀가 무릎 뒤에 달려 있거나, 발에 미각을 느끼는 미뢰를 가진 것이 있는가 하면, 삼차원적 후각을 지닌 것도 있다. 주로 화학 물질이나 진동으로 의사소통을 하지만 매우 정교한 언어 체계를 갖추고 있다. 게다가 2억만 년 전부터도 진화 수형도에서 꽤 높은 지위를 누리고 있었으며 이후에도 매우 성공적으로 번식을 해왔다. 현재 지구상에 사는 이 생물종을 모두 합치면 포유류, 어류, 양서류, 조류를 모두 합친 무게보다 세 배나 무겁다. 또 다른 동물류를 모두 합친 것보다 더 많은 종이 있고 개체 수로 따지면 인간보다 1억 배가 많다. 간단히 말해 곤충은 지구상에 사는 생명체의 표준이라고 할 수 있다.

곤충은 작은 공룡이 새로 난 날개로 첫 날갯짓을 하기 훨씬 전부터 공중을 정복했다. 잠자리는 3억만 년 전에 처음 창공을 갈랐고 가장 오래된 나비 화석은 2억 5천만 년 전의 것이다. 곤충은 몸집이 작고 수가 많고 성장이 빠르며, 태어난 후 얼마 되지 않은 때부터 짝짓기를 할 수 있으므로 유전자 변형이 빠른 속도로 이루어진다. 그리고 조금만 먹어도 되기 때문에 다른 종보다 지구에 닥친 재앙을 잘 견뎌 냈다. 커다란 공룡이 멸종이 되어 가는 동안 벌, 개미, 딱정벌레, 메뚜기, 이 등은 상대적으로 재빨리 회복을 했다. 그와 동시에 다른 생물종은 곤충에게 의지해서 살아가기 시작했다. 공룡에서 진화한 새와 황폐해진 땅에서 씨앗부터 자라 꽃을 피운 식물은 그중 대표적인 예이다. 결국 곤충은 지구 환경에 너무도 핵심적인 요소로 자리 잡았고 곤충 없이는 지구 자체가 유지될 수 없게 되었다.

불행하게도 곤충은 인간이 있는 곳에서는 어려움을 겪는다. 녀석들은 우리와 너무도 다른데, 그렇다고 작고도 덧없어 보이는 곤충의 삶을 그들의 시각에서 보기 위해 몸을 땅 가까이 굽히는 것도 쉬운 일이 아니다. 게다가 우리는 모기나 나방처럼 우리에게 가까이 다가오는 곤충과 친해지기를 거부한다. 그리하여 이 분야에 헌신적인 전문가들 말고는 곤충에게 관심을 기울이는 사람이 드물다. 나는 전문가는 아니지만 자신의 열정을 전파하고 싶어 하는 전문가의 말에 귀를 기울이기를 좋아한다. 그들 덕분에 나는 새의 노래와 꽃으로 가득한 봄을 맞이하는 것도 결국 곤충이 없이는 불가능하다는 사실을 이해하게 되었다.

아직까지는 마당 전체가 오래된 낙엽과 봄에 불어닥친 폭풍우에 꺾인 나뭇가지들로 덮여 있었다. 푸른 새싹을 보려면 청소를 조금 해야겠다는 생각이 들었다. 연장 창고를 들여다보니 가지 절단기에서부터 얼음을 깰 송곳에 이르기까지 계절에 따라 필요한 온갖 연장이 모두 갖추어져 있었다. 갈퀴를 찾는 김에 다른 보물들을 살펴볼 좋은 기회였다.

창고 안에는 연장 말고 다른 것도 있었다. 커다란 망치 옆에 버려진 말벌 둥지 몇 개가 있었던 것이다. 그 둥지를 들어 보았다. 새끼 말벌을 낳아서 키우는 곳이었지만 너무 가벼워서 먼지와 작은 날개들로 만들어진 듯했다. 이렇게 가벼운 것이 어떻게 이만큼 튼튼할 수 있을까?

구조를 더 자세히 살펴보기 위해 나는 집 안으로 말벌 둥지를 가져갔다. 공교롭게도 내 오두막도 이 둥지의 건축 자재로 쓰인 것 같았다. 칠이 벗겨지고 있는 남쪽 문에서 나무 조각을 조금 뜯어낸 듯했다. 하지만 이것을 피해라고 할 수는 없었다. 왜냐하면 나무 조각은 엄청나게 작은 양이지만 그것으로 만든 결과물은 훌륭했기 때문이다. 말벌이 세계 최초로 종이를 만들었다는 사실도 그다지 놀라운 일이 아니다. 그 말벌 둥지에도 내가 이제까지 본 것 중에 가장 얇은 종잇장이 동그란 랜턴 모양으로 만들어져 있었다. 나는 말벌 둥지를 부엌 테이블 위에 조심스럽게 놓고 제일 바깥 부분을 뜯어내 보았다. 공 모양의 건축물 천장 쪽에는 육각형의 방이 가득 채워져 있었다. 어떤 방은 비어 있었지만 어떤 방에는 죽은 유충들이 들어 있었다. 유충들이 다 자랐다면 모두 자기만의 개성을 지닌 채로 세상에서 가장 얇은 종이를 만들고 그 안을 자기만의 삶과 생명으로 채우는 기술을 발휘했을 것이다.

이것이 시가 아니면 무엇이 시라는 말인가!

　반쯤 자란 채 방 안에 웅크리고 있는 말벌들은 너무도 어리고 순수해 보였다. 녀석들이 내 동생의 손주들에게 새와 벌과 꽃과 나무를 소개하는 것을 도와줄 수 있을까? 이 유충들이 개인적으로 개입을 한 것은 아니지만 길고 긴 가계도를 거슬러 올라가다 보면 그것들 사이의 연결점을 찾을 수 있을 것이다. 1억 4천만 년 전 곤충을 잡아먹던 말벌의 조상 할머니 몇몇이 날아다니는 먹이를 쫓아다니는 삶이 지겨워진 나머지 꽃가루에 든 단백질을 모으기 시작했다. 그 결정은 말벌과 꽃과 나무를 영원히 변화시켰다.

　뿌리를 내리고 사는 식물이 사랑을 이루려면 전령이 필요하다. 말벌의 먼 조상이 꽃가루를 모으겠다고 결정하기 전까지는 수술의 꽃가루를 암술로 운반하려면 항상 바람에 의존해야만 했다. 그러나 바람은 변덕이 심하고 높은 곳으로만 다니는 경우가 많았기 때문에 아주 적은 양의 꽃가루가 목적지까지 닿기 위해서는 엄청난 양을 만들어 내야만 했다. 그에 비해 곤충은 훨씬 유능한 전령 노릇을 했다. 하지만 아무리 유능한 곤충이라도 커다란 공룡의 발 아래에 꽃이 자리해 있다면 그곳에 있는지도 모르고 지나치는 경우가 많았기 때문에 목련과 연꽃은 꽃 가장자리를 치마처럼 감싸서 곤충의 눈길을 끌었다. 다른 꽃들도 이를 따라 하기 시작했다. 그 과정에서 꽃은 더 보기가 좋아졌고 꿀의 유혹도 더 강해져 갔다.

그러던 중에 새로 채식주의자가 된 말벌의 조상에게 한 사건이 일어났다. 윗입술과 턱이 빨대 모양으로 바뀌어 꿀을 빨아먹기가 좋아진 것이다. 그렇게 변신한 것들이 벌이 되었다. 그 후 1억 3천만 년 동안 꽃과 벌은 서로의 필요를 충족시키기 위해 계속해서 노력을 했다. 꽃은 달콤함으로, 벌은 비행으로 상대방에게 보답을 하고 있다. 내 눈에는 그 관계가 사랑이고, 그들이 그렇게 만들어 낸 것은 인류가 나중에 첫발을 딛게 된 에덴동산이었다.

에덴동산을 만드는 데 있어 말벌의 기여가 눈에 잘 보이지 않을지도 모르지만, 말벌이 없었다면 벌도 없었을 것이다. 말벌도 꿀을 좋아하기 때문에 수분을 가끔 돕기도 하고 우리가 해충으로 여기는 곤충을 잡아서 유충에게 먹이기도 한다. 말벌 침에 든 독은 벌침의 독보다 위력이 덜한 것 같다. 그런데 왜 말벌이 벌보다 인기가 없을까? 벌처럼 털이 많지 않기 때문일까?

벌의 삶에서는 털이 무척 중요하다. 특히 꽃가루를 묻히는 데 털이 꼭 필요한 벌은 더욱 그렇다. 벌의 털은 그들이 꽃과 상호 작용을 할 때 상승 작용이 일어나도록 마술을 부린다. 벌이 비행을 하는 동안 끝이 갈라진 벌의 털에는 양전하가 생기고 그들이 방문하는 꽃에는 약한 음전하가 흐르고 있다. 이로써 벌과 꽃 사이에 작은 전기장이 형성되어서 둘의 만남을 더 열정적으로 만든다. 벌과 꽃은 글자 그대로 서로를 흥분시킨다.

열대 기후대에서는 꿀벌의 털이 온기를 머금는 것이

그다지 유리한 일이 아니지만 호박벌의 상황은 달랐다. 진화한 호박벌이 출현한 4천만 년 전에 히말라야 지역에서는 기온이 급강하하고 있었고 털 코트가 필수품이 되었다. 호박벌은 그들의 털 코트 덕분에 추운 날씨를 잘 견디었고 빙하 근처에서도 살아남을 수 있었다. 꿀벌은 기온이 16도 이하로 떨어지는 곳에서는 살고 싶어 하지 않는 반면에 호박벌은 얼음이 녹을 정도의 기온이라면 충분히 활동이 가능하다. 여왕호박벌은 심지어 눈으로 덮인 땅 밑에서도 겨울을 날 수 있다. 털 코트를 입고 있는 데다 핏속에 든 글리세롤이 피가 얼어붙는 현상을 방지해 주는 덕분이다.

여왕호박벌은 너무 일찍 깨어나지 않기 위해 북쪽을 향한 경사면에 땅을 파고 들어가서 겨울을 난다. 봄의 태양이 그 북향의 땅까지 데울 즈음이 되면 꽃이 어느 정도 피어 있기 마련이다. 여왕호박벌이 땅에서 나온 후에 첫 번째로 방문하는 식당은 전통적으로 갯버들의 꽃이다. 털이 보송보송한 갯버들의 꽃은 호박벌의 털 코트와 닮은 점이 많다. 암꽃은 열량이 높은 꿀을 제공하고 수꽃은 영양가가 풍부한 꽃가루를 제공하는데, 이것은 전해의 짝짓기 후에 낳은 알들이 제대로 자라기 위해 꼭 필요한 음식이다. 그러나 알을 낳기 전에 우선 안전한 집부터 찾아야 한다.

여왕호박벌이 겨울잠에서 깨어났다는 사실은 나도 이

미 눈치채고 있었다. 강우계에 빠진 녀석을 만난 후 꽤 여러 마리의 호박벌이 마당에서 날아다니는 장면을 보았다. 둥지를 만들 장소를 구하러 다니는 것이 분명했다.

호박벌이 좋아하는 환경은 상당히 다양하다. 커다란 땅호박벌의 드림 하우스는 풀이 조금 남아 있어서 보온재 역할을 해내는 비어 있는 쥐의 둥지다. 그런 곳을 찾은 여왕땅호박벌은 그곳에 남아 있는 쥐와 전투를 벌이는 일도 불사한다. 그러나 나무호박벌은 더 높은 곳을 선호한다. 그들에게는 보온재가 많이 남지 않은 오래된 건물의 벽이 이상적인 둥지다.

역시 내 추측이 맞았다. 마당 구석에서 말라붙은 향수박하 줄기를 치우고 있는데, 가까운 곳에서 붕붕 하는 소리가 들려왔다. 그러다가 갑자기 침묵이 흘렀다. 몇 분 후에 다시 붕붕 소리가 들리더니 호박벌이 벽의 낮은 쪽 가장자리에서 툭 튀어나왔다. 약간 불그스레한 색을 띤 것이 내가 강우계에서 구조해 준 녀석과 인상착의가 비슷했다.

나를 기억할까? 이상하게 들릴지 모르지만 호박벌은 사람을 알아본다. 어쩌면 이 장소가 그녀에게 희미하게나마 익숙한 느낌을 주었을 수도 있다. 나무호박벌이었기 때문에, 이론적으로 말하자면 그녀가 전해에 이 장소에서 태어났을 가능성이 있다. 녀석은 벽에 난 구멍으로 다시 기어 들어가더니 한동안 모습을 보이지 않았다. 내가 앉아서 서류를 읽기로 마음먹었던 벤치 바로 옆이었다. 1년의 절반 정도, 그러니까 날씨가 따뜻한 계절에는 나는 밖에서 일하는 것을 즐긴다. 햇빛이 태양 전지처럼 나를 충전해 주는 동안 곤충이 발전기처럼 윙윙거리며 내 주변을 돌았다. 호박벌이 내 오두막 구석에 둥지를 마련하고 싶어 한다면 우리 둘은 조용한 동반자로 살아갈 수 있을 것이다.

이유가 무엇이든 간에 그녀는 내 가족 바로 옆에서 살아가는 이웃이 될 예정이었으니, 내가 이 새로운 이웃에 대해 조금이라도 아는 것이 있다는 사실에 마음이 놓였다. 호박벌의 활동을 연구해 준 과학자들에게 두 배로 감사한 마음이 들었다. 열정적인 생태학자 데이브 굴슨Dave Goulson은 아주 작은 송신기를 설치해서 호박벌의 비행을 추적했고, 다른 과학자들과 마찬가지로 호박벌의 둥지 안에서 어떤 일이 벌어지는지를 주의 깊게 관찰했다. 그 덕분에 나는 다가올 봄에 녀석이 기어 들어간 벽 안에서 벌어질 일을 대강 추측할 수 있었다.

내가 아는 모 다람쥐와 달리 호박벌은 큰 공간을 필요로 하지 않고 단열재도 조금만 있으면 된다. 그들이 집 안에 두는 집기류는 자기들 배의 분비샘에서 나오는 밀랍으로 만든 작은 그릇들뿐이다. 그들은 턱과 앞다리로 밀랍을 다듬어 그릇의 모양을 만든 다음에 꽃에서 채집한 수확물을 차례차례 하나씩 담는다. 꿀로 가득 찬 그릇 하나는 밖으로 나가지 못하는 날에 유용할 것이다. 다른 그릇에서는 꽃가루와 꿀을 섞어서 반죽처럼 만든 다음 그 위에 몸속에 품어 놓은 수많은 알을 낳는다. 여왕호박벌은 그렇게 완성한 그릇과 내용물을 잘 살펴보고는 알을 품는 새처럼 그릇들 위에 앉는다.

호박벌의 배에 난 섬세하고 가는 털은 알을 품는 새의 배 부분에 난 깃털처럼 알과 밀착이 된다. 호박벌의 알은 섭씨 30도로 유지될 필요가 있는데 여왕호박벌은 이 온도를 아주 민감하게 지켜 낸다. 배에 난 털로 충분치 않으면 날개 근육을 흔들어 자기의 체온을 상승시킨다. 동일한 원리로 날아다닐 때도 체온이 높아지기 때문에 호박벌은 온혈 동물이라고 할 수 있다.

며칠 품고 있다 보면 애벌레가 알을 깨고 나온다. 밀랍 그릇에 저장되어 있던 꽃가루를 실컷 먹은 애벌레는 고치를 만들고 몇 주를 기다려 창백한 색의 호박벌로 변신한다. 고치를 뚫고 나오면 그 즉시 꿀이 담긴 그릇으로 기어가 에너지를 보충한 다음, 따뜻한 엄마 호박벌의 곁으로 다가가서 젖은 날개를 말린다. 아직 자원이 풍부하지 않기 때문에 첫배에 태어나는 새끼 호박벌은 그 수도 적고 크기도 작다. 하지만 급히 필요한 엄마의 조수 역할은 충분히 해낼 것이다. 이제부터 여왕벌은 전적으로 알을 낳는 일에만 집중하게 되며, 몇 주가 지나기 전에 새끼 호박벌의 수는 수백 마리로 늘어난다.

나도 대가족을 맞이할 계획을 세워야 할 때가 되었다. 나와 동생이 번갈아 가며 오두막을 사용하기로 했지만 두 세대가 묵을 수 있는 공간을 마련해야 했다. 원래 있던 이층 침대에 목수가 조립해 준 소파 베드를 더했고, 마당 가장자리의 위험한 경사가 있는 쪽에 내가 직접 가지들을 끌어다가 낮은 담장 비슷한 것을 만들었다. 어린 막내 손주가 갑자기 위험한 모험을 감행하는 일을 어느 정도 방지해 주길 바라면서 말이다.

그에 반해 우리 오두막의 벽에서 태어난 아기 호박벌들은 일단 둥지를 떠나고 나면 아무런 보호도 받지 못했다. 둥지 안에서 며칠 지내면서 새 번데기들을 돌보고 입구를 지키는 것은 허락되지만 그 후에는 둥지를 떠나 먹이를 모아야 한다. 어린 호박벌에게는 엄청난 도전이다. 바깥에는 박새, 특히 호박벌을 가지에 문질러 침을 빼는 방법을 아는 박새가 많은 반면, 이른 봄에 핀 꽃은 거의 없기 때문이다. 날이 가물면 꿀이 많지 않아서 꿀을 찾는 일 자체가 대서사가 될 수 있다.

첫 비행은 둥지 주변에서 작은 원을 그리며 날아다니면서 방향을 익히는 것으로 시작한다. 둥지 주변의 특징은 모두 조심스럽게 뇌 속에 각인이 되어 집을 찾는 데 도움을 준다. 나중에 둥지 주변에 변화가 생기면 호박벌은 크게 당황을 한다. 예를 들어 근처에 의자를 가져다 놓으면 녀석들은 머릿속에 든 지도를 조정하기 위해 방향을 익히는 비행을 다시 해야 하는데, 그러다가 의자를 치우면 또다시 엄청나게 혼란스러워한다. 나는 녀석들이 둥지를 튼 구석 근처에 둔 가구 위치를 바꾸지 않아야겠다고 명심했다.

호박벌은 대체로 모든 것을 알아차리는 듯하다. 그들은 둥지에서 자라는 애벌레들이 균형 잡힌 식사를 할 수 있도록 가능한 한 서로 다른 종류의 꽃에서 꽃가루를 채집한다. 그러기 위해서는 여러 꽃과 집 사이의 길을 익혀야 한다. 아주 작은 것도 놓치지 않는 세심함 덕분에 호박벌은 넓은 지역을 누비며 활동할 수 있다. 눈은 수천 개의 면으로 이루어져 있고 각 면마다 약간 다른 각도로 세상을 감각한다. 그 모든 정보를 취합해서 호박벌은 비행하는 동안 거리, 속도, 경로를 인지한다. 그와 동시에 길, 물길, 들판 등은 모두 방향을 잡는 데 도움을 주는 이정표 역할을 한다. 이 모든 일이 벌어지는 내내 호박벌의 더듬이는 지구의 전자기장을 감지하는 일을 멈추지 않고, 습도, 온도, 풍향의 미세한 변화에 반응한다. 게다가 호박벌은 모든 냄새를 기억한다. 심지어 그 냄새가 왼쪽에서 오는 것인지 오른쪽에서 오는 것인지까지 알아차린다. 꽃에 정확히 착륙을 해야 할 때는 더듬이가 먼저 꽃잎 표면의 패턴을 확인한다.

우리는 어쩌다가 호박벌을 그저 평화롭고 쾌활하기만 한 〈봉 비방bon vivants〉*이라고 여기게 되었을까? 그들은 현대식 항공기도 보유하지 못한 항법 기기를 갖춘 매우 능력 있는 특급 파일럿이다. 정교한 항법 기기 덕분에 호박벌은 맞바람이 불어닥치더라도, 시속 25킬로미터의 속

* 프랑스어로 〈인생을 즐기며 사는 사람〉이라는 뜻이다.

도를 유지하면서 길을 잃지 않고 목적지까지 날아갈 수 있다. 또 여러 벌 중에서도 호박벌은 가장 부지런하다. 그들은 하루에 일곱 차례나 채집 여행에 나서고, 그렇게 한 번 떠날 때마다 4백 송이의 꽃을 방문한다. 온도가 높지 않은 아침과 저녁에도 비행을 하기 때문에 하루에 열여덟 시간 동안 노동을 하는 날도 잦다.

호박벌의 효율적인 일상은 이미 잘 알려져 있다. 호박벌은 꽃이 많이 자라는 대여섯 곳의 장소를 기억하고 또 꽃이 가장 꿀을 많이 내는 시간을 머리에 새긴다. 그에 따라 방문 순서와 일정을 짜고 합리적인 동선을 만들어 효율적으로 꿀을 채집한다. 한편 다른 호박벌이 최근 방문한 꽃은 그냥 지나치기도 한다. 그들은 착륙을 할 때마다 일정한 작업 순서를 거친다. 호박벌은 빨아들인 꿀을 몸속에 가지고 있는 특별한 용기에 모으는 동시에 털에 묻은 꽃가루를 모아 뒷다리에 있는 꽃가루 주머니에 담는다. 이때 내용물이 한쪽으로 치우치지 않도록 균형을 잡아 담는 것이 중요하다. 거의 자기 체중과 비슷한 무게의 짐을 들어야 하기 때문에 균형이 맞지 않으면 방향을 제대로 잡을 수 없다.

해가 뉘엿뉘엿 질 즈음에 하루의 노동이 끝난다. 아침에 둥지를 떠날 때 그들의 머리 위쪽에 달린 홑눈 세 개로 빛의 강도를 측정해서 태양의 위치를 파악해 두었듯이 집에 돌아올 때도 같은 작업을 반복한다. 그렇게 하면 시간이 얼마나 지났는지를 알 수 있고 또 태양을 기준 삼아 어떤 방향으로 가야 집으로 갈 수 있는지를 계산할 수 있다. 10킬로미터나 떨어진 곳에서도 둥지까지 찾아간 호박벌에 대한 기록이 있다. 그 여정이 이틀이나 걸렸는데도 그녀는 길을 잃지 않았다. 동일한 비율로 계산하면 사람의 경우에는 달까지 왕복 여행을 하는 것과 맞먹는다.

그런데 왜 호박벌은 잘 날지 못한다는 이상한 주장이 나왔을까? 아마도 호박벌을 잠자리나 글라이더 비행기와 비교하면서 그런 편견이 생겼을 것이다. 그러나 호박벌의 날개는 글라이더 비행기의 날개보다는 헬리콥터의 회전 날개나 배의 노에 더 가깝다. 비행을 할 때 앞날개의 가장자리가 위쪽으로 각도를 틀면 공기가 소용돌이치면서 호박벌의 몸을 부상시킨다. 이때 불리한 점은 날개의 속도가 경주용 오토바이의 바퀴 회전수에 맞먹어서 에너지가 많이 소진된다는 사실이다. 그들이 모은 꿀의 일부를 에너지 공급을 위해 섭취해야 하고 심지어 채집 여정 도중에도 에너지 보충이 필요하다. 그렇기 때문에 꿀을 엄청나게 많이 모아야 한다.

시골집의 마당에 핀 꽃은 호박벌이 먹이를 채집할 수 있는 매우 훌륭한 자원이다. 이를 호박벌도 잘 아는 것이 분명했다. 녀석들은 블루베리, 월귤, 헤더, 블랙베리, 산딸기 덤불에 핀 꽃, 목초지에 자라는 잡초, 다년생 식물, 야생 박하의 꽃, 그리고 둥지 바로 옆에서 자라는 향수박하 등을 매우 좋아한다. 그리고 민들레꽃도 좋아하는데, 호박벌은 햇볕에 따스하게 데워진 꿀이 잔뜩 든 민들레꽃에 폭 쌓이듯 앉아 쉬는 것을 즐기는 듯하다. 나도 덩달아 그 옆에 앉아 윙윙거리는 녀석들의 날갯소리를 듣는 것이 즐겁다.

호박벌은 몸 전체가 악기라고 할 수 있다. 날개 근육은 기타의 현처럼 진동을 한다. 근육을 한 번 자극할 때마다 날개는 스무 번씩 팔락거린다. 호박벌은 1초에 2백 번의 날갯짓을 한다. 날개가 빨리 움직이며 윙윙 소리가 나는데, 이것이 등판과 호흡 기관의 구멍에 있는 점막이 진동하는 소리와 합쳐지면 노래처럼 들린다.

그들을 관찰하다 보니 움직임에 따라 리듬이 달라진다는 사실을 알 수 있었다. 그들이 꽃에 가까이 다가가서 꿀을 따기 위해 속도를 낮추고 잠시 날갯짓을 멈추면 음조가 낮아진다. 그러다가 이륙을 하려면 날개를 더 빨리, 그리고 많이 움직여야 하기 때문에 음조가 달라진다.

생명을 유지하기 위해 하는 일 자체가 소리를 만들어 낸다는 점은 무척 흥미로웠다. 베이스 가수 호박벌부터 소프라노 가수 모기에 이르기까지 곤충마다 자기만의 주파수를 가지고 있다. 그들의 음역은 숨이 턱 막힐 듯 빠른 날갯짓의 속도에 달려 있다. 말벌은 1초에 1백 회, 꿀벌은 2백 회, 파리는 3백 회, 모기는 6백 회씩 날개를 팔락거린다. 가수 개비 스텐버그Gaby Stenberg는 곤충들이 내는 소리를 녹음해서 음계를 만들었다. 쇠등에는 C, 말벌은 C 샤프와 D, 커다란 호박벌은 D 샤프와 E, 벌은 F, 또 다른 말벌은 F 샤프, 작은 호박벌은 G, G 샤프와 A, 꽃등에는 B 플랫과 B, 작은 꿀벌은 C로 말이다. 그들이 모두 모이면 옥타브가 전부 나온다.

날갯짓으로 만들어지는 음악은 귀도 없는 호박벌이 나보다 더 잘 듣는다. 이것도 털, 아니 털처럼 생겼지만 공기의 미세한 진동까지 감지하는 기관 덕분이다. 곤충은 이 기관의 도움으로 높은 주파수 음역대의 소리를 감지하고 그 소리로 인한 공기의 진동을 느낄 수 있다. 아, 공기로 전해지는 염원을 느낀다고 표현하는 것이 더 맞을까? 암컷 모기는 날갯짓으로 내는 음조로 수컷을 유인해야 하기 때문에 날개에 확성기를 장착해서 성공률을 높인다. 여름밤에 암컷 모기의 날갯소리가 우리 귀에 잘 들리는 것도 놀라운 일이 아니다. 적어도 수컷 모기에게는 달콤한 멜로디로 들릴 것이고 그 소리를 들은 수컷은 즉시 자신의 날갯소리를 같은 주파수로 조정한다. 수컷이 암컷과 하모니를 맞추면 둘은 짝짓기를 한다.

나는 호박벌의 날갯소리에 금방 편안하게 적응을 했다. 그러나 예상치 않은 곳에서 또 윙윙거리는 날갯소리가 들려왔다. 어느 날 창고에서 빨간색 페인트를 찾은 나는 칠이 벗겨진 남쪽 벽을 단장하기로 마음먹었다. 페인트칠을 막 시작하려고 하자 눈앞에 벌 한 쌍이 모습을 드러냈다. 벌들이 어디에서 날아왔는지 보기 위해 내가 조금 뒤로 물러서자 녀석들은 안으로 들어가고 싶은 듯이 문으로 다가갔다. 이상했다. 하지만 이내 그들과 내가 사용하는 출입구는 어차피 다르다는 사실을 깨달았다. 문틀에서 벌의 둥지를 발견한 것이다.

아하, 그러니까 오두막의 남쪽 벽에는 여러 종류의 벌이 살고 있었다. 내가 벌들의 허락도 받지 않고 그들의 집에 페인트칠을 하려고 한 셈이었다. 나는 옛 농가의 찬장 분위기가 풍기는 벌통들의 사진을 본 적이 있다. 벌 떼 사이로도 잘 보이는 색을 지닌 그 벌통들은 전통적인 양봉 혹은 성서에 나오는 낙원의 이미지를 떠올리게 만들었다. 그것은 소유권의 선언인 동시에 벌이 많다는 사실을 떠벌리는 효과가 있다.

그러나 내가 발견한 것은 벌통이 아니었다. 우리 집 문틀에 살고 있는 것은 군거하지 않는 야생벌이었다. 녀석들은 붉은석조벌로 나무호박벌처럼 붉은 기가 약간 도는 털을 가지고 있다. 다시 말해 오두막의 페인트 색과 딱 맞아떨어졌다는 뜻이다.

붉은석조벌은 이미 전해 여름부터 그곳에서 살았을 것이다. 아마 여름 어느 날 나무호박벌이 그랬듯, 암컷 붉은석조벌 한 마리가 벽 틈으로 들어가 조용히 알을 낳았을 것이다. 하지만 그 시점부터 붉은석조벌은 나무호박벌과는 다른 방식으로 엄마 노릇을 한다. 그녀는 작은 방을 여러 개 마련하고 각 방을 주로 단풍나무와 떡갈나무에서 채취한 꽃가루로 가득 채운 다음 방 하나에 알을 하나씩 낳는다. 그리고 엄마 벌은 유아원을 폐쇄하고 떠나 버린

다. 엄마 벌이 겨울을 나지 못하고 죽는다고 해도 그녀의
자손들은 따뜻한 남향의 벽 안에서 겨우내 살아남을 수
있을 것이다. 여러 가지의 증거를 살펴보면 우리 집 문틀
에서 그렇게 하는 데 성공한 듯하다. 작은 쉼표 모양의 새
끼들은 몇 달이 지나도록 그 안에 있는 꽃가루의 도움을
받아 천천히 자라난다. 일꾼들은 그동안 그 문틀을 쉴 새
없이 왔다 갔다 했을 것이다. 나는 벌들이 우리 집에 생명
의 선물을 준 것처럼 느껴졌다.

　붉은석조벌은 공격적이지 않아서 심지어 아이가 가까
이 가도 무방할 정도로 평화로운 것으로 알려졌다. 일반
적으로 군거를 하지 않는 단생벌은 방어를 해야 하는 공
동의 집을 가진 군거벌보다 덜 공격적이다. 아마도 문틀
에 사는 벌들 중 일부는 갯버들이 꽃을 피운 즈음부터 이
미 깨어나 활동을 하고 있었는지도 모른다. 그들은 신비
한 방법으로 서로 협력하는 경향이 있다. 예를 들어 수컷
은 입구에 더 가까이 자리 잡고 있어서 먼저 둥지를 떠난
다. 내년에도 새로운 벌이 태어나려면 가능한 한 빨리 짝
짓기를 해야 한다. 그렇다고 느닷없이 급작스럽게 해치
우지는 않는다. 군거를 하지 않고 혼자 사는 벌, 즉 단생
벌 역시 동료의 의사를 매우 예민하게 감지하기 때문이
다. 수컷은 암컷이 흔쾌히 좋다는 신호를 보낼 때까지 암
컷의 더듬이를 부드럽게 쓰다듬고, 짝짓기가 끝난 후에
도 긴 시간에 걸쳐 함께 휴식을 취한다. 어쩌면 나중에 우
리 집 문틀이 또다시 유아원 노릇을 할 수도 있지만 집 안

에 사는 사람들은 그곳에서 아기 벌들이 자라나고 있다는 사실조차 모를 것이다. 봄에 벌들이 둥지를 떠나 날아가는 모습을 보기 전까지는 말이다.

오두막의 침실 겸 거실 바로 옆에 자리한 호박벌의 둥지에서는 가족 성원 모두가 무척 바쁜 여름을 보낼 것이다. 물론 호박벌은 틀림없이 조용한 이웃이 될 것이다. 성격 좋은 호박벌은 시인과 동화 작가들이 사랑해 마지않는데, 호박벌의 삶은 주로 모성애와 연결 짓는 방식으로 묘사되곤 한다. 대부분의 경우에 알을 낳는 암컷이 더 크고 곤충의 세계는 완전히 모계 사회를 이루고 있기 때문이다. 인정사정없는 수컷의 이미지는 거의 존재하지 않는다. 다만 호박벌은 코끼리처럼 나이 든 여자 가장이 무리를 이끌지 않는다. 엄마 호박벌은 계속 알을 낳느라 너무 바쁘기 때문이다. 그 대신 딸들이 스스로를 돌보고 나중에 태어난 동생들까지 보살피는데, 이 조화로운 자매애는 여름이 끝날 때까지 계속된다. 그러나 그들 앞에 놓인 극적 반전은 그리스 비극을 방불케 한다.

한여름에는 여전히 평화롭고 목가적이다. 더운 날에는 함께 낮잠을 자고, 만약 온도가 30도를 넘을 정도로 더워지면 몇몇 성원이 입구 쪽으로 이동해 자신들의 날개로 시원한 바깥바람을 안으로 불어넣어 환기를 시킨다. 이 모든 것의 중심에는 착한 딸들이 가져다주는 먹이를 먹으면서 새로 알을 낳고 그 위에 앉아 알의 부화를 돕는 엄마 호박벌이 있다.

그러는 동안에 시간은 모든 성원의 호르몬을 변화시키고 있다. 엄마는 나이가 들어 가고 있으니 종의 미래를 보장하려면 젊은 피가 필요하다. 이를 충족하기 위해 딸들은 새로운 여왕벌이 될 수 있는 알 몇 개를 특별히 보살피기 시작한다. 물론 아무리 튼튼한 여왕벌이라도 알을 수정시킬 수컷이 필요하다.

이때까지는 여왕벌이 전해의 짝짓기를 통해 확보한 정자로 모든 알을 수정시켜 왔다. 수컷의 염색체를 받은 벌은 암컷이 되고 그 염색체가 없으면 수컷이 된다. 이제 여왕벌은 염색체가 하나밖에 없는 수정되지 않은 알을 낳는다. 이 알에서 태어나는 호박벌은 처음부터 완전히 다르다. 얼굴에 난 털 무늬는 턱수염과 구레나룻처럼 보이고 그들이 원하는 바도 명백하다. 둥지 밖으로 나설 수 있게 되면 수컷은 유혹적인 향기로 자기 몸을 감싼다. 호박벌을 취하게 만드는 데는 라임꽃 향기가 제일 인기다. 향기로 무장한 수컷은 덤불과 나무에 먹음직스러운 체취를 남기고 다닌다.

아니나 다를까 새로 태어난 여왕벌들은 순식간에 호색한들에게 넘어가고 만다. 사려 깊은 것으로 유명한 호박벌답게 상대방을 침으로 찌르지 않기 위해 세심하게 신경을 쓰면서 짝짓기를 한다. 암수가 한 몸이 되어 땅으로 낙하를 하는 사이 여왕벌의 몸은 새로운 생명으로 가득 찬다. 새 생명들이 살아남을 가능성을 조금이라도 더 확보하려면 동면에 들어가기 전에 에너지를 충분히 저장해야 한다. 이를 위해 새 여왕벌은 자매들이 기다리는 둥지로 다시는 돌아가지 않는다.

둥지 안의 삶 또한 변화를 겪는다. 꽃에서 얻을 수 있는 꿀의 양이 점점 줄어드는 사이, 엄마와 딸들 사이에 긴장감은 점점 더 심해져 간다. 엄마 벌이 수정되지 않은 알을 낳았다는 사실을 알아차린 딸들도 수정되지 않은 알을 낳기 시작한다. 둥지 전체가 호르몬의 영향을 강하게 받고 있기 때문이다. 딸들이 알을 낳으면 너그럽기 그지없었던 엄마 호박벌도 분노하고 만다. 어쩌면 이런 반란 행위가 사회적 원칙을 거스르는 일이기 때문일 수도 있고, 아니면 엄마 벌이 딸들의 자손보다 자기의 아들들과 유전적으로 더 가깝기 때문일 수도 있다. 그 이유가 무엇이든 간에 엄마 벌은 알을 낳는 딸들을 물고 그들이 나은 알들을 먹어 치운다. 그 알들이 자기 손자라는 사실은 아무런 상관이 없다. 딸들은 엄마에게 대항해서 엄마가 낳은 수컷 알들을 먹어 버린다. 그 알들이 자기들의 남동생이라는 사실은 아무런 상관이 없다.

이 과정이 생물학적으로 반복되는 일이라고 할지라도 여전히 슬픈 이야기인 것은 틀림없다. 그 어느 때보다 대담하지만 훨씬 약해진 엄마 호박벌이 모든 소동으로부터 후퇴를 하려고 할 즈음에는 이미 때가 늦었다. 고전적 비극에서처럼 그녀는 딸들의 손에 의해 죽고 난 후에 사체를 유린당하거나 아니면 무너져 가는 둥지에 버려진 채로 굶어 죽기를 기다리는 운명에 처하게 된다.

이 과정에서는 수정이 된 알에서 태어나서 둥지를 이미 떠난 어린 여왕벌들만 생존한다. 물론 그중 일부는 축축한 동면 장소에서 썩거나 굶어 죽거나 잡아먹히게 될 것이다. 그러나 또 다른 일부는 봄의 첫 꽃이 필 무렵에 잠에서 깨어날 것이다.

가족 사이에서 이런 비극적인 일이 벌어질 수 있다니! 우리 집 문틀에 자리 잡은 단생벌들은 적어도 그런 운명을 겪지 않아도 될 것이다. 그들의 새끼들은 스스로 살아가야 하기 때문에 사회적 충돌이 벌어질 확률이 훨씬 적다. 또 새로운 세대 혹은 공동의 둥지를 방어하지 않아도 되기 때문에 사회적 행동 능력이 발달하지 않았다.

그럼에도 불구하고 호박벌과 마찬가지로 단생벌은 꿀벌보다 더 효율적으로 꽃의 수정을 돕는다. 그들은 누군가의 도움을 받을 수 없기 때문에 상당히 영리하다. 단생벌이 둥지를 짓고 싶은 곳에 박힌 못을 혼자서 제거하는 모습이 관찰된 적도 있다. 어려운 일을 해결하기 위해 혼자 사는 벌들이 모여 서로 돕기도 한다. 그러나 그들이 분업을 하는 대규모 집단에 소속될 경우에는 문제 해결 능력이 줄어든다는 연구 결과가 나와 있다. 장인이 공장 노동자로 일하게 되면 벌어지는 현상과 비슷하다.

그렇게 보면 삶이 다양한 방식으로도 잘 굴러간다는 사실은 벌에게도 적용할 수 있는 원칙인 듯하다. 싱글로 사는 삶이든 가족을 이루어 사는 삶이든 각각의 장점이 있기 때문이다. 그러나 혼자 살아가는 특성이 더 주류를 이루는 것 같다. 스웨덴에서 발견된 3백여 종에 달하는 벌들 중 꿀벌과 40여 종의 호박벌을 제외하고는 모두 군거를 하지 않는다. 심지어 호박벌 집단마저 나중에 태어난 암컷 벌들이 둥지에 머물며 살기는 하지만 처음에는 단 한 마리의 여왕벌에서 시작한다. 왜 이런 방식을 선택했을까? 왜 각자 작은 가족 단위를 이루어 살거나 평범한 단생벌처럼 독립적인 생활 방식을 택하지 않은 것일까?

호박벌의 딸이 알을 낳지 않는 것은 그다지 이상한 일이 아니다. 대부분의 동물이 자손을 남기지 않고 죽는다. 아니, 시각을 아예 바꾸어서 둥지를 떠나지 않고 엄마 벌을 돕는 딸들이 사회 건설의 기초를 형성한다는 것에 초점을 맞추는 것이 맞을 듯싶다. 매우 단순한 방식이긴 하지만 호박벌은 누군가가 위에서부터 자신들의 삶을 조종할 수 없다는 것을 보여 준다. 오히려 그들은 모든 것이 겉으로는 보잘것없어 보이는 자매애, 사랑을 닮은 그 자매애에 의존하고 있다는 사실을 온몸으로 보여 준다.

협조 관계를 가장 쉽게 보여 주는 종은 꿀벌이다. 아리스토텔레스는 꿀벌의 사회 체제를 긍정적인 예라고 생각했다. 하지만 그는 그것을 모계 중심 사회로 보고 싶어 하지 않았다. 벌은 침이라는 무기로 무장을 하지 않았는가. 17세기에 발명된 현미경을 통해서야 왕벌이 사실은 여왕벌이라는 것, 그리고 게으름을 피우면서 빈둥거리는 벌이 사실은 수컷이라는 것을 분명하게 알 수 있었다. 여왕벌이 통치를 하지 않는데도 이렇게 많은 수가 유기적인 공동체를 이루어 살며 질서를 유지할 수 있는 원인은 어디에 있을까? 개체의 수와 관련 있는 것일까, 아니면 더 신비로운 힘이 작용하는 것일까?

벌집은 엄청나게 다른 두 개의 세상을 놀라운 방법으로 결합하고 있다. 그중 한 세상은 공동체를 바탕으로 만들어졌다. 여왕벌의 몸에 자기 몸을 비빈 모든 벌은 다른 성원을 돌보고 집을 짓는 본성을 자극하는 물질을 받는다. 그들은 공동체를 유지하기 위해 필요한 일을 해낼 수 있도록 적응된 몸을 가지고 있다. 가장 어린 벌들은 애벌레 상태의 동생들에게 주기 위해 자신들의 분비샘에서 단백질이 풍부한 물질을 배출한다. 조금 더 큰 후에는 다른 벌들이 채집해 온 꿀을 가공 처리하는 임무가 주어지는데 이때 필요한 효소는 몸에서 자동으로 생산된다. 몇 주가 지난 후에는 먹이를 채취하기 위한 첫 비행을 하고 이를 위해 꿀을 따는 벌의 본능을 자극하는 호르몬이 분비된다. 이렇듯 몸 자체가 이미 수천 마리의 자매를 돕는 데 필요한 모든 것을 갖추고 있다. 벌집도 각 집단에 딱 맞춘 구조를 가지고 있지만, 모두 동일한 벌 방이 모여서 만들어진 것이다.

여섯 개의 벽을 지닌 벌 방은 기하학적으로 경이롭다. 육각형은 원자들이 모여서 생명을 이루는 분자를 어떻게 만드는지, 또 그 분자들이 연결되어 어떻게 더 큰 패턴을 만드는지를 화학자들이 설명할 때 등장하는 모양이다. 벌 방이 여섯 개의 면을 지닌 것은 실제로 큰 장점이 있다. 육면체 구조에서는 모든 방이 이웃 방과 벽을 공유하기 때문에 최소한의 재료가 사용되고 또 무게도 고르게 분할되는 효과가 있다. 약해진 곳을 강화해야 할 때 그곳뿐 아니라 다른 곳도 동시에 강화하는 것을 보면, 벌 방을 짓는 벌들은 이런 사실을 모두 이해하고 있는 것처럼 보인다. 그렇게 만들어진 벌 방은 매우 강해서 그 안에서 자라는 유충이 원래 무게보다 1천 배나 더 무거워져도 아무 문제가 없다.

도대체 벌은 어떻게 육각형을 기초로 한 구조물을 지어야 한다는 결론에 도달했을까? 가장 놀라운 사실은 벌들이 힘을 합쳐 일을 하는 과정에서 여섯 개의 벽이 저절로 만들어진다는 것이다. 벌 방은 호박벌이 밀랍 그릇을 만드는 방식처럼 한 번에 하나씩 만들어지는 것이 아니라 수많은 벌이 동시에 밀랍으로 모양을 만들어 나가는 것이다. 서로 너무 가까이 붙어서 작업을 하기 때문에 그 열기로 인해 주변의 밀랍이 녹고 그 결과 바로 옆 밀랍과 연결이 된다. 벌 방은 벌집 내의 협조 관계를 보여 주는 완벽한 예다.

각 방은 새로 태어날 형제자매로만 채워지지 않는다. 벌집 밖에서 채취한 것을 벌 방에 저장해 두어야 한다. 녀석들은 그곳을 채우기 위해 혼자서 벌집 안의 엄격한 환경과 완전히 다른 바깥세상으로 날아가야 한다. 붐비고,

어둡고, 체계적인 벌집 내부와 달리 바깥세상은 끝없이 넓고, 환하고, 계속 변화한다. 그런 곳에서 어떻게 길을 잃지 않을까?

호박벌과 마찬가지로 꿀벌도 벌집으로부터 반경 100미터 내의 환경을 알아본다. 그보다 더 멀어지면 시간과 공간을 계산해서 항로를 결정해야 한다. 그들은 태양의 도움으로 시간을 감지하는데, 다양한 꽃을 방문하는 시간과 연결된 일종의 해시계를 머릿속에 가지고 있는 셈이다. 심지어 벌집 안에 있을 때마저 좁게 들어오는 빛줄기에서 편광* 패턴을 감지하고 관찰해 하루를 여섯 개의 시간으로 나눌 줄 안다. 그보다 길어지면 〈항상〉으로 구분한다. 꿀벌은 꿀이나 꽃가루를 채집하지 못하는 시간 또한 이해한다. 굶주림으로 이어질 수 있는 상황, 벌집 안의 모든 생명에 위협이 되는 무(無)의 상태를 파악하는 것이다.

그들의 시간 감각은 영역 내의 이정표와 다른 감각 기관을 통해 들어온 정보가 합쳐져야 발휘되는데, 그렇게 하기 위해서는 융통성이 필요하다. 바람과 날씨는 끊임없이 변화하고 식물의 상태도 매주 달라진다. 그들은 벌집 안의 자매들과 계속 대화를 이어 나간다. 공동 자원이 부족해지면 꽃가루가 그다지 많지 않은 꽃에도 방문을 해야 하기 때문이다. 식물은 계속 성장하고 있어서 어느

---

* 특정한 방향으로만 진동하여 나아가는 빛. 벌은 겹눈을 통해 편광을 분간할 수 있다.

시기에 어떤 종의 꽃에서 꽃가루를 가장 많이 얻을 수 있는지도 알아야 하고 그 꽃을 찾아낼 줄도 알아야 한다. 그들은 경험을 통해 학습하고 스스로 결정을 내린다.

일벌이 수확한 것은 벌집 안에 모은다. 그 안에서 꿀을 가공하고 꽃가루는 색에 따라 분류된다. 벌들은 벌 방에 난 틈을 메우고 둥지를 보호하기 위해 접합체를 만든다. 재료는 주로 활엽수의 새순을 감싼 수지와 침엽수의 역청인데, 일종의 생명의 에센스처럼 느껴질 정도다. 수백 가지의 원료 중에는 미량의 금과 은도 포함되어 있다. 꿀벌이 만들어 내는 이 접합제는 바이러스와 박테리아뿐 아니라 곰팡이까지 죽일 수도 있는데, 소독 효과가 있기 때문에 침입자가 벌집 안에서 죽으면 시체를 감싸서 부패로 인해 질병이 퍼지는 것을 방지한다. 벌집을 보호하는 이 기적적인 물질은 〈프로폴리스propolis〉이며 라틴어로 〈공동체를 위한〉이라는 뜻을 가지고 있다.

그러나 꿀벌이 만들어 내는 가장 중요한 생산물은 프로폴리스가 아니다. 미래에 대한 보험으로 밀랍 방에 모으는 달콤한 금빛 물질, 바로 꿀이 중요하다. 꿀은 투명한 색에서 호박색, 짙은 밤색에 이르기까지 엄청나게 다양하다. 꿀을 채취한 꽃에 따라 색과 향이 결정되기 때문이다. 초여름에 만들어지는 꿀은 옅은 색인 데 반해 가을에는 더 짙은 색의 꿀을 볼 수 있다. 토끼풀의 꿀은 순한 맛, 라임꽃은 그보다 더 신선한 맛, 헤더에서 채취한 꿀은 향기로운 맛이 난다.

하지만 꽃만으로는 꿀의 맛을 다 설명할 수가 없다. 프로폴리스와 마찬가지로 꿀에도 수백 가지의 재료가 들어 있기 때문이다. 비타민, 무기질, 항산화제, 유산균, 아미노산, 포름산에 더해 특별한 효소도 첨가된다. 꽃에서 채취된 화밀은 입에서 입으로 전해져서 벌집까지 운반되는데, 당 분자 하나가 벌 방에 도달하는 과정을 통해 수없이 많은 벌과 접촉을 하게 된다. 따라서 꿀은 한 마리의 벌, 한 송이의 꽃만으로는 설명할 수 없다. 서로 다른 생물종들, 그 종 안의 수많은 개체, 그리고 시간이 모두 함께 작용해서 탄생하는 것이 꿀이다.

꿀이 늘 특별한 광채를 띠는 이유가 바로 이 때문일까? 꿀은 동굴 벽화와 바빌로니아의 문서에도 출현하고 젖과 꿀이 흐르는 땅을 약속하는 구약 성경과 코란이 묘사하는 낙원에도 등장한다. 벌을 태양신의 눈물이라고 묘사하는 고대 이집트에서는 꿀을 장수의 묘약으로 여겼다. 고대 이집트 묘에서 발견된 3천 년이나 된 꿀이 먹을 수 있는 상태였다는 사실을 미루어 보면 꿀 자체의 수명 또한 긴 것이 분명하다.

꿀이 담겨 있는 밀랍은 인간의 문화에도 스며들어 있다. 회화에 크레용을 제공하고 조각에 거푸집을 선사한 물질이 바로 밀랍이다. 고대 로마의 필기용 판은 밀랍을 여러 겹 바른 것이었다. 그 위에 글씨를 썼다가 밀랍을 따뜻하게 데워 녹으면 글씨가 지워져서 재사용할 수 있었다. 밀랍은 또 배에 바닷물이 새지 않도록 틈을 메꾸는 데 사용되었고 방수용 옷을 만드는 데도 활용되었다. 세이렌Seiren의 노래에서 오디세우스Odysseus의 동료들을 구한 귀마개, 이카로스의 날개를 만든 깃털을 서로 붙이는 아교도 되어 주었다. 비록 이카로스는 태양에 너무 가까이 다가가면 밀랍이 녹아 버린다는 사실을 잊었지만 말이다. 해가 진 후 어두워진 땅을 수천 년간 밝혀 온 물건도 밀랍으로 만든 촛불이다.

베르베르어에는 햇빛이 벌 방에 가닿을 때 태어나는 것을 부르는 특별한 단어가 있다고 한다. 상징적인 이미지를 묘사하고 있지만 구체적으로 무엇을 상징하는 것일까? 천 송이 꽃의 정수와 그 꽃들로 향하는 수많은 여정을 상징하는 것일까?

벌 방을 생각하면 벌의 겹눈이 떠오른다. 겹눈도 하나하나의 눈이 육면체이다. 각 부분이 각자의 각도로 받아들인 정보들은 벌이 꽃을 잘 찾을 수 있도록 돕는다. 뇌의 시각 중추도 비슷한 부분들로 이루어져 있는데, 이 신경세포들은 벌이 보고 반응할 수 있도록 돕는다. 90만 개의 신경 세포가 작디작은 벌의 뇌 속에 자리 잡고 있으며 서로를 향해 손을 뻗고 소통을 한다. 세상이 보내는 신호를 포착하고 해석하려면 세포들까지도 협업을 해야 한다.

모든 과정에서 협조가 이루어지지 않으면 꿀은 만들어질 수가 없다. 한 마리의 벌은 3주 동안 기껏해야 꿀 4분의 1 티스푼을 만들고는 지쳐 버린다. 병 하나를 꿀로 채

우려면 2만 송이의 꽃을 방문해야 한다.

그들은 왜 그토록 엄청난 노동을 감당하는 것일까? 벌은 고대 그리스 신화의 신들이 즐겨 마신 술인 넥타르 nektar와 동일한 이름을 가진 화밀을 좋아한다. 심지어 녀석들은 발효되면 알코올 농도가 10퍼센트에 달할 수도 있는 화밀에 취하기도 한다. 인간의 알코올 의존에 대한 실마리를 찾아보려는 희망을 가지고 취한 벌을 관찰하는 연구가 진행되고 있다. 린네의 동생 사무엘 린네Samuel Linné는 자기가 기르던 벌들에게 꿀을 탄 포도주를 먹여 꽃가루와 화밀을 훔치는 도둑벌들과 더 잘 싸우도록 도왔다. 반면 술에 취한 벌은 집으로 돌아가는 길을 잃어버리기 일쑤다. 설령 집을 찾아가도 문지기벌로 인해 그 안으로 들어갈 수가 없다. 문지기벌은 악명 높은 주정쟁이 벌의 발을 잘라 버리는 일도 서슴지 않는다. 하지만 화밀의 본래 목적은 취하게 만드는 것이 아니라, 더 많은 화밀과 꽃가루를 모을 수 있는 에너지를 제공하는 것이다. 그렇게 모은 화밀은 마침내 시간과 공간을 망라하는 무엇으로 변신을 하게 될 것이고 이때에는 서로 간의 협조가 필요하다. 협조가 이루어지려면 또 다른 것이 필요하다. 바로 의사소통이다.

아리스토텔레스도 벌이 춤을 춘다는 사실을 알고 있었다. 그로부터 2천 년이 지난 후에야 우리는 그 춤 자체에 의미가 담겨 있다는 사실을 이해하게 되었다. 20세기 중반 카를 폰 프리슈Karl von Frisch는 춤의 의미를 해석하고 이것이 복잡한 언어라는 결론을 내렸다.

그는 빈에서 지적인 자극을 많이 받으며 성장했다. 그의 가족 중에는 교수가 많이 있었기 때문에 심오한 질문을 던지는 일을 매우 자연스럽게 생각했다. 그는 형제들과 현악 사중주단을 만들어서 연주를 한 후에 소통의 중요성을 깨달았다.

한편 그는 다양한 방법의 의사소통을 원했다. 폰 프리슈가 돌보는 반려 앵무새는 그의 어깨 위에 앉아 있기를 즐겼고, 그의 펜을 물어뜯고, 그의 침대 옆에서 잤다. 그가 아침에 일어나 가장 먼저 하는 일은 앵무새와 대화를 시도하는 것이었다. 앵무새 이외에도 1백여 마리의 다른 동물도 길렀으니 그가 동물학자가 된 것은 어쩌면 자연스러운 일일 것이다.

처음에는 물고기 연구로 시작했지만 폰 프리슈의 관심은 점점 벌에게로 옮겨 갔다. 두 경우 모두 그의 첫 번째 발견은 연구 대상들의 감각과 관련이 있었다. 물고기에게는 맛과 소리가 중요하고 꿀벌에게는 냄새와 색이 중요한 듯했다. 꿀벌은 냄새로 꽃이 있는 곳까지 찾아가고 목적지 가까이에 가면 색과 모양을 보고 꽃을 알아보았다. 확고한 모양과 흐릿한 형체의 차이를 구분하는 데 특히 주의를 기울였다.

폰 프리슈의 연구 팀은 벌이 시간과 생생한 관계를 유지한다는 사실을 관찰했다. 벌들에게 특정 시간에 규칙적으로 설탕물을 주었더니 정확한 시간에 정확한 장소로 다시 찾아온 것이다. 분명 그들만의 의사소통 수단이 있는 듯 보였다. 폰 프리슈는 팔을 걷어붙였다.

그의 연구가 진전되는 동안 인간 사회는 역사상 가장 큰 파국을 향해 치닫고 있었다. 나치주의가 독일에서 확산되면서 세계 대전과 인류의 멸망이 다가오고 있었다. 그는 당시 뮌헨 대학교에서 교수로 일하고 있었는데, 연구에 너무 골몰한 나머지 바깥세상의 일은 멀리서 들려오는 천둥소리처럼 여겼다. 하지만 나치를 의미하는 만자(卍字) 인장이 찍힌 편지가 연구실에 날아들면서 그의 세상은 달라졌다. 봉투를 열어 보니 짧은 메시지가 적혀 있었다. 4분의 1이 유대인 혈통인 그를 교수직에서 해임한다는 내용이었다.

이중의 타격이었다. 대학에서 쫓겨나면 돌파구에 이르기 직전 단계로 접어든 그의 연구 또한 중단될 수밖에 없었기 때문이다. 협동은 벌의 세계뿐 아니라 그의 연구 팀에서도 중요한 요소였다. 저명한 동료들이 그가 연구를 계속할 수 있도록 허락해 달라고 간청했지만 아무 소용이 없었다.

결국 폰 프리슈를 구한 것은 독일의 벌들이었다. 당시 내장에 기생하는 곰팡이균인 노제마가 벌을 대량 학살하고 있었다. 말 그대로 벌의 몸을 갉아먹는 끔찍한 균이었다. 이미 독일에서 250억 마리의 벌이 죽은 후였다.

벌은 생태계의 핵심종이며, 인간은 식생활의 많은 부

분을 벌의 수분에 의존하고 있었다. 1940년대 독일은 전쟁 때문에 이미 식량난을 겪고 있었지만 이제 사태가 더 심각해졌다. 그와 동시에 소련에서 벌을 더 빠르고 효율적으로 훈련시키기 시작했다는 소문도 돌고 있었다. 독일 제국도 그렇게 해야 한다는 분위기가 감돌았다. 벌은 사회를 위해 희생하는 시민의 빛나는 모범이 아닌가. 독일 제국은 벌의 언어에 대한 폰 프리슈의 연구에는 전혀 흥미가 없었지만 식량 창고를 다시 채우는 데 적용할 연구 결과는 시급했다. 폰 프리슈가 기생균 문제를 해결해 벌을 살릴 수 있을지도 모른다는 희망으로 인해 그의 해고가 연기되었고, 그렇게 다른 연구도 계속할 수 있게 되었다.

역설적인 상황이었다. 암호 전문가들이 적의 메시지를 해독하기 위해 애를 쓰는 동안, 폰 프리슈는 공격성이 전혀 없는 비인간의 언어를 해독하기 위해 애를 썼다.

새 언어를 배우려면 시간이 걸린다. 특히 이미 할 수 있는 언어와 전혀 비슷한 점이 없는 언어를 배우는 일은 더욱 그렇다. 그러나 폰 프리슈와 그의 동료들은 벌의 의사소통을 둘러싼 베일을 하나하나 벗기는 데 성공했다.

소통의 중심에는 무엇보다도 꽃이 있었다. 꽃의 존재를 알리는 향기는 공기를 타고 퍼져 나가고 다른 종들도 그 향기의 의미를 쉽게 이해한다. 벌이 쓰는 꽃에 관한 언어는 매우 정교한 규칙을 가지고 있어서 거의 예술의 경지에 이르렀다.

벌은 꽃에 든 화밀이나 꽃가루의 질과 양뿐 아니라 그 꽃이 있는 곳으로 가는 경로까지 묘사한다. 이 모든 내용은 벌 방 안에서 춤으로 전달이 된다. 이로써 기호가 잔뜩 표시된 지도가 그려지는 것이다. 벌이 단순한 원을 그리면 근처에, 무한대 기호를 그리면 멀리에 꽃이 있다는 뜻이다. 춤의 길이는 꽃까지의 거리 혹은 그곳까지 가는 데 필요한 에너지를 의미한다. 예를 들어 맞바람을 뚫고 날아가야 한다면 에너지가 더 많이 필요해 오래 춤을 출 것이다. 한편 그들은 원 안에 그리는 중심선으로 방향을 표시한다. 전령사 벌이 위쪽으로 선을 그리면 태양을 향해 가야 하고, 아래쪽으로 선을 그리면 태양을 등지고 가야 한다. 같은 원리로 오른쪽으로 향하는 대각선은 태양의 오른쪽을 의미한다. 다시 말해 원 가운데의 수직선을 기준으로 기운 각도와 동일한 각도로 비행을 하면 된다.

심지어 그냥 까닥거리기만 하는 것처럼 보이는 벌의 엉덩이에도 방향, 여행 시간, 꽃에 대한 정보가 포함되어 있다. 춤 동작이 더 열정적일수록 화밀과 꽃가루의 질이 좋다. 꽃에 대한 정보는 벌집이 이미 보유하고 있는 자원의 상황을 반영해서 전달된다. 저장한 먹이의 양이 적으면 전령사 벌은 꽃가루와 꿀이 많이 들어 있지 않은 꽃에 대한 정보도 알리는 것이다. 그들의 춤은 대부분 거리와 관련되어 있지만 그 외에도 수많은 정보가 촘촘히 박혀 있다.

햇빛이 있는 환경에서만 수확할 수 있는 자원에 관한 내용이긴 하지만 그 자체는 어둠 속에서 전달되어야 하기 때문에 상대방은 진동을 통해 정보를 이해한다. 벌 방에서 움직일 때 벌의 날개 근육이 진동을 하는데, 설령 날개가 접혀 있을지라도 비행을 할 때와 동일한 속도로 진동을 할 수 있다. 진동을 통해 먹이를 수집하는 데 필요한 정보를 전달할 뿐 아니라 또 다른 형태의 언어를 창조해 내는 것이다. 이 언어는 1초에 30회에 달하는 진동이 만들어 내는 소리와 멈춤, 그리고 소리 자체의 높이를 다양하게 변화시켜 소통을 하는 일종의 모스 부호라고 할 수 있다. 춤추는 벌은 이렇듯 몇 개의 언어를 동시에 사용한다.

이 언어들은 꽃으로 향하는 길을 묘사하는 데 그치지 않는다. 만약 벌집 내부가 너무 더워지면 온도를 낮추어야 한다. 따라서 벌은 화밀이나 꽃가루 대신 물방울을 가지고 집으로 돌아온 다음 물 위에서 날갯짓을 하며 에어컨이 작동하는 것과 비슷한 효과를 낸다. 물을 보충해야 할 필요가 있으면 춤을 추어서 동료들에게 물이 있는 곳을 알려 준다.

벌의 춤은 심지어 환경 전체에 대한 정보까지도 전달할 수 있다. 이런 종류의 의사소통은 특히 집단 이동을 할 때 관찰되는 경우가 많다. 기존의 여왕벌이 군집의 절반 정도를 이끌고 새로운 벌집을 만들기 위해 이동하는 현상이다. 그럴 경우에 미리 체계적인 성향이 강한 벌을 정찰병으로 선별해 근처를 둘러보게 한다. 정찰을 마친 벌은 다양한 정보를 알려야 한다. 새로 정착할 가능성이 있는 곳은 얼마나 큰가? 그곳은 축축하지 않은가? 다른 곤충들은 없는가? 다른 벌들이 살다가 떠난 후 버려진 벌집이 있는가? 입구는 어떤 모양인가? 꽃과 물이 있는 곳과 거리는 얼마나 떨어져 있는가? 이 모든 정보가 춤을 통해 소통된다.

벌에게 공간의 크기는 매우 중요하기 때문에 정찰병 벌은 내부의 벽을 찬찬히 살펴보는 데 40분이나 걸리기도 한다. 그들은 계속 달라지는 벽의 각도를 세심하게 확인하면서 벽과 벽의 거리까지 계산을 한다. 입구의 위치도 같은 방법으로 측정된다. 근처에서 물을 얻을 수 있어야 하지만, 호수를 가로질러 이동해야 하는 위치라면 주변 환경에 대한 지식을 바탕으로 상황을 판단할 수 있는 다른 벌들에 의해 정찰병이 제안한 그 위치가 거부될 수도 있다.

따라서 집단 이동이 이루어지는 시기의 춤은 꽃과 관련이 없는 정보가 담겨 있는 경우가 많다. 다수의 벌이 정찰을 통해 얻어 낸 정보들을 모두 고려해서 거주할 곳을 선택하는 것이기 때문에 후보지의 위치와 주변 환경에 대한 묘사가 정확해야 한다. 하지만 서로 경쟁을 벌이는 것은 아니다. 그들은 동료들로부터 영향을 받고 설득을 당하기를 주저하지 않기 때문이다. 결국 가장 큰 지지를 확보한 벌이 집단을 이끌고 자기가 제안한 곳으로 이주를 한다.

이로써 벌은 고대 그리스인이 그 단어를 만들어 내기 전부터 〈민주주의〉를 실천에 옮기고 있었다는 말이 된다. 벌의 사회에서는 아무도 독단을 내릴 수 없으며 다 함께 의사 결정을 내린다. 벌의 군집을 왕벌이 지배한다고 생각했던 과거의 상상과는 거리가 멀다. 벌의 의사소통 방법은 사실 일종의 대화라고 할 수 있다. 정찰병은 자기의 말에 귀를 기울이는 청중이 필요하고 급박한 문제에 한해서는 토론도 한다. 벌집에 모든 것이 충분히 갖추어지면 춤도 중단된다. 춤은 오락을 위한 것이 아니라 생명을 부지하기 위한 도구이기 때문이다.

춤은 전 세계 방방곡곡에서 다양한 목적으로 생겨났다. 짝짓기 혹은 종교 의식의 일부인 경우도 있고, 공동체를 형성하거나 예술 장르로 승화되기도 한다. 이 모든 요소가 벌의 춤에도 깃들어 있다. 짝짓기 의식과 마찬가지로 다산을 기원하는 측면이 있고, 종교 의식과 마찬가지로 신비로움과 연합의 의미를 가지고 있다. 그들의 춤에는 안무에 따라 움직이듯 정해진 동작이 있지만 포크 댄스나 방언처럼 집단에 따라 조금씩 다른 부분도 관찰된다.

무엇보다도 춤은 모든 감각을 사용해서 움직임을 해석할 수 있는 벌의 능력에 걸맞은 세련된 언어다. 우리 눈에는 곤충의 날갯짓이 그냥 흐릿한 형체로만 보이지만 벌은 1초당 2백 번이나 위아래로 움직이는 날갯짓을 하나 하나 포착할 수 있다. 벌이 출연하는 영화를 만들려면 1초에 24컷을 담는 것으로는 부족할 것이다. 벌의 동작을 끊기지 않고 부드럽게 표현하려면 그보다 열 배는 촘촘하게 촬영해야 한다.

어떻게 보면 벌은 현실주의자다. 모든 감각이 대자연을 감지하는 데 초점이 맞추어져 있기 때문에 삼각형이나 사각형 같은 추상적인 형태는 그들에게 아무 의미가 없고 따라서 그들은 그런 형태에 주의를 기울이지 않는다. 물론 앞서 비둘기에게 훈련한 것과 비슷하게, 과학자들은 벌에게 피카소와 모네의 작품을 구분하는 법을 가르친 적이 있다. 그러나 벌의 눈에는 강한 선과 약한 선의 차이만 보였을 확률이 높다. 꽃을 볼 때 그런 구분이 필요하기 때문이다.

게다가 꽃의 모양과 향기는 연결되어 있다. 벌은 두 가지 특징 모두 더듬이를 통해 감지하기 때문이다. 벌집 속 어두운 곳에서 춤을 추는 벌을 다른 벌이 스쳐 지나갈 때, 그 춤이 묘사하는 꽃의 향기도 알아챌 수 있다. 그뿐이 아니다. 꽃, 그리고 꽃으로 가는 길에 대한 정보는 벌에게 깊은 영향을 준다. 둥그런 물체는 뾰족한 물체와 다른 인상을 남기고 부드러운 형태와 각진 형태는 서로 다른 냄새 신호를 가지고 있다. 그 결과 동료의 춤을 감지하는 벌의 머릿속에서는 변화무쌍한 형태로 이루어진 풍경이 살아 움직이며 감각의 세계가 삼차원으로 느껴질 것이다.

모든 것을 감안하면 벌의 춤은 향기로우면서 수학적인 언어이고, 시와 토지 측량술을 결합한 언어라고 할 수 있겠다. 수학에서는 모든 것이 명료하고 정확하며 꼭 필요한 것만 남긴 채 압축되는 반면 시에서는 감각적 연상과 암시적 표현을 통해 많은 것을 담아낸다. 말하지 않은 말은 말 사이의 긴장감을 자아내서 꽃과 벌의 관계에서처럼 떨림이 만들어진다. 벌의 춤은 꽃에서부터 시작해 바람과 주변 환경의 중요한 정보를 모두 아우르는 완벽하고도 자연스러운 소통 방식이다. 이 모든 것이 시적이지만 그와 동시에 정확하게 전달이 된다.

무엇보다도 그들의 춤은 함께 사는 세상에 관한 이야기다. 한 마리의 벌이라도 도움이나 격려를 원하면 특정 냄새나 페로몬을 사용해서 언제라도 자신의 요구를 전할 수 있다. 이런 식의 즉각적 호소에서 언어가 시작된 것이 아닐까? 그렇다면 다음에는 어떤 일이 벌어질까? 언어는 성원이 일정 수를 이루거나 그들이 함께 생활할 때 발달하는 것일까, 아니면 무엇인가를 이루기 위해 더불어 일할 때 만들어지는 것일까? 그 모두가 사실일 수도 있다. 어찌 되었든 벌은 장엄하고 독특한 언어가 만들어질 수 있는 과정 중 하나를 잘 보여 주고 있다.

벌의 언어를 발견한 것은 센세이션을 불러일으켰고 폰 프리슈는 1973년에 노벨상을 수상했다. 동물 행동학을 연구한 로렌츠와 틴베르헌과 공동 수상이었다. 오랫동안 생물학자들은 생물종의 구분에 큰 관심을 가져왔다. 이제 벌은 더 이상 곤충 채집의 대상으로만 머물지 않는다. 그들의 춤은 언어 이론의 일부로 인정받게 되었다.

곤충이 복잡한 의사소통을 할 수 있다는 사실을 발견한 것은 가히 혁명적이었지만 동시에 불편한 질문을 던졌다. 인류가 언어를 가지고 있다는 이유로 우리 스스로를 다른 생물들보다 우월한 존재로 여겨 왔는데, 이제 더 이상 인간을 유일한 고등 생물이라고 말할 수 없게 된 것일까?

폰 프리슈가 벌의 언어를 연구하는 동안 고등 생물종에 관한 논의는 완전히 더럽혀지고 말았다. 나치주의에서는 도덕성과 이성을 모두 무시한 채 인간을 더 우월한 인종과 더 열등한 인종으로 나누었다. 이는 심각한 결과를 초래했다. 다른 한편으로는 언어 체계가 얼마나 발달했는지에 상관없이 고도로 진보한 다른 생물종들이 존재한다는 사실 자체가 사람들을 불안하게 만들었다. 그래서 더 이상 이 문제는 거론되지 않았고 옆으로 밀려나고 말았다.

바로 이즈음 벌의 상황이 진정으로 악화되기 시작했다. 벌은 들과 실개천이 혼재한 좁은 지역에 퍼진 야생화를 방문하며 사는 데 익숙해져 있었다. 그러나 제2차 세계 대전이 끝난 후부터 가족끼리 운영하는 소규모 농장 대신 산업적 규모의 농업이 시작되었고 설상가상으로 엄청나게 다양한 살충제가 쓰였다. 이로 인해 의도치 않은 결과가 발생하는 경우가 꽤 있었다. 예를 들어 곰팡이 방지 약은 살충제의 효과를 몇 곱절이나 강하게 만들었다. 해충은 오히려 재빨리 살충제에 대한 저항력을 갖추는 반면 해충의 개체 수를 일정 수준 이하로 유지시키는 새는 살충제에 중독이 되어 죽었다. 벌도 비슷한 영향을 받았다. 디디티*는 시장에서 금지되었지만 그 성분이 흙에 스며든 탓에 사용을 중단하고 시간이 지난 후에도 벌이 채집하는 꽃가루에서 발견이 되었다.

물론 인간은 벌의 가치를 이해했고, 그래서 산업적으로 벌을 기르기 시작했다. 요즘은 공장에서 수백만 개의 벌 군집을 운용하고 있으며 심지어 호박벌까지도 상품화되었다. 온실에서 키우는 토마토와 베리의 꽃가루를 퍼트려 꽃가루받이**가 되도록 하려면 호박벌이 필요하다. 그렇기 때문에 벌은 상자에 담기고 트럭에 실려 대륙을 가로지르는 이동을 하게 된다. 광대한 벌판에서 단 한 종의 식물만 기르는 단일 경작 관행에 더해 점점 더 강력해지는 살충제까지 뿌려지고 있으니 벌의 저항력이 곤두박질치는 것도 놀라운 일이 아니다. 이제 야생벌에게 내장을 공격하는 기생충인 노제마뿐 아니라 끔찍한 바로아응애까지 퍼지고 있고 꿀벌은 들에 나갔다가 집으로 돌아오는 데 어려움을 겪고 있다. 실제로 유럽에서는 벌과 호박벌의 수가 75퍼센트나 줄었고 미국에서는 호박벌의

---

* DDT. 살충제의 한 종류.
** 종자식물에서 수술의 꽃가루가 암술머리에 옮겨 붙는 일.

90퍼센트가 사라지고 말았다. 꽃가루를 옮겨 주는 벌이 사라져 버리면 우리는 재난을 면치 못할 것이다.

살충제나 단일 경작, 혹은 벌을 여기저기로 이동시킨 일 때문에 초래된 현상일까? 벌의 방향 감각이 휴대 전화 송신탑의 전자파로 인해 방해를 받는 것일까? 기후 변화도 영향을 끼치는 것일까? 어쩌면 이 모든 것이 복합적으로 작용하고 있을 수도 있다.

도시 환경에서는 살충제가 사용될 일이 적기 때문에 일부 지역에서 사람들이 지붕에 벌통을 설치하기 시작했다. 심지어 파리의 노트르담 대성당 지붕에도 벌통이 있다. 호박벌과 야생벌은 사유지로 몸을 피했다. 이제는 점점 사라져 가는 목초지보다 사유지에 머무는 벌의 수가 훨씬 많다. 그런 작은 규모의 숲에서는 공장의 형광등 조명 아래에서 조립되는 공산물처럼 짝짓기를 해야 하는 운명을 피하고 자기가 원하는 방식으로 꽃을 선택할 자유를 누릴 수 있다.

얼마 가지 않아 우리 집 문틀에 살던 단생벌들이 사라졌다. 봄 햇살이 가득할 때 벌인 짝짓기 잔치를 끝내고 이제 각자의 길을 가야 했을 것이다. 군거를 하지 않는 벌이 꿀벌만큼 언어 체계를 발달시키지 않은 이유는 꿀벌만큼 다른 개체와 정보를 나누지 않아도 되었기 때문이다. 그렇지만 다른 벌과 마찬가지로 단생벌도 본능적으로 꽃과 채집, 그리고 기억에 대한 내적 세계를 구축한 채 살아간다. 주변 세상에 대한 녀석들의 이해는 상당히 깊은 듯하다. 문틈에서 나와서 다른 곳으로 떠날 때는 언제나 목적지가 확실히 있는 것처럼 보였다. 그들은 동료들과 동쪽에서 민들레가 꽃을 피우고 있다는 소식을 주고받지 않고도 훌륭하게 꽃가루받이를 돕는 임무를 해낸다. 제일좋은 꽃이 어디 있는지에 대한 개인적 지식을 가진 것으로 충분하다.

나무호박벌의 첫배는 5월 즈음에 모습을 드러냈다. 먹이가 별로 없었기 때문에 잘 자라지 못해 가슴이 아플 정도로 작았지만, 부족한 크기를 넘치는 에너지로 보충하려는 듯 활력이 넘쳐 보였다. 집 옆을 따라 문까지 이어지는 약 1미터 너비의 통로는 풀로 덮여 있었다. 내가 그곳의 풀을 깎기 위해 물려받은 전기 잔디깎이를 켜자, 벽에서 일단의 보초병 무리가 화가 잔뜩 난 채로 몰려나왔다. 기계음 때문에 둥지가 진동해 놀란 듯했다. 녀석들의 영역은 둥지뿐 아니라 사방팔방으로 뻗어 있는 것이 분명했다.

그 영역은 녀석들의 머릿속에 이미 상세하게 그려져 있을 것이다. 나도 그 지도 안에 들어 있을까? 내가 그 지도에 포함되어 있다고 하더라도 나는 나 자신을 알아볼 수 있을까? 결국 벌과 인간은 세상을 다르게 감각한다. 벌과 인간은 모두 같은 꽃을 보고 좋아하지만, 나는 벌처럼 약하고 강한 향기들, 그리고 경우에 따라 그 향기들이 조화롭게 어우러져 만들어 내는 풍경에 발을 들일 수가 없다. 향기는 벌의 의사소통 방식 중 하나이기 때문에 벌은 꽃에도 자신의 체취를 남긴다.

벌과 인간은 인식하는 색의 범위도 조금 다르다. 벌은 빨간색을 보지 못하기 때문에 그들의 세상은 우리의 세상보다 조금 더 푸른색이 감돌 것이다. 하지만 벌은 자외선을 볼 수 있기 때문에 빛을 발하는 화밀의 패턴이나 데이지가 은은하게 뿜어 내는 푸른빛이 도는 초록색 광채를 알아차릴 것이다.

벌의 크기는 내 몸집의 1천분의 1도 되지 않지만 벌과 나는 원칙적으로 비슷하게 세상을 보는 듯하다. 호박벌이 사람의 얼굴을 구별할 줄 안다는 사실을 알게 된 나는 그들에게 존경심을 품게 되었다. 그에 비해 그들을 연구하는 과학자들은 실험 대상의 벌들에게 작은 숫자를 붙여야만 각각의 벌을 구별할 수 있다. 호박벌의 뇌에 나도 입력이 되었을까? 호박벌의 뇌는 소금 알갱이보다 크지 않지만 수십만 개의 신경 세포가 향기, 소리, 빛의 미세한 차이에 대해 기록한 사방 1킬로미터의 지도를 보유하고 있다. 이것이야말로 시를 통해서만 성취할 수 있는 융합이다. 나도 호박벌이 세상을 보는 관점을 찾고 있었을까? 사실 나는 오른쪽 눈에 난 작은 상처 때문에 날개 달린 곤충이 끊임없이 내 앞을 날아다니는 듯한 느낌을 받는다. 마치 작은 파일럿처럼 말이다. 그렇게 생각하는 것이 나는 꽤 마음에 들었다.

호박벌이 예민하게 굴 때는 자신의 감정을 표출하고 있다는 느낌이 살짝 드는데, 이것은 실험을 통해 증명이 되었다. 실험을 통해 벌이 갇혀 있을 때 두려움을 느낄 수 있다는 사실이 밝혀진 것이다. 벌을 놓아주지 않으면 혈액 안에 화학 물질이 축적되어 공황 상태에 빠져 죽을 수도 있다. 또 다른 실험에서는 벌을 심하게 흔들었더니 모두 무신경해졌다. 나는 상자에 빼곡히 갇힌 채 트럭에 실려 장거리 이동을 하는 것이 벌의 본성을 얼마나 거스르는 일인지 뼈저리게 이해할 수 있었다. 연구 팀은 그 여정의 모든 요소가 벌을 불안하게 만들었을 것이라는 결론을 내렸다.

꿀벌이 진보한 언어를 가지고 있다는 사실을 발견한 지 반세기가 지나고 나서야 결국 인간은 벌도 의식을 지닌 존재라고 인정했다. 2012년 신경 과학과 인지 연구 분야의 저명한 전문가들이 요란한 팡파르 속에서 〈의식에 관한 캠브리지 선언〉에 서명을 했다. 과학적이고 사무적인 문체의 선언문이었다. 〈인간 외 동물들의 의식적 상태를 나타내는 신경 해부학적, 신경 화학적, 신경 생리학적 기질과 그들이 의도적 행동을 할 능력에 대한 증거가 충분하다.〉 이 선언은 인간만이 의식을 가지는 데 필요한 요소를 지닌 생물이 아니라는 이야기다. 다른 존재들도 그런 요소들을 가지고 있다.

벌의 언어를 발견한 것보다 시사하는 점이 더 많은 사건이었다. 오랫동안 의식은 인간의 전유물로 여겨져 왔지만 그 추정에 완전히 반대되는 주장이 나온 것이다. 의식의 물리적 원천을 찾기 위해 과학자들은 엄청나게 긴 시간을 되짚었고 결국 절지동물의 공동 조상까지 거슬러 올라가게 되었다. 그녀는 5억 4천만 년 전에 살았으며, 아마도 지구상에서 첫 번째로 의식을 가진 유기물이었을 것이다.

물론 과학적 설명도 뒷받침되었다. 중추 신경계에는 일종의 두뇌가 포함되어야 하는데, 척추동물과 곤충의 두뇌는 확장된 신경절의 형태를 띠고 있다. 이 기관은 감각 정보를 처리하고 조직화해서 방향을 잡도록 하고 또 경험을 통해서 학습이 가능하도록 돕는다. 단순화해서 말하자면 주관적인 경험은 살아가며 겪는 온갖 어려움을 이겨 내는 데 필요한 핵심적인 요소다. 그렇다면 신경 체제를 가진 동물이라면 원칙적으로 공포, 분노, 안정감, 친밀감 등을 느낄 수 있다.

나는 내 작은 이웃들이 방금 윙윙거리며 지나간 벤치에 놓여 있던 커피 잔을 가지고 집 안으로 들어왔다. 녀석들은 여섯 번째 채집 여행에 나서서 2천 번째 꽃을 방문하러 가는 중이었을 수도 있다. 나는 1밀리미터 크기의 그 작은 머리로 그들이 무슨 생각을 하고 있는지에 대해서는 알 수 없지만 그들을 과소평가해서는 안 된다는 사실만은 확실히 알고 있다. 실험을 통해 호박벌은 새로운 문제를 해결하는 능력이 있다는 사실도 밝혀졌다. 예를 들어 화밀에 접근하기 위해서는 뚜껑을 열어야만 하는 상황에서도 녀석들은 해결책을 찾아냈다. 동료들에게서 배우는 속도도 매우 빨랐다. 만약 그들이 화밀로 보상을 받을 수 있다면 특정 목적지까지 커다란 공을 굴리는 등의 행위처럼 보통 때에는 전혀 할 필요가 없는 활동까지 척척 해냈다. 호박벌에게 심리 테스트를 진행한 한 과학자는 호박벌이 영리한 5세 아동에 맞먹는 아이큐를 가졌다고 말했다. 처음에는 나도 그 결론에 수긍하며 고개를 끄덕였지만, 다음 순간 그 과학자가 호박벌의 생활을 얼마나 잘 알고 있었을지 의문이 들었다. 동물의 지능 검사는 여전히 해당 동물의 서식지가 아닌 실험실에서 행해지고 있다. 그 과학자는 호박벌이 얼마나 정확한 항법을 구사하는지, 또 그들이 하루 중 가장 풍부하게 꿀을 얻을 수 있는 시간을 고려해 시간표를 짜서 다양한 꽃을 방문하고 있는지 알고 있었을까? 공동체 전체를 조직화할 수 있는 그들의 능력을 잘 파악하고 있었을까? 그들이 살아남으려면 얼마나 많은 방해물을 헤쳐 나가야 하는지 제대로 이해했을까? 그렇다면 호박벌에 맞먹는다고 언급된 5세 아동은 천재임이 분명하다. 호박벌이 사람의 지능을 검사한다면 거기에서 합격할 사람이 한 명이라도 있을지 궁금해진다.

그날 저녁 나는 집 안의 남쪽 벽에서 활기찬 윙윙 소리를 들었다. 호박벌 날개로 작동하는 냉온방 시설이 돌아가고 있는 것일까, 아니면 다른 일이 벌어지고 있는 것일까? 호박벌은 둥지 안에서 춤을 추지는 않지만 여전히 나름의 의사소통을 한다. 특별한 꽃에 대한 소식을 동료들에게 알리고 싶으면 화밀 샘플을 집으로 가져오고, 둥지의 자원이 고갈되어 가면 페로몬을 사용하고 몸과 날개로 긴급 신호를 보내 동료들을 화밀과 꽃가루가 가득한 곳으로 인도한다.

무슨 일인지는 모르지만 벽 안에서는 분명 치열한 일이 벌어지고 있었다. 녀석들은 단 한순간이라도 쉬기는 할까? 그들의 대화는 저녁 내내 계속되었다. 바로 내 옆에서 작은 헬리콥터가 공중 정지 비행을 하는 듯했다. 나도 대화에 낄 수 있었으면 얼마나 좋을까. 그들의 대화 주제는 모두 흥미로울 것이다. 여름 내내 탄생과 죽음, 목가적인 평화와 재앙이 미니 서사시처럼 끊임없이 이어질 것이다. 꿀벌의 군락에 비해 호박벌의 둥지는 규모가 훨씬 작지만 그래도 꿀을 채집해서 저장을 한다. 주스처럼 묽어서 저장하기가 쉽지는 않다. 하지만 여름이 끝날 때까지만 버티면 된다. 그 후에는 대부분의 호박벌 가족이 둥지에서 사라질 테지만 벽 안에는 지금 꿀이 담겨 있는 작은 그릇들이 남을 것이다. 내 것은 아니지만 숨겨진 보물처럼 느껴졌다.

호박벌이 성대한 만찬을 즐기는 동안 나는 부엌에서 샌드위치로 저녁을 때웠다. 사실 찬장 안에 꿀이 한 병 있었다. 정원을 가꾸는 데 일가견이 있는 내 동생이 부러진 나뭇가지의 손상된 표면에 꿀을 바르라고 가르쳐 주었기 때문이다. 그럴듯한 조언이다. 따지고 보면 꿀은 식물의 세계에서 채집한 재료로 만들어진, 세상에서 가장 영양소가 풍부한 음식이 아닌가.

크리스프브레드에 꿀을 조금 부으니 작은 구멍에 꿀이 고였다. 그러자 벌 방이 생각났다. 벌 방에 대한 생각이 계속 내 머릿속을 떠나지 않고 있었기 때문일 것이다. 여섯 개의 벽을 가진 방을 떠올리다가 다른 벽까지 생각하게 되었다. 심지어 이 오두막도 여섯 개의 면을 가지고 있었다. 비록 정육면체의 주사위 모양을 띠고 있지만 말이다.

어릴 때에는 저녁 시간이 되면 보드게임을 자주 했다. 나는 보드게임에 열성적이지는 않았지만 가족들과 둘러앉아 있으면 아늑한 느낌이 들었기 때문에 게임에 참여했다. 그 자리에는 사실 우리 엄마, 이모, 나, 내 동생으로 구성된 작은 모계 사회가 모인 셈이었다. 나를 제외한 나머지 사람들은 할아버지를 닮아 게임의 수학적인 측면을 좋아했으며 보드게임에 온 정신을 집중했다. 하지만 나는 딴생각에 빠지기 일쑤였다. 가령 주사위도 나에게는 참 흥미로운 물건이었다. 주사위의 여섯 면은 각기 다른 숫자를 가지고 있지만 모두 게임을 앞으로 나아가게 할 힘이 있었다. 주사위를 굴려 1이나 2가 나오면 나는 작은 것들에 담긴 의미를 생각했다. 인내심을 발휘하면 작은 걸음으로도 결국 원하는 곳에 도달할 수 있다. 3이나 4가 나오면 중간값에 관해 생각했다. 신나는 개념은 아닐 수 있지만 중간값은 통계학의 뼈대를 이루고 보편적인 것을 상징한다. 5가 나오면 앞으로 많이 나아갈 수 있다고 생각했고, 6이 나오면 내 말이 날개를 단 듯 전진하고 보너스로 한 번 더 굴릴 수 있는 기회까지 주어졌으니 순풍을 생각했다. 주사위를 굴리는 일은 제어할 수 없는 결과로 이어지고 또 모든 것을 갑자기 바꿀 수도 있었다. 그러고 보니 나는 보드게임을 하면서부터 삶과 생명에 관해 곰곰이 생각하게 된 듯하다.

동물의 뼈로 만들어진 5천 년이나 된 주사위가 발견되기도 했으니, 나 말고도 주사위를 놓고 골똘히 생각에 잠긴 사람은 수없이 많았을 것이다. 각 면마다 다른 숫자를 가지고 있지만 그 숫자들은 모두 상호 보완을 한다. 그러니까 마주 보는 면들의 숫자를 더하면 항상 동일한 숫자가 나온다. 1과 6을 더해도, 4와 3을 더해도, 5와 2를 더해도 〈7〉이 나오는 것이다. 7은 수많은 곳에 등장하는 홀수이기도 하다. 인류는 일곱 개의 대양을 누비었고 세상에는 일곱 가지의 불가사의가 있다. 자연에서도 7까지 셀 수 있는 새가 많다는 사실을 미루어 보면 아마 뇌가 쉽게 이해할 수 있는 숫자일지도 모른다.

꿀벌이 주사위를 본다면 우리보다 더 많은 시각적인 연상을 떠올릴 것이다. 점 하나가 찍힌 면은 벌집으로 들어가는 입구를 연상시킬 것이고, 대칭을 이루며 여섯 개의 점이 찍힌 면은 벌 방의 육면체와 크게 다르지 않다.

벌은 6까지 세는 능력도 가지고 있다. 그러니까 하루에 여섯 번까지 반복한 활동은 기억을 한다. 꿀벌에게 그보다 많은 횟수는 〈항상〉이 된다. 그들에게는 어쩌면 그것이 여러 번의 다른 삶을 의미할 수도 있다. 그 시작점은 늘 여왕벌 혼자이지만 거기에서부터 공동체 사회가 형성된다. 호박벌은 여름을 나는 것이 삶인 반면, 벌집에 군거하는 벌은 꿀을 모아 둔 덕분에 온 세상이 춥고 황폐해져도 삶이 계속될 수 있다.

상호 작용은 겉으로 보기에는 단순한 것을 중심으로 모여 한마음이 되는 것으로 시작될 수 있다. 주사위 정도면 충분하다. 우리 가족들은 보드게임을 하다가 나중에는 조금 더 예술적인 요소가 가미된 유리알 게임을 하게 되었는데, 그 유리알 게임도 온 가족이 다 함께 모이도록 하는 구심점이 되어 주었다. 음악, 춤, 시 역시 공동체를 단결시키는 특징이 있다. 내가 볼 때는 벌도 그런 활동을 즐기는 듯하다.

나는 꿀을 바른 크리스프브레드를 들고 저녁의 황혼이 깃든 마당으로 나갔다. 그곳은 옥타브 전체를 망라한 곤충들의 날갯짓으로 가득했다. 그들의 소리를 모두 합치면 노래가 될 법도 하지만 여기저기에서 서로 다른 음조가 들려오는 데다 어떤 곤충이 만드는 소리인지 확인할 수도 없는 나로서는 멜로디를 가려내기가 힘들었다. 그러나 노래는 분명 거기에 있었다. 그저 눈여겨보면서 그들의 음계에 적응을 하면 되었다.

3
벽 위의 개미

벌이 왜 태양신과 연관되어 있는지 이해하는 것은 어려운 일이 아니다. 벌은 빛을 받으며 날아다니고 고대 신화의 신이 좋아하는 넥타르, 즉 화밀을 먹고 자라며 날갯짓으로 노래를 부른다. 그들의 언어인 춤으로 꽃의 비밀과 세상의 방향을 연결하고 그렇게 수백만 초의 빛을 농축한 물질을 만들어 낸다. 벌의 삶은 모든 면에서 시 그 자체다. 그들은 시처럼 혼자 고독을 즐기기도 하고 넓은 맥락에서 연대를 이루어 살기도 하면서, 그중 어느 방식을 선택하든 나름의 장점이 있다는 것을 온몸으로 증명한다.

그러나 그들의 먼 친척은 땅에 굳게 뿌리를 내린 사회생활을 하며 살아가기를 선택했으며, 눈을 씻고 찾아보아도 오락을 즐기거나 경망스러운 행동을 하지 않는다. 그들은 날개나 색깔이 없고, 꽃을 두고 대화를 나누지 않으며, 꽃가루가 붙을 털도 없다. 혼자서 긴 모험을 떠나는 법도 드물다. 그들은 날아다니며 춤을 추지 않는 대신 행군을 한다. 나는 그런 그들을 사랑할 수 있을까? 어찌 되었든 최선을 다해 이해해 보려고 노력을 했다.

주변에 개미가 있다는 사실은 봄부터 인식하고 있었다. 동면에서 깨어난 개미는 급히 체력을 보충해야 하는데 자작나무 수액만으로는 어림도 없는 듯했다. 녀석들은 오두막 방의 반대쪽 벽에서부터 냄새를 등대 삼아 찬장을 찾아냈고 그 안에 있는 주스 통으로 기어드는 데 성공했다. 나중에는 금속으로 된 설탕 통에서도 발견되었다. 그들은 정말로 몸을 사리지 않고 어디든 끼어들었다.

부엌 바닥을 건너는 대이동 행렬을 없애기 위해 나는 설탕을 담은 그릇을 오두막에서 멀찍이 떨어진 곳에 놓아두었다. 개미는 깔끔하지만 그래도 녀석들과 부엌을 함께 쓰고 싶지는 않았다. 하지만 수수께끼처럼 그 설탕 그릇이 사라졌다. 직접적으로 개미의 책임이라고 할 수 없는 일이었으며 거기에는 완전히 다른 사연이 있었다.

나는 호박벌에게 느끼는 애정을 왜 개미에게는 주지 못할까? 오래전에 다른 생활 패턴을 가진 자손이 되었지만 두 종 모두 식충 말벌의 후손이다. 벌은 엄청나게 다양한 생활 패턴을 시험해 왔지만 개미는 상당히 금욕적인 특성을 띠며 땅 위에서 공동체 생활을 고수해 왔다. 호박벌은 나무숲에서 뛰어노는 다람쥐처럼 날아다니지만 개미는 지하에 집을 짓고 사는 벌거숭이두더지쥐처럼 지낸다.

땅 밑에 살면 보호를 받을 수 있다. 그러나 개미가 이토록 번성한 이유 중에 가장 설득력 있는 것은 수적 우세와 응집력이다. 개체의 수가 많을수록 더 융성한다. 현재 알려진 개미의 종만 해도 1만 4천 종인 데다 아직 알려지지 않은 종도 그 정도에 달할 것이라고 추측된다. 각 종마다 다양한 환경에 적합하도록 다양한 스타일의 둥지를 짓는다. 바로 이 융통성 덕분에 개미는 지구상에 있는 모든 지역에 잘 적응해서 살고 있다. 개미의 수를 모두 합치면 빅뱅 이후에 경과한 시간의 초보다 더 많다.

벌은 생존을 위협받고 있지만 개미는 별로 위험에 처하지 않은 것 같다. 인터넷에서 그들은 대부분 〈해충 방제〉라는 검색어와 함께 등장한다. 조금 더 친절한 사이트에서는 개미가 계피, 후추, 마늘, 소다를 싫어하기 때문에 그것들을 개미가 다니는 길에 뿌려 두면 방어벽 역할을 할 것이라고 조언했다. 우리 부엌에도 그 방법을 시도해야 할지도 모를 노릇이다. 더 극단적인 해결책은 해충 방제용 덫을 설치하는 것이다. 덫 안에는 맛있는 독이 들어 있는데 이타적인 개미는 순진하게도 그것을 여왕개미에게 가져간다. 여왕개미가 독을 먹으면 곧 죽게 되고 여왕개미가 없으면 개미 군락 전체가 저절로 멸망하고 만다. 개미가 너무 극성을 피울 경우에 대비해 이 해결책도 메모해 두었다.

나는 개미의 확산에서 짜증 나는 기시감을 느꼈다. 인류의 확산과 점점 더 심해져 가는 도시화를 연상하게 만들기 때문일까? 벌은 소규모의 목가적인 라이프 스타일을 유지하는 데 반해 개미집은 대도시처럼 보인다. 비율로 따지면 런던이나 뉴욕보다 더 큰 규모의 집을 짓고 사는 개미도 있다. 우리 집에 사는 개미들이 땅 밑에 얼마나 큰 도시를 건설했는지 눈으로 확인할 수는 없다. 하지만 내 발밑에는 수만 개의 생명이 살아 움직이고 있었다.

땅에 발을 딱 붙이고 체계적인 삶을 영위해 나가는 개미는 힘이 넘친다. 그들은 저장고와 통로와 창고와 기숙사로 가득한 여러 층의 집을 여기저기 누비고 있을 것이다. 알과 번데기가 있는 유아실은 더 따뜻해야 하기 때문에 맨 꼭대기 층에 자리 잡아야 한다. 하지만 추위를 좋아하는 개미는 없다. 그리하여 동면에서 깨어난 개미들은 차례차례 밖으로 나와 얼어붙은 관절을 봄볕에 녹인다. 그런 다음에 다시 집으로 들어가면 몸에 남은 온기로 개미집 안의 온도가 올라간다. 이제 모두 활동을 개시했으니 더 넓은 땅을 정복할 준비를 마친 셈이다.

사실 개미가 위성 도시를 건설할 때에는 개미와 벌 사이의 유사성이 두드러진다. 개미도 주변에 있는 후보지에 정찰병을 내보내고 냄새로 길을 표시하며 집으로 돌아온 후에 모든 가능성을 비교한다. 나는 그 과정을 완전히 이해하고 있지는 못하지만 민주적인 방법으로 공동체가 운영되고 있는 듯하다.

위성 도시의 후보지로 어느 지점들이 물망에 올랐는지는 분명해 보였다. 그중 한 곳은 오수 정화조 주변이었다. 내가 정화조의 나무 뚜껑을 열자, 알과 번데기를 머리 높이 든 개미들이 탱크 주변에 잔뜩 모여 있었다. 뚜껑과 그 주변에 아마유를 발라야 했기 때문에 나는 그곳에 서서 이 문제를 어떻게 해결해야 할지 잠시 생각했다. 하지만 개미들은 전혀 시간을 낭비하지 않았다. 녀석들은 밝은 빛을 피해 곧바로 알과 번데기를 든 채로 긴 행렬을 지어 이동하기 시작했다. 그들은 모두 힘을 합쳐 유아원 전체를 나무 프레임 위로 들어 올려 안으로 넣는 데 성공했다. 30분이 지나기도 전에 모든 개미가 그곳에서 자취를 감추었다.

쉽게 해결을 본 셈이었다. 마음이 놓인 나는 나무 뚜껑을 닫았다. 하지만 다음에 그 뚜껑을 열어 보니 개미가 그곳 전체를 완전히 다시 장악하고 있었다. 알과 번데기가 원래의 자리에 가지런히 정리되어 있었다. 하지만 빛이 들자 그들은 지난번과 똑같은 긴급 구조 작전을 벌였다.

개미의 엄청난 조직력은 실로 인상적이었다. 마치 커다란 유기체의 작은 부분처럼 일사불란하게 움직였다. 바로 그때 〈유기체organic〉라는 단어와 〈조직한다organize〉라는 단어 사이에 연관성이 존재한다는 사실을 깨달았다. 유기체는 독자적으로 조직할 수 있는 체계를 말한다.

하지만 녀석들이 내가 글을 쓰는 공간에 침입했다는 사실을 알게 된 후에 개미의 능력에 대해 감탄한 내 마음은 타격을 받았다. 그 공간이 조금 후미진 곳에 있었기 때문에 개미들의 침입을 바로 발견한 것은 아니었지만 천장에서 바닥을 잇는 개미 길이 점점 발달하고 있었다. 멀리서 보면 한문 글자처럼 보였다. 하긴 위대한 의미를 가진 모든 글자가 처음에는 작은 소용돌이 모양에서 시작했을 테니, 어떤 종류의 알파벳처럼 보인다 해도 무리가 없을 것이다. 모든 언어를 다 유창하게 구사하고 싶은 욕심은 없지만 개미가 보내는 메시지를 해석할 능력이 없는 나 자신에게 꽤 화가 났다. 그것도 내가 언어를 다루는 작업을 하려고 마련한 공간에 남긴 메시지 아닌가. 벌의 춤에 대해 조금 이해를 하게 되었다는 사실은 전혀 도움이 되지 않았다. 개미는 그들만의 소통 수단을 가지고 있었다.

도대체 이 헛간 같은 곳에서 녀석들은 무엇을 하고 있었을까? 겉으로 보기에는 전부 맹목적으로 서로를 따라 줄지어 이동하는 것처럼 보였다. 어쩌면 단지 몇 센티미터 앞만 볼 수 있는 근시안적인 눈을 가진 동물은 형체보다 움직임에서 더 안정감을 느낄 수도 있다. 그러나 개미는 혼자서도 방향을 잘 찾는다. 그들의 근육은 어떻게 이곳에서 저곳으로 이동했는지를 기억하기 때문에 태양의 위치를 이용해서 언제나 집을 찾을 줄 안다. 분비샘에서 나오는 향기를 가진 물질인 페로몬으로 길을 표시할 수도 있다.

모든 유기체가 페로몬을 가지고 있다. 앞서 살펴본 것처럼 벌은 페로몬을 이용해서 도움을 구하거나 격려의 메시지를 보낸다. 그러나 개미의 경우 이 화학 물질이 언어를 방불케 하는 시스템으로 발달한 듯하다. 페로몬에 따라 서로 다른 효과를 내는데, 이것을 결합하면 더 많은 종류의 의미를 나타낼 수 있으며 일정한 간격으로 분비하면 모스 부호와 비슷한 역할을 한다. 개미가 페로몬을 통해 표현하는 단어를 스무 개까지 해독하는 데 성공한 개미 전문가는 개미의 언어가 심지어 문법 혹은 문장 구조까지 갖추고 있을 것이라고 추정했다.

페로몬으로 보낸 간단한 메시지라도 페로몬이 분비된 후 시간이 얼마나 흘렀는지에 따라 시제나 강도가 달라진다. 금방 사라지는 간단한 메모도 있지만 오래 남아 길을 안내해 주는 특히 정교한 내용도 있다. 무엇인가를 발견하고 돌아오는 개미는 가치가 있을 때에만 냄새로 흔적을 남긴다. 흔적을 남기지 않았다면 그곳에서 더 이상 가져올 것이 없다는 뜻이다.

맥락과 강도 또한 페로몬에 의미를 더한다. 둥지 근처에 남긴 경고 신호는 공격성을 자극하지만 둥지에서 먼 곳에 남긴 신호는 도망을 가라는 애원이다. 희미한 신호는 일꾼의 충원을 요청하는 의미이지만 강한 신호는 공격을 알리는 기능을 한다. 분자 구조를 조정해서 동일한 군거 집단의 성원들만 알아들을 수 있는 암호를 만드는 것도 가능하다.

게다가 페로몬 언어에는 소리와 동작까지 추가할 수 있다. 배에 난 골을 문질러서 삐걱거리는 소리를 내는 개미도 있고 리드미컬하게 몸을 흔드는 개미도 있다. 심지어 턱으로 딱딱 소리를 내는 녀석들도 있다. 자신의 말을 강조하려고 더듬이로 다른 개미를 가볍게 툭툭 치기도 한다. 둥지가 공격을 받으면 공명을 내는 물체에 머리를 부딪혀 경보를 널리 울릴 수도 있다.

개미는 신호를 보내는 방법뿐 아니라 신호를 받는 방법도 아주 정교하다. 그들은 더듬이로 페로몬을 포착하는데, 각 부위는 서로 다른 냄새를 해석한다. 집으로 가는 냄새를 맡고, 길에 남겨진 냄새를 읽고, 다른 개미의 나이를 판단하고, 여왕의 향기, 다시 말해 개미 집단 전체의 정체성을 규정하는 냄새를 감지하는 부위가 모두 다르다. 집, 새로운 길, 동료 개미의 성격, 자신의 정체성 등을 담은 메시지가 모두 화음처럼 동시에 울려 퍼진다.

벌과 마찬가지로 개미도 더듬이를 사용해서 후각과 촉각을 감지한다. 이 두 감각을 합치면 길고 짧고 빽빽하고 느슨한 형체들로 이루어진 삼차원에 가까운 그들만의 지도를 얻게 된다. 개미가 냄새를 감지하며 지형을 누빈다는 것을 감안하면 입체적이고 상세한 지도를 머릿속에 그리는 일은 굉장히 중요하다. 그 지도에는 다양한 박테리아와 곰팡이, 그리고 포식자일 수도 있고 먹이일 수도 있는 다른 곤충들에 대한 냄새 정보가 모두 들어 있다. 개미는 또 눈으로 보고 길을 찾기도 한다. 과학자들은 어린 개미와 함께 길을 가는 나이 든 개미가 중간중간 걸음을 멈춘 채 경험이 부족한 동료가 작은 소나무 싹이나 덤불 아래의 그림자 같은 이정표를 기억할 수 있도록 기다려 준다는 사실을 발견했다.

개미를 구름처럼 둘러싸고 있는 페로몬은 가벼운 농담이나 주고받는 말풍선이 아닐 테니, 지금 바로 내 옆에서 중요한 정보 교환이 일어나고 있는지도 모르는 일이다. 개미는 우리 집과 마당을 나와는 상당히 다르게 묘사할 것이다. 감각에 따라 세상을 보는 방법이 완전히 달라질 수 있으니까 말이다. 민족 대이동이라도 하는 것처럼 벽을 따라 끝없이 이어지는 개미의 행렬을 눈으로 따라가다가 문득 내가 쓰는 언어가 시각과 청각에 깊이 의존하고 있다는 생각이 들었다. 언어 자체가 눈으로 보는 상징과 귀로 듣는 소리에 기초하고 있지만 동시에 감정이나 맛, 냄새는 얼기설기 얽힌 연상 작용에 의존해야 한다. 향수는 매혹적이고 우아한, 혹은 건강미 넘치는 여성의 이미지를 떠올리게 한다. 또 포도주는 뾰족한 연필에서부터 마구간에 이르기까지 온갖 것에 빗대어 묘사된다.

그렇다면 이 면에서 개미는 거저먹는다고 할 수도 있다. 향수와 포도주에 든 모든 향기를 감지할 수 있는 데다 단어로 표현하지 않아도 되기 때문에 더 정확한 전달이 가능하다. 알파벳과 개미의 페로몬 언어와 비교해 보면 사실 알파벳이 너무 인위적이고 추상적이라는 생각을 하지 않을 수가 없다.

그곳에 앉아 모든 감각을 동원한 복잡한 언어가 오가는 장면을 목격하며 소외감을 느꼈다. 어쩌면 그사이에도 나는 절대 이해할 수 없는 조심스러운 진동 신호 몇 개가 개미의 앞다리에 전달이 되지는 않았을까. 사실 개미의 청각 기관은 무릎 근처에 있다. 나는 뛰어난 타악기 주자 에벌린 글레니Evelyn Glennie를 떠올렸다. 귀가 들리지 않는 그녀는 소리의 파동을 발로 느끼기 위해 맨발로 연주를 한다. 물론 나는 아무것도 느끼지 못한다.

벽을 따라 이어지는 대이동 행렬의 주된 동력은 어쩌면 미각일 수도 있다. 개미는 동료와 인사를 나눌 때 서로 입을 맞춘다. 수확한 음식을 공유하는 동시에 자기가 발견한 정보를 전달하기 위해서다. 이렇게 상대와 모든 것을 관대하게 나누는 행위를 〈구토 인사regurgitation〉라고 부르는 것은 잘못되었다는 느낌이 든다. 그보다는 키스의 기원과 연관을 짓고 싶다. 한 이론에 따르면 키스는 음식을 씹어서 아기의 입에 바로 넣어 주는 관습에서 발달하기 시작했으며 성적인 의미가 들어간 시기는 훨씬 후라고 한다. 그게 사실이든 아니든 간에 개미의 인사는 음식을 나누어 먹고 메시지를 전달하는 기능을 한다. 어떤 개미의 경우에는 이런 행동은 또 다른 행동을 야기한다. 먹이를 발견한 개미가 마치 음식을 나누어 먹는 것처럼 턱을 벌리고 몸을 앞뒤로 흔드는 경우다. 개미가 아기에게 음식을 먹일 때와 같은 동작으로 인사를 나눈다는 사실에 감동을 받았다.

어쩌면 그들이 어떻게 서로를 돌보는지를 엿볼 수 있지 않을까? 때때로 그들은 친구가 죽은 후에 시체에서 썩은 냄새가 나기 직전까지 계속 돌본다. 냄새가 나기 시작하면 그제야 죽은 개미는 개미집의 주변부에 있는 폐기물 처리장으로 신속하게 보내진다. 한 연구원이 살아 있는 개미들에게 시체의 냄새를 묻히자 그 개미들도 폐기물 처리장으로 옮겨지고 말았다. 살아 있는 개미들이 온몸으로 저항했지만 소용이 없었다. 죽음의 냄새가 나면 이미 결론은 난 것이다. 개미의 세계에서는 냄새가 진실을 말한다.

그렇기는 하지만 개미는 의도적으로 상대를 속일 목적으로 페로몬 언어를 사용하기도 한다. 인간과 마찬가지로 개미도 거짓말을 할 줄 안다. 예를 들어 교활한 개미는 다른 개미집에 몰래 숨어들어 〈나가! 공격!〉이라는 신호를 보낸다. 그리하여 개미집이 비면 교활한 개미의 동료들이 들어와 마음껏 유충을 훔쳐 가고 그 유충들을 길러서 노예로 사용한다.

거짓말은 나쁘지만 언어를 매우 세련되게 사용하는 방법이기도 하다. 거짓말을 한다는 것은 다른 사람들의 반응을 예측하고 그에 맞추어 그들을 조종할 수 있는 능력이 있다는 뜻이다. 이기적인 이유로 거짓말을 하는 경우에도 그 자체가 사고 영역을 자신 밖으로 확장했다는 것을 증명한다. 개미가 거짓말을 한다는 사실은 곧 개미는 다른 동료들의 생각을 이해할 수 있다는 증거가 된다.

개미의 기초적인 언어에 관해 생각할수록 그 언어의 다면적인 성격을 확실히 볼 수 있었다. 개미는 언어를 통해 안내와 경고의 메시지를 전달할 수 있고 먹이를 찾는

데 필요한 정보를 제공하거나 연대를 보여 준다. 또 주변 환경을 이해하고 공동체 내에서 맡은 역할을 판단하기도 한다. 거짓말을 하고 비밀 정보를 암호로 전달할 수도 있다. 아프리카 병정개미는 약탈 작전에 나설 때 정찰병이 앞장서서 냄새 신호를 남긴다. 본부대가 기다릴 것인지, 전진할 것인지, 아니면 적을 포위할 것인지에 관한 지시 사항을 전달하는 것이다. 더 나아가 개미 언어가 수학적으로도 사용될 수 있다는 사실을 밝힌 연구 결과도 있다. 심지어 언어와 원주율을 복합적으로 사용해서 표면적을 계산하는 개미종까지 있다고 한다.

　밖에는 비가 오고 있었다. 후드득 떨어지는 빗소리 사이로 망치 소리가 들려왔다. 동생의 침실이 될 이층 침대 방에서 목수가 몰딩을 설치하고 있었다. 나는 즐거운 마음으로 가끔 그가 구체적인 공간을 만드는 데 필요한 솔대, 판자 이음매를 비롯한 물체들에 관해 이야기하는 것을 들었다. 나는 글을 쓰다가도 전 주인이 마음 좋게 모든 것을 두고 떠난 창고에서 필요 없는 물건들을 솎아 내며 시간을 보내기도 했다. 모호하지 않은 이름과 용도를 지닌 실용적인 연장들을 보고 있으면 저절로 정리를 하고 싶다는 욕구가 생겼다. 온갖 크기의 끌, 펜치, 줄, 못, 나사 못 등을 보기 좋고 쓰기 편한 순서로 정리했다. 그 작업이 다 끝난 다음에는 벗겨진 전선과 말라붙은 페인트 통을 비롯해서 나의 정리 본능을 건드리는 모든 물건을 처리했다. 복잡한 내 삶을 정돈하고 싶다는 바람을 오래도록 품어 왔는데, 그 소원을 창고를 치우는 것으로 풀 수 있을 것 같았다.

삶과 생명을 묘사하는 언어는 다르다. 그 언어는 가장 자리가 뚜렷하지 않고 또 넓게 연상 관계를 형성하며 여러 겹으로 작용하기 때문에 안정적으로 구축하기가 쉽지가 않다. 요즘은 철학자들이 언어를 추상적으로 만들어서 그 문제를 해결하기도 하는데, 그 과정에서 삶과 생명 자체가 빠져 버리고 만다. 어떤 주제에 관한 완전한 그림을 그리려면 당연히 일정한 거리를 유지해야 한다. 나도 마찬가지다. 내가 폭넓은 글을 쓰기 위해서는 언어가 지닌 사회적 의미에 신경을 분산시키지 않아야 했기 때문에 혼자 있을 필요가 있었다. 이것은 내가 다른 사람들의 발길이 닿지 않는 공간을 자주 찾는 이유이기도 하다.

내가 이 충동을 가장 충실하게 따른 때는 낭만적인 젊은 시절이었다. 그때만 해도 여름 한 철 동안 삶의 큰 질문들에 대한 답을 구할 수 있을 것이라고 믿었다. 또 내가 스스로 섬을 좋아하는 여자라고 생각했다. 그리하여 가장 고립된 곳을 찾기 위해 전력을 다했다. 한 여행사가 스웨덴의 서해안 지역에서 〈로빈슨 크루소 위크〉라는 상품을 출시했고 나는 주저 없이 연락을 했다. 여행사에서 배에 여행객과 텐트, 필수품 등을 싣고 아무도 살지 않는 바위섬까지 데려다주면, 여행객은 그곳에서 일주일 동안 혼자 시간을 보내면 되었다. 그것이야말로 내가 진정으로 원하는 생활이라고 간주했다. 자유가 손짓하는 섬에서 사는 일 말이다.

섬으로 가는 배 안에서 나는 두 가지 의미로 내가 〈로빈슨 크루소 위크〉의 유일한 고객이라는 사실을 깨달았다. 내가 나서기 전에 이 여행 상품을 경험한 사람은 참전 기자 출신의 여성이 유일했는데, 그녀마저 천둥번개를 동반한 세찬 폭풍 때문에 바위섬에서 일주일을 채우지 못하고 돌아왔다고 했다.

배가 나를 섬에 두고 떠난 후 내가 받은 필수품 목록을 점검했다. 텐트와 물 한 통, 그리고 대부분 통조림이 들어 있는 듯한 불분명한 형체의 자루 하나밖에 없었다. 그것은 내가 그 섬에서 보낼 일주일의 예고편 같은 것이었다. 너무 짐이 무거워서 해변에 그대로 둔 채로 섬을 둘러보기로 했다. 주인이 없는 섬이었기 때문에 그보다 더 문명과 거리가 멀 수는 없을 듯했고, 그래서인지 은둔자의 집만큼이나 냉랭했다. 바람이 많이 불어서 나무들이 낮게 자란 탓에 덤불처럼 보였다. 우레 같은 소리를 내며 밀려오는 세찬 파도 사이로 깎아지른 벼랑과 뱀이 살기에 딱 좋은 돌무덤들이 있었다. 물가에는 피리 모양의 새 뼈와 날개 모양으로 부서진 보트의 파편이 즐비했다. 이곳에서 수많은 연약한 것이 산산조각 난 것 같았다. 섬 한가운데 갈라진 바위가 있었는데 그 바위에는 번개가 남긴 듯한 그을린 자국이 몇 개 있었다. 나는 짐을 가져와 갈라진 바위틈에 형성된 미니 목초지에 텐트를 설치했다.

그런 다음에는 무슨 일을 해야 하는 것일까? 삶에 관해 곰곰이 생각하는 일은 조금 추상적인 듯한 느낌이 들었고 딱히 다른 할 일이 있지도 않았기 때문에, 통조림으로 간단한 저녁을 차리기로 결심했다. 나는 자루 안에서 캠핑 스토브를 꺼내 작은 둔덕에 놓았다. 그런데 불을 피우기가 어려웠다. 뱀의 혀처럼 슬쩍 보였다가 바로 자취를 감추어 버리는 불꽃 이상을 얻을 수가 없었다. 동시에 강한 냄새의 액체가 바위 위를 거쳐 내 손까지 흘러내렸다. 연료 통의 등유가 새고 있었던 것이다.

취사를 포기한 나는 바닷물에 손이라도 씻으려고 일어섰다. 그러나 얼마 가지 못하고 멈추어 서고 말았다. 물가에 있는 커다란 바위에 물개들이 누워 있었기 때문이다. 더운 여름날 해변으로 몰린 인파처럼 물개들이 바위를 빼곡히 채우고 있었다. 그들은 그렇게 게으르게 누워 있는 순간에도 머리를 물 쪽으로 두었다. 작은 위험이 닥치더라도 바로 물속으로 사라질 준비가 되어 있는 것이다. 나는 물개들의 휴식을 방해하고 싶지 않아서 조용히 후퇴를 했다.

바위섬에 도착했을 때부터 이미 구름이 밀려들고 있었지만 아직은 따뜻했다. 섬을 다시 한 바퀴 거의 다 돌았을 무렵에 빗방울이 툭툭 떨어지기 시작했다. 텐트로 기어드는 나를 따라 빗물도 함께 들어왔다. 텐트에 빗물이 새어 들고 있었다.

섬 위를 뚜껑으로 덮은 듯이 구름이 하늘을 뒤덮었고

순식간에 사방이 어두워졌다. 그러다가 갑자기 환한 빛
이 비쳤고 그 뒤로 천둥소리가 비명을 지르는 갈매기 소
리와 함께 들렸다. 번개가 바닷물을 때린 것이 분명했다.
그것은 전주곡에 불과했다. 곧이어 끊임없이 천둥번개와
바람 소리가 경쟁을 벌였다.

그 전까지 나는 한 번도 천둥번개를 두려워해 본 적이
없었다. 사실 시골에 있는 내 반려인의 집 창가에 서서 대
자연의 쇼를 감상하는 것을 즐기기도 했었다. 그러나 이
번에는 달랐다. 번개가 번쩍이면 텐트의 지퍼가 자명종
시계추처럼 젖은 풀밭에 박혀 있는 폴대에 부딪혔다. 나
는 금속으로 둘러싸여 있는 셈이었고 입안에서 금속의
맛이 느껴졌다. 천으로 된 텐트 지붕에서 뚝뚝 떨어지는
빗소리가 영원한 시간을 알리는 물시계의 바늘 소리처럼
들렸다. 뇌우가 섬 전체를 누비며 무엇인가를 찾아다니
는 느낌이었다.

그 상태로 한 시간 정도가 지나자 입술이 짓무르고 눈
아래가 지끈거렸다. 생명이라는 것은 결국 작은 전기적
자극으로 몸 안의 심장이 뛰고 근육이 수축되는 것이 아
닌가. 그렇다면 몸은 전기에 의해 파괴될 수도 있었다. 온
몸이 얼어붙었다. 나는 자유를 찾아 나섰지만 비바람을
온몸으로 맞는 자유밖에 누리지 못했다.

그날 밤 다시 천둥이 치기 시작하자 해변에 오밀조밀
하게 지어진 작은 집들이 사무치게 그리웠다. 인류가 지
구에서 살아온 내내 우리는 타인과 함께했다. 공동체에

속해 있다는 것은 안전을 의미했다. 섬을 둘러싼 바닷속에서 빛을 발하는 물고기 떼가 파도 속의 물방울처럼 함께 움직이며 가까이에 있는 동료의 몸을 느끼고 있는 광경을 상상했다. 하지만 내 곁에는 길을 잃고 텐트 속으로 들어온 개미 한 마리 말고는 아무도 없었다.

그때 나도 느꼈고, 그 후에 과학계에서도 증명된 사실이 있다. 바로 곤충도 공포를 감지할 수 있다는 것이다. 공포야말로 공동체의 보호막에서 벗어난 그 개미의 몸을 가득 채운 감정이었으리라.

개미와 내가 서로를 위로할 수 있을 것 같지는 않았다. 나는 목소리를 통해 다른 존재들의 의도나 마음을 해석하는 데 익숙해져 있었다. 말이 아니면 노랫소리로, 그것도 아니면 가랑거리고 으르렁거리는 소리 혹은 울부짖거나 쉿 하는 소리라도 들어야 짐작이라도 할 수 있었다. 나는 또 눈빛이나 표정 혹은 보디랭귀지로 다른 동물들의 감정에 반응할 수 있었다. 이 모든 것은 개미와는 할 수가 없었다. 그녀는 완전히 달랐기 때문이다. 공상 과학 소설에 등장하는 외계인마저 인간과 비슷한 비율과 특징을 가진 존재로 묘사된다. 팔 두 개, 다리 두 개, 눈 두 개, 코하나, 귀가 양쪽에 두 개, 입 하나 따위로 말이다. 그들은 언어와 비슷한 소리로 의사소통을 하고 우리가 그들을 감각하는 방식과 비슷한 방법으로 우리를 감각한다. 그러나 땅에 사는 그 작디작고 독특한 동물은 우리와 너무 달라서 진정한 교감을 하기가 불가능하다고 생각했다.

텐트에 들어온 개미의 몸은 정말로 괴상하기 짝이 없었다. 키틴질의 벌거벗은 외골격은 차가운 금속처럼 광택이 나고, 눈은 작을 뿐 아니라 여러 면으로 이루어져 있어서 나와 눈을 맞추지 못했다. 내 머릿속에 있는 얼마 안되는 개미에 대한 지식은 책과 과학을 통해 배운 내용이었다. 곤충학자 칼 린드로스Carl Lindroth는 〈엠마〉라는 이름의 개미가 등장하는 어린이책을 썼다. 개미의 실제 생활을 바탕으로 쓰여진 그 책의 일부분을 생물학 선생님이 수업 시간에 읽어 준 적이 있다. 이야기에 등장하는 용감한 엠마는 개미귀신, 다른 개미를 잡아 노예로 부리는 개미, 기생벌 들을 만나고 결국 길을 잃는다. 그녀가 고치에서 나올 때 유아원을 돌보던 개미가 부주의하게 그녀를 잡아당기는 바람에 더듬이 관절 하나가 부러져 버렸기 때문이다. 내 텐트를 찾은 개미에게도 비슷한 일이 일어났던 것일까? 그녀는 어떤 감정을 느끼고 있었을까? 몇 년 후에 나는 개미 두뇌를 찍은 엑스선 사진의 확대판을 보게 되었다. 뇌의 여러 부분이 다른 색을 띠고 있어서 교회 유리창처럼 빛이 났다. 또 다른 엑스선 동영상에서 나는 곤충의 심장도 보았다. 내 심장의 모습과 달랐지만 넘치는 생명력으로 두근거리는 것은 같았다.

개미는 자기가 전혀 이해할 수 없는 환경인 텐트 한쪽 구석에 마비된 듯 앉아 있었다. 어둠이 짙게 내린 하늘 아래에서 우리는 둘 다 작은 미물에 불과했다. 그녀는 나에게 황량하고 고독한 존재의 상징이 되었다. 동일한 경험을 하고 있다는 사실 자체가 우리 둘 사이에 연대감을 만들었다. 우리는 함께 혼자였다. 내 심장 깊숙한 곳에서부터 인간은 그 누구도 섬이 될 수 없다는 사실을 절감했다. 나는 여러 개의 섬이 다리로 연결된 도시에서 자랐고, 바로 그 연결들이 도시를 하나로 완성시켰다. 그렇기 때문에 다리는 곧 삶을 완전하게 만드는 매개체였다. 그런 연결은 생물종의 경계를 넘어서까지 확장되었다.

존재론적 질문과 개미를 연결하는 것은 작가에게 새로운 일이 아니다. 개미의 작은 크기는 거대한 우주 안에서 취약한 점 하나의 존재를 보여 주고, 개미의 엄청난 수를 통해 개인의 무의미함이 드러난다. 알을 계속 낳는 여왕개미의 냄새가 있어야 그들은 생명을 부지할 수 있다. 그리고 그 사실은 존재론적 질문 중에서도 가장 큰 질문을 던진다. 인간도 그들과 같을까? 우리는 삶의 방향을 제시해 줄 신을 스스로 만든 것일까?

이런 질문들은 1911년에 노벨 문학상을 수상한 벨기에 작가 모리스 마테를링크Maurice Maeterlinck를 끊임없이 괴롭혔다. 문학사를 공부했던 시절에 나는 그의 희곡 『맹인Die Blinden』과 그 작품의 영감이 되었을 가능성이 제기된 사뮈엘 베케트Samuel Beckett의 『고도를 기다리며En attendant Godot』를 비교해 분석했다. 두 작품 모두에서 사람들은 지도자를 계속 기다리지만 그 지도자는 오지 않는다. 마테를링크의 희곡에서는 지도자를 기다리는 사람들이 시각 장애인이었기 때문에 그들을 이끌어 줄 지도자가 더 절실하게 필요한 상황이었다. 사실 그 지도자는 이미 그들 사이에 있었지만 볼 수가 없을 뿐이었다. 그러나 그는 죽어 있었다.

마테를링크는 상징적 극을 쓴 작가로 잘 알려져 있지만 생물학에 관한 탁월한 수필집도 남겼다. 열정적인 양봉가였던 그는 첫 수필집을 벌에게 헌정했다. 1920년대에 영화 대본을 써달라는 요청을 받은 마테를링크는 벌을 영웅으로 만드는 작품을 시도해 프로듀서를 경악에 빠트렸다. 하지만 그는 책을 통해 혼자 사는 벌에 대해 상당히 경멸적인 발언을 했다. 벌이 편협한 이기주의에서 벗어나 형제애의 세계로 뛰어들어야 한다는 주장을 펼친 것이다. 〈편협한 이기주의〉도 〈형제애〉도 벌을 제대로 묘사하는 표현이 아니기 때문에 나는 그가 선택한 단어들에 문제가 있다고 생각했다. 하지만 그의 목적은 결국 군거를 하는 벌의 삶을 찬양하는 것이었다고 이해했다.

개미는 벌보다 그의 이상에 심지어 더 근접한 생물이었다. 그래서인지 그는 1930년에 개미의 삶에 대한 글을 모아 책으로 펴냈다. 상징주의자인 그는 단순하기 이를 데 없는 개미집에서 인간의 운명을 정확히 볼 수 있다고 생각했다. 결국 삶과 생명의 비밀에 관해서는 우리도 개미만큼 무지하지 않은가. 나는 상징주의적 요소는 그다지 많지 않으면서도 개미에 관한 흥미로운 사실들로 가득 찬 그 책을 읽고 개미에 관심을 갖게 되었다.

마테를링크는 개미의 삶을 아름답게 묘사했다. 개미의 삶은 눈에 보이지도 않을 정도로 작은 알에서 시작하는데 다른 개미들은 알을 계속해서 핥으며 돌본다. 그는 어쩌면 개미가 그토록 조직적으로 군거하는 이유가 바로 알을 끊임없이 돌보아야 하기 때문인지도 모른다고 덧붙인다. 인간 사회에 대해서도 비슷한 논평이 이어진다. 그는 알에서 태어난 유충에서 인간의 모습을 볼 수 있다고 생각했다. 현미경으로 보면 개미 유충은 불만에 가득 차서 경멸하는 듯한 표정을 짓는 인간의 갓난아이 혹은 단풍나무 관에 누워 있는 미라를 닮았다고 말이다. 모든 알이 똑같은 모양을 하고 있지만 여왕이 될 알은 다르다.

다른 개미들의 도움을 받아 고치에서 나온 여왕개미의 옆구리에는 베일 같은 것이 붙어 있다. 바로 그녀의 날개다. 이 날개가 하늘을 날아다녔던 조상들에게서 물려받은 기억이라는 사실은 놀랍기 그지없다. 그들은 수백만 년에 걸쳐 땅을 떠나지 않고 살아온 습관을 단 하루, 아주 중요한 순간을 위해 포기한다. 날마다 반복되는 행군을 뒤로한 채 넋을 잃을 정도로 환희에 차서 높이높이 날아오른 여왕개미는 자기만의 새로운 시대를 시작한다.

해마다 아주 특별한 어느 날 오후 5시에서 8시 사이에 같은 일이 벌어진다. 비가 내린 후 부드러워진 땅 위로 햇빛이 다시 빛나고 공기는 70퍼센트에 가까운 습도로 물기를 가득 머금어야 한다. 이 모든 것을 개미가 어떻게 알 수 있는지는 여전히 불가사의하지만 그들은 한 번도 실패한 적이 없다. 저녁 식사 시간 즈음이 되면 젊은 여왕개미를 보좌해 땅 표면으로 올라가기 위한 준비를 하느라 개미집은 부산해진다.

하늘에 대해서는 아무것도 모르지만 그들의 날개가 그들을 하늘 높이 데려간다. 외로운 여정이 아니다. 그 근처에서 새로 태어난 여왕개미들이 함께 공중으로 향하고, 날개가 달린 왕자개미들도 함께 날아가 여왕개미들의 알을 수정시킨다. 마치 여러 군집이 근친 교배를 줄이기 위해 한날한시에 만나도록 일정을 맞춘 듯 보인다.

누가 신호를 주는 것일까? 아무도 아니다. 그저 맞는 시기와 맞는 기후 조건에 대한 원초적 본능만 작동할 뿐이다. 굶주린 새 아래로 개미가 구름처럼 날아오른다. 보이지 않게 이글거리는 불에서 뿜어 내는 연기처럼 개미는 밤이 될 때까지 비행을 계속하다가 박쥐의 먹이가 되기도 한다. 그리하여 땅을 떠난 수천 마리의 여왕개미 중 극소수만 살아남는다. 수컷 개미의 상황은 더 나쁘다. 짝짓기를 한 후에 새의 먹이가 될 운명을 피한 수컷 개미는 땅으로 떨어져서 일개미에게 죽임을 당한다. 그들은 하루 만에 개미 공동체를 위한 공헌을 이미 다한 셈이다. 그로써 공동체 전체는 흥분에 휩싸인 채 생명의 수를 수천 배로 늘릴 수 있는 기회를 얻는다. 해가 지면 밤이 오듯, 생명의 가능성 뒤에는 바로 죽음이 따른다. 너무 많은 생명으로 인해 모두가 무너지는 일을 막기 위해서다.

그들의 짝짓기 비행이 왜 마테를링크를 사로잡았는지 이해할 만하다. 그것이 탄생, 죽음과 깊은 연관성을 가진 존재론적 이정표이기 때문이었을 것이다. 꿀벌의 짝짓기 비행에서는 구름처럼 떼를 짓는 일은 없지만 개미만큼이나 치열하다. 여왕벌은 하늘을 향해 대담하게 솟구쳐 올라서 수컷 벌을 시험한다. 보통 벌의 비행 고도보다 훨씬 더 높이 올라가기 때문에 작은 점처럼 보이다가 급기야는 육안으로 식별할 수 없을 정도로 작아진다. 벌들 중에서 수컷 벌이 가장 시력이 좋은 이유는 바로 이 순간 때문이다. 수컷 벌은 여왕벌을 절대로 놓쳐서는 안 된다. 하늘 끝까지 올라간 여왕벌을 따라갈 수 있는 단 한 마리의 수컷 벌만이 그녀와 짝짓기를 할 수 있다. 비록 그 일이 그의 목숨을 앗아 가게 되겠지만 말이다. 하늘 위에서 짝짓기를 하는 과정에서 수컷 벌의 내장은 몸 밖으로 빠져나가고 만다. 여왕벌의 몸이 새 생명으로 가득 차는 동안 수컷 벌은 죽음을 맞이하고 땅으로 떨어진다.

개미에게 짝짓기 비행은 힘겨루기의 장인 동시에 땅에 붙어 사는 일상과 극적인 대조를 보여 주는 사건이다. 마테를링크는 여왕개미의 날개가 떨어지는 것을 웨딩드레스를 벗는 것에 비유하면서, 짝짓기 비행 전체를 시골 결혼식처럼 묘사했다. 낭만적인 이미지이긴 하지만 결혼식 다음에 잔치가 이어지지는 않는다. 여왕개미는 부드러운 흙 속으로 재빨리 몸을 숨겨서 자기 자신과 앞으로 태어날 생명들을 보호해야 한다. 현실적으로 말하자면 스스로 땅을 파고 감옥에 갇히는 것이다. 그녀는 전혀 움직이지도 못한 채 남은 여생 몇 년을 어두운 땅 밑에서 보내게 된다.

여왕개미는 영양이 풍부하고 항생제 효과도 있는 침으로 알을 하나하나 핥아서 알이 흙에 있는 박테리아에 감염되는 것을 막는다. 그러나 힘이 점점 떨어지기 때문에 조심스럽게 돌본 알들 중에 몇 개를 먹어야 한다. 몸 안에는 아직 수백만 개의 정자가 저장되어 있다. 이제 그녀는 일생을 바쳐 심장 박동처럼 규칙적으로 수정된 알을 계속 낳을 것이다.

나는 말없이 몸 안에 저장된 수백만 개의 정자, 그 수에 대해 생각해 보았다. 여왕개미는 길게는 20년 동안 살 수 있으니 그 정자의 극히 일부만 난자의 수정에 쓰인다고 하더라도 수십만 마리의 새 개미가 탄생할 것이다. 그렇기 때문에 어디에나 개미가 있는 것도 놀라운 일이 아니다. 짝짓기 비행에 나선 여왕개미의 99퍼센트가 죽는다고 해도 별 타격이 없다. 살아남은 1퍼센트가 엄청나게 번식을 하기 때문에 개미를 보존할 수 있다. 인간처럼 개미 역시 어린 구성원을 잘 돌보고 보호해서 그들이 위험으로 가득 찬 아동기에서 살아남을 수 있도록 돕는다. 많은 생물종이 아동기에 높은 치사율을 보이는 것과 대조적이다.

마테를링크의 눈에 개미의 모계 사회는 인간이 성취하지 못한 이상적인 공화국이었다. 어쩌면 모든 성원이 진정한 의미의 자매들이었기 때문에 가능한 일일 수도 있다고 생각했다. 그는 개미야말로 공동체를 위한 이타주의를 원동력 삼아 지구상에서 가장 명예롭고 용기 있고 관대하고 헌신적인 삶을 영위하는 생물이라고 치켜세웠다. 그들 중에 누구 하나라도 공동의 자원에서 자기 몫보다 더 가져가면 공동체 전체가 부정적인 영향을 받게 될 것이기 때문에 개미 사이에서는 연대와 평화가 지배적일 수 있다고 주장했다. 한편으로 다른 개미 집단과 상호 작용을 하는 경우는 우호적인 친선 경기나 놀이를 즐기는 데 한정되어 있다고 덧붙였다.

나는 이 부분에서 그가 개미를 지나치게 이상화하고 있다는 사실을 깨달았다. 물론 공동체 안에서 평화를 유지하는 것은 매우 중요하다. 하지만 바깥세상을 대할 때에는 영역 보존 본능이 가장 기본적으로 작동한다. 마테를링크가 놀이 혹은 선의의 경쟁이라고 본 행동을 곤충학자들은 영역을 지키기 위한 힘의 과시로 판단했다. 사실 그 행동은 〈토너먼트〉라고 불릴 정도로 의례적이다. 수백 마리의 개미가 상대방에게 자신이 강하다는 인상을 남기기 위해 최선을 다한다. 다리를 죽마처럼 길게 뻗고 그것도 모자라 자갈 위에 서서 더 커 보이려고 애를 쓴다. 그러나 놀이에 그치지 않을 때도 있다. 더 큰 규모의 집단이 와서 작은 규모의 집단에 도전을 하면 모두 둥지 안으로 급히 들어가 입구를 지킨다. 한쪽이 더 강하다는 사실이 입증되고 나면 토너먼트는 약탈극으로 변한다. 약한

집단은 여왕개미가 죽임을 당하자마자 강한 집단의 노예
가 되고 만다.

　개미 사회와 인간 사회가 닮은 점이 꽤 많다는 사실이
밝혀지면서 나는 마음이 조금 편치 않게 되었다. 소인국
과 같은 개미의 세상에 비친 인간의 세상은 상당히 실망
스럽다. 후두가 발달해서 말을 할 수 있고 손이 자유로워
서 도구를 쓸 수 있었기 때문에 인류가 성공적으로 문명
을 이루며 살고 있다는 설명이 설득력을 얻어 왔다. 그런
데 후두도 없고 손도 없는 개미는 우리보다 수백만 년 먼
저 사회를 조직해 살았다. 그들은 냄새, 맛, 진동을 통해
서 훌륭하게 의사소통을 할 수 있으며 턱으로 물건을 잡
을 수 있다. 그 턱으로 자기 체중보다 스무 배나 무거운
물체를 끌 수 있는데, 다른 개미들과 힘을 합쳐 물건을 옮
기는 광경은 마치 손가락들이 움직이는 것처럼 보일 때
도 있다. 개미는 협력을 통해 고등 사회로 가는 길을 닦을
수 있다는 사실을 다른 어떤 생물보다 잘 보여 준다.
　각각의 개미종은 나름의 방법으로 그 사실을 증명한
다. 베짜기개미는 이파리를 엮어서 둥지를 만든다. 한쪽
잎은 턱으로 잡고 다른 쪽 잎은 뒷다리로 잡는 방법으로
혼자서도 잎을 접을 수 있다. 그러나 잎 두 개를 합치려면
팀워크가 필요하다. 개미 한 마리가 잎 하나를 잡고 두 번
째 개미가 그녀의 엉덩이를 잡고 세 번째 개미가 또 두 번
째 개미의 엉덩이를 잡는 식으로 몸을 잇는 동작을 다른

잎에 닿을 때까지 계속한다. 두 개의 잎 사이를 개미들이 사슬처럼 연결하는 것이다. 어떤 때는 끈을 땋은 듯한 모양이 연출되기도 한다. 그렇게 잎 두 개가 마침내 연결되면 다음 문제가 기다리고 있다. 잎 두 개를 붙여야 하는데, 바로 이 문제를 해결하는 데는 고치를 막 만들려는 유충이 동원된다. 개미 한 마리가 고치를 만들기 위해 끈적한 실을 자아내는 유충을 턱에 물고 이파리 이쪽 끝에서 저쪽 끝까지 왔다 갔다 한다. 덜 자란 유충이 연장 역할을 하는 셈이다. 둥지 전체가 은은한 빛을 발하는 거대한 고치의 형태로 완성될 때까지 그들의 작업은 계속된다.

개미는 자신의 몸을 일종의 건축 자재로 사용하기도 한다. 불개미는 한데 뭉쳐 물 한 방울도 새지 않는 뗏목을 만든다. 열대 군대개미는 그들의 몸을 연결해서 여왕을 보호하고 온도와 습도를 조절하는 거대한 텐트를 짓는다. 심지어 개미는 주변에서 구할 수 있는 재료를 이용할 줄도 안다. 일본장다리개미는 투과성이 있는 이파리를 스펀지로 변신시켜 액체로 된 먹이를 운반한다. 이것은 개미가 도구를 사용할 능력이 있다는 증거다.

작디작은 곤충도 고등 사회를 건설할 수 있다. 게다가 인간보다 훨씬 전부터 그렇게 해왔다. 인류는 1만 년 전즈음 땅을 경작하기 시작했지만 개미는 이미 5천 만 년 전부터 농사를 지었을 뿐 아니라 다른 활동들도 해왔다.

텍사스에 서식하는 소위 수확개미라고 불리는 종은 다른 식물들을 잡초 뽑듯 제거를 하고 난 다음에 남은 특정 풀을 주식으로 삼는다. 그 개미가 사는 지역에 널려 있는 많은 자갈은 그들에게 커다란 바위처럼 느껴질 것이다. 또 작은 풀잎이라도 그들에게는 나무처럼 크게 보일 테니 그들은 사실 벌목 기술까지 갖추고 있는 것이다. 이보다 더 놀라운 개미는 절엽개미다. 절엽개미는 다양한 이파리에서 영양분을 공급받는 곰팡이를 먹고 사는데, 그 곰팡이를 기르기 위해서는 엄청난 양의 잎을 수확하고 가공해야 한다. 그리하여 매일 수천 마리의 일개미가 여러 곳에 흩어져 있는 수확장으로 나가 잎을 따고 작은 크기로 자른다. 그들의 수가 많은 데다 조직력도 뛰어나서 하루 만에 나무 하나를 완전히 발가벗길 정도로 많은 잎을 수확할 수 있다. 그 후에 대군을 방불케 하는 개미들이 줄을 지어 이파리를 곰팡이 농장으로 나른다. 이파리 조각이 개미 자체보다 더 크기 때문에 초록색 점이 땅을 가로지르는 것처럼 보인다. 도로를 담당해 관리하는 개미들은 끊임없이 방해물을 치우고 다듬으면서, 경우에 따라 1킬로미터에 달하는 이파리 행렬이 지나갈 수 있도록 길을 유지한다. 간혹 어린 개미가 나뭇잎을 타고 가는 광경이 발견되는데, 마치 건초 수레에 올라탄 어린이 같다고 생각할지 모르지만 실은 기생충으로부터 화물을 보호하는 진지한 경비병이다.

개미의 세계는 모든 것이 시계처럼 착착 돌아간다. 둥지에 도착한 잎은 지하에 있는 수백 개의 방으로 배달된다. 방의 수와 크기는 공장을 방불케 한다. 심지어 곰팡이 농장에서 나오는 이산화 탄소를 처리할 환기 장치까지 갖추어져 있다. 곰팡이가 쉽게 자라도록 이파리 조각을 씹는 일을 담당하는 개미에게 이산화 탄소가 치명적일 수 있기 때문이다. 만약 이파리에 살충제가 묻어서 곰팡이에게 해롭다는 것이 입증되면 잎을 수확하는 개미는 수확장을 신속하게 다른 곳으로 옮긴다. 지하 동굴에서 일하는 개미는 날카로운 관찰력을 발휘해 자기들이 좋아하는 곰팡이 사이에 끼어 있는 다른 종의 곰팡이를 주기적으로 제거한다. 배설물로 비료를 제공할 뿐 아니라 성장 호르몬과 일종의 항생제를 주어서 미생물로부터 곰팡이를 보호한다. 두 물질 모두 개미의 몸에서 분비된다. 일련의 처리 과정이 끝나면 폐기물은 어차피 금방 죽을 운명인 늙은 일개미가 처리한다. 모든 것이 현대 산업 공정에 맞먹을 정도로 조직적이다.

그렇다고 개미가 지난 수백만 년 동안 농사만 지으며 산 것은 아니다. 그들은 인간보다 훨씬 먼저 가축을 키우기 시작했다. 아주 작은 크기의 가축, 다시 말해 식물의 진을 먹으며 달콤하고 열량 높은 물질을 분비하는 진디를 키운 것이다. 이 액체를 완곡한 표현으로 허니듀, 혹은 감로라고 부르지만 개미 버전의 꿀이라고 생각하면 오산이다. 사실 진디의 배설물이기 때문이다. 개미는 더듬이로 진디를 쓰다듬어서 부지런히 감로를 받아 내는데, 그 양이 엄청나서 낙농 목장에 비유되기도 한다. 개미는 무당벌레가 진디를 잡아먹으러 오면 포식자처럼 공격을 하고 진디의 날개가 돋으면 양계장에서 닭의 날개를 꺾는 것처럼 진디의 날개를 제거하는데, 이로써 그들이 진디를 가축으로 대하는 것이 분명해 보인다. 고동털개미는 심지어 겨울 동안 진디의 알을 보관했다가 봄이 오면 부화하기 좋은 곳에 가져다 놓기까지 한다.

청띠신선나비 애벌레도 감로를 생산해 낸다. 어떤 종류의 개미는 청띠신선나비 애벌레를 둥지로 데려가 개미알을 먹이로 주면서 달콤한 분비물을 얻는다. 애벌레가 안전한 개미 둥지에서 겨울을 난 후 봄이 되면 개미는 기사도 정신을 발휘해서 고치에서 나온 나비를 밖으로 에스코트해서 내보낸다.

개미가 감로를 얻기 위해 상당한 노력을 기울인다는 사실은 명백하다. 그러나 정작 개미 자신은 먹이를 그다지 많이 먹지 않는다. 흙에 습기가 조금 있다면 몇 달, 심지어 1년까지 아무것도 먹지 않고도 살 수 있다. 그들은 진디에서 얻은 주스를 몸에 있는 특별한 주머니에 보관했다가 개미 유충에게 먹인다. 개미 유충은 여름 한 철 동안 감로를 10킬로그램까지 먹어 치운다. 유충은 단백질도 필요로 하기 때문에 개미는 다양한 곤충을 둥지로 끌고 온다. 파리, 모기, 나비, 딱정벌레, 거미, 노래기 등은 모두 어린 개미에게 좋은 영양분이 되어 줄 유충을 낳는다. 각 개미 군집은 1년에 1백만 마리의 곤충을 잡아먹는다. 제물이 반항을 하면 포름산을 주사해서 말을 잘 듣게 만들기도 한다. 포름산은 개미산이라고도 하는데, 효과가 좋아서 양봉업자와 새가 진드기나 기생충을 없애는 데 사용한다. 찌르레기는 심지어 개미집 둔덕 위에 납작 엎드려서 집주인이 개미산을 뿌리도록 도발을 하기도 하고 간혹 개미 몇 마리를 부리에 물고서 깃털에 문지르기도 한다. 그렇지 않아도 놀라운 구석이 많은데 개미집 둔덕은 대자연의 약국 노릇까지 해내고 있다.

정말이지 개미는 모든 면에서 극도로 조직화된 사회생활의 모습을 잘 보여 준다. 그 모든 것이 인간을 부끄럽게 만든다. 인간이 지구에 모습을 드러내기도 전부터 개미는 수백만 년 동안 농업과 목축업을 해왔고 도구를 사용하며 산업 사회를 이루어 살아왔다. 지구상에 첫 문명을 건설한 것은 인류가 아니라 개미이다.

물론 고등 사회에는 대가가 따른다. 외침으로부터 스스로를 보호해야 하는 것도 그중 하나다. 그래서 개미 군집의 약 15퍼센트는 병정개미다. 단단한 체구에 턱선이 더 날카로워서 누가 군인인지 알아보는 것은 어렵지 않다. 그러나 적을 포위해야 한다면 평범한 일개미도 전투에 참여한다. 나이만 따지면 할머니일지라도 그들 역시 아마존의 전사처럼 싸운다. 오비디우스Ovidius는 신들이 개미를 호전적인 미르미돈족으로 변신시켰다고 썼다. 사실 개미는 놀라울 정도로 다양한 군사 전략을 구사한다. 적진에 침투해서 게릴라전을 벌이고 봉쇄 및 포위, 급습, 몰살 작전 등을 감행한다. 심지어 자살 테러단도 있는데,

그들은 적진으로 들어가 자폭하면서 적군에게 독성이 있는 물질을 끼얹기도 한다.

이 모든 것이 소름 끼칠 정도로 익숙해서 머릿속이 복잡해졌다. 개미가 벌이는 영역 싸움의 결과가 오래 유지되는 일은 거의 없다. 곤충학자 린드로스는 이 현상을 더 넓은 관점에서 파악하고자 했다. 그는 개미는 진정한 의미의 천적이 없기 때문에 서로를 통해 적절한 개체 수를 유지하려는 것일지도 모른다는 가설을 내놓았다. 즉 개미 집단 간에 벌어지는 전쟁을 개체 수가 한없이 늘어나는 현상을 방지하는 제어 장치로 본 것이다.

나는 그의 가설에 대해 곰곰이 생각했다. 사회적인 면에서 보면 개미만큼 우리를 닮은 동물은 없다. 인간도 개체 수를 어느 수준 이하로 유지해 줄 만한 진정한 의미의 천적이 없다. 세상을 점령하고 최고의 포식자 자리를 차지하는 과정에서 앞을 가로막는 모든 적을 모조리 멸절해 버렸기 때문이다. 우리가 늘 서로를 파멸로 몰아넣고 점점 더 강력한 무기를 개발해서 모두를 위험에 빠트릴 위기 속에서 살아가는 것은 결국 균형을 맞추기 위한 생물학적 필요에서 기인한 것일까?

두 번이나 퓰리처상을 수상한 생물학자 에드워드 윌슨 Edward Wilson은 이러한 유사성을 기반으로 인간과 개미의 서사를 엮어 『개미언덕Anthill』을 썼다. 주인공 래프와 마찬가지로 윌슨은 어릴 때부터 혼자서 산과 들을 누비다가 개미에 매혹되었고 성장한 후에는 개미를 자신의 주요 연구 주제로 선택했다. 윌슨이 개미를 연구하게 된 이유는 우연한 사고 덕분이었다. 어렸을 적에 혼자 낚시를 하다가 낚싯바늘이 눈에 걸렸는데 병원에 가기가 무서워서 치료를 하지 않은 탓에 원거리 시력에 영구적인 손상을 입은 것이다. 그는 세계 최고의 개미 전문 과학자가 되어서 불운을 행운으로 바꾸는 데 성공했다. 개미의 의사소통에서 페로몬이 어떤 역할을 하는지에 대한 내용을 비롯해 다수의 중요한 발견을 해낸 사람이 바로 윌슨이다.

윌슨 자신도 의사소통을 핵심적인 요소로 여겼다. 그는 하버드 대학교의 저명한 교수가 된 후에도 자신의 연구 결과를 학계에만 알리는 것으로 만족하지 않았다. 그는 개미의 삶을 모든 사람에게 전하고 싶어 했다. 이런 이유에서 그는 『개미언덕』의 주인공 래프로 하여금 다수의 개미 왕조의 부침을 담은 대서사를 논문으로 쓰게 한 것이다.

이야기는 여왕이 죽고 멸망을 코앞에 둔 개미 군집에서 시작한다. 여왕을 잃은 개미들에게 다른 집단의 개미들이 도전을 해왔고 그 싸움에서 진 개미들은 서둘러 둥지로 돌아와 몸을 숨긴다. 그 개미들은 결국 자기 공동체의 유충을 잡아먹어야 할 상황까지 몰리고 마침내 정복자들이 둥지에 들이닥치며 전멸하고 만다. 고대 로마 군대가 카르타고를 멸망시킨 방식과 크게 다르지 않은 방식으로 말이다. 겨우 목숨을 건져 도망한 소수의 개미는 몇 시간 내지 며칠 정도만 버티다 결국 죽는다.

그러나 어떤 왕조도 영원할 수는 없다. 승리한 자도 결국은 정복을 당한다. 근처에 있던 또 다른 개미 군집이 유전자 변이로 인해 영역의 경계를 표시하는 냄새를 맡지 못하게 된다. 심지어 자기들의 여왕이 발산하는 냄새마저 너무 희미해져서, 계속 커져만 가는 그물망처럼 곳곳에 각각의 여왕을 모시는 소집단들이 생겨 난다. 영역의 경계에서 의례처럼 벌어지는 토너먼트의 규칙을 존중하지 않게 된 유전자 변이 집단은 늘어난 규모를 무기 삼아 인근의 개미 집단을 모두 점령한다. 어떤 개미도 초거대 집단을 제어할 수 없기 때문에, 그들의 유일한 약점은 과도함 그 자체뿐이다. 초거대 집단의 개미들은 너무 많은 수의 진디를 키우고 그 진디들은 식물이 죽을 정도로 과도하게 수액을 섭취한다. 또 개미들도 다른 곤충의 유충을 무작위로 잡아먹어서 꽃가루받이를 돕는 곤충이 근처에 오지 못하게 된다. 서식지의 생태계가 감당할 수 있는 수준보다 더 많은 개미가 있게 되고, 그들은 자멸 직전의 위기에 처한다.

개미의 관점으로 볼 때 이 시점에서 신이 개입한다. 그들은 피크닉 음식을 남겨 두고 떠나는 식으로 선물을 주기도 하지만 개미 군집을 죽일 수 있는 힘도 지니고 있다. 이번 경우에는 화학 살충제로 초거대 집단 전체를 말살시킨다.

책에 실린 이야기는 개미에 관한 윌슨의 연구를 기초

로 하고 있지만 그와 동시에 인간 문명에 대한 은유가 분명하게 드러난다. 예를 들어 윌슨은 주인공 래프의 입을 빌려 점점 복잡해지는 개미 사회와 만화경적인 하버드대학교의 교수진이 비슷하다는 의견을 피력한다. 개미의 서사는 인간의 역사적 연대기를 닮았으며 동시에 우리의 두려운 미래를 보여 주기도 한다. 윌슨은 서문을 통해 이 책이 다층적 소설이라고 밝혔다. 인간과 개미의 세계에 관한 소설인 동시에 각각의 생물종이 적절한 비율로 공존해야 하는 생태계와 지구 자체에 적용할 수 있는 교훈을 담고 있다는 의미였다.

개미들은 지치지 않고 내가 글을 쓰는 공간의 벽을 가로지르는 대이동 행렬을 계속했다. 그들이 단결하는 모양새에는 독특한 데가 있었다. 그들이 함께하는 것은 생존에 핵심적인 요건이 되어서 혼자가 되면 죽음을 피할 수 없는 듯했다. 그리하여 개미는 한데 뭉쳐 유기체를 형성한 것처럼 보인다.

개미 군집을 실제로 그렇게 보는 것이 가능할까? 마테를링크는 개미집 둔덕 혹은 개미 언덕을 하나의 존재로 보아야 한다는 의견을 피력했다. 또 연구를 통해 개인이 일생 동안 성격의 변화를 경험하듯, 개미 군집도 그런 류의 변화를 겪는다는 사실이 밝혀졌다. 새로 형성된 군집은 10대 청소년처럼 예민하고 충동적인 반면 나이 든 군집은 더 안정적이었다. 개미 한 마리는 1년여밖에 살지 못한다는 사실은 중요하지 않다. 모두 같은 여왕에게서 태어나기 때문에 공동체 전체가 여왕과 함께 나이를 먹는다. 개미는 충성스러운 시민 그리고 의리 있는 자매처럼 행동할 뿐 아니라 몸 안의 세포처럼 행동한다. 하지만 집단 구성원 중 10퍼센트가 날마다 없어져도 별 차이가 느껴지지 않는다. 여전히 수십만 마리의 구성원이 남아 있고 집단을 유지하기 위해 새로운 생명이 끊임없이 탄생하기 때문이다.

우리 몸도 그렇지 않은가. 우리 몸 안에서 계속 수백만 개의 세포가 죽어 가지만 언제나 새로운 세포가 만들어지고 있다. 무려 370억 개의 세포가 우리 몸에 들어차 있다. 각 세포는 각자의 일생을 누리며 살아가는 작은 생명체인 동시에 다른 세포와 협력을 한다. 그들 사이에 화학적 의사소통과 분업 체계가 존재해야만 그런 협력이 가능할 것이다.

몸 안의 세포와 개미 군집 사이의 유사성을 발견하는 것은 어려운 일이 아니다. 병정개미는 외부의 침입자를 물리치는 면역 세포와 같고, 여왕개미는 세포 분할, 영양분 흡수, 혈액 순환을 관장하는 내분비계와 같다. 내분비계는 의식적인 결정 없이도 세포가 제대로 작동하고 영양 공급이 계속 이루어질 수 있도록 관리를 한다.

글을 쓰는 공간에 있는 거울로 다가가 나 자신을 살펴보았다. 내가 보고 있는 것은 사회적 성격을 지닌 세포들이 모여 있는 거대한 집단이라고 할 수 있다. 그 세포들은 감각과 뇌를 만들고, 그로써 나는 주변을 감지하고 생각을 한다. 매일 뇌세포가 1천 개씩 죽어 가고 그 세포들의 연결 고리도 사라지지만 나는 같은 사람이다.

내 몸속에서는 내가 인지하지도 못하는 일이 너무도 많이 벌어지고 있다. 이럴 때 〈나〉는 무엇인가? 모든 것이 내가 주변에서 보는 것과는 다른 포맷을 지니고 있다. 내 작은 혈관을 통해 흐르는 강을 모두 합치면 세상을 한 바퀴 돌 수 있다. 의사소통을 담당하는 신경은 내 뇌 안에서 번개를 동반한 작은 폭풍을 일으키면서 세상에서 패턴을 찾기 위해 분주히 움직인다. 눈에 보이지 않는 이 모든 미세 생명체의 세계는 역설적으로 너무도 광대해서 우주 공간이 떠올랐다. 인상과 충동과 관념을 짜내고 있는 신경 세포는 은하계의 별만큼 많다. 그 신경 세포는 또 수만 개의 연결 고리로 이어져서 내가 듣고 느끼고 보는 모든 것의 네트워크를 만들어 낸다. 그렇다면 〈내가〉 그러는 것이라고 할 수 있을까? 뇌세포 하나하나는 그다지 대단하지 않지만 모두 연결된 네트워크 안에서는 각자의 이해 범위를 뛰어넘는다.

각 기관의 세포도 마찬가지다. 눈을 뜨기만 해도 대규모의 새로운 합주가 시작된다. 매초마다 내 망막을 이루는 1억 2천5백만 개의 감광 세포가 뇌로 새로운 자극을 보낸다. 그 신호를 받은 1백억 개의 뇌세포는 하나의 이미지를 형성한 다음 그 자극을 다시 640개에 달하는 근육에게 보낸다.

내 몸의 모든 부분에서 천문학적인 수의 구성원이 참여하는 천문학적인 수의 사건이 벌어지고 있다. 이해하기도 힘든 이 수들의 배후에 어떤 의미가 들어 있을까? 여기에는 목적이 있어야 하는 것 아닐까? 게다가 이 미세한 조각들은 심지어 그보다 더 작은 세상으로 이루어져 있다. 세포는 원자로 이루어져 있지 않은가. 그럼에도 불구하고 가장 상상하기 힘든 부분은 각 요소가 거의 텅 비어 있다는 사실이다. 우주 공간처럼 말이다. 내 몸을 이루는 세포 안의 전자를 모두 압축하면 개미 크기밖에 되지 않는다.

내부에 우주처럼 텅 빈 공간을 지닌 무수한 작은 부분이 어떻게 세상의 형상을 만드는 것일까? 개미가 단서가될 수 있을까? 개미가 끝없는 행진을 계속하는 동안 나는 손에 든 USB 드라이브의 무게를 가늠해 보았다. 그 안에는 반쯤 쓴 책 두어 권의 원고와 상당한 양의 정보가 들어있다. 마이크로칩이 그 많은 정보를 담을 수 있다면 개미의 뇌도 마찬가지가 아닐까?

물론 둘 사이에는 중요한 차이가 있다. 컴퓨터의 세상과 달리 개미 몸 안의 화학 작용은 다른 모든 생명체와 마찬가지로 탄소를 기반으로 하고 있다. 또 개미들의 협동도 외부에서 프로그래밍이 된 것이 아니라 그들 내부에서부터 일어나는 현상이다. 그들의 연결 고리는 다른 형태의 생명체로도 뻗어 나간다. 컴퓨터 전문가들은 사회생활을 하는 곤충들을 〈자체 구성 체제〉의 모델로 이용하기 시작했다. 따지고 보면 겉보기에 하잘것없는 〈0〉과 〈1〉이 모여 복잡한 정보를 신속하게 전달하는 것이 바로 정보 처리 장치이다.

이는 미리 프로그래밍된 결정 노드 혹은 알고리즘으로 설명할 수 있다. 개미 군집에서는 이런 현상이 벌어지고 있는 것이 거의 확실하며, 아마도 내 뇌 속에서도 비슷한 현상이 일어나고 있을 확률이 높다. 개미 군집 내에서는 주어진 문제를 전부 다 이해하지 못한 채 각 개체가 단순한 결정을 내린다. 그 결정의 대부분은 바로 옆 동료의 행동에 기초한다. 예를 들어 먹이가 있는 곳에서 개미들이 쏟아져 나오면 그곳에 풍부한 먹이가 있다는 판단을 내리는 것이다. 국지적이고 작은 결정들이 모이면 각 결정의 총합보다 훨씬 더 큰 효과를 낼 수 있다. 개미 하나하나가 가진 한계는 오히려 유리하게 작용할 수 있다. 각각 독자적으로 움직이면 집단 전체가 위험에 빠질 수 있기 때문이다.

〈벌집 지성〉이라고도 불리는 집단 지성에서는 그 중심에 의사 결정자가 있어야 할 필요가 없다. 개미는 세포와 마찬가지로 어떻게 작은 부분이 모여서 복합적인 전체를 이룰 수 있는지를 잘 보여 준다. 군중은 그 자체로 고유한 가치가 있고, 각각의 부분을 모두 합치면 통계적 패턴을 얻는 것이 가능하다.

다윈의 사촌 프랜시스 골턴Francis Galton은 이 현상을 연구한 학자들 중 한 명이었다. 그는 인류학과 통계학 등 다양한 분야에서 얻은 정보를 합성하기를 좋아했고 그 사이에서 흥미로운 연결점을 곧잘 찾아냈다. 1906년 그는 시장에 모인 8백 명의 군중이 소 한 마리의 무게를 성공적으로 맞춘 사례에 주목했다. 개인적으로는 아무도 정답에 가까이 가지도 못했는데도 말이다. 어떤 사람은 너무 높은 숫자를, 어떤 사람은 너무 낮은 숫자를 내놓았지만 그 숫자들을 합쳐 평균을 내니 정답이 나왔다. 그곳에 모인 사람의 수가 더 적었으면 그런 일은 가능하지 않았을 것이다.

그렇다면 군중과 양을 통해 새로운 수준의 질이 만들어지는 것이 가능할까? 소화하기가 약간 힘든 개념이었다. 나는 개인주의적 문화 안에서 살고 있는 데다 셀 수 없을 만큼 많은 시간을 르네상스의 개척자들을 공부하면서 보냈기 때문이다. 그런 반면 나는 또 창의력의 조건에 관해 책을 쓴 적이 있다. 그리하여 수천 명의 다른 사람이 내딛은 수백만 번의 작은 발자국이 아니었다면 새로운 진보는 불가능하다는 사실을 잘 알고 있었다. 익명의 작은 공헌들이 새로운 발견들을 가능하게 만드는 법이다. 퍼즐 조각이 충분히 모이면 패턴을 짐작할 수 있는 단서들이 나타나기 시작한다. 그런 현상이 갑자기 일어난 것처럼 보이기도 하고 예술과 과학 분야에서는 그것을 처음으로 알아차린 사람들에게 모든 공이 돌아가는 경우도 허다하다. 그러나 그렇게 돌파구를 찾을 수 있는 이유는 수없이 많은 이름 모를 개인이 그곳까지 이르는 길을 닦아 놓았기 때문이다. 모든 노력이 합쳐져 발견이 되기를 기다리던 그 새로운 무엇인가가 표면으로 떠오르는 데 필요한 조건이 만들어진 것이다.

이 개념 또한 새로운 것이 아니다. 아리스토텔레스는 단순한 구조 혹은 행동들이 상호 작용을 해서 복잡한 패턴이 형성된다는 사실을 알아차렸다. 요즘은 그 현상을 〈창발〉 혹은 〈이머전스emergence〉라고 부르며, 생명을 이루는 기본 조건으로 인정한다. 원자가 모여서 분자를 만들고, 특정 방식으로 배열된 단백질 분자가 살아 있는 세포를 만들고, 특정 방식으로 구성된 세포가 장기를 만들고, 장기가 모여서 유기체를 만들고, 유기체가 모여서 사회가 구성된다. 각 부분이 모두 맞아떨어지고 끊임없이 새로운 패턴이 만들어지는 장이라고 할 수 있는 생명의 모든 영역에서 계속 그런 일이 벌어지고 있다. 생명은 아래에서 위로, 그리고 안에서 밖으로 쌓아 올라가는 것이지 위에서 아래로 지시되어 벌어지는 것이 아니다.

바깥채에서 들려오던 망치 소리가 이제 멈추었다. 일꾼들은 일과를 마치고 퇴근했고 나는 개미들의 말을 이해하려고 애를 쓰다가 진이 빠졌다. 배가 고팠다. 아니, 내 세포들이 집단적 배고픔을 경험하고 있다고 표현하는 것이 맞을까? 어느 쪽이든 상관없었다. 식사를 해야 할 시간이었다. 5시가 넘었지만 햇살이 아직 따뜻하고 비 온 후의 공기는 청량했다. 어쩌면 밖에 앉아서 식사를 할 수 있지 않을까?

부엌에서 샐러드를 만들고 고개를 들었는데 무엇인가가 창틀 주변을 날아다니고 있었다. 아, 여왕개미다! 나는 마테를링크가 혼인 비행이라고 묘사한 아름다운 장면을 떠올리고 조심스럽게 그녀를 밖으로 내보내 주었다. 그리고 돌아섰는데, 여왕개미 한 마리가 또 나타났다. 그녀도 밖으로 내보냈지만 바로 세 번째 여왕개미를 발견했다. 이상했다. 어떻게 모두 집 안으로 들어온 것일까? 자세히 살펴보니 개미들이 서쪽 벽을 기어다니고 있었다. 녀석들은 벽과 천장 사이에 있는 어두운 색의 띠지 부근에서 나오는 것 같았다. 초조한 마음으로 가까이 다가간 나는 거의 비명을 지를 뻔했다. 어두운 색의 띠지는 사실 개미 떼였다. 집 안으로 잘못 들어온 개미들이 아니었다. 오히려 녀석들은 집 밖으로 나가려고 애를 쓰고 있었다. 마치 벽의 내장이 밖으로 미어져 나오는 것처럼 보였다.

그 깨달음은 마치 벼락처럼 나를 때렸다. 갑자기 개미들은 빛나는 갑옷을 입은 군대가 되었고 벽이라는 경계를 침략함으로써 내 영역 보존 본능에 도전장을 내밀고 있었다. 생각할 여유가 없었다. 상황은 물론 나도 돌변했다. 바로 사용할 수 있는 무기가 필요했다. 진공청소기를 그 어두운 색의 띠지 근처로 가져가자 개미들 사이에 대혼란이 벌어졌다. 개미들은 혼비백산했고 그 가운데 정찰병들이 흩어져서 재앙을 피할 수 있는 길을 팔방으로 찾았다. 그들에게 이 일은 패배하면 전멸하는 전쟁이나 마찬가지였기 때문이다. 하지만 나는 가차 없었다. 나는 복수의 여신처럼 구석구석 살피며 개미들을 한 마리도 빠짐없이 전부 청소기의 안쪽으로 보내는 데 여념이 없었다.

일이 끝난 후 나는 충격으로 몸이 떨렸다. 방 안에서 개미 떼를 만나는 것은 오두막 바깥에서 단생벌이나 호박벌 몇 마리를 만나는 것과 완전히 다른 이야기였다. 내 관점에서는 명백한 침략 행위였다. 그러나저러나 이 개미들이 어떻게 벽 안에서 살게 되었을까? 개미는 흙에 있는 습기가 필요할 텐데 벽에 습기가 차 있는 것일까? 생각을 거듭할수록 더 걱정이 되었다.

나는 의자를 끌어와 털썩 주저앉아 상황을 제대로 파악하기 위해 노력했다. 진공청소기 안에서 개미들이 죽는다고 하더라도, 내년이 되면 새로운 여왕개미가 태어나서 짝짓기 비행을 할 터이니 개미 군집의 주기는 아무 일도 없었다는 듯 이어질 것이다. 그들의 변함없는 출생률 덕분에 나는 내 집에서 인류보다 더 오랜 역사를 지닌 녀석들의 존재를 영원히 무시하지 못할 것이다. 벽은 바깥세상과의 경계가 되어야 하는데, 벽 자체에 다른 생명이 살고 있다면 그 벽은 구멍이 숭숭 뚫려 경계의 역할을 제대로 하지 못할 것이다.

입맛이 뚝 떨어졌지만 샐러드를 깨작거리며 먹으려고 했다. 개미가 출현한 벽에는 19세기 말의 아침 식사 장면을 그린 그림의 복제판이 걸려 있었다. 어느 여름날의 아침 햇살이 사기와 유리에 반사되어 반짝이고 그 뒤로는 잎이 무성한 나무들이 펼쳐져 있는 풍경이었다. 자연과 가까워지기 위해 식탁을 밖으로 옮긴 듯했다. 이제 나는 실내에서도 자연과 밀착될 수 있다는 사실을 알게 되었다. 갑자기 부엌 벽이 포스터만큼이나 허술하다는 생각이 들었다. 그 순간에도 그림보다 더 활발한 광경이 벽 뒤에서 벌어지고 있을 것이 틀림없었기 때문이다.

하뤼 마르틴손Harry Martinson이 자연에 관한 에세이에 쓴 이야기가 떠올랐다. 예전에는 집의 벽 속에 개미집 둔덕 전체를 들이는 것이 일반적인 관습이었다고 한다. 모래가 섞인 건조한 흙과 상록 침엽수 잎이 보온재 역할을 해주는 동시에 해로운 벌레와 동물을 쫓아 준다고 생각했기 때문이다. 커다란 농가에는 스무 개가 넘는 개미 군집이 살고 있었다. 개미가 가득한 벽에 둘러싸여 사는 느낌은 어땠을까? 분명 단순히 좋은 보온재로만 여겨졌을 것이다. 하지만 마르틴손은 개미 군집에 대해 그 이상의 감정을 가지고 있었다. 시인으로서 그는 작디작은 개미 하나하나가 침엽수 이파리 하나하나를 끌어와서 집을 짓는 광경을 상상했다. 그는 또 개미집을 영원한 전통 속에 존재하는 고유한 영역으로 보았다. 개미의 기나긴 연대기에서, 그 개미집은 1만 6천 번째 시즌의 1,059번째 회차일 수도 있다. 개미의 세상에서는 시간의 단위가 완전히 다르다. 너무도 작고 너무도 오래전부터 존재해 온 존재이기 때문이다. 시간을 관통해서 내려온 작지만 무한한 수의 영역과 마주한 마르틴손은 하늘에 있는 수많은 별을 생각할 때와 같은 경의감을 느꼈다.

내 자신이 부끄러워지기 시작했다. 너무 흥분한 나머지 과하게 반응을 하고 말았다. 사실 작고 검은 개미는 아무런 해도 끼치지 않는다. 목수개미와 달리 녀석들은 나무에 구멍을 뚫지 못한다. 분명 그 개미 공동체는 마르틴손이 묘사한 것처럼 엄청난 시간 동안 존재해 왔을 것이다. 작다고 해서 가치가 작은 것은 아니다. 따지고 보면 그들은 지구상에 사는 생물들이 가진 가장 흔한 크기를 가지고 있지 않은가.

게다가 크기는 상대적인 개념이다. 마테를링크와 마르틴손은 둘 다 개미의 몸이 별 주변을 도는 항성처럼 궤도를 도는 전자를 가진 원자로 만들어져 있다는 사실을 지적했다. 그런 관점에서 보면 개미와 인간 모두 상상하기 힘들 정도로 작은 크기에서 상상하기 힘들 정도로 큰 크기에 이르는 연속선상 어디인가에 존재한다. 개미와 우리는 같은 상황에 처해 있다. 내가 그 무인도에서 개미와 함께 위험한 밤을 보냈던 것처럼 말이다.

무인도에서 만난 개미를 떠올리니 마음이 더 누그러졌다. 그녀는 자매들과 함께 둥지를 강화할 재료를 모으다가 뇌우를 만나서 혼자 떨어졌을 것이다. 동료들은 그녀가 없이도 살아가겠지만 그녀는 동료들 없이 절대 살아

남지 못한다. 그녀는 자신의 삶에 의미를 부여하는 더 큰 맥락에서 작디작은 부품에 불과했다. 나는 〈작은 개미〉라고 중얼거렸다.

바로 그 순간 나도 한때 그렇게 불렸다는 사실이 기억났다. 마침 내 삶의 큰 부분을 차지한 장소가 선명하게 떠올랐다. 내가 몇 년에 걸쳐 글을 쓰면서 지낸 노벨 도서관의 연구실은 길보다 낮은 반지하층에 자리하고 있어서 빛이 별로 들지 않았다. 하지만 중세풍의 아치는 더 큰 무엇인가에 속해 있다가 사라지고 마는 나라는 존재를 의식하게 만들었고 그로 인해 심오한 시대감각을 느낄 수 있었다. 내 귀에는 들리지 않지만 내 머리 위에서는 여러 층위의 삶이 계속되고 있었다. 창문을 통해 다른 곳으로 서둘러 가는 사람들의 다리를 볼 수 있었다.

그곳에는 자리를 지키고 있는 여자가 꽤 많았다. 우리는 서로 말을 나누지는 않았지만 각자의 연구 주제를 추구하며 힘들게 앞으로 나아가는 과정을 공유하면서 동지애가 생겼다. 나는 외국어로 된 책을 산더미처럼 쌓아 놓고 그곳에 실린 어려운 논쟁과 덤불처럼 빽빽한 주석을 천천히 헤쳐 나가고 있었다. 나는 문장을 이루는 단어들과 문맥을 만드는 문장들에서 길을 찾으려 했다. 흥미로운 곳으로 이어질 듯한 길을 발견했을 때, 그 길 끝에서 발견한 것을 내 것으로 만들 수 있기까지 얼마나 많은 공을 들여야 할지 직감을 했다. 끈기가 생명이었다.

늦은 오후가 되면 스페인 서적 담당자가 덜컹거리는

카트에 책 상자를 가득 싣고 지나갔다. 내가 연구에 스페인 서적도 참고하고 있다는 사실을 아는 그는 가끔 나와 이야기를 나누었다. 그는 제일 늦게까지 남아서 일을 하는 날이 많은 나를 〈오르미기타hormiguita〉라고 불렀다. 〈작은 개미〉라는 뜻이었다. 「당신이 나갈 때 불을 꺼줄 수 있죠, 오르미기타?」 그는 그렇게 말을 하고는 책 더미로 눈을 돌리곤 했다. 둘 다 각자의 일을 하고 있었다. 삶에서 벌어지는 대부분의 일이 그렇듯 우리의 일 역시 수많은 헌신을 필요로 했다. 개미집에 필요한 지푸라기를 끌고 가는 개미처럼 말이다. 다른 사람들의 노력이 항상 눈에 보이지는 않지만 우리는 서로에게 의지를 해야 한다.

부엌에서는 더 이상 개미가 보이지 않았다. 물론 내가 모르는 사이에도 내내 그랬던 것처럼, 그들은 지금도 벽 안에서 열심히 살아가고 있을 것이다. 수백만 명에 달하는 익명의 존재가 거의 모든 것, 그러니까 사회와 책을 포함한 거의 모든 것을 가능하도록 만든다는 사실을 생각하면 보이지 않는 삶이야말로 가장 흔한 형태의 삶일 것이다. 그런 삶을 살다 보면 누군가가 지나가는 말로 〈작은 개미〉라고 불러 주는 경우도 것이다. 내 생각에 그것은 정말이지 큰 칭찬이다.

4
바다가 보이는 베란다

벽 안에서 개미들이 돌아다니는 것이 조금 이상하긴 했지만, 여름으로 접어들 즈음 집의 다른 모든 부분은 정상적으로 작동하기 시작했다. 페인트칠을 조금 더 해야 했지만 그 일은 휴가 이후로 미루어도 별 상관이 없었다. 드디어 일꾼들 대신 가족들을 맞이할 때가 된 것이다.

갑자기 완전히 다른 방식의 삶이 시작되었다. 명랑한 목소리가 집 안을 가득 채웠다. 호기심 많은 내 동생의 손주들은 집과 마당의 범위를 훨씬 넓혔다. 첫날부터 바로 아이들은 해협으로 나가 낚시를 했고 낚시 모험을 한 끝에 작은 생선 한 마리를 잡아 엄숙한 분위기에서 나누어 먹었다. 그 의식은 아이들의 시골집 삶이 시작되었다는 선언과도 같았다.

「드디어 닻을 내린 느낌이 들어요.」 나와 마당을 걷던 조카 하나가 중얼거렸다.

〈닻을 내린다〉는 표현이 내 머릿속에 둥둥 떠다녔다. 우리는 바닷가에 위치한 시골집들을 빌려서 함께 휴가를 보내며 좋은 기억을 많이 나눈 사이였다. 그중 어떤 집은 섬에 있었는데 식수를 구하려면 노를 저어 나가야만 했다. 내 동생은 허리가 아픈데도 불구하고 아직도 그런 곳을 꿈꾸는 듯했다. 영국인의 피를 물려받은 덕분에 우리의 핏줄 속에는 바다에 대한 낭만적인 시각이 흐르고 있었다. 할아버지는 해양 생물학자 밑에서, 할머니는 해군 장교 밑에서 컸다. 할아버지는 배에서 의사로 일을 했고 대서양 위에서 할머니를 만났다. 어쩌면 그런 일이 유전자에 흔적을 남긴 것인지도 모른다.

나도 소형 보트부터 범선까지 온갖 종류의 배에 손을 대보았지만 결국 나에게는 유능한 선원이 될 소질이 없다는 사실을 인정해야만 했다. 무인도에서 뇌우를 맞은 경험도 바다를 향한 내 사랑에 찬물을 끼얹었다. 그래도 여전히 물에 매혹을 느꼈고 더 고요한 방법으로 물과 사귀는 쪽을 선호하게 되었다.

나는 강에 대해 글을 쓰고 있었다. 시간이 흐르면서 요트로 바다를 누비는 것보다 강을 여행하는 것이 나에게 더 적합하다는 생각을 하게 되었다. 강은 계속 바다를 향해 나아가지만 그 과정에서 초원과 나무와 도시를 지나가고, 굽이치는 여정 속에서 문명을 낳고, 작물에 물을 대주고, 서로 다른 것에 자극을 전달하고, 경계를 만들었다. 다시 말해 강은 역사를 만들어 냈다. 그런 강을 연구하기 위해서 시간을 많이 할애하는 것이 당연했다. 휴가가 시작되자마자 나는 배를 타고 강을 따라 새로운 탐험에 나설 계획을 세웠다.

　내가 다시 육지로 돌아왔을 때는 여름이 다 지나가고 시골집에 남아 있던 마지막 가족마저 떠난 후였다. 나는 그곳에서 조금 더 시간을 보내고 싶었다. 일꾼들이 페인트칠 작업을 끝내고 떠나면 강이 보여 준 것에 대한 글을 쓸 생각이었다. 하지만 삶은 나와는 다른 계획을 가지고 있었다. 그 계획도 실은 물과 관련되어 있기는 했다. 페인트칠 작업이 막 시작되었을 시점에 작업반장에게서 전화가 걸려 왔다. 긴장된 목소리였다. 나쁜 소식이라고 했다. 북쪽 벽, 그러니까 해협 쪽으로 난 벽에 페인트칠을 하려고 보니 습기로 인한 손상이 심각한 상태라는 내용이었다. 너무 많이 썩어서 헐어야 할 정도로 말이다.

　강에 물이 흐르는 것이 당연하지만, 집에 물이 들어오는 것은 재앙 말고는 달리 부를 말이 없었다. 벽이 썩어 푸석푸석해지는 일에 비하면 벽 안에 개미가 사는 일은 그저 애교 수준이었다. 일꾼들도 충격을 받은 듯했다. 불과 6개월 전에 이런 상태의 벽 위에 놓여 있는 지붕에 올라가 일했다는 사실을 뒤늦게 알게 되었으니 그럴 만했다. 썩은 벽을 그대로 둘 수는 없었다. 전문가들의 의견에 따르면 벽을 허무는 것 말고는 다른 방법이 없었다. 제대로 조치하려면 젖지 않은 나무가 나올 때까지 계속 집을 허물어야 한다고 했다. 「그 비용을 감당하기 힘들겠지만 말이죠.」 작업반장이 덧붙였다.

상황을 더 잘 이해하기 위해 나는 가능한 한 빨리 시골 집으로 향했다. 내가 도착했을 때 일꾼들은 이미 떠나고 없었다. 자취를 감춘 것은 일꾼들만이 아니었다. 한때 북쪽 벽이었던 잔해가 오두막 옆에 슬프게 쌓여 있었다. 그 벽은 아마도 별 저항 없이 무너졌을 것이다.

벽이 세 개밖에 남지 않은 방 안으로 들어가 보니 이층 침대가 원래의 자리에서 밖으로 끌려 나가고, 그 뒤에 벽이 있던 자리에는 바다처럼 파란 방수포가 있었다. 이 모습을 받아들이기가 조금 힘들었다. 벽이 세 개밖에 없는 집은 더 이상 집이 아니었다. 집보다는 버스 정류장이나 노적장이라고 하는 편이 더 맞을 듯했다. 어찌 되었든 사람이 살 수 있는 공간은 아니었다.

부엌에 조카 중 한 명이 가져다 놓은 코냑이 있었다. 나는 코냑을 한 잔 따른 후에 의자를 들고 다시 그 방으로 향했다.

아이러니했다. 물에 관해 생각하고 글을 쓰려고 했던 바로 그 집의 한쪽 공간이 물 그 자체라니! 적어도 물을 흠뻑 먹은 그 벽을 허물기 전까지는 말이다. 방수포를 젖히니 멀리 보이는 해협이 마치 바닷물을 바람에 실어 우리 집으로 보낸 적이 한 번도 없다는 듯 천진난만하게 반짝이고 있었다. 나는 우울한 기분으로 풍경을 감상했다.

잔에 든 코냑이 점점 줄면서 결국 내 절망적인 기분도 조금씩 나아지기 시작했다. 이 방에서 경험하는 내부와 외부의 만남은 베란다를 연상케 했다. 역설적이게도 해협을 바라보고 있으니 마음이 차분해졌다. 아니, 위안마저 되었다. 강을 여행할 준비를 하면서 나는 물이 어떻게 삶의 철학에 영향을 주었는지에 관한 글을 읽었다. 인도에서는 강을 신성시하고 중국의 도교에서는 물이 스며드는 것을 삶이 풍요로워지는 것에 비유했다. 고대 그리스의 자연 철학자인 탈레스는 물을 생명의 원초적 요소로 여겼는데 그것은 사실이었다. 지구상에 존재하는 물방울 하나하나는 지구가 탄생했을 때부터 존재했다. 30억 년이 넘는 세월 동안 그 물방울들은 바다, 구름, 암반, 그리고 식물과 동물을 거쳐 무한한 순환을 거듭했다. 강에 흐르는 물만큼 많은 물이 식물을 통해서도 흐르게 되었다.

　　요트 한 대가 천천히 해협을 가로지르는 모습을 보니 어릴 적에 시간을 보냈던 배에 대한 기억이 되살아났다. 배에서 여름을 보낸 일은 몇 해에 지나지 않았지만 마치 물과 밀접하게 접촉하며 한 시대를 보낸 느낌이 들었다. 내 기억의 대부분은 약간 큰 요트에서 겪은 경험들이었다. 그 요트에는 안정감 있게 발을 딛고 설 수 있는 덱이 마련되어 있었다. 그곳은 나에게 드넓은 바다에 대한 감각을 선물해 주었다.

　　그중 가장 뚜렷한 기억은 배를 부리는 세계에 처음 발을 들여놓게 된 계기를 마련해 준 스쿠너식 돛을 단 훈련용 배에서 망을 본 일이다. 밤이 점점 밝아지며 새벽이 다가오고 있었고 그때 배에 달린 종이 일곱 번 울렸다. 그다음 여덟 번째 종이 울리고 모래시계를 다시 돌리면 좌현 팀이 휴식을 취할 수 있었다. 왜냐하면 우리는 네 시간 간격으로 교대를 하며 보초를 섰기 때문이다. 내 아래에서는 우현 팀이 이층 침대에서 자고 있었고 내 위에서는 별들이 쏟아질 듯 반짝거렸다.

바다의 불, 거품, 방위 기점은 지구의 자기장과 교감하는 나침반이 있는 나침함 속에 살았다. 나는 방수복 안에 선원용 스웨터를 입었고 허리에는 타르 냄새가 나는 밧줄을 둘렀다. 내가 직접 꼬아 만든 그 밧줄에 생선용 칼을 매달아 놓았다. 돛은 다른 사람들이 조정하고 있었으니 나는 별과 바다를 지켰다.

바다는 자기만의 균형을 가지고 있다. 그 경계 또한 수채화처럼 모호했다. 광택이 나다가 매트해지고, 또 밝아지다가 어두워지기를 반복하면서 변하는 색채는 바람과 날씨를 그대로 알려 주었다. 해류는 머나먼 해안선으로부터 따스함을 날랐다. 태양은 마그마로 된 섬처럼 수평선 위로 떠올랐다가 황금빛 아틀란티스처럼 가라앉았다. 밀물과 썰물은 달의 주기와 함께 움직였다. 아마도 다른 천체와 충돌해 지구에서 떨어져 나간 후에도 달은 늘 지구를 그리워하며 주변을 맴돌고 있기 때문일 것이다. 물은 아주 멀리 떨어져 있긴 하지만 여전히 다 말라 버린 용암의 바다와 소통을 하고 있었다.

파도도 바람과 대화를 나누었다. 파도가 너무 세차게 칠 때면 식당의 테이블은 음식과 그릇을 가득 인 채 한쪽으로 기울지 않으려고 애를 쓰면서 시계추처럼 흔들렸다. 사람들은 식욕을 잃어버렸고 거의 손대지 않은 구운 고기는 상하지 않도록 시원한 바람이 부는 돛대의 높은 곳에 매달아 보존했다.

한편 파도는 먼 육지에서부터 가져온 선물을 해변에게 선사했다. 어느 섬에서 나는 갖가지 색깔을 띤 매끄러운 돌을 잔뜩 주웠다. 돌들은 바다가 수백만 년 동안 절벽과 능선을 두드려 바위 조각을 얻어 내고 해류에 의해 운반되고 또 다시 모래에 의해 다듬어진 이야기를 들려주었다. 같은 방법으로 날카로운 유리 조각은 빛을 머금은 부드러운 타원형이 되었다.

그 돌들의 동생 격인 모래알들 또한 바위와 기나긴 인연이 있다. 바다는 간단없이 산을 바위로, 바위를 모래로 갈아 내기 때문에 매초마다 수십억 개의 모래알이 탄생한다. 그렇게 모인 모래는 사라진 풍경을 겹겹이 담고 있지만 각각의 알갱이는 물과 여정을 함께한 덕분에 유일무이한 고유함을 지니고 있다. 17세기에 안톤 판 레이우엔훅*Anton van Leeuwenhoek*은 자기가 직접 제작한 현미경으로 모래 알갱이 하나를 관찰하다가 신기한 형체를 발견했다. 그의 눈에는 모래 알갱이에서 무릎을 꿇은 사람들이 있는 폐허가 된 사원이 보였다. 나중에 모래를 1백 배 더 크게 확대해 보니 모래 알갱이 하나하나가 험한 지형을 가진 행성과 더 닮아 보였다.

모래 알갱이의 크기마저 그들의 운명을 결정하는 요소

가 된다. 가장 가는 모래는 모래시계 안에 들어가 시간을 측정하거나 필사본의 잉크를 말리는 도구로 사용된다. 티베트의 승려 손에 들어간 모래라면 성스러운 만다라로 만들어져 바다로 향하는 강에 뿌려질 수도 있다. 어린이는 조금 더 탄탄한 모래로 해변에서 모래성을 쌓을 것이다.

삶의 다양함을 모래만큼 완벽히 보여 줄 수 있는 것이 또 있을까? 철학자 헤라클레이토스는 시간을 강에 비유하면서, 역사는 모래성을 쌓는 어린아이에 지나지 않는다고 상상했다. 모래성이 모양을 유지하려면 물이 필요하다. 천문학자들은 지구를 우주 공간에 떠 있는 작은 모래 알갱이에 비교했다. 그런 비율로 따지면 태양은 지름이 10센티미터이고 지구에서 11미터 떨어져 있다. 또 가장 가까운 다른 별까지의 거리는 3천 킬로미터에 달한다. 우주에는 지구상의 모든 해변과 모든 사막에 있는 모래 알갱이 수보다 많은 별이 있을 가능성이 높다. 게다가 새로운 별이 계속 만들어지고 있다. 이렇게 상상하기도 힘든 우주에서 지구상에 있는 모든 물질과 물이 왔다.

바다에 있으면 삶에 대한 생각을 많이 하게 된다. 따지고 보면 지구 자체도 물로 만들어진 공이라고 할 수 있기 때문일까? 지구 표면의 3분의 2가 바다로 덮여 있을 뿐 아니라 깊이까지 고려한다면 바다는 우리가 사는 구체의 98퍼센트를 차지한다. 그런데 왜 나머지 2퍼센트에 살고 있는 우리는 바다가 다른 세상처럼 느껴질까? 바다의 별이라고도 불리는 불가사리, 구름처럼 움직이는 플랑크톤, 날치 등을 떠올리면 바다가 거의 우주 공간처럼 느껴진다.

바다에 있는 모든 것은 끊임없이 움직인다. 봄에 이동하는 철새가 바다를 건널 때 물 표면에 비치는 모습은 은빛 물고기 떼와 비슷하다. 연어와 장어는 넓은 바다를 건너 아동기를 보낸 냇물로 돌아와 어린 시절을 회상하며 즐겁게 헤엄을 친다. 그들은 지구 자기장의 도움으로 길을 찾을 뿐 아니라 페로몬과 냇물의 특별한 맛, 그리고 기온과 압력의 미세한 차이를 알아차리는 감각으로 고향을 찾아간다. 그들만큼이나 지칠 줄 모르는 또 다른 해양 생물은 바다거북이다. 바다거북은 온 세상의 바다를 휘젓고 다니다가 자기가 태어난 곳의 해변을 찾아가 알을 낳는다. 마치 기억의 안내를 받은 원시 생물처럼 목적지에 도착하는 것이다.

그러나 바닷속 생물은 하늘의 생물이 물에 비친 것과는 다르다. 그들은 다른 감각을 필요로 하는 다른 조건 속에서 살아간다. 예를 들어 빛은 공기 중보다 물속에서 속도가 느리고 빨리 흩어져 버리기 때문에 깊은 물에 사는 물고기는 자체적으로 빛을 조달한다. 또 소리는 물속에서 더 빠르고 더 멀리 전달이 되는 반면에 물속의 소리는 물 표면 위에서 들을 수 없다. 물 표면은 마치 물속과 대기를 가르는 보이지 않는 벽처럼 작동한다. 물 표면 아래에서 들려오는 소리를 들으려면 노를 물에 수직으로 꼽고 손잡이에 귀를 바짝 대야 한다. 전통적으로 남태평양과 서아프리카 지역의 어부들이 써온 방법이다. 다빈치도 15세기에 이 방법을 발견했다. 그러나 과학자들이 바다의 소리를 듣기 시작한 것은 1940년대에 이르러서였는데, 그 소리를 듣고는 완전히 압도되고 말았다. 그들은 그렇게 다양한 소리를 묘사할 방법조차 알지 못했다. 끼익거리고, 쯧쯧거리고, 지직거리고, 꺽꺽거리고, 둥둥거리는 소리가 들렸고, 부글거리고, 꽥꽥거리고, 중얼거리고, 투덜대고, 휙휙거리고, 퐁당거리는 소리도 들렸다. 센불에 스테이크를 굽는 소리, 귀를 찢는 듯한 전기톱 소리, 무겁게 쟁강거리는 쇠사슬 소리도 들렸다. 이 모든 소리가 어디에서 온 것일까? 알고 보니 어떤 물고기는 턱을 딱딱 맞추고 어떤 물고기는 공기 거품을 불고 어떤 물고기는 특별한 근육을 이용해 부레를 쿵쿵 쳐서 그런 소리를 냈다. 청어 떼는 너무도 특이한 소리를 내서 스웨덴 해군은 그 소리가 틀림없이 잠수함 소리일 것이라고 추측하며 몰려다니는 청어 떼를 추적하기도 했다.

물고기 소리를 녹음한 것을 직접 들어 보니 정말 놀라웠다. 어떤 소리는 종소리가 메아리치는 것처럼 들리기도 하고 어떤 소리는 작은 유리잔에 든 액체를 은수저로 젓는 것처럼 들리기도 했다. 팽이가 돌면서 내는 바람 소리도 들렸다. 그 소리들은 멀리 떨어져 있으면서도 인연이 깊은 세상에서 들려오는 목소리처럼 느껴졌다. 작디

작은 새우부터 큰 생물까지 모두가 서로에게 메시지를 보내는 듯했다. 심지어 음조마저 다른 의미를 가지고 있는 것 같았다. 더 크고 나이가 든 물고기는 더 작고 어린 물고기보다 더 깊은 음조를 냈다. 사랑에 빠진 대구는 낮은 신음 소리를 냈고 해덕은 으르렁거리는 소리를 냈다.

아리스토텔레스는 물고기가 대화를 나눌 것이라고 추측했고 그 추측은 맞은 듯하다. 현대의 과학자는 짜증이나 경고, 전투 신호를 전달하는 물고기 소리를 해석할 줄 알게 되었다. 게다가 물고기는 지느러미를 다른 위치에 놓거나 몸의 색깔 혹은 무늬를 변화시키는 등의 보디랭귀지로도 다양한 뉘앙스를 전달한다. 어떤 물고기는 심지어 자신의 종, 나이, 성적 성숙도, 성격 등을 잠재적 짝짓기 상대에게 알리는 전기장을 가지고 있다.

결론적으로 인류는 지구상에 사는 생물의 98퍼센트가 사용하는 의사소통의 방법을 간과해 왔다고 할 수 있다. 그 세상과 우리를 분리하는 유일한 것은 얇은 물 한 겹에 불과한데도 말이다. 물 표면 아래에는 광범위한 음파 네트워크가 존재한다. 솔로, 듀엣, 합창 등의 멜로디가 이 음파에 실려 전해진다. 새와 마찬가지로 수컷 물고기도 새벽 여명과 저녁 황혼 무렵에 암컷을 위한 노래를 부른다. 어린 대구가 먹고 자라는 망둑어류는 암컷이 수컷의 노래를 듣기 전까지 짝짓기를 하지 못한다. 불행하게도 요즘은 인간이 오락의 목적으로 이용하는 모터보트와 수상 스포츠 기구들이 내는 큰 소리 때문에 망둑어의 노랫소리가 파묻혀 버릴 때가 많다. 대구가 사라진 이유가 남획 때문만은 아닐 것이다.

　어릴 적에 탔던 훈련용 배에서 내 관심은 온통 고래의 노랫소리에 집중되었다. 벨루가고래는 바다의 카나리아로 불리는데, 밝게 짹짹거리는 녀석들의 노래를 선체를 통해 곧바로 들을 수 있었다. 혹등고래의 소리는 그것보다 조금 더 묵직하다. 중얼거리며 기도를 하듯 부르는 녀석들의 노래는 몇 시간이고 계속되기 일쑤였는데 그중 일부는 후렴구처럼 반복을 하기도 한다. 최근에는 혹등고래가 노래를 기억하기 위해 운율을 사용한다는 추측이 나왔다. 짝짓기 장소로 헤엄쳐 가는 혹등고래의 노래에 수백 가지의 요소가 들어 있기 때문이다. 그들의 노래는 시간이 흐르면서 더 빠른 템포로 이루어진 새로운 소절들이 첨가되며 업데이트된다. 그리하여 8년이 지나면 노래 전체가 달라져 레퍼토리가 구태의연해지는 것을 방지한다.

　나는 고래의 노래가 서서히 변하는 것이 시간을 측정하는 훌륭한 방법이라고 생각했다. 훈련용 배에서는 모래시계를 뒤집을 때마다 종을 한 차례 울렸고, 그만큼 해리도 길어지면 보초 교대가 이루어졌다. 고래의 노래는 종이 한 번씩 울리는 동안에 계속되다가 처음부터 다시 시작했다.

　새처럼 고래도 노래로 감정을 표현하고 의사소통을 하

는 듯했다. 바다에 사는 생물이라고 아름다움을 만들어 내고 싶지 않을 리가 없다. 복어가 지느러미로 바다 밑 모래 바닥에 아름다운 꽃 모양을 그리는 모습이 목격된 적도 있다. 녀석은 조개껍질을 입으로 물고 와서 커다란 모래 꽃에 화룡점정을 찍었다. 이 예술 작품이 완성되면 암컷 복어를 유혹하는 데 도움이 될 것이다. 이와 비슷한 창조 본능이 고래에게도 발견된다.

향유고래는 비교적 건조한 목소리로 노래를 하지만 몇 킬로미터 밖에서도 들리는 딸깍딸깍하는 소리를 섞는 묘기를 부린다. 인간의 귀에는 그것이 다 같은 소리로 들리지만 고래는 작은 차이도 알아차린다. 그 소리로 동료를 알아보고 집합이나 경고의 메시지도 전달한다. 또 매우 정교하게 반향 위치를 측정할 수 있어서 수천 미터의 수심에서도 길을 찾는 데 도움이 된다.

향유고래는 지구상에서 가장 큰 두뇌를 가진 동물이다. 그들이 그 큰 두뇌를 어디에 쓰는지, 또 무슨 생각을 하는지는 알 수 없었다. 인간이 의사소통을 시도한 유일한 고래는 포획한 돌고래뿐이었다. 그마저 그들에 대해 배우려는 시도를 하기 위해 잡은 것이 아니었다. 훈련사들은 돌고래가 인간의 말을 발음하도록 가르치려고만 했다. 돌고래는 후두가 없는데도 말이다. 하지만 수화를 가르치자 돌고래는 우리가 쓰는 명사와 동사를 60개 남짓 이해했고 그것을 기반으로 1천 개 정도의 문장을 이해했다. 대부분 〈꼬리로 프리스비를 건드린 다음 그 위로 점프를 해보자〉 같은 문장이기는 했다.

돌고래 쇼에서 그런 모습을 본 나는 우울해졌다. 자기 중심적인 인간은 때로 너무 단순해지고는 한다. 생각해 보면 야생에서 살아가야 하는 돌고래의 삶은 몇 가지 묘기나 부리는 삶보다 훨씬 더 높은 지능이 요구될 것이 뻔하다. 게다가 그들의 의사소통 수단은 분명 인간의 것과 크게 다르다. 그들의 환경에 최적화된 소통 체계이기 때문에 우리는 그들의 언어를 영원히 마스터할 수 없다. 돌고래는 딱딱 소리를 1초에 7백 회까지 낼 수 있고, 그 소리의 메아리에 담긴 정보로 1백 미터나 떨어져 있는 물체의 형상을 알아낼 수 있다. 그 과정을 통해 구리와 알루미늄 등의 재질을 분간할 수 있을 뿐 아니라 그 물체가 살아 있는지, 만약 살아 있다면 친구인지 적인지까지도 구분할 수 있다.

돌고래는 휘파람으로 소통을 한다. 마치 이름처럼 돌고래는 저마다 독특한 음색을 가지고 있다. 한 연구자는 돌고래의 휘파람을 186가지로 식별하고, 그 소리들이 표현하는 행동을 20가지 범주로 분류하는 데 성공했다. 그렇다면 그 휘파람은 그들만의 언어인 것이 틀림없다.

상대가 가까이 있으면 돌고래는 몸짓이나 감촉으로 의사를 전달한다. 심지어 다른 종하고도 이 방법으로 소통을 한다. 돌고래는 사회적 교제의 범위를 자기 종으로만 한정 짓지 않기 때문이다. 아리스토텔레스는 돌고래 등에 탄 어린 소년에 관한 묘사를 했다. 나 또한 그리스를 여행을 하던 중에 우리가 탄 배를 끌고 가려는 듯 분주하게 배 앞에서 까불거리며 팔짝대는 돌고래들을 목격한 적이 있다. 녀석들은 우리와 놀고 있었고 우리의 경로를 즉시 알아채거나 심지어 미리 예측하는 것처럼 보이기도 했다. 그리스인 선원들도 기쁜 마음으로 그렇게 해석을 한 듯하다. 아폴로Apollo는 신탁을 실현하기 위해 육지로 갈 때 돌고래의 형상을 취했다. 그러한 이유로 그가 도착한 곳에는 〈돌고래dolphin〉와 같은 어원을 가진 〈델포이delphi〉라는 이름이 붙여졌다.

돌고래가 고대로부터 물려받은 기억 속에 우리와 친척 관계라는 사실이 들어 있을까? 돌고래와 인간이 공동의 조상을 가지고 있는 것은 사실이다. 물론 후에 가계도가 복잡하게 갈라지긴 했지만 말이다. 5천만 년 전으로 거슬러 올라가면 고래도 짝수 개의 발굽을 가진 유제류와 관련이 있었으며 해변에서 수륙 양용의 생활을 했다. 그들은 왜 다시 바다로 돌아갔을까? 바다와의 신의를 지키기 위해서 그랬을까, 아니면 선견지명이 있어서 그랬을까?

바다로 돌아간 이야기를 하다 보니 문득 나는 바다에 왜 그렇게 끌리는 것인지, 또 어쩌다 지금 허물어진 벽을 통해 해협을 쳐다보고 있는 것인지를 생각하게 되었다. 바다에 매혹된 것으로 말하자면 내가 처음도 아니고 유일하지도 않다. 바다는 수많은 작가를 유혹했다. 시인은 기꺼이 바다를 상징으로 삼았고 소설가는 상상으로 바다를 가득 채웠다. 19세기에 산업용 기계를 돌리는 데 필요한 고래기름을 얻기 위해 포획되던 고래는 고대 지도에서 바다 괴물로 묘사되어 있었다.

고래잡이를 묘사한 대표적인 고전이라고 할 수 있는 허먼 멜빌Herman Melville의 『모비 딕Moby Dick』은 훈련용 배의 서가에도 꽂혀 있었다. 멜빌은 흐르는 물과 삶의 유사점을 찾아내는 능력이 뛰어난 작가이다. 그는 다양한 포경선에서 자신이 직접 겪은 경험을 바탕으로 이 작품을 썼다. 나는 배 위의 생활이 어떻게 묘사되었는지에 대한 기억을 되살리기 위해 다시 한번 책을 빠르게 훑어보았다. 그는 고래에 관한 생물학 책을 닥치는 대로 읽었고 한 실화에서 영감을 받아 『모비 딕』을 썼다.

이 책이 출판되기 약 30년 전에 포경선 에식스호는 자기 가족이 작살을 맞는 것을 목격한 후 분노한 향유고래의 공격을 받았다. 그 고래는 먼저 꼬리로 배를 세게 친 다음 머리로 받았고 마지막으로 50톤에 달하는 몸을 배를 향해 던졌다. 배가 침몰하기 전에 선원들은 몇 개의 항해 도구와 비상 식품을 챙겨 구명정 한두 개에 몸을 실었지만, 얼마 가지 않아 그들이 사냥하던 고래만큼이나 취약한 상황에 놓이게 되었다. 어쩌면 그들은 고래보다 더 취약했을 수도 있다. 전혀 익숙지 않은 환경이었기 때문이다. 15미터 높이의 파도가 배 위로 솟구치다가 쏟아졌고 소금물에 젖은 건빵을 먹고는 참을 수 없는 갈증에 시달렸다. 사방이 바다였지만 포유류가 마셔야 살 수 있는 담수는 지구상에 존재하는 물의 1퍼센트밖에 되지 않는다.

선원들은 다른 사람들도 두려워하기 시작했다. 가까운 섬에 살고 있을지도 모르는 식인종이 그들을 사냥감으로 삼을 가능성도 있었다. 결국 조난을 당한 선원들은 무인도에 도착해 잠시나마 구원을 받는 듯했지만, 그곳에서 먹을 수 있는 것이라면 모조리 다 먹어 치우는 바람에 얼마 가지 않아 다시 바다로 나서게 되었다. 그리고 마침내 그들은 서로를 잡아먹기 시작했다.

물론 『모비 딕』에 대한 관심은 소설이 가진 상징성에 쏟아진 것이었지, 상세한 고래잡이 과정과는 아무 상관이 없었다. 과거에 하얀 고래를 만났을 때 다리 한쪽을 빼앗긴 선장 아합에게 그 고래는 구약에 등장하는 바닷속 괴물 리바이어던에 못지 않은 사악한 존재였다. 그러나 멜빌 자신의 시각은 다른 듯하다. 일부에서는 아합을 가차 없이 이윤만 좇는 인간상의 상징으로 보고 바로 그것이 그의 몰락의 원인이라고 보는 해석도 있다.

바다를 주제로 삼은 소설을 쓴 19세기 작가는 멜빌 외에도 많지만 개인적인 경험을 바탕으로 삼지는 않았다. 당시에는 바다를 낭만적으로 보는 것이 곧 시대정신이었고 바다에 사는 생물에 관해서 거의 알려진 바가 없었기 때문에 오히려 자유로운 상상이 가능했다. 빅토르 위고 Victor Hugo는 『바다의 일꾼들 Les Travailleurs de la mer』에서 문어를 사람을 공격하는 초자연적인 괴물로 그렸다. 한편

쥘 베른Jules Verne은 『해저 2만 리*Vingt mille lieues sous les mers*』에서 문어를 네모 선장의 잠수함을 공격하는 생물로 등장시켰는데 공상 과학적인 책의 테마에 안성맞춤으로 보인다.

그러나 묘하게도 대중의 상상력을 더 자극한 것은 문어를 비롯한 두족류를 연구한 생물학자들의 사실적 보고서였다. 보고서에 등장하는 두족류는 진정으로 다른 세상에서 온 생물 같은 느낌을 주었다. 나도 호기심이 바짝 일었다. 평범하지 않은 것은 새로운 시각을 갖는 데 도움이 되기 때문이다. 두족류는 심지어 생명의 역사와 관련된 특징이 있는 듯하다.

수백 종에 달하는 두족류는 저마다 나름의 특징을 가지고 있다. 가장 몸집이 큰 대왕오징어는 길이가 14미터나 되고, 가장 오래된 두족류인 조그만 앵무조개는 5억만 년을 거의 변화하지 않은 채로 고대의 잠수함처럼 부력을 조정해 가면서 바닷속에서 길을 잃지 않고 살아왔다. 그들 중에는 주변 환경에 녹아들 수 있는 기술을 가진 종도 있어서 갑자기 넙치나 뱀, 혹은 산호 조각 형체로 변신을 하기도 한다.

하지만 가장 놀라운 두족류는 팔이 여덟 개가 달린 문어다. 문어는 심장이 세 개인 데다 귀족처럼 피가 푸른색*이고, 뇌는 아홉 개, 사방을 탐지하는 데 능숙한 팔은

---

* 유럽에서는 신분이 높은 사람을 가리켜 〈파란색 피blue-blood를 가졌다〉는 표현을 쓴다.

여덟 개 아니, 보기에 따라서 여섯 개의 팔과 두 개의 다리를 가졌다. 어떤 의미에서 각 팔은 모두 자기 나름의 세상을 이루고 산다. 문어의 팔은 시각 세포, 촉감 수용체, 냄새와 맛을 감지하는 발달된 감각, 그리고 일종의 단기 기억 능력까지 갖추고 있어서 독립된 개체가 무엇인지에 대한 개념의 한계에 도전장을 던진다.

문어가 여러 부면을 가지고 있다는 사실은 부인할 수 없다. 수족관에 사는 문어는 팔을 사용해 퍼즐을 맞추고 병뚜껑을 열고 코르크 마개를 여는가 하면, 자기 쪽으로 던져진 물건을 호기심에 찬 눈으로 살펴본다. 또 관찰력이 뛰어나 다른 문어의 문제 해결 방법을 보고 빨리 학습을 한다. 기억력도 좋아서 어떤 사람이 불쾌하게 굴었는지 어떤 사람이 먹이를 주었는지도 기억을 한다. 자기를 살피고 있다는 것을 알기 때문에 수족관의 방문객을 짜증스럽게 대하는 경향이 있는데, 어떤 수족관에 있는 문어는 돌을 쌓아 바리케이드를 치기도 하고 코코넛 껍질을 가지고 다니다가 그 밑에 숨기도 한다. 어항에 갇혀 있는 문어가 위쪽에 달린 전등에 물을 뿜으면 합선이 되어서 불이 나가고 평화로운 암흑이 찾아온다는 사실을 알아차린 사례도 있다. 심지어 어항 유리에 돌을 던진 녀석도 있었고 기민한 몸과 머리를 동원해 탈출하는 데 성공한 녀석도 있었다. 뼈가 없는 몸을 한껏 가늘게 만들어 어항 뚜껑에 난 틈을 비집고 바깥으로 나온 다음 바닥까지 기어가서 하수관을 통해 바다로 탈출한 것이다. 다른 문어들도 잇따라 탈옥에 성공했다. 어떤 문어는 밤마다 탱크에서 나가 방을 가로질러 게가 잔뜩 든 어항으로 들어갔다. 맛있는 게로 배부른 식사를 하고 나면 착실하게 자기 어항으로 돌아갔기 때문에 수족관 직원은 전혀 영문을 모르고 있었다. 그러다가 결국 방에 카메라를 설치한 후에 이 범죄 행각의 전모가 드러났다.

문어는 기억을 동원하고 그것을 바탕으로 계획을 세워 복잡한 행동을 감행하는 능력을 발휘해, 현재 자기가 처한 상황의 한계를 극복하고 그곳에서 탈출할 능력이 있다. 이로써 문어의 상당한 지적 능력을 짐작할 수 있다. 나는 이런 이야기가 공포 영화보다도 더 재미있었다.

그럼에도 불구하고 문어는 지적 능력에 관한 인간의 이론에 딱 들어맞지는 않는다. 인간의 이론은 우리 자신의 적성을 묘사하는 데 최적화되어 있기 때문이다. 고래에 대한 지식만 해도 어느 정도까지는 인간의 이론을 적용할 수 있지만, 문어가 등장하면 그 이론 자체가 무색할 정도로 힘없이 무너지고 만다. 보통 우리는 유아기에 상당 기간 동안 부모의 돌봄을 받고, 사회생활을 하며, 수명이 비교적 길고, 다양한 환경에 적응하는 것을 지적 능력의 전제 조건으로 간주한다. 이 중에 어느 것도 문어에게는 적용이 안 된다. 수명이 짧은 문어는 수십만 개의 알을 조심스럽게 돌보다가 굶어 죽기 때문에 자손에게 지혜를 전달할 수 있을 정도로 오래 살지 못한다. 문어는 반사회적이며, 종마다 그들이 진화하고 적응한 자연환경에서 벗어나지 않고 살아간다. 인간의 이론을 가장 부끄럽게 만드는 부분은 이 영리한 문어가 연체동물문에 속한다는 사실이다. 이것은 문어보다 해삼이 인간과 더 가까운 친척이라고 말하는 셈이다. 지적 능력은 진화 과정에서 여러 경로로 발달을 했고 따라서 종에 따라 서로 다른 방식으로 발현이 된다. 반향 위치를 측정하는 능력이 돌고래뿐 아니라 박쥐에게도 발현하듯이, 문어와 까마귀 둘 다 영리하다. 진화는 명확한 목표점이나 고점이 없이 문어의 팔처럼 여러 갈래의 가지를 뻗어 나갈 뿐이다. 그 모든 갈래가 생명이 얼마나 놀라운 방식으로 존재할 수 있는지를 보여 준다.

갑자기 바람이 불어와 오두막에 덮어 놓은 파란 방수포가 휘날렸다. 펄럭거리는 그 소리는 여럿이 힘을 합쳐 훈련용 배의 돛을 빠르게 내릴 때 나던 소리와 비슷했다. 돛은 배의 갑판만큼이나 컸고 배는 바다에 사는 가장 큰 짐승에 견줄 만했다. 물의 부력 덕분에 배의 크기가 커질 수 있었을 뿐 아니라 물에 사는 동물의 크기도 커질 수 있었다. 흰긴수염고래는 태초부터 지금까지 지구상에서 산 동물 중에 가장 큰 크기를 자랑한다.

나 또한 흰긴수염고래의 거대함에 매료되었던 때가 있었지만, 최근 들어 그들의 크기에만 너무 많은 관심이 쏠린 것은 아닌가 하는 생각이 들기 시작했다. 흰긴수염고래는 작고도 작아서 잘 보이지도 않는 먹이를 먹으며

150톤에 달하는 몸을 키운다. 그 먹이는 고래만큼 카리스마가 넘치지는 않을지도 모르지만, 그들이 없으면 바다가 존재할 수 없을 만큼 중요하다. 미세한 크기의 생명이 가장 커다란 생명과 동등한 균형을 이루고 있기 때문에 그 중요도에 있어서는 같은 무게를 지닌다.

흰긴수염고래의 먹이는 물의 흐름에 따라 떠다니는 플랑크톤이다. 물고기 유생, 게, 홍합, 불가사리, 따개비류 등이 모두 동물 플랑크톤이 될 수 있지만 가장 흔한 것은 크릴이다. 흰긴수염고래는 하루에 4백만 마리의 크릴을 쉽게 먹어 치우기 때문에 녀석들에게는 엄청난 수의 크릴이 필요하다. 몇 마일에 걸친 크릴 떼의 규모는 어떤 새나 곤충도 넘보지 못한다. 『기네스북』에서는 우주에서도 관측이 가능한 크릴 떼를 〈가장 규모가 큰 동물 군집〉으로 기록했다. 한 무리의 크릴 떼에는 내 몸 안의 세포 수만큼 많은 수의 크릴이 있을 수도 있다.

이런 식의 무리를 일종의 〈초유기체〉로 간주할 수 있을까? 영어에서 크릴을 표현할 때는 항상 복수형을 쓴다. 단단히 뭉쳐 있는 크릴 떼에서 개체를 하나하나 떼어 내어 생각하기가 힘들기 때문이다. 바닷속을 다 함께 떠다닐 때 그들은 작은 다리를 모두 하나의 리듬에 맞추어 일사불란하게 움직인다. 크릴 떼를 연구하던 한 과학자는 자기를 관찰하기 위해 불현듯 무리에서 빠져나온 크릴 한 마리를 맞닥뜨렸다. 그 크릴은 몇 센티미터 길이밖에 되지 않았는데, 검은 눈과 앞을 향한 안테나 덕분인지 호기심이 꽤 있어 보였다. 완전히 다른 과에 속한 두 개체는 서로에 관해 궁금한 마음으로 눈과 눈을 마주쳤다. 그 순간 몸의 크기는 아무 상관이 없었다.

나는 크릴을 음식으로 접했다. 나에게 크릴을 판매했던 어부는 게 느낌이 약간 가미된 새우 같은 맛이 날 것이라고 했다. 그러나 내 뇌리에 새겨진 것은 크릴의 맛이 아니었다. 그날 저녁 어둑어둑한 실내에서 크릴을 먹기 위해 앉았는데 음식이 형광빛을 발했다. 생물 발광이었다. 나는 마치 깊은 바다에 앉아 있는 듯했다.

사실 크릴에게는 깊고 어두운 바닷속이 가장 안전하다. 그곳에서는 죽은 바다 생물의 조각들이 눈처럼 살포시 내린다. 황혼 녘이 되어서야 위험을 무릅쓰고 바다 표면 가까이로 올라가 그들보다 더 작은 플랑크톤을 먹는다. 그들이 먹는 플랑크톤 중에는 밥숟가락 하나에 수백만 개체가 담길 정도로 작은 크기도 있다. 바로 그리스어로 〈식물phyton〉이라는 뜻을 지닌 단어에서 이름을 붙인 〈피토플랑크톤phytoplankton〉, 즉 식물 플랑크톤이다. 식물이라는 이름이 붙었지만 뿌리나 이파리는 없다. 그 대신 조류라고 부르는 거대한 계에 속해 있다. 그들은 우리의 것과는 완전히 다른 그들만의 세상을 이루고 산다.

조류에는 놀라운 점이 참 많다. 수십만 종이 있지만 대부분 아직 발견되지 않은 상태인 데다 서로 매우 다르고 다양하기 그지없다. 어떤 것은 현미경으로 보아야 할 정도로 작고 어떤 것은 길이가 60미터에 달하고 또 어떤 것은 바다에 불이 난 것처럼 빛을 발한다. 블래더랙 같은 조류는 보름달이 뜬 6월 밤에 난자와 정자를 구름처럼 퍼뜨린다. 한편 자기 몸의 붉은 색소를 패류와 산호에게 남기는 것도 있고 물고기에게 오메가-3 지방산을 공급하는 것이 있는가 하면 부패하면서 독성을 내는 것도 있다. 바다 말고 갯벌이나 샘물, 호수에 사는 조류도 있다.

한때 나와 삶을 공유한 적이 있는 생물학자는 담수 조류 전문가였다. 나는 그가 호수에 있는 조류를 보러 갈 때 가끔 따라나섰다. 호수에는 고래잡이나 바다의 낭만과는 정반대의 분위기가 풍겼다. 우리는 고요하게 노를 저어 꽃이 피는 호수 변을 따라가면서 생명의 녹색 원류를 찾았다. 작은 물고기 아래로 호수 바닥이 슬쩍슬쩍 보였고 노에서 반짝이는 물방울이 떨어지며 물에 동심원이 그려졌다. 시간이 멈추어 선 듯했다. 그 조류 전문가는 뱃머리에 엎드려 수중 관측경으로 물속을 들여보았고 그럴 경우에 노는 나에게로 넘어왔다. 마치 보물찾기를 하는 것처럼 그가 호수 바닥에서 무엇인가를 무작위로 길어 올릴 때마다 그의 구부러진 등은 기대로 넘쳤다. 샘플이 든 작은 병으로 뱃전이 채워졌다. 그 조류들 중 많은 것이 나중에 현미경 아래에서 보석 같은 아름다움을 뽐냈다.

물이 낳은 최초의 자식들이 이런 모습이었을까? 조류는 바다 생물의 먹이 피라미드에서 가장 기초를 이룰 뿐 아니라 지구상에서 가장 오래된 생물 중 하나이기도 하다. 햇빛에서 영양분을 흡수하며 수백만 년의 시간을 조용히 지낸 조류는 이산화 탄소를 탄소와 산소로 변화시켜 현재 우리가 숨을 쉴 수 있도록 대기를 만들어 냈다.

생명이 약 40억 년 전쯤 생겨났다는 점을 감안하면 그 일이 어떻게 일어났는지를 확실히 알기는 힘들다. 번개가 치면서 생긴 에너지가 수소와 암모니아, 메탄을 유기물질로 변화시킨 것이 서로 반응했을 수도 있지만, 그와 같은 사건이 대양저에서 화산이 폭발하면서 생겼을 수도 있다. 어느 쪽이 되었든 간에 대부분의 사람은 그 일이 바다 밑 뜨거운 물이 나오는 곳 근처 혹은 수온이 높은 호수에서 일어났을 것이라고 믿는다. 물이 필수 요소이기 때문이다.

고대에는 물방울을 떨어뜨려서 시간을 측정하는 물시계가 있었다. 나는 그것이 참 적절한 은유라고 생각했다. 시간이 흐르면 그 물방울은 바위를 깎고 온 바다를 채울 수도 있다. 에너지와 수분이 미세한 점막에서 만나 생명의 동이 틀 때 그 배경이 된 것도 물방울이었다.

이 세포들은 비록 1밀리미터의 수천 분의 1 크기에 불과했을지라도 생명의 필수 요건인 신진대사, 움직임, 의사소통을 모두 갖추고 있었다. 우리가 많이 들어 본 단어들이 아닌가? 집집마다 그리고 날마다 반복되는 삶의 필수 요건도 바로 이런 것들이 아닌가? 사람은 영양을 보충하기 위해 먹고, 다양한 일을 하기 위해 움직이며, 다른 사람과 의사소통을 하거나 창밖을 바라본다. 그것이 바로 시골집에서 지내는 동안 내가 날마다 반복한 일이었다. 그 순간 갑자기 나는 우리 오두막과 세포 사이에 있는 믿기 어려우면서도 희망적인 유사성을 발견했다. 오두막과 마찬가지로 세포 역시 방 한 개짜리 집에 구멍이 숭숭 뚫린 벽을 가지고 있으며, 그 벽이 투과성이 높다는 사실 자체가 핵심적인 발전으로 향하는 길이 되었다. 더 단순한 세포, 그러니까 박테리아가 구멍을 통해 세포 속으로 들어갔다. 하지만 그 손님은 모범 하숙생이 되어서 연료 공급을 도왔고 그 덕에 세포는 방 크기를 늘릴 수 있었다.

그와 비슷한 일이 우리 오두막에서 벌어질 가능성은 별로 없다. 세포의 세계에서 이 변신은 엄청나게 오랜 시간에 걸쳐 벌어졌기 때문이다. 그렇지만 일단 외부의 영향을 받아들이면서 세포는 새롭고 광활한 다음 단계로 향하는 길에 스스로 발을 들여놓았고 결국 식물의 출현이 가능해졌다.

세포는 다른 방식으로도 결합을 한다. 그중 한 가지 예가 바다 바닥에 사는 구멍이 숭숭 뚫린 해면이다. 그러니까 죽은 다음에는 우리가 설거지할 때 쓰는 수세미로 변신하는 녀석들 말이다. 살아 있는 해면을 망에 눌러 통과시키면 조각조각으로 다 부스러지고 말지만 그것들을 모아 물에 담그면 다시 합쳐지며 부서지기 전의 해면으로 돌아간다. 그 작은 조각들은 재결합을 진정으로 원하는 듯하다. 한편 해면 조각을 작게 뜯어내면 새로운 해면이 된다. 아마도 자체적으로 재생산을 하는 모종의 시스템을 가지고 있는 것 같다.

이런 수수께끼 같은 현상들 속 어디인가에서 생명이 탄생했다. 세포는 개미만큼이나 사회적인 성향이 강한 것으로 밝혀졌다. 점막을 통해 다른 세포와 물질을 교환하고 단백질의 도움을 받아 의사소통도 한다. 세포 간의 의사소통은 우리에게 지대한 영향을 준다. 그 덕분에 우리가 살아 있을 수 있다. 살아 있는 모든 것처럼 나 역시 세포로 만들어졌다. 그 세포는 물에 새겨진 언어를 구사하고 그 언어는 지구상의 모든 존재가 공유하고 있다. 우리는 모두 생명의 근원을 몸 안에 품고 있다.

베란다가 쌀쌀해지기 시작했고 나는 차를 한잔 마시러 부엌으로 갔다. 냄비에서 김이 모락모락 피어오르는 모습을 보면서 나는 물이 바다에서 구름으로, 비에서 얼음으로 문제없이 변신을 하는 것에 관해 생각을 했다. 물은 살아 있는 모든 것과 우리가 먹는 모든 것, 심지어 말라빠진 비스킷이나 크리스프브레드 조각에도 전부 들어 있다. 생명의 기초라고 할 만한 것이 있다면 그것은 바로 물이다.

나는 찻잔을 들고 글을 쓰는 공간으로 들어간 다음에 온기가 빠져나가지 않도록 문을 닫았다. 네 개의 벽이 세포처럼 나를 감쌌다. 아주 적절하다는 느낌이 들었다. 생명이라는 작품은 세포라는 언어로 쓰였다. 하지만 생명 자체를 어떻게 묘사할 수 있을까? 생명은 일관된 서술이 가능한 이야기가 아니다. 이야기꾼은 원칙적으로 이야기가 옆으로 새는 일을 피한다. 그러나 생명, 그리고 삶은 늘 옆으로 새는 이야기로 이루어져 있다. 세포는 사방팔방으로 소통을 하고 다양하기 그지없는 그들의 알파벳을 섞어서 사용한다. 첫 번째 알파벳에는 화학적 요소를 표시하는 107개의 글자가 들어 있고, 두 번째 알파벳에는 세포에 든 모든 염색체를 표시하는 글자가 들어 있으며, 세 번째 알파벳에는 DNA 나선 구조의 무한한 조합을 형성하는 네 개의 기본 요소를 대표하는 글자가 들어 있다. 인간이 쓰는 알파벳의 단순한 선형 순서로는 이 방대한 정보를 담을 방법이 없다.

그럼에도 불구하고 나는 생명이 써놓은 이야기를 이해하고 싶었다. 그 이야기가 내가 태어나기 30억 년 내지 40억 년 전에 시작되었다고 해보자. 그 후로 각각 몇백만 년 동안 일련의 챕터들이 이어졌을 것이다. 어떤 챕터는 다른 챕터보다 사건이 더 많이 일어났을 터이니 나는 머릿속에서 책장을 빨리 넘겨 5억 4천만여 년 전 캄브리아기 챕터에서 일단 걸음을 멈추었다.

그때쯤이면 이미 대륙판의 이동으로 인해 내가 지금 앉아 있는 곳에 따뜻한 지하수 연못이 만들어지고 그곳을 산호초가 장식하고 있었을 것이다. 이것들은 조류와 공생 관계를 통해 색소를 얻는 꽃처럼 생긴 작은 자포동물의 외골격이다. 매년 한 번씩 보름달이 뜬 밤에 그들은 정자와 난자를 내보내 새로운 유충의 외골격이 산호초를 키우게 한다. 다른 지역에서는 산호초가 지구상에서 가장 큰 구조물로 자리 잡으며 바다 생물의 4분의 1에게 서식지를 제공했다.

쥐며느리와 비슷하게 생긴 선사 시대 생물인 삼엽충 또한 이에 못지않게 큰 유산을 남겼다. 세상의 다른 생물은 그들의 외모에서 큰 인상을 받지 못했을지라도, 세상 자체를 처음으로 본 것이 바로 삼엽충일 수도 있다. 당시만 해도 눈은 새로 생긴 신기한 것이었기 때문이다. 삼엽충의 눈은 여섯 개의 면을 갖추고 있는데 이는 나중에 등장할 곤충과 유사하다. 그리고 수정체가 맑은 방해석 프리즘으로 되어 있었기 때문에 일부가 보존되어 지금까지 남아 있다.

물을 처음 발견한 것이 삼엽충이라는 말은 아니다. 원근감과 균형감을 제대로 갖추고 사물을 보기 위해서는 비교할 수 있는 지표와 거리감이 있어야 한다. 그러나 수천 종에 달하는 삼엽충류가 바다를 지배한 3억만 년 동안에는 삼엽충이 물을 보는 방식인 분광 파노라마 시각이 주류를 이루었다. 생명을 가진 다른 모든 것과 마찬가지로 삼엽충 역시 죽었고 그 후에 칼슘이 풍부한 눈을 포함해 몸 전체가 대양저로 가라앉아 이미 그곳에 있던 달팽이와 산호초 등과 같이 쌓였다. 수백만 년 동안 이렇게 퇴적되며 형성된 석회암은 지구 역사의 시계에서 1초 정도에 해당하는 짧은 기간 사이에 피라미드, 대성당, 도로, 비료, 치약 등이 되었다. 그 안에는 오래전에 지구에서 살았던 생명이 세상을 보았던 최초의 눈이 들어 있는 것이다.

　나는 화석과 바다의 역사와 여름의 기억이 깃든 그릇이 놓인 창틀에 찻잔을 내려놓았다. 산호초와 완족류 화석 바로 옆에는 그것들보다 훨씬 어린 달팽이 껍질이 놓여 있었다. 겹겹이 홈이 파인 예쁜 껍질이었다. 홈은 달팽이가 살아온 생을 기록한 아름다운 달력이다. 한 송곳고둥은 어렸을 때 내 마음을 사로잡은 층계참의 대리석에 새겨져 있던 나선형 무늬와 비슷했다. 고동치는 고대의 시간이 그대로 느껴지는 듯했다. 그 대리석 안에 들어 있던 화석은 4억 년 전에 살았던 두족류의 일종인 직각조개였다.

　그즈음이 바로 바다가 물고기로 가득 차기 시작한 시기였다. 물고기도 중요한 신제품을 장착하고 등장했다. 뇌와 몸 사이의 예민한 신경 섬유를 보호하는 척추가 바로 그것이다. 그 물고기에서 파충류, 조류, 포유류가 모두 진화했다. 수천 년 전에 그리스의 자연 철학자 아낙시만드로스도 화석을 연구할 때 생물종 사이에 연관성이 있을 수 있다고 추측을 했다. 나 또한 생명에 관한 사색을 할 때 내 눈 바로 앞에 화석이 있었다. 내 책상 근처의 벽에는 돌 안에 보존된 활기 넘치는 작은 물고기 화석이 걸려 있었다. 그 물고기는 내 조상 중 하나였다.

　그날 오후 허기진 내 배를 채워 준 것도 물고기였다. 벽이 썩었다는 소식을 듣고 황급히 시골집으로 오느라 먹을 것을 제대로 챙기는 일을 잊었지만, 팬트리를 뒤져 보니 비상식량의 고전으로 간주되는 품목이 갖추어져 있었다. 바로 마스터 브랜드의 정어리와 청어 통조림이었다. 각각 한 개씩밖에 없었지만 그 정도면 충분했다. 정어리와 청어 모두 내가 제일 좋아하는 생선이다. 나와 생선 취향이 비슷한 사람이 많을 텐데, 두 생선 모두 북유럽의 문화적 전통에 굳건히 자리 잡고 있기 때문이다.

소금에 절인 청어는 배뿐 아니라 육지에서도 1천 년이 넘도록 북유럽인의 주된 먹거리 노릇을 해왔다. 바이킹은 소금에 절인 청어를 항해할 때 먹었다. 세월이 흐른 후에 청어는 한자 동맹에서 중요하게 거래되는 상품이 되었는데, 청어 떼가 다른 곳으로 이동을 하자 동맹 자체가 완전히 와해되어 버리기도 했다. 생각을 하다 보니 최근 몇십 년 사이에 청어 떼가 점점 더 드물어지고 있다는 생각에 닿았다. 아마 최근의 사태는 현대적 어업으로 인해 인간이 바다에서 물고기를 거의 진공청소기처럼 빨아들이고 있기 때문일 것이다. 그렇다면 어쩌면 정어리 통조림을 먹는 쪽이 나을지도 모르겠다.

정어리는 남유럽 문화의 일부이며, 여기에는 정어리를 가공 포장하는 것까지도 포함되어 있다. 고대에는 소금에 절인 정어리를 암포라*에 저장했지만 로마 제국이 멸망한 후에는 튼튼한 나무통이 사용되었다. 그 후 나폴레옹이 벌인 전쟁들 덕분에 양철 깡통이 등장할 수 있었다.

* 고대 그리스나 로마에서 쓰인 큰 항아리.

수십만 명에 달하는 군인을 위해 운반이 편한 야전 식량이 필요했기 때문이다. 처음에는 끓는 물에 담갔다 꺼낸 유리병에 생선을 담아 병조림했지만, 나중에는 철로 된 상자와 납으로 된 뚜껑으로 이루어진 용기를 사용했다. 그러나 금속 용기는 무겁고 열기가 힘들어서 곧이어 용기를 여는 데 필요한 작은 열쇠 모양의 도구가 달린 양철 통조림이 발명되었고 이는 큰 성공을 거두었다. 세계 일주에 나서는 선원들은 모두 정어리 통조림을 가지고 선박에 올랐기 때문에 정어리는 그 어떤 물고기보다 더 멀리 여행을 한 물고기로 꼽힌다.

한편 전 세계 바다에서 세력을 키우며 주도권을 확보해 가던 영국 선박은 청어를 잡아 선원 식량으로 사용했다. 마치 나폴레옹 전쟁이 작은 물고기를 통해 계속되는 느낌마저 든다. 사실 정어리와 청어는 크게 다르지 않다. 실제로 16세기에 게스너는 정어리와 청어를 구분하는 데 어려움을 겪었다. 정어리가 청어과에 속하기 때문이었을 것이다. 나도 발트해에 사는 작은 청어와 북해에 사는 더 큰 청어는 서로 다른 스웨덴어 이름 — 각각 스트룀밍 strömming과 실sill — 으로 불린다고 배웠지만, 이제는 두 종류 모두 두 바다에서 산다고 한다. 기후 변화는 정어리를 북쪽으로 내몰아 북해까지 가도록 만들었다. 그리하여 서로 다른 어종이 섞이게 되었다. 마스터 브랜드의 정어리 통조림을 자세히 보니 그 사실이 더 분명해졌다. 내용물 표기란에 정어리가 아니라 〈스카르프실skarpsill〉, 다

208

시 말해 정어리나 청어의 또 다른 친척인 유럽 스프랫이라고 적혀 있었다. 이로써 정어리와 청어 중에 어떤 것을 먹을 것인지에 대한 고민은 자연스럽게 해결이 되었다.

깡통에서 〈정어리-청어〉를 꺼내 크리스프브레드 위에 가지런히 얹으면서 나는 녀석들이 살아 있을 때에는 과연 어떤 모습이었을지를 상상해 보았다. 크기를 따지면 크릴과 그보다 더 큰 물고기 중간 정도이다. 그들은 1킬로미터에 달하는 커다란 타원형 모양의 은색 구름처럼 무리를 지어 바닷속을 넘실거린다. 또 저마다 수천 개의 비늘처럼 모든 것을 반사하는 덕분에, 바닷속에서 거의 눈에 띄지 않게 다니면서 한쪽으로 방향을 틀면 표면에서 쏟아지는 빛이 되비치고 다른 쪽으로 방향을 틀면 깊은 물속의 어둠을 흡수한다. 무리에서 가장자리를 차지한 물고기는 음식에도, 그리고 포식자에도 가깝기 때문에 번갈아 가며 그 위치에 선다. 그들은 서로 플랑크톤을 찾거나 고래나 물개, 바닷새 혹은 더 큰 물고기 같은 위험을 감지하는 데 도움을 준다. 무리에 속한 멤버 하나하나는 공동체의 다른 성원과 교감을 하고 있기 때문에 그중 몇 마리가 잡히면 이웃 물고기는 마치 공감을 하듯 심장 박동이 빨라진다. 그들이 죽지 않고 완전히 성장할 확률은 1만 분의 1밖에 되지 않지만, 일단 그렇게 살아남으면 15년 동안 살 수도 있다. 심지어 25세나 된 청어가 발견된 적도 있다. 그렇기 때문에 정어리 통조림 안에는 다양한 인생을 겪은 물고기가 들어 있을 확률이 매우 높다.

접시에 남은 정어리-청어의 기름을 씻는 동안 손을 타고 흐르는 물의 감각이 내 안에 있는 무엇인가를 깨웠다. 생각해 보면 나도 물고기와 마찬가지로 65퍼센트가 물로 이루어진 존재가 아닌가. 그 물을 계속 보충해 주어야 하기 때문에 마당에 있는 우물이 가장 중요하다. 하지만 내 몸 안에 든 것은 사실 바다의 물과 같다. 눈물과 땀과 점액의 짠맛에는 바다가 들어 있고, 내 생애의 첫 부분을 보낸 양수에도 마찬가지다.

아마도 나는 그곳에 계속 머물러 있고 싶었던 듯하다. 태아는 태어나기 전에 자궁 경관 쪽으로 몸의 방향을 틀도록 되어 있지만 나는 고집스럽게 옆으로 누워 있었다. 옛날식 전화기의 수화기처럼 나는 그렇게 누운 채로 밖에서 들리는 소리에 귀를 기울였다. 그 소리는 내가 익숙해진 작은 원시의 바다에서 나는 소리보다 더 날카로웠다. 배 속에 나는 엄마의 몸을 너무 무겁게 만들었고 엄마와 나는 함께 썩어 가는 부두 판자를 뚫고 아래로 빠지기까지 했다. 바다는 분명히 나를 강하게 끌어당겼다.

그러나 일단 공기 중으로 나오자 나는 물에서 느끼는 안전한 감각을 모두 상실하고 말았다. 요트 반에 들어가기 위해서는 수영 자격증이 필요했기 때문에 나는 수영 강습을 받아야만 했다. 그즈음 나는 물을 꽤 무서워했지만 수영 자격증을 따려면 다이빙을 해야만 했다. 탄력성이 높아 휘청거리는 도약대에 선 나는 현기증으로 온몸이 마비되었다. 그곳에서 물로 뛰어드는 일은 한때 엄마

배 속의 양수를 떠나는 일만큼이나 큰 도전이었다. 나 같은 포유류는 익사를 할 수도 있지 않은가. 내 몸이 마침내 물의 표면을 가르며 들어가는 순간은 존재론적 시험처럼 느껴졌다. 그것은 생명과 죽음을 동시에 의미하는 환경과의 조우였다.

　물고기들 중 나의 조상들도 익숙지 않은 환경으로 첫발을 내딛기 전에 오래도록 망설였다. 어류가 바다에 자리를 잡는 사이에 다른 형태의 생명체는 이미 육지로 올라가 퍼져 나가기 시작했다. 이번에도 땅에 처음 등장한 조류는 서서히 지구에 희망찬 녹색 빛을 가져왔다. 그다음으로 모습을 드러낸 양치류와 석송문이 데본기의 지구 대기에 산소량을 늘렸다. 그와 동시에 돌도 씹어 먹는 강철 같은 식성을 가진 균류 덕분에 토양의 질이 좋아졌다. 균류는 산으로 암석 표면을 녹이고 뿌리를 뻗어 무기질을 흡수했다.

　바다의 산호초처럼 육지의 균류도 조류와 동맹을 맺으며 조류에게서 태양의 에너지를 받았다. 그렇게 새로운 범주의 식물인 지의류가 등장할 수 있는 환경이 마련되었다. 지의류도 바위 표면을 부드럽게 만드는 산을 활용했고 그 덕분에 지구 곳곳에 이끼가 자랄 수 있었다. 땅은 점점 더 생물이 살기 좋은 곳으로 변화해 나갔다. 어류와 폐어가 서서히 바다에서 육지로 올라와서 작은 진드기와 거미류와 함께 살았다.

그 후 수백만 년 동안 벌어진 기후 변화로 인해 해수면이 올라가고 내려가기를 반복했다. 침엽수림에서는 거대한 잠자리가 날아다니고 썩은 식물로 가득한 늪지대에서는 석탄기를 주름잡은 1미터가 넘는 노래기를 닮은 절지동물이 등장했다.

그러다가 페름기에 건조 기후와 지진이 발생해 대량 멸종이 이루어졌는데, 이때 바다 생물의 90퍼센트가 사라졌다. 삼엽충도 그렇게 없어졌지만 피부가 두꺼운 일부 파충류종은 살아남았다. 그중 한 종의 후손이 포유류의 조상이 되었다. 또 다른 종은 이후 1억 5천만 년 동안 지구 전체를 호령한 공룡을 낳았다. 1억 5천만 년은 삼엽충이 바다를 지배한 세월과 비슷하다. 그 기간 동안 포유류의 조상은 공룡이 잠든 밤에만 겨우 밖으로 나올 용기를 내는 뾰족뒤쥐 크기만 한 동물로 진화했다.

지금으로부터 6천 5백만 년 전에 소행성이 지구와 충돌하면서 전환기를 맞았다. 충돌로 인한 잔해가 몇 달 내내 햇빛을 가렸고 공룡을 포함한 전체 생물종의 절반 이상이 멸종했다. 그러나 깃털이 난 종 하나와 뾰족뒤쥐를 닮은 포유류의 조상은 살아남았다. 드디어 그들은 숨어 있는 대신에 밖으로 나올 용기를 냈다.

오두막의 부엌 창문에서는 데본기부터 지구상에서 살아온 거미가 집을 짓고 있었고 밖에서는 공룡의 후손이 나무에 앉아 지저귀고 있었다. 나는 오래된 소나무와 양치류와 지의류가 살고 있는 바깥으로 나갔다. 그 식물들의 발밑에는 바다의 침전물과 오래전에 사라진 산의 조각이 깔려 있었다. 이끼 안에는 현미경으로만 보이는 완보동물이 기어가고 있을 것이다. 육안으로는 볼 수 없는 다리가 여덟 개 달린 미슐랭 맨 말이다. 완보동물은 건조한 환경과 극단적으로 높거나 낮은 온도, 진공 상태, 고압, 방사능 등에 대한 강한 저항력을 가진 덕분에 다섯 번에 걸친 대량 멸종에서 살아남았다. 그들에게는 그 모든 죽음과 파괴의 물결에도 굴하지 않는 고집스러운 생명력이 있었다.

그런 생명력은 어디서 온 것일까? 그것은 작고도 작은 완보류보다도 더 작은 DNA의 분자를 통해 후손에게 전달되었다. 기억과 미래는 DNA의 이중 나선 구조 안에서 서로 손을 맞잡고 있다. 완전히 펼치면 2미터에 달하는 DNA의 이중 나선은 생명의 역사를 기록한 연대기다. 아주 작게나마 DNA의 일부는 태초부터 존재했다.

DNA 안의 모든 것은 초소형으로 적혀 있다. 예를 들어 나에 대한 정보는 지름이 1밀리미터밖에 되지 않는 수정란에 모두 들어가 있지만 그 정보를 글로 적어 책으로 만들면 부피가 25세제곱미터는 넘을 것이다. 새 세포가 만들어질 때마다 모든 정보는 복제된다. 세포 몇 개는 내 심장을, 다른 몇 개는 내 뇌를, 또 다른 몇 개는 내 척추를 만든다. 그 안에서 수천 가지의 화학 작용이 활발히 일어난다. 모든 세포는 기적처럼 각자의 역할을 제대로 해낸다. 각각의 세포는 퍼즐 조각처럼 약간 다른 표면을 가진데다 모든 유전자가 이미 세포의 핵에 든 염색체에 존재한다는 사실 덕분에 이 작업이 조금 더 쉬워진다. 따지고 보면 나는 5억 년 동안 전해 내려온 오래된 이야기의 일부이다. 비록 이야기가 복제될 때마다 약간의 새로운 변형이 생기기는 하지만 말이다.

내가 태아로 지내는 동안 진화는 앞으로 빠르게 감는 것처럼 진행되었다. 수정란이 분할을 시작하자마자 진화 과정도 깜빡거리며 돌아가는 만화경처럼 속도를 냈다. 얼마 가지 않아 나는 새순처럼 보였다가 올챙이가 된다. 꼬리가 있다가 없어지고 아가미는 중이와 후두, 턱의 일부로 변한다. 모든 일이 진행되는 동안 세포는 계속해서 몸의 부분을 더하기도 하고 없애기도 한다. 처음에는 손이 조개 모양이었지만 나중에는 다섯 개의 가지가 나오고 그 사이에 물갈퀴가 생겼다가 금방 사라지면서 손가락이 갖추어진다. 온몸이 비슷한 과정을 거친다. 모든 세포가 언제 발달을 하고 언제 분할을 하고 언제 죽을지를 알고 있다. 다른 세포와 교감을 하고 있기 때문이다. 결국 태아기에 내 몸에 있던 세포의 90퍼센트가 전체의 이익을 위해 죽는다. 영생을 꿈꾸는 암세포만이 다른 세포를 무시하고 영원히 분할을 계속할 뿐이다. 그 생각을 하면 죽어 간 모든 세포를 향한 고마운 마음이 배가된다. 그들이 남긴 유산과 그들의 죽음이 지금의 나를 창조했다.

생명의 유구한 과거를 바로 어제처럼 느끼면서 앉아 있다가 전화가 울리는 바람에 나는 깜짝 놀랐다. 작업반장은 일을 중단하고 다음날에 돌아오겠다고 했다. 그와 통화를 마친 나는 갑자기 현실의 순간에 직면했다. 결국 벽 문제를 상의하기 위해 시골집으로 온 것 아닌가.

하지만 혼자만의 시간을 보내게 되어 기뻤다. 지금 상황을 온전히 실용적인 각도가 아닌 다른 면에서 볼 수 있는 기회였기 때문이다. 시간에 대한 시각을 넓히면 맥락을 이해할 수 있는데, 이로써 인간의 문제가 얼마나 사소한 것인지를 깨닫게 된다. 지구를 덮친 재난은 물론 썩은 벽과는 완전히 다른 규모의 사건이다. 그것은 비록 시간이 걸리긴 하지만 새로운 것이 도래할 수 있는 길을 닦았다. 지질학자들에 따르면 성서에 등장하는 유명한 홍수마저 수백만 년 동안 지속되었을 가능성이 있다.

기나긴 생명의 역사에 대한 개괄적인 이해를 돕기 위해 모든 과정을 일주일로 줄여서 설명할 수 있을 것이다. 지구가 된 불타는 덩어리가 일요일 밤에 만들어졌다면 첫 생명은 화요일에 태어났다. 사이아노박테리아 혹은 남세균이라 부르는 이 생명체들은 토요일까지 지구를 독차지한다. 토요일이 되어서야 해양 동물이 출현한다. 그러다 두 번째로 돌아오는 일요일부터 갑자기 바빠지기 시작한다. 일요일 아침에는 육지에 첫 식물이 나오고 몇 시간 후에 양서류와 곤충이 나타난다. 오후에는 거대 파충류가 지구를 점령하고 그로부터 30분 후에 포유류가 모습을 드러내며 네 시간 내내 공룡의 그림자에서 살아간다. 저녁 식사 시간 무렵에 새가 보이고 자정이 되기 직전에 영장류가 나무를 탄다. 마지막 날 자정을 알리는 종이 치기 30초 전에 초기 인류가 두 발로 걷는다. 즉 인류의 역사는 1초도 되지 않는 찰나에 벌어진 것이다.

우리는 이렇게 마지막 순간에 이곳에 도착했다. 생명의 역사는 인간과 지구상의 모든 생명체가 공유하는 것으로 인간이 독점할 수 없다. 그 역사는 셀 수 없이 많은 종과 과와 개체의 이야기로 가득하다. 그들이 아니었으면 인간의 역사도 많이 달라졌을 것이다. 다른 생물도 인간의 역사에 공헌을 하고 영향을 주기 때문이다.

안콜소는 사냥하기가 어려운 짐승이었다. 그러나 8천 년 전에 이 근육질의 동물을 길들이는 데 성공한 후부터 그들의 후손은 짐을 끌고 낙농을 하기 위한 가축이 되었다. 그들은 인류가 농업을 처음 시작한 밭에서 힘들게 일했다. 그들은 먹을 것을 사냥하기보다 다른 일을 하는 데 시간을 써야 하는 사람으로 가득한 농장에서 식량이 되어 주었다. 그 결과 인구가 늘었고 그에 따라 사회를 조직할 필요가 생겼다. 소중한 동물과 식물에 상당히 의존했기 때문에 수메르인은 그것을 기록할 문자를 만들었다. 말은 통신, 그리고 전쟁을 통한 정복을 가능케 했다. 또 말이나 양털 등은 물물 교환을 통한 시장 경제를 탄생시키며 보라색 조개껍질과 누에, 상아뿐 아니라 청어와 고래기름으로도 큰돈을 벌 수 있게 되었다.

말의 힘을 화석 연료로 대체할 수 있게 되면서 인류 역사상 가장 극적인 변화가 일어났다. 화석 연료는 고대 생물의 기억을 품고 있다. 왜냐하면 석탄은 석탄기의 식물이 부패해서 만들어진 퇴적물에서 생겼고, 원유는 수십억의 조류와 플랑크톤, 동물이 고대 대양저에 압축되어 축적된 것에서 생겼기 때문이다. 그들의 화석에 불이 붙어 타면, 그들이 지구를 활보하던 시대부터 지금까지 수백만 년의 세월이 뭉쳐 있다가 폭발을 해서 순식간에 세상을 변신시키는 듯한 느낌이 든다. 농경 사회가 산업 사회로 변화하면서 바다에는 범선 대신 컨테이너선과 유조선이 오가게 되었다. 이제는 그 배들을 움직이게 만드는 석유를 얻기 위해 점점 더 깊은 곳을 파고들어야 한다. 가끔 수십만 톤의 원유는 모든 것이 시작된 바다로 탈출하기도 한다.

친구들과 함께 나도 그런 사건을 가까이에서 목격한 적이 있다. 유조선 한 척이 발트해에 너무 많은 원유를 유출시키는 바람에 그것을 청소하는 데 도움이 필요했고 우리도 보탬이 되고 싶었다. 우리는 외부 군도까지 데려다줄 군용 헬기에 앉아 마치 군인처럼 싸울 태세를 갖추었다. 창문으로 내려다보니 공작새의 깃털 같은 색이 바다 위에 펼쳐져 있었다. 늘 보아 온 파도의 색과는 너무도 달랐다.

헬기가 착륙한 작은 섬의 바위들은 시커먼 곤죽이 되

어 있었다. 기름을 삽으로 퍼서 자루에 담아야 했지만 아무리 삽으로 긁어도 바위 표면에서 기름이 떨어지지 않았다. 바위틈으로 스며들고 꽃에 범벅이 되어 어찌할 수가 없었다. 알을 낳기 위해 둥지를 만드는 새의 깃털에 기름이 한 방울이라도 묻으면 그 새는 살아남지 못한다는 사실을 우리는 알고 있었다.

때는 1980년대였다. 우리가 살고 있는 지질 시대를 부르는 새로운 용어가 막 나온 참이었다. 이전까지 사용되던 〈완신세holocene〉는 〈완전하다holo〉라는 뜻을 지닌 그리스어에서 따온 것이다. 새로 제안된 용어는 〈인류세anthropocene〉로 〈인간anthropo〉이라는 뜻을 지닌 그리스어에서 따온 것이다. 이름을 바꾸게 된 이유는 인류에 대한 경의가 아니다. 인류세 전까지 지구에 생긴 모든 재앙은 지구라는 행성 자체가 발작을 일으키거나 소행성 같은 외계로부터 온 힘에 의해 발생되었다. 그러나 이제 인간은 점점 더 가속화되는 격렬한 혁명의 배후에 있으며, 혹독한 그 대가는 생태계에서부터 기후에 이르기까지 모두가 함께 치루어야 했기 때문에 그런 이름이 붙여진 것이다.

시커먼 곤죽으로 범벅이 된 바위섬에 서서 나는 그림자로 가려진 미래를 보았다. 내가 읊는 시에 등장하는 바다는 여전히 생명을 창조한 물방울과 신비로운 힘에 의해 사르가소해로 이끌린 물고기에 대한 경외의 결과였다. 그러나 그 바다 표면 바로 아래에는 핵 잠수함이 도사

218

리고 있었고 대양저에는 수십만 년 동안 치명적인 방사선을 뿜어 낼 감손된 핵연료가 쌓여 있었다. 암세포처럼 확장만을 추구하는 경제 성장으로 인해 시간에 대한 감각은 죽어 버리고 말았다.

검은색 바위들을 목격한 그날로부터 수십 년이 지났지만 당시의 경고는 하나도 빠짐없이, 그리고 부인할 여지도 없이 모두 현실이 되고 있다. 부패한 유기체들을 어두운 죽음의 영역에서 꺼냈을 때 지구의 역사가 전환점을 맞이한 듯했다. 원유로 플라스틱을 만들 수 있게 되자 1분에 15톤의 플라스틱이 바다에 버려졌으며, 플라스틱은 조각조각 나서 물고기에서부터 시작해 먹이 사슬 전체를 타고 올라가 수백만 마리의 바닷새뿐 아니라 수천 마리의 고래, 거북이, 물개를 죽였다. 원유로 에너지를 만들 수 있게 되자 1분에 1천만 리터의 원유가 연소되며 대기 중에 이산화 탄소가 쌓이고 온실 효과가 심해지고 모든 것이 더 뜨거워졌다. 갑자기 세계 인구의 3분의 1이 물 부족을 겪는다는 소식이 들렸다. 그와 동시에 빙하가 녹아 해수면이 상승하고 해변 지역을 위협했다. 또 생물종이 과거보다 1천 배 빠른 속도로 사라지는 탓에 지구 역사상 여섯 번째 대멸종을 맞이하게 될 것이라는 경고도 나왔다. 지구 생태계의 주도권을 쥐게 된 인류는 우리의 오늘을 만든 프로메테우스Prometheus의 불이 이제 우리를 겨냥해 타오르기 시작했다는 사실을 서서히 깨닫고 있다. 특히 인류 문명을 탄생시킨 강 유역에서 우리가 지금 어디로 향하고 있는지를 알려 주는 명확한 신호를 볼 수 있다. 대홍수가 다가오고 있다는 메시지를 이미 받았으니 우리 모두 각오를 해야 한다.

사위가 어둑어둑해졌다. 그러자 해협의 배들은 불을 켰고 주변이 반짝이기 시작했다. 나는 마당을 가로지르다가 하늘에서 어떤 빛나는 점이 움직이고 있는 모습을 보았다. 아마 지구 궤도를 돌면서 감시를 하거나 소리 혹은 영상 등을 전송하는 수많은 위성 중 하나일 것이다. 어떤 위성은 그다지 내키지 않는 승객을 싣고 우주로 날아가기도 했다. 굉장히 더운 우주 캡슐을 타고 비행을 떠난 우주견 라이카도 그중 하나였다. 그 후에도 달팽이, 딱정벌레, 나비, 귀뚜라미, 말벌, 거미, 파리, 물고기, 개구리, 거북이, 쥐, 유인원, 고양이 등 수천 마리의 동물이 위성을 타고 지구 궤도를 돌았다. 과학자들은 지구가 더 이상 살 수 없는 곳이 되었을 때 이 모든 동물이 우주에서 어떻게 살아갈지를 알고 싶어 했다.

부엌에 들어간 나는 어둠을 물리칠 손전등을 찾았다. 창고 선반 어딘가에 바다와 해변에서 나의 동반자가 되어 준 슬리핑 백이 있을 것이었다. 슬리핑 백은 선반 맨 뒤쪽에 자리한 상자에 있었다. 그때 얼핏 움직이는 무엇인가가 보였다. 나는 손전등에서 나오는 원추형 불빛에 고마운 마음이 들었다. 아마도 사람이 잠을 자는 밤에만 나와 돌아다니는 동물인 듯했다.

바람이 거세지기 시작하자 벽이 세 개밖에 되지 않는 집을 덮고 있는 방수포가 돛을 올리고 먼바다로 나가고 싶기라도 한 듯 펄럭거렸다. 나는 글을 쓰는 공간으로 돌아와 슬리핑 백 속으로 들어가다가 다시 한번 훈련용 배가 떠올랐다. 그 배에 타서 훈련을 받고 있을 당시에는 내가 어디인가로 향하고 있다는 느낌이 들었는데, 어찌 생각하면 그것이 사실이었던 듯하다. 넓은 시각으로 보면 살아 있는 모든 생물은 이미 지나간 시간과 기다리는 시간 사이의 흐름 속에 있으니 말이다.

좁은 슬리핑 백에서 뒤척이다 보니 결국 내 시각은 다시 좁아지기 시작했다. 그래야만 했다. 다음 날 아침이 되면 일꾼들이 돌아올 것이기 때문이다. 허물어뜨린 벽을 다시 지어 올리면 상황이 나아질까? 따지고 보면 생명은 구멍이 숭숭 뚫린 세포의 벽 덕분에 진화했다.

아마도 내 시야가 낮 동안 더 확장이 된 듯했다. 문제를 머릿속에서 뒤집어 보며 집을 조금 다른 방식으로 보게 되었으니 말이다. 오두막의 본체는 나중에 추가한 부엌과 비스듬한 각도로 자리 잡고 있었다. 따라서 벽 하나를 더 세우고 그 위에 지붕을 얹으면 방을 하나 만들 수 있었다. 벽이 세 개밖에 없겠지만 그것으로도 충분했다.

물이 보이는 베란다가 바로 우리가 필요한 공간이었다. 그런 베란다라면 오두막 안에 갇혀 있을 때보다 더 넓은 시각을 가질 수 있게 될 것이다. 바다에는 우리와는 다른 감각과 다른 노래를 지닌 생물이 살고 있다. 그들은 나름의 방식으로 우리 못지않게 훌륭하다. 그 생물들 아래에 깔린 수십억 개의 모래 알갱이는 사라져 버린 풍경의 증거다. 생명의 역사가 마리아나 해구만큼 깊다면 인간의 시대는 표면에 뜬 거품에 불과하다. 그럼에도 불구하고 우리는 너무도 심각하게 지구상의 모든 생명을 위협하고 있어서 서둘러 다음 시대로 넘어가지 않으면 안 될 지경에 이르렀다. 우리는 재앙을 맞아야만 비로소 방향을 바꾸게 될까?

자명종이 째깍거리는 소리 사이로 바람이 흐느끼며 해협 위를 지나가는 소리가 들린다. 나를 낳았고 여전히 내 안에 있는 바다 왕국에 편치 않은 파도가 치고 있다는 소식을 알리는 것이다.

5
야생의 땅에 깃든 힘

썩은 벽을 대체하는 일은 시간이 걸리는 작업이었다. 집의 모든 면이 연결되어 있다는 사실은 점점 더 명백해졌다. 결국 마루의 일부를 뜯어내야만 했기 때문이다. 새로 세운 벽에 소켓을 달기 위해 벽 아래로 새 전기선을 깔았다. 전기공들이 온 김에 바깥채까지 전선을 연결해 설치하기로 했다.

그들이 처음 작업을 시작한 곳은 어둡고 좁은 공간이었다. 겨우겨우 그 공간으로 비집고 들어간 다음에는 〈엎드려쏴〉 자세로 일해야 했고, 마루 밑에서 두 사람이 대화를 나누면 밖에서는 웅얼거리는 소리만 들렸다. 얼마 후에 그 두 사람은 마루 밑에서 기어 나왔고 다시 1미터 높이밖에 되지 않는 펌프실로 들어가 바깥채 전기를 담당하는 두꺼비집을 설치하기로 했다. 마당을 가로질러 전선을 설치하는 작업은 식은 죽 먹기보다 쉬울 것이라고 기대를 했는데 알고 보니 제일 어려운 작업으로 판명이 났다. 지형상 중장비 없이 삽으로 흙을 파야 했지만 그곳은 척박한 토양으로 이루어져 있었기 때문에 전기공이 감당할 수 있는 일이 아니었다. 결국 마당을 가로질러 도수관을 놓고 그 안에 전선을 설치하기로 했다. 나중에 도수관을 묻을 수도 있었기 때문이다. 하지만 도관 매립 공사를 하기 위해 우리 마당을 방문한 첫 일꾼이 곧바로 그 공사를 할 수 없다고 거절한 것을 미루어 보면 쉬운 일은 아닌 듯했다.

전기는 현대식 생활의 상징이며 나는 결국 바깥채에서도 전기를 쓸 수 있게 될 것이라고 생각했다. 나는 마당에 랜턴을 설치해서 저녁에 불을 켜는 모습을 상상했다. 짙게 깔린 어둠은 문명 너머의 미지의 땅을 연상시킨다. 바로 그런 이유에서 많은 이웃이 밤새 불을 끄지 않았다. 그 때문에 별을 볼 수가 없는데도 말이다. 사람들은 도시처럼 불을 밝힌 시골을 좋아한다.

나도 그런 사람일까? 나라고 해서 딱히 야생의 자연을 갈구하는 사람은 아니다. 야생의 자연과 나와의 관계에 관해서는 늘 두 갈래의 마음을 지니고 있다. 작가로서 나는 정확하고 명료한 언어를 좋아하지만 즉흥적인 충동이 언어에 활기를 불어넣어 살아 숨 쉬게 만든다는 사실도 잘 안다. 칼 요나스 로베 알름크비스트Carl Jonas Love Almqvist의 작품 『오르무스와 아리만Ormus och Ariman』은 이런 나의 마음을 잘 담고 있다. 오르무스는 질서 정연한 신으로 매일 모든 것을 조직하고 계획하는 데 반해 아리만은 예측 불가능한 신으로 밤마다 오르무스가 계획한 내용을 모두

뒤바꾼다. 그 결과는 마음이 동요하고 색다르면서 묘하게 아름다웠다.

〈야생wild〉이라는 개념 자체도 모호하다. 어떤 때는 자유롭거나 적막한 것을 묘사하기도 하고 어떤 때는 길들여지지 않거나 폭력적인 것을 가리키기도 한다. 다른 언어에서 이 단어가 또 다른 연상 작용을 일으키는 경우도 있다. 프랑스어로 〈야생〉은 〈소바주sauvage〉라고 하는데, 이 단어는 야생의 생물종을 의미하기도 하지만 은둔자를 묘사할 때도 사용된다. 어쩌면 그 둘은 연관된 개념일지도 모른다. 야생 동물도 보통 독립적으로 은둔해서 살기 때문이다.

헨리 데이비드 소로Henry David Thoreau가 월든의 외딴 숲에 오두막을 지은 이유도 바로 거리감을 가지기 위한 것이었으리라. 그곳은 걸어갈 수 있을 정도로 도시가 가까이에 있었기 때문에 야생의 자연은 전혀 아니었지만 공동체의 범위 바깥에 존재하기는 했다. 그는 야생 동물과 친근하게 지내면서도 동시에 정적 속에서 자신의 생각에 집중할 수 있었다. 그가 발견한 모든 것은 소로 자신이 제작에 한몫한 도구, 즉 소로의 아버지의 연필 공장에서 개발한 연필을 사용해 기록했다. 주변 사람들은 그가 모든 것을 버리고 숲으로 들어가 게으름을 피우겠다고 말하자 놀랐다. 그러나 그는 숲속에서 함께 지낸 그 어떤 동물보다 더 분주하게 시간을 보냈다. 야생 동물과 마찬가지로 그는 날마다 혼자서 사냥에 나섰다. 온 감각을 집중해야 하는 일이었다. 다시 말하자면 전형적으로 작가다운 생활을 한 것이다.

굴착기가 도착하기로 대충 약속이 되어 있었기 때문에 나는 시골집에 더 머무르며 서류들을 처리하고 있었다. 하지만 며칠이 지나도록 굴착기 기사가 나타나지 않았다. 다른 일이 생긴 듯했다. 나는 예측이 불가능한 일에 대해 꽤 이해심이 많은 편이다. 가끔 내 글쓰기에도 예측 불가능성이 밀어닥치기 때문이다. 간혹 이 미지의 변수 X 가 등식에서 가장 중요한 역할을 하는 것이 아닐까 하는 생각이 들 때도 있다.

예측 불가능성은 집 안에서뿐 아니라 마당에서도 점점 더 빈번히 벌어지는 현상이 되었다. 개미를 부엌 밖으로 유인하기 위해 봄에 내놓은 설탕 그릇이 어느 날 밤에 사라졌다. 바깥에 둔 도자기로 만든 작은 새와 신발 한 켤레도 같은 운명이 되었다. 누가 가져갔을까? 담을 세우지는 않았지만 금이 없다고 해서 내 영역을 이렇게 침해하는 일은 받아들이기가 힘들었다. 혼자 있을 때도 누군가가 집 밖에서 돌아다니는 듯한 느낌이 들었다.

어느 날 바위 언덕 위를 걸어가는 남자를 보았다. 처음 보는 사람이었다. 나는 서둘러 그에게 다가가며 외쳤다. 「안녕하세요!」 그는 약간 당황해서 자신이 이웃집을 방문하려고 하는데 마당의 경계가 어디인지 알 수가 없었다고 설명을 했다. 그는 동물들이 낸 길을 따라 걷고 있었다. 그가 그 길을 가리키며 말했다. 「여기 먼저 와서 산 것은 이 녀석들이죠. 여기 사는 사람들은 동물들이 낸 길 위에 집을 지어 버린 거예요.」

물론 맞는 말이었다. 동물의 영역은 재산의 구획보다 오래되었으며 완전히 다른 개념의 경계였다. 그것은 공간과 시간이 만나서 땅에 그어지는 기억의 표식이었다. 이 땅의 진정한 주인은 이 땅의 상세한 특징을 모두 감각하고 그 안에서 사는 야생 동물이었다.

그들은 또한 이 땅을 지키는 파수꾼이기도 했다. 자기 영역을 알리는 새의 커다란 울음소리를 듣지 않는 것은 불가능하다. 영역 싸움은 보통 같은 종들 사이에서만 벌어진다. 그래서 나는 우리 마당 위로 여러 종이 각각 표시한 자신들의 영역이 사실상 중복되어 겹쳐 있을 것이라고 짐작을 했다. 동작 감지기처럼 민감한 동고비는 움직이는 모든 것에 반응을 하기 때문에 녀석들의 소리가 자주 들렸다. 네발짐승도 꽤 있는 듯했다. 나도 수노루가 암노루를 쫓아 언덕을 뛰어가는 장면을 목격하기도 했다.

다람쥐의 영역 보존 본능이 강하다는 사실을 우리는 이미 말할 것도 없이 잘 알고 있다. 어느 날 저녁에는 다람쥐가 몰래 마당을 지나가는 불청객이 있다고 알려 주기도 했다. 나는 반쯤 공사가 끝난 베란다에 앉아서 글을 쓰고 있었는데, 그녀가 베란다 근처에 있던 자작나무 위에 앉아 꼬리를 이리저리 휘두르면서 화난 듯이 재잘거리기 시작했다. 다람쥐가 북쪽을 보고 있어서 나도 그쪽으로 고개를 돌렸다. 그러자 불그스레한 갈색 꼬리가 공유지 쪽으로 사라지는 모습이 보였다. 그 복슬복슬한 꼬리는 여우의 것이었다.

그 순간 나는 우리 집에서 몇 가지 물건을 훔친 범인을 알아차릴 수 있었다. 당연히 여우는 〈내 것〉과 〈네 것〉을 구분하지 않으며 유용한 것이라면 모두 자기 것으로 간주한다. 인간이 자연을 대할 때 취하는 태도와 그리 다르지 않다. 게다가 마당은 여우 땅의 일부인 것 같으니 우리는 이웃이었다.

그렇게 여우를 처음 보게 된 후부터 나는 점점 여우에 대한 생각을 많이 하게 되었다. 상대에게 호기심을 가진 것은 나만이 아닌 듯했다. 꼭 블루베리처럼 생긴 여우 똥은 집 근처 나무등치는 물론 돌 틈에서도 보이기 시작했는데, 그 흔적은 점점 더 집 쪽으로 가까워지고 있었다.

도수관을 묻어 줄 사람이 끝까지 나타나지 않았고 나는 결국 짐을 싸며 오두막집을 떠날 준비를 했다. 떠나기 전날 저녁은 따뜻했기 때문에 나는 다시 한번 글을 쓰기 위해 베란다 지붕 아래에 앉았다. 생각에 잠겨 멍하니 앉아 있다가 무엇인가가 다가오고 있는 것이 힐끔 보였다. 나는 고개를 들었고 그러다 펜이 바닥으로 떨어졌다. 여우가 풀밭을 건너며 다가오고 있었다. 몸집이 크고 회색 털이 섞여 난 모습이 꼭 늑대 같았다. 나와 눈이 마주치자 여우는 오히려 성큼 앞으로 다가왔다. 반쯤 열린 녀석의 입에 미소가 떠오른 듯했다.

순식간에 내 혈압이 치솟는 것이 느껴졌다. 보통 야생 동물은 사람에게 다가오지 않고 피하는 쪽을 선택한다. 혼란에 빠진 나는 여우에게 오지 말라는 의미로 손을 들었다. 여우가 슬로 모션의 속도로 느릿느릿 돌아섰다.

자정이 한참 지나고 나서 잠자리에 들었을 때 공유지 쪽에서 캥캥거리는 여우 소리가 들려왔다. 다음 날 아침 나는 여우가 문 앞에 두고 간 명함을 발견했다.

〈야생〉에 대한 문제는 여우의 방문 이후에 나에게 더 시급한 것이 되었다. 야생은 자연에만 있는 것이 아니었다. 어릴 때는 〈야생〉, 즉 〈와일드〉라는 개념을 미국 개척 시대의 서부를 가리키는 〈와일드 웨스트〉와 연관 지어 생각을 했다. 원주민과 백인이 왜 싸우는지, 또 수 민족이 누구인지 전혀 몰랐지만 말이다. 사반세기가 지난 후에 나는 그 당시 반려자와 함께 그들을 만나러 갔다. 아메리카 원주민에 대한 기록을 모아 출간할 계획이었기 때문이다.

미국 대륙은 19세기 이후 많은 변화가 있었다. 그때만 해도 미시시피강 서쪽은 모두 〈와일드 웨스트〉라고 불렸다. 미합중국으로 병합되기 전까지 서부로 대거 몰려간 이주민은 그 지역을 정복해야 할 야생의 땅 이상으로 보지 않았다. 1890년대에 그곳이 미합중국의 일부가 되고 나서야 와일드 웨스트 시대가 끝났다. 대단원의 막을 내린 것을 기념하기라도 하듯 미합중국의 육군은 운디드

니에서 아메리카 원주민을 대학살했다.

아메리카 원주민은 공기와 마찬가지로 땅도 모두에게 속한 것이므로 소유할 수 없다고 보았다. 수 민족의 오글랄라족은 오랫동안 대초원을 자유롭게 누비고 살면서, 들소에게서 얻은 고기와 가죽을 식량, 티피 천막, 의복의 재료로 삼았다. 따라서 들소는 세상을 이루는 필수적인 요소로 간주되었다. 그러나 19세기 대초원에 경계가 생기고 철도가 놓이면서 원주민이 활보해 온 땅은 갈라지고 말았다. 몇 년이 채 지나지 않아 6백만 마리나 되는 들소마저 군인, 철도 건설 노동자, 백인 사냥꾼 들에 의해 몰살을 당했다. 소위 〈평원 인디언〉으로 알려진 사람들이 살던 넓은 땅은 사라지게 되었다. 그 대신 미 정부는 흙이 너무 척박해서 작물을 기를 수도 없는 지역에 아메리카 원주민을 정착시켰다. 그곳에서 광물을 채굴할 수 있다는 사실이 밝혀지자 그 약속마저 내팽겨쳐 버렸다.

원주민 보호 구역을 두고 미국에서만 이런 식의 일이 벌어지는 것은 아니었다. 크리스토퍼 콜럼버스Christopher Columbus가 미 대륙까지 항해를 한 후에 백인 식민주의자들은 그들이 가는 곳마다 원주민을 예속시켰다. 전 세계에 걸쳐 비슷한 일이 일어났다. 스웨덴도 사미족에게 똑같은 일을 저질렀다. 아메리카 원주민과 다른 점이 있다면 사미족의 사연이 널리 알려지지 못해서 문화적으로 힘을 발휘하지 못했다는 것뿐이다.

1970년대에 새로운 아메리카 원주민 세대가 역사적

불의와 부패한 인디언 보호국Bureau of Indian Affairs에 대해 항의를 했다. 오글랄라족은 원주민 학살이 벌어진 운디드 니를 점령한 채 항거를 했고 그 후에 파인 리지 보호 구역에서도 봉기가 계속되었다. 그곳이 바로 나와 내 반려자가 향한 곳이었다.

버스 종점에서 내려서 보호 구역까지 걸어가려는 우리에게 버스 기사가 경고를 했다. 「조심하세요. 원주민은 외부인을 좋아하지 않아요. 보호 구역의 구획선 근처에서 총격 사건도 있었어요.」 우리는 배낭을 내려놓고 어리둥절한 표정으로 서로를 쳐다보았다. 와일드 웨스트가 부활된 것일까? 하지만 무법 행위는 대부분 보호 구역의 바깥에서 벌어지는 듯했기 때문에 우리는 가던 길을 재촉하는 쪽을 선택했다.

우리는 오글랄라족이 총회를 막 시작하려던 참에 목적지에 도착했다. 그들은 우리에게 가까이 다가오면서도 의심의 눈초리를 거두지 못했다. 오래 자세히 살펴보는 그들의 시선이 출입국 심사를 대신했다. 결국 입장이 허락되었다. 우리는 그들과 우정을 나누게 되었고 마침내 어느 날 저녁 종교 의식에 초대되는 영광까지 누리게 되었다.

종교 의식이 거행된 곳은 매우 장식적인 기독교 교회와 완전히 반대되는 분위기였다. 방에는 아무 장식도 없었고 블라인드가 드리워져 있었다. 원주민의 종교에 반대하는 경향이 여전히 팽배해 있던 시기였기 때문이다.

231

모두 모래가 담긴 쟁반 주변에 앉았다. 모래 쟁반은 땅을 상징했다. 모래 위에는 담뱃잎 꾸러미를 끈으로 묶은 것이 올려져 있었는데, 그 끈의 색깔은 〈동, 서, 남, 북, 하늘, 땅〉이라는 기본 방위를 의미한다고 했다. 성스러운 들소 고기도 제단에 바쳐야 하지만 프레리도그 고기로 대신해야만 했다.

　공간이 검소한 것은 아무 문제가 없었다. 지구상의 모든 생명은 어둠 속에서 서로 연결되어 있지 않은가. 불이 꺼지고 주술사의 북소리가 몇 분간 울리다가 읊조리는 기도가 시작되었다. 〈우리의 모든 관계〉를 위한 기도였지만 어느 특정 부족만을 가리키지는 않았다. 오글랄라족의 조상은 들소, 무스, 독수리의 이름을 따서 서로를 불렀다고 했다. 그들은 다윈보다 훨씬 오래전부터 지구상의 다른 생명과 인간의 관계를 이해하고 있었다. 기도자는 존경심을 담아 자주 먹는 동물들을 하나하나 불렀다. 그러자 시간이 느리게 흐르는 듯했다. 마치 그곳의 벽이 서서히 확장되어 드넓은 대초원으로 변한 탁 트인 공간이 거대한 가족을 포용하는 느낌이었다. 얼마 가지 않아 내 다리에는 감각이 사라졌지만 나는 온전하고 한계가 없는 세상을 누비고 있었다. 그 어둠 속에서 나는 〈온전함 wholeness〉과 〈성스러움 holiness〉의 단어가 같은 뿌리를 지녔다는 사실을 깨우쳤다. 모든 것이 연결되어 있고 모든 것이 똑같은 가치를 지니고 있다.

　샐비어꽃 향기가 실내에 퍼졌다. 정화를 위한 물을 담

은 대야가 차례로 전달되었고 모두가 그 물을 마셨다. 이제 성스러운 파이프를 접할 시간이 되었다. 파이프가 내 앞으로 왔고 나는 그것을 받아들였다. 연기를 들이마시면서 어둠 속에서 기도를 전한 입술들이 바로 그 흡입구에 닿았었다는 생각을 했다. 이제 나도 생명의 대가족을 위해 기도를 한 집단의 일원이 된 것일까?

오글랄라족의 의식은 내 안에서 오래 머물렀다. 단순한 이국적인 느낌보다 훨씬 더 깊은 흔적을 남겼다. 그 의식은 내가 다양한 아메리카 원주민 문화에서 발견한 영혼에서 유래된 것이었다. 예를 들어 캘리포니아 피트강의 원주민들 사이에서는 곰 아버지, 영양 어머니, 여우 아들, 메추리 딸이 먼 곳으로 이동을 하다가 대가족의 구성원인 다른 동물을 만나는 이야기가 전해 내려온다. 그중 하나가 치료 주술사인 코요테 할아버지인데, 그는 제멋대로 구는 여우 아들이 자기와 친척 관계라고 생각한다.

아메리카 원주민의 전설에서 코요테는 협잡꾼으로 등장하고 질서 있는 세상의 바깥에 존재하는 듯한 이미지를 가진다. 광대처럼 그는 삶의 규칙을 예상치 못하게 뒤집기도 하지만 사악하지는 않다. 원주민 신화에서 세상을 창조한 존재는 왕 같은 위엄을 갖추고 복수심에 가득 찬 신이 아니라 신비로운 야생의 본질을 구현한 동물이다. 여우도 사기꾼 기질을 지닌 것으로 묘사되기도 하지만 어떤 부족은 여우를 숭배한다. 소로는 이 점을 이해했다. 그에게 여우는 아메리카 원주민과 마찬가지로 자연과 동화한 삶을 백인의 사회보다 더 잘 체화했다고 생각을 했다. 그에게는 여우가 길들여지지 않은 자유를 포기하지 않았다는 사실 자체가 좋은 증거였다.

그해 가을 나는 시골집과 마당을 운명에 맡겨 버렸지만 강추위가 닥친 1월이 되자 오두막과 동물들이 잘 있는지 궁금해졌다. 나는 새 모이 한 자루를 들고 그곳으로 향했다.

마당에 들어서자마자 눈 위에 수를 놓은 듯한 동물들의 발자국이 나를 맞았다. 가볍고 작은 다람쥐 발자국 사이로 여우 발자국, 그리고 노루가 남겨 놓은 갈라진 발굽 자국도 보였다. 배설물이나 나뭇가지를 갉은 흔적과 마찬가지로 동물의 발자국에도 해석이 가능한 정보가 많이 담겨 있다. 나는 아주 최근에 무슨 일이 있었는지 알고 싶었다. 노루가 걷다가 방향을 갑작스럽게 틀면 갈라진 발굽에서 분비물이 나온다는 이야기를 읽은 적이 있다. 이 특징은 자기가 발견한 것에 대해 친척들에게 경고 신호를 남기는 방법이다. 뒤섞인 동물들의 발자국 사이에 숨겨진 메시지가 있지는 않을까?

당연히 우리 마당은 1년 내내 동물들이 남긴 발자국으로 가득할 것이다. 눈이 내리기 전까지 내가 보지 못했을 뿐이다. 들쥐가 단단한 땅 표면 바로 밑에 터널을 여러 개 팠을 텐데, 그중 하나가 집까지 연결된 것이 분명했다. 들쥐 배설물이 싱크대 근처에서 발견되었기 때문이다. 배설물은 걸레 바로 옆 구석에 모여 있었다. 아마 걸레를 매트리스로 쓰면서 화장실과 침대를 깔끔하게 분리해 살았던 모양이다. 녀석들이 오래된 설거지용 스폰지 외에 다른 먹을거리를 찾았다면 전용 식사 장소도 분명 마련했을 것이다. 내가 처음으로 장기간 사귀었던 사람의 집에 살았던 집쥐는 소파 안에 각설탕을 모았다. 한번은 내가 팬트리 문을 열었다가 커다란 눈을 가진 그 집쥐와 딱 마주쳤다. 그날의 설탕 운송 작업을 시작하기 전에 고르곤졸라치즈로 일단 배를 채운 직후인 듯했다. 사랑스러운 녀석이긴 했지만 그 만남 이후 부엌에는 인도적인 쥐덫이 설치되었다.

쥐는 계속해서 먹어야 하는 동물이기 때문에 손 닿는 곳에 늘 음식이 있어야 한다. 그래서 먹을 것이 많은 집이나 헛간에 사는 경우가 흔하다. 안타깝게도 그런 습관이 인간의 눈에는 전혀 사랑스러워 보이지 않는다. 한 곡물 저장 시설에서 하루 만에 7만 마리의 쥐를 죽인 사례를 생각하면 인간이 쥐를 어떻게 생각하는지 잘 알 수 있다.

하지만 인류의 가계도를 거슬러 올라가 보면 쥐와 비슷한 모습의 조상을 만나게 될 것이다. 게다가 인간과 쥐는 DNA의 80퍼센트를 공유할 뿐 아니라 동일한 특징도 많다. 예를 들어 쥐는 극도로 사회적인 동물이고 초음파 소리로 대화하지 않아도 표정, 몸짓, 냄새 등으로 상대의 감정을 읽어 내는 기술이 뛰어나다. 끔찍하기 이를 데 없는 한 실험을 통해 고통을 받고 있는 동료 쥐를 목격한 쥐는 동정심을 명백히 드러냈다.

쥐의 초음파 소리나 미묘한 표정을 우리가 감지할 수 없는 것은 당연하다. 하지만 그들이 내는 소리를 인간의 귀로 감지할 수 있는 주파수까지 낮추면 새소리처럼 들린다. 새와 마찬가지로 숫쥐는 노래로 암쥐의 호감을 얻으려고 하고 심지어 두 마리의 쥐가 상당히 복잡한 이중창을 부르기도 한다. 노래를 부르는 특성은 새의 노래나 인간의 언어를 제어하는 소위 FOXP2, 언어 유전자로 인한 것인데 쥐도 같은 유전자를 가지고 있다. 언어 유전자가 변이된 숫쥐는 훨씬 단순한 노래밖에 부르지 못해서 암쥐를 유혹하는 데 실패한다.

나는 한때 그들의 작은 우주와 아주 가까웠던 적이 있다. 어릴 때 동생과 함께 일본왈츠쥐 한 쌍을 키울 때였다. 우리는 녀석들을 가족처럼 여겼다. 한 지인은 그들이 편하게 지낼 수 있도록 마분지로 집까지 지어 주었다. 지붕을 들어서 그 안을 들여다보면 그들이 집을 얼마나 깔끔하게 정리해 놓고 사는지를 알 수 있었다. 비록 우리는 녀석들이 신문지를 갉아서 만든 상형 문자를 이해할 수 없었지만 그들도 우리를 이해할 수 없기는 마찬가지였을 것이다. 어쩌면 그들에게는 우리가 언제든지 손을 뻗어 햄스터 쳇바퀴를 돌고 있는 자기를 잡아갈지도 모르는 무서운 주인들이었을 수도 있다. 그럼에도 불구하고 나는 검지손가락으로 녀석들의 털을 쓰다듬어 주는 것으로 내 애정을 전해 보려고 애를 썼다.

그들의 집을 들여다본 다음에 지붕을 다시 얹으려고 아무리 시도해 보아도, 지붕을 다시 얹기가 힘들었던 날의 기억이 가장 선명하다. 녀석의 목이 마분지 지붕과 벽 사이에 낀 것이었다. 죽어 가는 녀석을 손바닥에 올려놓자 쥐의 털이 소용돌이치며 일어나는 것이 보였다. 반 고흐의 그림에 나오는 소용돌이치는 별들이 떠올랐다. 그것은 내가 흘린 눈물이 털에 떨어져 생긴 무늬였다. 쥐와 인간은 그렇게 항상 복잡한 관계를 형성해 왔다.

물론 일본왈츠쥐의 삶은 들쥐의 삶과는 다르다. 일본왈츠쥐는 어린이의 반려동물이 되거나 과학자의 실험 쥐가 되는 운명인 반면 들쥐는 자유로운 삶을 누린다. 하지만 들쥐는 여우 같은 포식자에게 잡아먹힐 수도 있으니 그들의 삶도 걱정투성이다. 자작나무에 걸린 새 모이 그릇을 채우다가 씨앗이 땅에 조금 떨어졌다. 나는 쥐도 그 정도의 불로 소득은 거둘 자격이 있다고 생각을 했다.

쌀쌀한 오두막에서 지내야 하는 나를 위해 잠들기 전에 수프를 만들어 먹었다. 한동안 책을 읽다가 불을 끈 후 나를 둘러싼 침묵에 귀를 기울였다. 어쩌면 나만 그것을 침묵이라고 부르는지도 모른다. 바깥세상은 내가 듣지 못하는 온갖 종류의 신호로 가득할 것이다.

자정 녘에 비명 같은 것이 들렸고 나는 잠에서 깼다. 공유지 쪽에서 들리는 듯했는데 무서울 정도로 야생의 느낌이 나는 소리였다. 그 뒤를 이어 가냘프게 우는 소리가 들렸다. 나는 자리에서 벌떡 일어났다. 저 바깥의 어둠 속에서 무슨 일이 벌어지고 있는 것일까? 틀림없이 모종의 극적인 사건이 벌어지고 있었다. 서로 다른 생명이 생과 사의 갈림길에서 얽혀 있는 그런 사건 말이다. 이번 충돌의 주인공들은 누구일까? 어쩌면 그 여우가 연루되었을 수도 있다. 하지만 상대는 누구일까? 다시 침묵이 돌아오자, 나의 상상력은 마음속에서 각종 끔찍한 장면을 떠올리게 만들었다.

스톡홀름으로 돌아온 후 나는 여우에 관한 자료를 더 많이 읽기 시작했다. 녀석들을 더 잘 알게 되면 야생의 애매한 면에 대해서도 조금 더 이해할 수 있을 것 같았다. 그러나 자료를 읽기 시작하면서 가장 먼저 생각하게 된 것은 인간이 여우를 어떤 시각으로 보아 왔는지에 관한 것이었다. 여우는 동화, 우화, 신화 등에만 악당으로 등장하는 동물이 아니었다. 성서의 아가서에도 포도밭을 해치는 여우를 잡기를 촉구하는 내용이 나온다. 여우는 늘 교활한 짐승으로 묘사되는데 지적 능력을 높이 평가하는 아리스토텔레스마저 그렇게 생각했다. 그 이유가 무엇일까? 녀석들의 〈교활한〉 이미지는 음흉하게 감추는 느낌을 주지만, 사실 여우는 한 번도 자기가 먹이를 노린다는 사실을 감춘 적이 없다. 사람들이 가장 싫어하는 점은 우리가 제어할 수 있는 범위 밖에 있는 여우의 야생성인 듯하다.

여우가 인간보다 한 수 앞선 여우짓을 해야 할 필요가

있는 것은 당연한 일이다. 여우 사냥을 수없이 당하다 보니 굴에서 나갈 수 있는 탈출구를 여러 개 만들고 또 추격자를 혼돈에 빠뜨려 따돌리기 위해 경로를 되돌아가거나 물속으로 뛰어드는 기술을 배우지 않을 수가 없었을 것이다. 사냥의 위협 덕분에 탈출로를 찾는 능력이 더 좋아졌을 가능성도 있다. 어찌 되었든 오늘날 여우는 황량한 사막에서부터 높은 산의 정상에 이르기까지 지구 전역에 퍼져 살고 있다.

여우의 몸 형태는 여러 상황에서 유리하게 작용한다. 다양한 방해물을 만나도 그 아래를 파거나 위를 넘어서 피할 수 있다. 한편 평평하지 않은 지형에서는 발에 달린 잔털이 감지기 역할을 한다. 먹잇감을 사냥할 때는 길고 좁은 몸으로 빨리, 그리고 멀리 달릴 수 있다. 게다가 기습 공격을 감행하기 위해 몰래 기어서 접근할 때에도 용이하다. 여우는 〈마우징 파운스〉라는 이름으로 알려진 동작으로 설치류를 잡는다. 이는 몇 초 동안 땅 밑에서 움직이는 설치류의 소리에 귀를 기울인 다음에 공중으로 1미터 정도 뛰었다가 덮쳐 먹잇감을 잡는 사냥법이다. 이때 꼬리가 방향타 역할을 하기 때문에 설치류가 있는 위치에 정확히 착지를 할 수 있다. 한편 여우가 북쪽을 향하면 지구의 자기장을 이용해 정확한 동선을 계획할 수 있다고 알려져 있다.

하지만 여우의 가장 큰 힘은 융통성이다. 그들은 〈기회주의적〉이라는 꼬리표가 붙은 식생활을 유지한다. 그들의 식생활 역시 신뢰할 수 없는 이미지를 만드는 데 한몫한다. 하지만 도리어 이것을 변화하는 조건에 창의적으로 대처하는 능력으로 보는 것이 맞지 않을까? 여우는 통통한 암탉을 좋아하지만 날마다 닭을 먹지는 않는다. 기회가 오면 그것을 취하고 남은 식량은 나중에 먹을 수 있도록 묻어 두는 것이 당연하지 않은가. 사실 여우의 주식은 작은 설치류이고, 그런 먹잇감이 귀해지면 벌레, 곤충, 시체, 알, 땅에 둥지를 틀고 사는 새, 블루베리, 블랙베리 등을 먹는다. 비상시에는 심지어 버섯, 식물의 뿌리, 풀까지도 먹는다. 잡식 동물의 치아를 가진 덕분이다.

뛰어난 적응력 덕분에 여우는 상당한 이점을 누려 왔다. 떼를 지어 먹잇감을 사냥하는 늑대 무리에게는 넓은 땅이 필요한데 그들의 영역에 인간이 정착을 하면서 늑대는 점점 외곽으로 밀려났다. 이 상황은 여우에게 배로 유리하게 작용했다. 포식자인 늑대가 없어졌을 뿐 아니라 인가에서 먹잇감을 찾을 수 있는 기회가 많아졌기 때문이다. 여우는 그다지 무성하지 않은 몇 제곱킬로미터의 소나무 숲에서도 충분히 잘 살 수 있지만 도시에서는 그야말로 사치를 누릴 수 있다. 사람들이 엄청난 양의 음식을 버리기 때문에 쓰레기통은 그들에게 금광이나 마찬가지였다. 교외 주택가의 정원에는 퇴비 더미와 과실나무, 베리 덤불이 있고, 농촌보다 살충제도 덜하다. 많은 사람이 거주하는 지역에서는 사냥이 금지되어 있는 데다 도시 사람은 농촌 사람보다 여우를 덜 싫어하는 장점까지 있다.

1930년대에 도시화가 진행되면서 영국의 도시 지역으로 여우가 들어오기 시작했다. 20세기 말로 접어들 무렵에는 유럽 전역의 도시에 사는 여우의 수가 수십만 마리로 늘었다. 인간은 어디든지 자기에 맞추어 환경을 변화시키고 또 자연 상태의 소규모 공간을 여기저기에 흩어 놓았기 때문에 동물들은 인간이 사는 곳의 어두운 구석을 차지하며 살아남아야 했다. 도시 주변에서 노루, 토끼, 무스, 비버, 멧돼지 등을 점점 더 흔히 볼 수 있게 되었고 급기야는 북반구에 사는 동물종의 절반이 인구가 밀집된 지역에 서식하기에 이르렀다.

그렇다고 해서 동물 때문에 인간이 밀려나는 것은 전혀 아니다. 1천 년 전까지만 해도 인간과 인간이 키우는 가축은 지구상에 사는 포유류 개체 수의 2퍼센트밖에 되지 않았지만 결국 이 비율은 반대로 뒤집히고 말았다. 인구가 주기적으로 두 배씩 늘기 때문에 인간과 인간이 키우는 가축의 수는 이제 전 세계 포유류의 90퍼센트를 차지한다. 사람의 수도 많지만 수십억 마리의 소와 돼지, 5억 마리의 개, 5억 마리의 고양이 등 가축의 수도 엄청나다. 반면 동물의 왕인 사자는 2만 마리도 되지 않는다. 야생 동물의 거의 절반이 아주 짧은 기간 사이에 사라졌다.

이에 따라 세계 자연 기금World Wildlife Fund의 후원으로 〈재야생화rewilding〉라고 불리는 생태 복원 운동이 일어나고 있다. 유럽 땅의 일부를 다시 야생으로 돌리려는 것이다. 물고기는 물길을 조금 더 쉽게 누빌 수 있어야 하고 야생 동물은 논밭이 있었던 곳에서 새롭게 자기 영역을 찾을 수 있어야 한다. 사실 도시의 1제곱킬로미터당 식량을 생산하고 쓰레기를 처리할 수 있는 개발되지 않은 1백 배의 땅이 필요하기 때문에, 자연에 더 큰 공간을 할애하는 일은 모든 사람의 이익에 도움이 된다.

나도 이 모든 것을 알고 있기는 했다. 하지만 야생의 것에게 개인적으로 어떻게 더 많은 공간을 확보해 줄 수 있을까? 여우를 더 자유로운 종류의 개로 간주할 수 있을까? 여우는 자기 영역에서 평화롭게 살도록 내버려두는 것 말고는 바라는 것이 없었다. 어쩌면 여우가 일종의 안내자가 될 수 있지 않을까? 여우는 자기가 처한 자연환경에 익숙해진 다음 그 안에서 융통성을 발휘해 잘 지낸다. 그리고 모든 가능성을 다 소진한 후에는 앞으로 나아갈 길이 생기기도 전에 그 길을 미리 보는 능력을 가진 듯하다.

나는 4월에 시골집으로 돌아갔다. 봄과 함께 나에게 찾아온 마음의 동요는 자연으로 치유하는 방법이 제일 좋을 듯했고 거기에 더해 시골집 마당의 땅을 파줄 사람이 올 가능성도 있었다. 개방형 창고에서 엄마가 남긴 유품과 전 주인이 남긴 물건을 정리하면서 기다릴 생각이었다.

물론 벽이 세 개인 집과 네 개인 집이 어떻게 다른지에 대해 나도 이미 알고 있었다. 벽이 세 개인 집이 창고인 경우라면 그곳을 많은 동물이 제집처럼 여기는 것도 한 가지 특징인 듯했다. 창고의 캐비닛 위에는 포식자에게 약탈을 당한 새 둥지가 있었다. 또 엄마의 소파 팔걸이가 찢어져 안쪽 내용물이 모두 빠져나와 있었다. 둘 다 고양이의 짓으로 추청되었다. 벽에 기대어 있는 액자를 옮기자 그 뒤에 대여섯 개의 똥 덩어리가 있었다. 고양이가 생각하는 깔끔함은 이런 것일까?

소파에 대한 추가 공격을 방지하기 위해 나는 접이식 의자를 그 위에 올려 두었다. 짜증을 보태서 내 나름대로 영역 표시를 한 것이었다. 그러나 다음 날에 믿기 힘든 광경이 나를 기다리고 있었다. 창고에 들어가자 의자 위에 또 다른 영역 표시가 되어 있었다. 내가 느낀 짜증 못지않은 감정이 담긴 그 답장은 냄새나는 밤색의 물건이었다.

나는 입을 떡 벌린 채 그 뻔뻔스러운 작은 더미를 바라보았다. 나에게 보내는 메시지치고 너무하지 않은가. 그것은 여우의 영역 표시였다. 고양이와 여우가 공동으로 창고를 사용하고 있었을까?

고양이와 여우는 공통점이 꽤 많다. 둘 다 야행성인 데다 예민한 콧수염과 거친 혀, 어둠 속에서도 잘 볼 수 있는 세로 동공을 가지고 있으며, 혼자 사냥을 한다. 그리고 발끝으로 소리 없이 걸을 수 있고, 등을 활처럼 둥글게 만들 수도 있고, 앉거나 잘 때 꼬리로 몸을 감는 습관이 있다. 또 앞발을 이용해 물고기를 잡고, 자기들이 잡은 쥐나

들쥐를 가지고 놀고, 높은 곳으로 올라갈 수도 있다. 심지어 회색여우는 고양이처럼 발톱을 날카롭게 유지하기 위해 발톱을 집어넣을 수 있다. 여우는 갯과에 속하기는 하지만 고양이의 생태적 환경에 적응하는 데 성공했다.

그럼에도 불구하고 두 짐승은 완전히 다른 세상에서 산다. 고양이는 인간이 오로지 즐거움을 위해 기르기 시작한 첫 번째 동물이다. 쥐를 잡기는 하지만 개처럼 사냥을 하거나 집을 지키거나 양 치는 일을 돕지는 못한다. 실내에서는 가구를 잡아 뜯어 안을 다 헤집고 실외에서는 수만 마리의 새를 죽인다. 하지만 우리는 고양이의 모든 나쁜 짓을 기꺼이 용서한다. 녀석들은 밤새 사냥을 겸하며 놀러 다닌 다음에 맛있는 음식을 쌓아 두고 베개나 사람 무릎에서 편히 쉬면 되는 팔자다.

여우도 쥐를 잡을 수 있지만 고양이와는 정반대의 삶을 살아야 한다. 영국에서 여우 사냥을 위해 특별히 훈련된 개까지 동원한다는 사실은 인간이 얼마나 정정당당하지 못하게 여우를 잡아들이는지를 잘 보여 주는 증거다. 나는 즐기기 위한 모든 사냥을 혐오한다. 영국의 여우 사냥법은 훌륭한 영국적 전통, 즉 약자를 응원하는 전통에 침을 뱉는 것이나 마찬가지다. 여우가 약자라면 나는 여우를 응원할 것이다.

그러나 이 여우는 정말이지 나의 인내심을 시험하는 듯했다. 시골집의 목공용 헛간과 언덕 중간에는 나이 든 소나무가 있다. 그 소나무는 혹독한 겨울을 나기 위해 땅에 붙어서 자라다시피 했는데, 거의 수평으로 뻗은 둥치에는 이끼는 물론이고 심지어 작은 가문비나무까지 자라났다. 나는 창고를 나서다가 그 전까지는 보지 못한 것을 발견했다. 뒤죽박죽한 환경 속에서 소나무가 수줍게 꼬아 내린 뿌리 사이에 커다란 구멍이 있었다.

그것은 전형적인 여우 굴이었다. 보통은 경사진 곳에 자라는 나무 밑을 파서 여우 굴을 만든다. 하지만 이곳에서 여우는 아무 노력을 들이지 않고 목공용 헛간 아래의 배선 공간을 두 번째 탈출구로 이용할 수 있었다. 게다가 창고의 보물들이 바로 옆에 있었으니 여우에게는 엄청나게 유리한 장소였다.

반면 내 입장에서는 이보다 불리한 장소가 없었다. 여우 굴 때문에 소나무가 불안정해질 뿐 아니라 목공용 헛간이 바로 코앞에 있었기 때문이다. 잘 정돈된 연장이 있는 곳으로 즐거운 시간을 보내러 갈 때 야생 동물을 발밑에서 보기를 원하는 사람은 아무도 없다. 사실 누군가가 땅을 파주기를 기다리고 있기는 했지만 이런 방식을 원한 것은 아니었다. 물론 우리 마당에 들어오는 여우를 허락할 수는 있지만 조금 더 멀찍이 떨어진 곳에 자리 잡을 수 없었을까? 여우가 여우 굴을 비운 밤사이에 그 구멍을 막는 수밖에 없었다. 두 번째 탈출구가 있기 때문에 녀석이 안에 갇힐 위험은 전혀 없었다.

강제 퇴거를 계획하기 위해 돌아왔을 때에는 이미 어둑어둑해지고 있었다. 창고 근처에서 무엇인가가 움직이는 것이 멀리서도 보였다. 나는 그것이 고양이일지 아니면 여우일지 궁금했다. 내가 가까이 다가가자 어두운 색의 보따리 두 개가 반대 방향으로 재빨리 도망쳤다. 하나는 창고 구석으로 향했고 다른 하나는 여우 굴로 튀었다. 여우 새끼들이었다.

상황은 같았지만 둘의 반응은 완전히 달랐다. 새끼 한 마리는 구석에 숨은 채 호기심이 가득한 태도로 나를 살폈고 다른 새끼 한 마리는 염려스러운 몸짓으로 숨은 장소에서 꿈쩍하지 않았다. 나도 오두막으로 후퇴를 했다. 내 반응도 여우만큼이나 야생적이었다는 사실을 깨달았기 때문이다.

생텍쥐페리는 『어린 왕자』에서 여우의 입을 빌려 우정에 관해 설명한다. 우정은 어느 쪽도 관계를 혼자 지배해서는 안 되고 서로에 대한 신뢰를 서두르지 않고 굳건히 쌓아 가야 한다. 어린 왕자가 날마다 여우에게 조금씩 더 가까이 다가가 앉으면 여우는 그에게 길들여질 것이다.

인간과 여우 사이의 우정이 전례가 없는 것은 아니다. 2000년대 초에 중동 지역에서 1만 6천 년 전의 무덤이 발견되었다. 무덤의 주인은 여우와 아주 가까이 누워 있었다. 고고학자들은 크게 놀랐다. 인간과 개가 함께 묻힌 무덤도 그보다 4천 년 후의 것이었다. 죽은 후에도 함께할 정도로 여우가 일찍부터 인간 생활에 중요한 역할을 했다는 말일까? 인류가 수렵 채집 생활을 할 때는 인간도 여우만큼 야생적이었기 때문일까?

　나는 시골집 마당에 사는 여우를 길들이는 데는 관심이 없었다. 이웃 주민들이 그 여우에게 먹이를 준다는 사실을 알게 되자 나는 녀석이 왜 사람을 피하지 않는지 이해하게 되었다. 나는 녀석에게 이름을 붙이고 먹이를 주는 일보다 여우의 독립성에 더 호기심이 생겼다. 녀석은 주인을 원하지 않았다. 그저 자신의 의지와 생의 의지를 따를 뿐이었다.

　수백만 년 전에 갯과에 속한 동물은 늑대를 닮은 개속과 여우를 닮은 여우속으로 갈라졌다. 가축이 된 개는 개속에 속한 동물의 후손이다. 가축을 기르는 문화는 인간이 사는 곳 근처에서 동물을 도축한 다음에 나온 찌꺼기에 늑대가 꼬이면서 시작되었을 가능성이 있다. 인간을 두려워하지 않는 늑대는 먹이를 더 많이 먹을 수 있었고 그 결과 자손을 더 많이 낳았을 것이다. 그 과정에서 늑대는 인간을 원하는 자원을 제공하는 대상으로 보기 시작하며 늑대의 후손들 역시 그렇게 길들여지게 되었다. 늑대는 무리를 지어 산다. 그들은 굉장히 엄격한 위계질서를 형성해 우두머리 수컷에게는 아무도 도전하지 않는다. 그렇기 때문에 인간은 한 마리의 늑대를 상대하더라도 우두머리 수컷처럼 행세할 수 있었다. 그 과정이 마무리된 후에는 개속의 여러 종이 탄생했다. 세인트버나드에서부터 푸들, 사냥개, 감시견, 후각이 발달해서 추적이나 구조에 도움이 되는 개, 양을 치는 개, 심지어 몸집이 아주 작은 소형견에 이르기까지 개는 모두 늑대의 유전자를 가지고 있다.

반면 여우의 주식은 무리를 지어서 사냥할 수 없는 작은 설치류이다. 아무리 귀가 밝고 사냥 기술이 좋은 여우라고 할지라도 작은 쥐를 잡아서 한 무리의 여우를 모두 먹여 살릴 수는 없다. 그렇기 때문에 여우를 길들이는 것이 불가능하다는 것일까? 1950년대에 러시아 과학자 드미트리 벨랴예프Dmitry Belyayev도 나와 같은 의문을 가졌고 그 해답을 찾기 위해 특별한 실험을 고안했다. 그는 늑대가 가축화된 과정을 은여우에게도 적용할 수 있는지 밝히고 싶었다.

실험은 모피를 얻기 위해 동물을 기르는 사육장에서 실시되었다. 소리가 울리는 금속 벽으로 된 헛간에 설치된 우리 안에 수천 마리의 은여우가 살고 있었다. 그들이 그곳에서 공격적으로 변한 것도 이상한 일이 아니었다. 은여우에게 다가가려면 두께가 1센티미터나 되는 장갑으로 손을 보호해야만 했다. 벨랴예프는 조수 류드밀라 트루트Lyudmila Trut과 함께 공격성이 제일 없는 여우들을 골라 짝짓기를 하도록 만든 다음에 새끼들이 나오면 그 중에서 가장 순한 여우들을 또다시 골라 기르겠다는 계획을 세웠다. 잘 길든 개의 특성을 가진 여우들을 고르고 나자 순식간에 변화가 발생했다.

은여우의 심리적 변화는 그야말로 놀라울 정도로 짧은 기간 내에 나타났다. 여섯 세대가 지나자 여우들은 류드밀라를 보면 꼬리를 흔들었다. 심지어 그녀의 손을 핥고 배를 드러내고 누워 류드밀라가 자신의 배를 긁어 주는 것을 즐겼다. 여덟 세대가 지나자 강아지에게 발견할 수 있는 신뢰감과 장난기뿐 아니라 외양 측면에서도 비슷한 특징을 보이기 시작했다. 코가 더 납작해지고 귀가 살짝 쳐졌으며 꼬리가 곡선이 되었다.

호르몬도 달라졌다. 실험을 통해 길러진 여우는 혈중 세로토닌 농도가 길들여지지 않은 비교 집단에 비해 높아서 공격성이 줄었다는 사실이 수치로 입증되었다. 나중에 이루어진 유쾌하지 않은 실험에서는 이 변화가 유전자 수준에서 벌어졌다는 것이 밝혀졌다. 차분한 암컷 여우의 태아들을 공격성이 높은 암컷 여우에게 이식했는데, 그렇게 태어난 새끼들은 인간을 친밀하게 대했다. 길들여지지 않은 양어머니가 그런 새끼들의 행동에 대해 벌을 주어도 인간을 따르는 특성은 변하지 않았다.

이제 연구 팀은 가장 순한 새끼 여우들이 류드밀라와 함께 사는 것마저 받아들일지를 알고 싶었다. 이것은 사람을 신뢰하는 일과는 차원이 다른 이야기였다. 만약 이 실험이 성공하면 진정으로 여우 역시 가축화가 가능하다고 말할 수 있었다. 〈가축화domestication〉는 라틴어로 〈집domus〉이라는 뜻을 지닌 단어에서 유래했다. 그리하여 벽이나 담장 안에서 사는 동물을 가리킨다. 류드밀라의 집에 데려온 새끼 여우는 처음에는 가축으로 사는 삶에 전혀 흥미를 보이지 않았다. 형제자매들과 떨어져서 집 안에 갇힌 새끼 여우는 마치 살고자 하는 의욕을 잃은 듯이 먹이를 거부했다. 하지만 마침내 항복을 한 후에는 주인의 침대를 제일 편하게 여겼다.

선택적 번식을 통해 은여우의 가축화에 마침내 성공한 것이다. 그 새끼 여우들은 나중에 한 마리당 1천 달러에 팔렸다. 이국적인 반려동물을 키우는 일을 신나게 여기는 사람이 많았기 때문이다. 그들은 명령을 하면 앉도록 훈련이 되어 있었다. 또 샴푸로 목욕을 하고 헤어드라이어로 보송보송하게 털을 말렸고 낑낑거리는 소리를 내고 꼬리를 치며 누워서 배를 만지는 손길을 즐겼다. 하지만 길들여진 여우와 길들여진 개 사이에는 여전히 다른 점이 있었다. 여우는 너무 독립적이어서 다루기가 약간 힘들었다.

길들여진 여우는 그렇지 않은 자신의 조상들보다 더 행복했을까? 그들은 영원히 강아지 같은 대우를 받고 살았기 때문에, 자기의 삶을 책임질 필요가 없었으며 자유에 따르는 위험도 없었다. 그러나 다른 무엇인가도 함께 사라진 듯 보였다.

언젠가 여우가 목줄을 맨 채 광장을 지나가는 모습을 본 적이 있다. 그는 호기심에 찬 눈초리를 피하기라도 하려는 듯 목줄이 팽팽해지도록 버티며 천천히 걸어가고 있었다. 몸을 숨기고 싶어 하는 야생성을 여전히 가지고 있는 듯했다. 길들여진 여우가 거실에서 서로를 쫓아다니는 장면을 담은 영화를 본 적도 있다. 에너지가 넘치는 아이들처럼 보였다. 하지만 그들은 자유만 누리지 못하는 것이 아니었다. 길들여진 여우는 숲에 사는 여우가 날마다 맞닥뜨리는 도전이나 다양한 자극을 경험하지 못했다.

우리는 스포츠와 게임을 비롯한 안전한 감각적 경험을 통해 삶을 풍요롭게 보낸다. 야생 동물은 지루할 틈이 없다. 끊임없이 위협을 당하기 때문에 그들은 살아남기 위해서 그 어떤 일이라도 해야 한다. 한편 나는 최근 들어 반려동물을 위한 항우울제에 들어가는 돈이 점점 늘어가고 있다는 이야기를 들었다.

나는 새끼 여우를 만나자마자 목공용 헛간 옆에 자리 잡은 여우 굴에 대한 생각을 바꾸었다. 내 앞에 펼쳐진 광경은 한 여우 가족이 써 내려온 서사의 절정이었다. 여우는 겨울에 짝짓기를 한 다음에 다양한 가능성이 풍부한 봄에 새끼를 낳는다. 이미 커플이 된 암수도 상대방에게 장난기가 넘치는 초대장을 보내는 것으로 짝짓기를 시작한다. 암컷은 배를 보이고 눕거나 엉덩이로 수컷을 슬쩍 건드리는 식으로 추파를 던졌다가 바로 다음 순간에 몸을 사리며 밀당을 한다. 암컷이 마침내 준비가 되면 아주 오랫동안 암수는 떨어지지 않는다. 그들은 짝짓기를 하는 동안 아주 큰 소리를 내는데, 울부짖는 그 소리를 누군가로부터 공격을 당한 여우의 소리로 착각하는 사람도 많다. 1월의 어느 날 밤에 내가 들은 소리는 알고 보니 짝

251

짓기를 위해 두 여우가 서로를 부르는 신호였다. 내가 끔찍한 장면을 상상하는 동안 그들은 이미 사랑이 가득한 몸짓으로 서로를 부둥켜안고 있었을 것이다.

암수 여우는 새끼들이 태어난 후에도 각자 사냥을 하지만 새끼들을 돌보는 일은 분담을 하며 헤어지지 않고 함께 산다. 암컷 여우는 새끼들을 출산하고 그들을 위험으로부터 지킬 둥지를 준비한다. 새끼들에게 모유를 먹이고 온기를 주고 보호하는 일은 모두 암컷이 해내야 한다. 그사이 수컷이 암컷의 먹이를 사냥해서 주어야 하지만, 둥지 안으로 들어가는 일은 허락되지 않는다. 만약 수컷이 늦게 오기라도 하면 암컷이 혼을 내기 때문에 수컷의 삶도 녹록지 않다.

여우 가족에게는 그 여우 굴이 꼭 필요했을 것이다. 나는 그들이 그냥 그곳에 계속 머무는 것을 허락하기로 결심했다. 녀석들은 한동안 방해를 받지 않고 살 수 있을 듯했다. 이번에도 굴착기가 오지 않았기 때문이다. 이번에는 굴착기가 오지 않은 것이 오히려 고마웠다. 나는 스톡홀름으로 돌아가서 해야 할 일이 있었다. 그래서 한참 후에 다시 시골집으로 돌아올 예정이었다.

그렇게 결정을 하고 나서는 가능한 한 여우 가족을 방해하지 않기 위해 최선을 다했다. 여우는 30미터 밖에 있는 시계가 째깍거리는 소리도 들을 수 있다고 알려져 있다. 나는 저녁이 되면 창문을 통해서만 여우 가족을 관찰했다. 봄날 저녁의 희미한 빛이 비친 물이끼가 소나무 사이로 창백하게 빛을 발했고 명상적인 분위기가 나를 감쌌다. 여우는 한 마리도 보지 못했지만 그들이 사는 자연이 뇌리에 각인이 되었다. 야생의 한 조각을 훔쳐보기 위해서는 예상치 못한 것에 마음을 열어야만 한다. 마치 시를 읽는 태도처럼 말이다. 그런 생각을 하면서 나는 꿈나라로 빠져들었다.

새벽녘에 나는 무엇인가를 두드리는 소리에 잠에서 깼다. 창문 밖을 내다보니 노루가 레드커런트 덤불에서 잎을 따 먹고 있었고 그 바람에 가지가 벽을 치고 있었다. 문밖의 계단으로 살금살금 나가다가 갑자기 몸이 굳어버렸다. 바로 앞에 여우 한 마리가 서 있었기 때문이다. 하지만 녀석들은 나와 노루의 존재를 알아차리지 못한 듯했다. 그저 자작나무에 앉은 새를 노리고 있었다.

너무나 혼란스러운 광경이었다. 날아다니는 새는 쉬운 사냥감이 아닌데 어떻게 잡으려는 것일까? 게다가 나는 그 여우가 회색 털이 섞인 커다란 녀석인 줄 알았다. 하지만 붉은 털을 가지고 있었고 몸집이 작았다. 녀석이 수컷이라는 사실 또한 나의 추측을 완전히 뒤집어 버렸다. 수컷 여우는 보통 암컷 여우보다 크기 때문이다. 깔끔하게 구분을 짓고 싶어 하는 인간의 욕망을 방해하는 동물이 있다면 그것은 여우일 것이다. 어떤 때는 고양이 같고 어떤 때는 개 같은 동물인 여우의 유일한 일관성은 예측이 불가능하다는 점이다.

이제 녀석들이 배고픈 가족들을 위해서라면 예상치 못한 시간에 나타나기도 한다는 사실도 알게 되었다. 아니나 다를까 오후에는 언덕에서 사냥을 하고 있는 암컷 여우가 보였다. 녀석의 집중력이 대단했기 때문에 사냥을 잘할 것이라는 생각이 들었다. 마치 일어날 일을 예상할 수 있기라도 한 듯, 걸음을 내딛을 때마다 녀석의 자신감이 엿보였다. 길을 가다가 이와 비슷한 느낌을 받은 적이 있다. 예전에 나는 노루가 두 개의 철사 선 사이로 몸을 정확히 날려 울타리를 빠져나가는 광경을 목격했다. 녀석은 자기 몸이 빠져나갈 수 있는지를 순식간에 계산했을 것이다. 야생에서는 찰나의 순간에 온 세상이 담긴다.

그렇다, 새끼 여우는 배워야 할 것이 엄청나게 많고 아마 나름의 방식으로 그 배움은 이미 시작되었을 것이다. 언젠가 스크류드라이버를 가지러 목공용 헛간에 슬쩍 들어갔다. 그때 마루 밑 공간에서 서로 다투면서 무엇인가를 끌고 가는 소리가 들렸다. 나는 잘 정돈된 연장들 사이에 서 있었지만 내 발 바로 아래에서는 완전히 다른 형태의 삶이 벌어지고 있었다. 세상의 잠재력을 흥미롭게 시험하는 듯했다.

창고는 놀이터 역할도 하는 것 같았다. 로프가 몇 개 나와 있었는데, 새끼 여우들이 여러 로프의 길이를 측정해 보거나 아니면 줄다리기 시합이 벌어졌다고밖에 볼 수 없는 흔적이 남아 있었다. 얼마 지나지 않아 새끼 여우들은 용기를 내어 자신들의 굴에서 점점 더 멀리 떨어진 곳으로 가기 시작했다. 어느 날 저녁에는 급기야 내 발 바로 아래에 있는 마루 밑 공간에서 녀석들의 소리가 들렸다. 그 후 창문 앞에서 노는 모습도 볼 수 있었다.

처음에는 새끼 여우가 두 마리만 보였다. 한배 새끼 여우의 수는 봄에 들쥐를 몇 마리나 잡을 수 있는지에 달려 있다고 한다. 여우의 몸이 어떻게 그런 일을 예측할 수 있는지 나로서는 알 수가 없다. 그러나 이번에 들쥐가 꽤 많을 것이라고 예측을 했는지 금세 세 번째 새끼가 나타났다. 그들은 함께 딱정벌레를 상대로 마우징 파운스를 연습하고는 보물이 나올지도 모른다는 듯이 풀 사이를 샅샅이 뒤졌다. 코를 킁킁거리며 무엇인가를 건드리기도 했고 또 무엇인가를 먹기도 했다. 나는 그것이 벌레일 것이라고 상상했다. 새끼 여우는 비가 많이 내려서 지렁이가 표면으로 자주 나오는 곳에서 더 잘 자란다.

하지만 녀석들은 무엇을 먹거나 뜯거나, 아니면 서로 잡을 때만 입을 사용하는 것이 아니었다. 마치 무슨 말을 하는 것처럼 서로를 향해 입을 벌리기도 했다. 여우가 귀를 납작하게 붙이고 꼬리를 반쯤 감고 입을 반쯤 벌리면 자기와 함께 놀자고 청하는 것이라고 알려져 있다.

형제자매들 사이의 위계질서는 아마도 각자의 성격 때문에 생긴 듯했다. 둥지에 남아 있기를 좋아하는 녀석은 몸집이 작은 암컷일 확률이 높다. 가끔 딸은 둥지를 떠나지 않고 새로 태어난 새끼들을 기르는 엄마 여우를 돕기도 한다. 그러다가 그 임무를 물려받는다. 지금은 몸집이 작은 아빠 여우가 멀리서 자식들이 노는 모습을 지켜보고 엄마 여우는 사냥을 하고 있었다. 암컷이 사냥을 더 잘하기 때문일까? 다음에 여우 가족을 만났을 때에는 엄마 여우가 새끼들을 데리고 사냥 수업을 하고 있었다. 먼저 그녀는 새끼들에게 두엄 더미를 넘는 모험을 가르쳤다. 모성애가 강한 딸이 바로 엄마의 뒤를 따랐다. 엄마가 걸음을 멈추자 딸은 엄마에게 뛰어들었다. 엄마가 몸을 돌리자 딸은 껴안아 달라는 듯이 배를 드러내며 누웠다. 하지만 독립심이 제일 강한 새끼는 혼자 돌아다니길 바라는 듯했다. 나는 그들의 사냥 수업이 어떻게 진행될지 궁금해졌다.

엄마 여우는 존경심이 생길 정도로 참을성이 있었다. 그녀는 아마 새끼들이 잘 알아들을 수 있도록 의사소통을 했을 것이다. 생물학자들은 여우가 내는 40여 개의 소리를 식별했는데, 그중 전적으로 엄마 여우만 내는 소리가 몇 개 있다는 사실을 발견했다. 그들은 여우 굴 안에서는 중얼중얼거리며 조용한 소리로 대화를 한다. 새끼들을 데리고 밖으로 나오면 부드러운 갸르릉 소리로 유인을 하고, 위험하면 낮은 기침을 하듯 짖는 소리로 빨리 굴에 들어가 몸을 피하라고 경고를 한다. 마치 이름을 부르듯 각각의 여우를 다른 소리로 부르고 그 상대 여우는 호명을 받은 것처럼 반응한다는 관찰 결과도 있다.

여우의 언어는 어떤 소리를 가지고 있을까? 그 소리를

설명하는 것은 인간의 언어를 설명하는 것만큼이나 어렵다. 여우는 노루처럼 짖기도 하고 부엉이처럼 부드러운 경적 소리를 내기도 하고 개똥지빠귀처럼 재잘거리는가 하면, 새끼들이 꺅 하고 지르는 소리는 바닷새의 울음처럼 들릴 때도 있다. 간단히 설명할 수 없게 만들려고 일부러 자연의 모든 소리를 다 흉내 내고 있다는 생각이 들 정도이다.

하지만 여우 가족은 우리 이웃으로 오래 살지 못했다. 마당에 나무를 심으러 온 젊은 정원사가 도수관을 묻어 주겠다는 영웅적인 제안을 했기 때문이다. 여우 가족은 더 조용한 곳으로 이사를 했다. 나중에 언덕 너머에서 새끼들이 노는 모습이 어렴풋이 보인 것으로 보아서 새집은 그 근처 어디쯤인 듯했다. 어느 날 저녁에 엄마 여우가 새끼 다람쥐를 물고 서둘러 사라지는 모습을 보고 여전히 그들이 우리 집 마당으로 사냥을 하러 온다는 사실을 알게 되었다. 나는 여우 굴을 튼튼한 통나무로 막았다.

하지만 그 굴은 막힌 후에도 계속해서 여러 동물의 관심의 대상이 되었다. 어느 날은 통나무에서 떨어져 나온 나뭇조각과 여우 굴에 있던 내용물이 소나무 주변에 흩어져 있었다. 그 내용물은 하얗고 부드러웠다. 새끼를 낳은 엄마 여우는 자기 배에서 부드러운 털을 뽑아 둥지에 깔아 둔다. 젖꼭지를 드러내고 새끼들에게 폭신한 잠자리를 선사하기 위해서이다. 바닥에 흩어져 있는 털을 집어 들자 그 안에 서린 엄마 여우의 사랑이 느껴졌다. 여우 굴의 흙이 축축하고 거칠었기 때문에 폭신하고 따뜻한 털로 새끼들을 감싼 흔적이었다. 어쩌면 녀석은 천연 보온재를 보충하기 위해 창고에 있는 소파의 안쪽 내용물을 가져갔을 수도 있다는 생각이 스쳤다.

여우 가족이 이사를 간 후에 그곳에서는 무슨 일이 있었을까? 솜털 사이에 벌레 다리가 많이 보였는데 아무래도 호박벌인 듯했다. 보송보송한 솜털을 좋아하는 커다란 땅호박벌이 입주를 한 것 같았다. 하지만 도대체 누가 통나무와 솜털을 빼냈을까? 호박벌 둥지를 노린 녀석의 짓일 텐데 말이다. 과연 누가 꿀을 좋아하면서도 호박벌의 침을 참아 낼 수 있을까? 맞다, 오소리다.

녀석들의 흔적들을 보고 처음부터 눈치를 채야 했다. 땅에서 뿌리를 파먹고 달팽이를 잡아먹고 나서 껍질을 남긴 동물은 여우가 아니었다. 여우와 오소리는 모두 땅속 생물을 먹으며 살아가지만 그 둘은 성격도 다르고 습관도 다르다. 오소리는 여우만큼 민첩하지 못하기 때문에 주도면밀한 특성으로 승부를 건다. 녀석들은 뿌리를 파내듯 설치류를 파내고 밤에는 멀리 있는 것을 잘 보지 못하기 때문에 마치 금속 탐지기처럼 주둥이를 앞뒤로 흔들며 먹이를 찾으러 다닌다. 또 스파게티를 먹는 듯한 기술로 주로 벌레를 후루룩 먹지만 그 외에도 미끌미끌한 달팽이부터 독을 가진 두꺼비, 화난 땅벌과 호박벌에 이르기까지 종류를 불사하고 먹어 치운다.

책으로만 배웠을 뿐이지만 오소리의 생활에 대해 대충 알고 있었다. 나는 심지어 어느 해 여름에는 라디오 프로그램에 특별 연사로 출연해 짝짓기를 하는 오소리의 소리를 흉내 낸 적도 있다. 거품이 이는 듯한 오소리의 소리를 말이다. 여우와 마찬가지로 오소리 역시 우리가 다른 동물의 것이라고 생각하는 소리로 의사소통을 한다. 녀석들은 상황에 따라 키득거리고, 끙끙거리고, 재잘거리고, 으르렁거리고, 꽥꽥거리고, 킁킁거리고, 쉭쉭거리고, 또 비명을 지르고 신음 소리를 낸다. 새끼들에게는 고양이처럼 갸르릉 소리를 내고 새처럼 지지배배 노래를 부르고, 비둘기처럼 구구거린다. 두렵거나 상처를 입은 오소리는 고함을 치거나 울부짖거나 가슴을 찢을 듯이 슬프게 울기도 한다.

광범위한 표현 방식을 가졌지만 오소리는 대체로 은둔 생활을 선호한다. 여우처럼 오소리도 혼자서 먹이를 찾으며 동족을 만나도 무시하거나 투덜거리며 그냥 지나친다. 한편 지배적인 위치에 있는 녀석들이 만나면 바로 싸움이 벌어진다. 수컷은 주로 상대의 엉덩이를 물고 암컷은 얼굴을 문다. 그럼에도 불구하고 오소리는 고집스럽게 같이 사는데, 그 이유는 굴을 다 함께 쓰면 유리한 점이 많기 때문이다.

나는 오소리 굴이 어디에 위치해 있는지 알고 있었다. 도로 쪽에 생긴 무너진 바위 더미의 안쪽이었다. 그 바위 더미 근처에 있는 들장미 덤불을 지나다가 으르렁대는 듯이 쉭쉭거리는 소리를 들은 적도 있다. 장미 사이에서 날 만한 소리는 아니었지만, 자세히 들여다보는 눈은 환영하지 않겠다는 의지가 담긴 소리였기 때문에 더 조사하는 일은 포기했다.

그 굴에는 여덟 마리의 오소리가 살고 있다고 추정되었다. 그렇다면 중간 규모의 무리인 셈이다. 어떤 곳에는 마흔 개가 넘는 지하방이 터널로 연결된 채 수백 년 동안 유지된 오소리 굴이 있다고 한다. 동면을 하는 동안 서로의 체온을 통해 추위를 피하기 위한 경우 말고는 녀석들은 방을 같이 쓰는 법이 없다. 날씨가 춥지 않은 계절에는 모두 프라이버시를 보장받기를 원한다. 여러 가족이 함께 사는 주택과 비슷하다. 소박한 여우 굴에 비하면 오소리 굴은 장엄하기까지 하다. 케네스 그레이엄Kenneth Grahame이 『버드나무에 부는 바람The Wind in the Willows』에 그려 낸 오소리의 집은 굉장히 안락하다. 친절한 오소리 씨는 쥐 씨와 두더지 씨를 초대해 성대한 식사를 대접하고 그들에게 편안한 손님방까지 제공한다. 복도를 따라가면 아늑한 벽난로가 놓인 거실도 있다. 동화 속 목가적인 풍경은 야생 오소리의 삶과 달라도 너무 다르다.

실제 오소리 굴도 어느 정도는 편안해야 한다. 그들 인생의 4분의 3을 보내는 곳이기 때문이다. 굴 속의 차가운 벽은 아늑한 벽난로 대신 이끼와 이파리가 덮여 있다. 심지어 벽지처럼 마대를 발라 놓은 굴도 있다. 그곳의 흙은 무균 상태가 아니기 때문에 잠자리에 필요한 지푸라기는 물론 방 자체를 주기적으로 바꾼다. 또 겨울이 지나고 나면 봄맞이 대청소도 실시한다. 무리 중 지위가 높은 오소리는 풀을 치우고 다른 오소리는 굴에 남은 음식 찌꺼기를 치운다. 그런 다음 바닥에 새로 모아 온 풀과 양치류 이파리를 깔아 단장을 한다. 운 좋게 향기로운 산마늘을 구할 수 있다면 해충 퇴치를 위해 들여다 놓기도 한다. 만약 겨울을 나는 사이 오소리 한 마리가 죽는 사태가 벌어지면 재빨리 그 주변에 흙으로 담을 쌓아 무덤을 만든다. 공용 화장실은 기거하는 굴에서 조금 떨어진 곳, 되도록이면 영역의 가장자리에 둔다. 쿰쿰한 냄새로 자기 집단의 성원에 대한 정보를 다른 오소리에게 전달하며 경고를 하는 것이다.

오소리는 깨끗한 상태를 좋아한다는 말을 먼저 해두겠다. 하지만 지하에 사는 온갖 기생충이 오소리의 털에 달라붙는 일을 완전히 막을 수는 없다. 그래서 여기저기를 긁적거리는 일은 오소리의 삶에서 중요한 부분을 차지한다. 동료의 도움을 받을 수 없기 때문에 오소리는 마치 곡예사처럼 기생충을 잡고, 그런 식으로 밤 사냥을 나서기 전에 전신 스트레칭을 한 덕분에 유연한 몸이 된다. 불청객인 기생충마저 유용한 구석이 있는 법이다.

오소리의 소박하고 현실적인 면모 때문인지 나는 녀석들을 떠올리면 마음이 약해진다. 린네는 오소리를 곰으로 간주했고 그 후에는 스컹크와 친척 관계라고 믿었다. 그러나 오소리는 족제빗과에 속한다. 족제비만큼 유연하지도 않고 수달처럼 물에서 살지도 않지만, 오소리는 필요한 경우에 나무에 오르고 수영을 한다. 하지만 그들이 가장 편안함을 느끼는 곳은 땅이다. 새는 하늘, 물고기는 물, 오소리는 땅에 있어야 활개를 칠 수 있다. 그들의 둥지 안에는 끊어진 전깃줄처럼 나무뿌리가 늘어져 있다. 어둠 속이 오소리에게 가장 안전하기 때문이다. 인간의 주거지가 넓어지면서 야생 상태의 자연은 점점 줄어들었다. 그에 따라 사람을 피하는 일이 더 어려워지는 바람에 어둠으로 몸을 피하는 동물의 수가 계속 증가하고 있다. 캘리포니아의 코요테, 알래스카의 불곰, 가봉의 표범, 탄자니아의 사자는 모두 밤에 활동하기 시작했고 심지어 밤눈이 어두운 케냐의 코끼리까지도 야행성이 되어 가고 있다. 밤이 그들의 마지막 보루가 된 것이다.

우리는 어둠이 깔리면 불을 켜고, 포식자의 번뜩이는 눈빛과 인간이 이해하지 못하는 소리 등 바깥세상을 장악하는 것에 대응해 문을 닫는다. 반면 태고적 동물처럼 보이는 박쥐는 음파를 내보내 감추어진 세상을 보고, 아가미로 숨을 쉬는 쥐며느리는 시든 것을 흙으로 변신시키려고 슬슬 기어다닌다. 그들은 우리가 도망친 바로 그 어둠을 집처럼 편안하게 느낀다. 하지만 그들도 생명을 가진 세계의 일부이기 때문에 우리와 맞닥뜨리지 않을 수 없다.

물론 여름밤에는 시적인 요소도 있다. 땅이 식어 가면 부르고뉴달팽이는 초록 이파리나 배우자를 조심스럽게 찾아 나선다. 마음을 차분하게 해주는 산들바람에 향기가 머무르다가 나방의 더듬이를 스쳐 지나가기도 한다. 황혼이 저물고 나면 쏙독새가 가르랑거리며 날아다니거나, 나이팅게일의 노랫소리가 시원한 폭포처럼 쏟아져 내릴 것이다. 그런 밤을 야외에서 지내는 것은 실로 행복한 경험이다.

정원사가 도수관을 땅에 묻어 주고 간 직후였다. 이제 에너지는 땅 밑으로 흐를 것이다. 많은 것을 읽느라 오두막 안에서 하루 종일 시간을 보낸 나는 초여름의 시를 만끽할 자격이 충분했다. 나를 둘러싼 야생의 자연이 내 안의 무엇인가를 깨우기라도 한 듯, 내 몸의 감각이 인간 사회의 자극을 넘어선 것에도 반응하도록 벼려진 느낌이었다. 글을 쓰고 있다가 날갯소리 아니면 아주 작게 바스락거리는 소리를 들었다. 나는 그 일을 멈추고 고개를 들었다. 밖에서 무슨 일이 벌어지고 있는 것일까?

부드러운 빛이 나를 밖으로 유혹했다. 문 앞의 층계참에서 나는 살굿빛 달을 만났다. 그다음 순간 내 발치에서 무엇인가가 깜빡거리고 있다는 사실을 깨달았다. 몸을 굽혀 그것을 집었다. 암컷 반딧불이였다. 그녀의 꼬리에서 나오는 에메랄드 불빛은 수컷을 안내하는 등대였다.

달빛에 반딧불이까지 더해진 마술처럼 황홀한 저녁이었다. 바위마저 살아 숨 쉬는 듯했다. 글자 그대로 블루베리 덤불 뒤에서 바위 하나가 천천히 움직이고 있었다. 잠깐, 내 눈앞에 있는 것은 바위가 아니었다. 아프리카 주술

사의 가면 같은 형체가 보였다.

두려움보다는 호기심이 앞섰다. 희고 검은 줄무늬는 야행성 동물과 주행성 동물이 각자의 삶을 하루하루 살아가는 듯한 패턴을 연상시켰다. 오소리와 나, 우리는 그렇게 만났다.

오소리 얼굴에 선명하게 있는 줄무늬를 주변 환경에 숨어들기 위한 위장술로 해석하는 사람도 있다. 또 어떤 사람은 오소리가 항복의 의사를 밝힐 때 자신의 얼굴을 감추는 것으로 보아서 줄무늬가 위협적으로 보이기 위한 수단이라고 주장한다. 생물학자들은 위험, 방어, 친선, 공격 등의 상황에서 오소리가 취하는 열두어 가지의 몸짓을 식별하는 데 성공했다. 하지만 나와 마주친 오소리는 털을 곤두세우거나 몸을 웅크리거나 엎드리지 않았다. 내 눈을 들여다보는 그의 눈은 차분하기 그지없었다.

내 앞에는 정말 장엄한 생명이 서 있었다. 인간은 오랫동안 오소리를 사냥해 왔지만 그들에 대해 모르는 바가 너무 많다. 그들은 상반된 두 가지 색깔의 털을 가지고 있는데, 이것은 그들의 역설적인 성격을 반영한다. 오소리는 독립적이지만 무리를 지어 산다. 잘 나서지 않고 숨는 쪽을 선호하지만 자신과 가족을 지켜야 할 때는 용맹무쌍하다. 야행성이지만 시력이 좋지 않기 때문에 교통사고를 많이 당한다. 그리하여 우리는 길 한구석에 피투성이가 된 채 죽어 있는 오소리를 자주 보게 된다. 하지만 나는 생기가 가득한 눈동자 두 개를 가진 오소리와 저녁 시간을 함께 보내고 있었다.

　야생 동물과 눈을 마주치는 행위는 대개 상대에 대한 도전을 뜻한다. 하지만 우리 사이에는 분명 서로에 대한 호기심이 흐르고 있었다. 어쩌면 달빛을 받고 서 있는 내가 녀석에게 신비로운 광경이었을 수도 있고 아니면 내 자세에서 두려움이 아닌 놀라움을 읽었을 수도 있다. 이런 식의 만남은 대부분 상황을 제어하겠다는 마음을 내려놓아야만 가능하다. 그날 저녁 우리는 둘 다 그렇게 마음을 내려놓은 것 같았다. 내가 움직이기 시작하고 나서야 오소리는 조심스럽게 바위와 블루베리 덤불 사이로 돌아갔다. 무겁게 천천히 움직이는 녀석의 행동도 나에게 보여 주는 쇼의 일부였다.

　내가 발견한 블루베리 덤불 사이에 난 길이 오소리가 만든 길이라는 사실을 생각해 보면 녀석과의 조우는 어차피 조만간 벌어질 일이었다. 습관의 노예인 오소리는 자신이 다니는 길을 벗어나는 일이 없다. 하필 그 오소리가 다니는 길은 내가 글을 쓰는 공간으로, 또 마루 밑 공간까지 이어졌다. 그러니까 그 길은 낮에는 사람이, 밤에는 오소리가 쓰고 있는 셈이었다. 알고 보니 우리는 같은 길을 쓰는 사이였다.

　어느 날 늦은 저녁이었다. 나는 일에 너무 집중을 하느라 시간이 가는 줄도 모르고 있었다. 그러다 내가 그 시간의 경계를 넘고 말았다. 생각에 깊이 잠긴 채 글을 쓰는 공간에서 나오다가 내 앞에 새끼 오소리 두 마리가 갑자기 나타났다. 건물 모퉁이와 블루베리 덤불 때문에 딱 마주치기 전까지는 서로의 존재를 미처 볼 수가 없었다.

예상치 못한 상황이 벌어지면 규칙은 없어지게 된다. 새끼 여우가 나와 처음 맞닥뜨리고 놀랐을 때처럼 머릿속에서 작은 불꽃이 터지듯 본능적인 행동이 나오게 마련이다. 이번에도 똑같은 상황이 벌어졌다. 새끼 한 마리는 그 펑퍼짐한 몸매로 어색하게 좁은 길로 되돌아가려고 애를 썼고, 다른 새끼 한 마리는 나를 더 자세히 보기 위해 가까이 다가왔다. 녀석은 세상이 얼마나 위험한 곳인지, 또 오소리가 멋져 보이는 태도를 유지하는 데 얼마나 많은 것을 투자하는지를 아직 모르는 듯했다. 나는 조심스럽게 다시 글을 쓰는 공간으로 후퇴를 했고 이런 행동은 나의 배려에서 나온 것이라며 스스로를 타일렀다. 어찌 되었든 내가 그들의 시간을 침범한 것 아닌가. 어쩌면 근처에서 지켜보던 엄마 오소리가 모든 상황을 오해할 수도 있었다. 내 갈 길을 가려고 했다면 발을 한 번 구르기만 해도 충분했을 테지만, 나는 문을 닫고 밤의 평화를 방해하지 않는 쪽을 선택했다.

나방 두 마리가 고집스럽게 창틀에 몸을 부딪혀 가며 춤을 추고 있었다. 책상 위에 달려 있는 불이 나방의 눈에 반사되고 있었기 때문에 나는 불을 끄고 야전 침대에 누웠다. 오소리는 바깥에서 먹이를 찾고 있겠지만, 지구의 이쪽 면이 빛에서 멀어진 지금 대부분의 생명은 잠들어 있을 것이다. 다람쥐는 나무에서 쿨쿨 자고 있을 것이고 물고기는 해협에서 곤히 자고 있을 것이다. 내가 참석을 허락받았던 아메리카 원주민의 의식을 통해 알게 된 것처럼 많은 생명이 어둠 속에서 연결되어 있다.

꿈은 경계를 가리지 않고 모든 생명의 내면에 갖가지 장면을 연출할 수 있으며, 이것은 초파리와 개의 다리를 움찔거리게 만든다. 한 과학자는 잠자는 문어가 몸 색깔을 바꾸는 모습을 보고 그 문어가 게를 잡는 꿈을 꾼 것이라고 추측을 했다. 밤에는 복잡하게 꼬인 머릿속에서 서로 다른 세계가 충돌할 수 있다. 오감으로부터 얻는 자극에 무뎌지면 아무런 방해 없이 그날의 흔적을 모으고 분석할 수 있으며, 그렇게 재미있는 이미지가 펼쳐질 가능성이 열린다. 삼차원으로 펼쳐지는 장면은 〈A〉에서 〈B〉까지 스스로 연결해 나간다. 이때 합리성 따위는 아랑곳하지 않는다. 낮에 발생한 문제에 대해 밤이 해결책을 제시해 주는 일이 나에게는 매우 자주 일어난다.

이제 나는 언어를 넘어서는 켜로 파고들고 싶었다. 나를 잠들지 못하게 하는 것에 대해 생각하는 일이 피곤해졌기 때문이다. 꿈나라는 왜 나에게 오질 않을까? 꿈나라로 어떻게 갈 수 있을까? 어둠 속에서 발자국 소리가 들리는 듯했지만 사실 그것은 한밤을 가르고 계속 울리는 내 심장 박동 소리였다.

마침내 설핏 잠에 들었는데 쿵 하는 소리에 놀라 눈이 번쩍 떠졌다. 그것은 내 심장 소리도 아니었고 이파리를 뜯는 노루의 소리도 아니었다. 불타는 밤을 즐기던 새끼 오소리들이 씨름을 하다가 벽에 부딪힌 소리였다. 내가 창문을 내다보자 그들은 자신들의 행동을 멈추었다. 그 중 한 마리가 문 앞에 놓인 발판을 코로 들썩거리기 시작했다.

　나는 혼자 미소를 지었다. 내가 글을 쓰는 공간의 아래에 어두운 오소리 터널이 있다는 사실이 너무 뻔하게 느껴질 정도로 훌륭한 심리학적 상징 같았다. 하지만 내가 살피고 싶은 것은 나의 정신세계가 아니었다. 그들과 내가 공통적으로 가진 것이 무엇인지 궁금했다. 오소리마저 인간과 많은 공통점을 가지고 있다. 나는 말로 표현하며 살아가고 있지만 한편으로는 야생 동물과 동일한 무언의 과정을 밟는다. 잠재의식이 떠오른 것을 우리는 직감이라고 부를 때도 있고 본능이라고 부를 때도 있다. 이것이 자동 반사 반응의 수준을 훨씬 넘어선다는 사실은 확실하다. 그것은 생명 그 자체만큼이나 오래된 것인 동시에 새로운 시작을 촉발할 수 있는 것이기도 하다.

　창조적 삶은 가장 깊은 수준에서 밤의 동물과 공통점을 지니고 있다. 여우처럼 다양한 가능성에 대한 열린 태도와 작은 뉘앙스를 하나도 놓치지 않는 예민한 귀가 필요하지만, 그것마저 오소리처럼 모든 것을 감지하는 능력이 있어야 가능하다. 야생은 다양한 측면을 가지고 있다. 수줍지만 대담하고, 혼자 있기를 좋아하지만 장난스러우며, 또 관심을 보이는 인간에게 반응을 한다. 생각해 보면 우리 모두 지구의 자녀들이 아닌가.

6
보호하는 나무

마침내 나는 한 가지를 이해하게 되었다. 시골집 마당이 조용하게 느껴진 것은 속임수였다. 비록 나는 그 대부분을 모르고 지나쳐 버리지만 내 주변은 생명체들의 삶과 소통으로 늘 분주했다. 생각해 보면 항상 혼자 있을 때에만 오두막 주변에 사는 동물들과 마주쳤다. 떠들썩한 식구들이 시골집으로 돌아오면 주변의 동물들은 조심스럽게 거리를 유지하거나 배경 소음 정도로 존재감이 줄어들었다.

하지만 식물은 이야기가 달랐다. 식물은 늘 곁에 있었다. 푸르고 무성한 식물 아래에서 우리는 휴가철의 에너지를 찾곤 했다. 나무는 매달린 그네를 지탱해 주었고 꽃은 부엌 식탁에 올라가 주었으며, 우리는 식물이 자자손손 번창하는 모습을 보면서 행복해했다. 도수관을 땅에 묻기 전에 정원사가 심은 여러 가지 식물들은 이제 꽤 가능성을 내보이기 시작했다. 북쪽의 가파른 내리막과 맞닿아 있는 경계 부분에서는 마당을 수호하려는 듯한 양지꽃 덤불과 라일락이 자라고 있었고 마당 남쪽에서는 인동덩굴이 올라가고 있었다. 일부러 심은 산딸기는 시들어 가고 있었지만 달콤한 야생 산딸기가 공유지에서부터 시작해 우리 마당까지 퍼졌다. 정취라고는 전혀 없는 자갈밭을 대신해 심은 잔디도 비슷한 운명이었다. 마지못해 삐죽 솟은 잔디 이파리의 주변에 이끼와 조팝나물, 장구채, 쇠비름 등이 무성하게 자라났다. 이 지역의 토질에 맞고 스스로 씨를 뿌리며 번식하는 식물들이었다.

식물과 마찬가지로 동물도 자기 의지대로 살겠다는 의사를 명백히 드러냈다. 우리가 설치한 다람쥐의 먹이통은 싹 무시되었다. 아마 독립성을 과시하기 위해서일 것이다. 남쪽을 향한 벽에 벌을 위해 설치한 작은 호텔도 마찬가지였다. 야생벌은 외세에 고개를 숙이지 않는 왕처럼 품위 있게 그곳을 지나친 다음 문틀의 둥지를 창틀까지 확장하는 쪽을 선택했다. 녀석들은 식물에 대해서도 나름의 신념을 가지고 있었는데 잔디만 자라는 풀밭은 확실히 업신여겼다. 하지만 호박벌은 쇠비름에 홀딱 반해서 열성적으로 꽃가루를 옮기며 왕성한 번식을 도왔다.

사실 단조롭고 지루한 잔디밭은 내 취향에도 맞지 않았다. 18세기 궁전 앞에 깔렸다면 위상을 자랑하는 상징이 되었을지도 모르지만 이제는 잔디밭을 갖추지 않은 집이 없다. 미국 전역에 있는 잔디밭의 크기가 옥수수밭의 크기보다 세 배나 더 크다고 한다. 사람들은 잔디밭을

270

유지하기 위해 수십억 달러를 소비하고 있으며 수백만 킬로그램의 살충제와 엄청난 양의 담수를 사용한다.

마당이 저절로 자라며 그들이 자체적으로 스스로를 돌볼 수 있다는 사실에 해방감을 느꼈다. 아담과 이브가 에덴동산에서 쫓겨난 이래 그들의 후손은 항상 이마에서 땀을 훔치며 일할 수 있는 자신만의 낙원을 꿈꾸었다. 개인적으로 잡초를 뽑는 데 그다지 열성적이지는 않지만 정원을 가꾸는 데 큰 사랑이 필요하다는 점을 이해한다. 사실 내 동생이 새로운 나라에 뿌리를 내릴 수 있게 된 이유는 그곳에 자기의 정원을 가지게 되었기 때문이다.

과거에 숲이었던 우리 마당의 빈약한 토질에서는 과일나무가 잘 자라지 못했지만, 소나무, 노간주나무, 떡갈나무, 자작나무 들이 있었다. 자작나무 중에서 가장 울창한 두 그루는 오두막을 사이에 두고 자리 잡고 있었다. 하나는 문 옆에, 다른 하나는 북동쪽 모퉁이에 있었다. 모퉁이 쪽에 서 있는 나무는 집과 너무 가까이 자라는 바람에 나뭇가지 하나가 집을 껴안고 있었으며 바닥에 깔린 돌판 한두 개가 뿌리로 인해 들려 있었다. 가을이 되면 정원사가 가지치기를 조금 해야 할 것이다.

나무와 집은 언제나 가까운 관계를 유지했다. 벽, 마루, 천장을 이룬 목재는 나무였을 때의 기억을 머금고 실내에 아늑한 온기를 불어넣는다. 옛날에는 집 옆에 〈보호하는 나무〉를 심는 것이 스웨덴의 전통이었다. 나무의 영혼이 집을 보호하고 그 뿌리는 집의 기초에서 습기를 빨아들였다. 어쩌면 모퉁이 쪽에 서 있는 자작나무가 스스로를 〈보호하는 나무〉로 생각하는 것일까?

자작나무의 생각과는 상관없이 우리는 늘 그 나무의 주변으로 모여들었다. 나무가 베란다 근처에 서 있었기 때문이다. 더운 날에 베란다 지붕 아래에 있으면 시원한 데다 커다란 테이블을 놓을 자리도 있어 좋았다. 내 동생이 어린 자녀와 손주들과 함께 오더라도 삼대가 모두 테이블 주변에 앉을 수 있었다. 베란다에는 벽이 세 개뿐이었으니 자연도 함께했다.

자연은 가끔 우리의 일에 부드럽게 끼어들었다. 예전에는 아이들의 사촌들이 달팽이를 가지고 놀았었다. 이번에는 아이들이 메뚜기를 한 마리 잡아서 〈페르디난드〉라는 이름을 붙여 주었다. 페르디난드는 이끼를 깐 그릇에서 임시로 살게 되었다. 나는 아이들이 노는 모습을 보다가, 내 동생이 페르난드라는 이름을 가진 개미에 대한 이야기를 해준 기억이 떠올랐다. 동생의 아들 중 하나가 이야기를 만들어 내는 자기 엄마의 재주를 물려받았다. 내가 제일 좋아하는 이야기에는 너무 느려서 약간 멍청해 보이지만 이끼에 손을 대면 이끼의 말을 들을 수 있는 능력을 가진 트롤이 등장했다. 이끼는 지구가 탄생했을 때부터 지구에서 살아온 생물이기 때문에 모든 질문에 답을 해줄 수 있었다. 나는 식물의 말을 이해하는 그 트롤이 정말 영리하다고 생각했다.

베란다에 있다 보니 옛 기억이 많이 떠올랐다. 저녁에는 나와 동생이 어렸을 때 그랬듯이, 보드게임을 자주 했다. 어느 날 저녁에 기억력 게임을 하다가 문득 기시감이 들었다. 모든 것이 처음부터 다시 반복되고 있었다. 새로운 버전과 새로운 세대로 말이다. 마치 새 움을 틔우면서 동시에 나이테를 만들어 가는 나무와 비슷했다.

해마다 봄이 되면 나무는 햇빛과 물을 이파리로 만드는 마술을 다시 시작한다. 나는 매번 그 능력에 입을 다물지 못할 정도로 감탄을 한다. 덕망이 높은 소나무마저 봄기운에 마음이 설레면 사방으로 꽃가루를 보낸다. 1제곱미터를 덮는 데 1억 개의 꽃가루 입자가 필요하다는 말을 듣고도 나는 그 엄청난 이야기가 사실이 아닐 수도 있다는 의심이 눈곱만큼도 들지 않았다. 심지어 지붕과 창틀에 떨어진 꽃가루마저 미래에 대한 신념으로 빛이 나는 듯했다.

하지만 내가 보기에 봄의 열병을 가장 뜨겁게 앓는 것은 자작나무였다. 자작나무가 왜 북유럽 신화에 등장하는 풍요의 여신 프레이야Freyja와 연관성을 가지게 되었는지 이해할 만했다. 자작나무 수액은 열량이 높고 또 이파리는 봄 축제의 끝을 알리는 하지에 풍요를 기원하며 거행되는 옛 의식에 사용되었다. 봄은 반짝이는 시퀀 같은 이파리로 시작한다. 이윽고 보트가 지나간 뒤에 이는 거품처럼 새하얀 꽃들이 야생 자두 관목에 뭉게뭉게 필 때가 되면 현재와 불완전함은 이중생활을 한다. 모든 것이 지금인 동시에 과거이다. 얼마 가지 않아 이파리는 우거져 빛을 가릴 것이다.

식물은 시간의 상대성과 엄청남에 관해 전부 알고 있다. 모든 것을 작디작은 씨앗에 꼭꼭 담아 영원히 간직한다. 식물은 억겁의 시간 동안 쉴 새 없이 시들고 다시 태어나기를 거듭했으며 여전히 지구 생물체량의 99퍼센트를 차지한다. 나는 생각에 잠겼다. 그 수치는 인간을 포함한 모든 동물은 세상에 사는 생명들 중 극도로 작은 부분에 지나지 않는다는 의미이다. 지구가 다른 무엇보다도 식물의 것이라는 사실에는 의심할 여지가 없다.

우리가 사는 환경을 구성하고 있는 대부분의 재료도 식물이다. 벽, 난방, 섬유, 연장, 의약품, 페인트 등은 말할 것도 없고 우리가 먹고 마시는 모든 것의 근본은 식물이다. 육류를 제공하는 동물도 식물을 먹거나 식물을 먹은 동물을 먹고 산다. 게다가 호흡을 할 때마다 들이켜는 공기에는 식물이 생산한 산소가 들어 있다. 인간이 딱 한 가지만 이해해야 한다면 그것은 식물이어야 한다.

나는 먼저 식물 이름에 의지해서 그들의 성격과 모양을 배우는 일부터 시작했다. 풀만 해도 엄청나게 다양했다. 그런 풀은 너무도 연약하고 동시에 너무나 강건해서 왕김의털은 1천 년까지도 산다. 개미에게 풀밭은 숲처럼 느껴질 것이다. 촘촘하게 난 풀은 소나무, 방울새풀은 사시나무, 콜로니얼 벤트그래스는 자작나무와 같을 것이다.

땅에는 꽃가루와 암술이 봄에 랑데부를 이룬 결과물인 씨앗도 있다. 식물이 부모의 마음으로 씨앗을 돌본다는 이야기를 듣고 나는 감동을 받았다. 작은 씨앗은 넓은 세상으로 여행을 떠나기 전에 필요한 준비물뿐 아니라 여러 상황에 대처할 수 있는 방법까지 배운다. 생물학자 소어 핸슨Thor Hanson은 씨앗을 기다리는 모험에 관한 이야기로 한 권의 책을 다 채웠다.

씨앗이 살아남기 위해 부모로부터 받은 양분을 탐내는 동물이 많다는 사실은 어쩌면 당연한 일일 것이다. 하지만 그것도 다 계획의 일부다. 견과류처럼 딱딱한 껍질이 있는 씨도 있고 맛이 역겹거나 독소를 포함한 씨도 있다. 모든 씨앗은 이동할 능력도 갖추어야 한다. 달콤한 과육을 미끼로 동물의 배 속에 들어간 다음에 비료 덩어리에 섞여 흙에 도착하는 방법을 택하는 씨도 있다. 그런가 하면 작은 고리로 동물의 털이나 새의 깃털에 매달려 무임승차를 하는 씨도 있다. 하지만 대부분의 씨는 날개나 프로펠러 혹은 낙하산을 장착하고 태어난다. 그 덕분에 식물은 비행이 가능하다.

대부분의 씨앗은 부모 식물과 가까운 곳에 떨어지지만 바람을 타고 멀리 날아가기도 한다. 나무가 자랄 수 없는 히말라야의 높은 지역에서 식물의 씨가 발견된 적도 있고 물을 통해 이동할 수 있는 면화씨가 대서양을 건넌 기록도 있다.

비행과 정반대 방법을 취하는 경우도 있다. 꼼짝 않고

기다리는 능력을 발휘하는 것이다. 씨앗이 미래의 가능성을 자기 안에 담지 않았다면 무엇을 담았겠는가. 제2차 세계 대전 중에 대영 박물관이 공습을 받게 되었다. 그 바람에 천장에서 물이 새자, 식물 표본집에 붙어 있던 3백 년 전의 씨앗에서 갑자기 싹이 나기 시작했다. 그들의 부모는 다른 시대와 다른 지역에서 살았지만 씨앗은 새로운 가능성에 자신을 맡긴 것이다. 수백 년의 기간은 씨앗에게는 찰나에 불과하다. 고대 이집트의 무덤에서 수천 년을 기다리다 싹을 틔운 씨앗도 있으니 말이다.

잠자는 숲속의 미녀처럼 씨앗이 주변에서 벌어지는 일에 전혀 무관심한 것은 아니다. 그들은 싹을 틔우기에 좋은 조건이 되었다는 신호를 기다린다. 불이 나면 봄과 같은 온기에 반응해서 씨앗이 깨어난다는 사실을 미루어 보면 껍질 속 그 작은 세상에서도 계절의 변화를 알아차리는 듯하다.

씨앗을 둘러싼 수수께끼는 너무도 많다. 그들은 어떻게 빛과 어둠, 온기와 수분을 감지하는 것일까? 어떻게 지구와 시간에 대해 그리도 잘 알고 있을까? 적절한 시기가 되면 배아와 배근이 무슨 일을 해야 하는지 어떻게 미리 알고 있는 것일까? 또 수백만 년에 걸쳐 축적된 경험을 어떻게 그 작은 씨앗에 모두 담을 수 있는 것일까?

엄격히 말하자면 기다릴 줄 아는 씨앗의 능력 덕분에 우리가 오두막에 앉아서 빵을 먹을 수 있는 것이다. 씨앗은 우리 조상들이 농부가 되어서 한곳에 정착하며 작물을 재배할 수 있도록 만들었다. 오래전의 사람들이 수렵 채집 생활을 할 때에는 그날그날 찾은 것을 먹기 바빴을 것이고 정착을 한 후에도 찾은 것을 모두 먹은 듯하다. 시리아 지역에 최초로 정착한 조상들은 250여 가지에 이르는 다양한 식물을 섭취하는 풍요로운 초식 생활을 했다고 알려져 있다. 그 식물은 대부분 아직도 자연 속에서 살고 있다. 재료를 직접 채집해서 음식을 만들어 먹을 수 있는 요리책을 손에 넣은 나는 어느 해 여름휴가 동안에 동생과 그런 식생활을 시도해 보았다. 꿩의비름으로 수프를, 명아주로 패티를, 개솔나물을 반죽해 팬케이크를 만들었다. 문만 열고 나가면 온통 재료가 널려 있었기 때문에 너무나 편했다. 조카들은 나를 흘끗거리면서도 두려움 반, 그리고 놀라움 반으로 음식을 모두 먹었다. 정말로 먹을 수 있는 것인지 의심하는 듯했다. 마카로니와 밀빵도 풀의 일종으로 만들어진 것이고 사탕도 3미터가 넘게 자라는 사탕수수로 만들어진 것이라고 설명하자 그들의 의심은 불신으로 변했다.

몇 가지의 풀이 농사를 짓던 조상들의 식생활을 확고하게 점령하기 시작했다. 그리고 그 결과 식물들도 정착민만큼이나 튼튼한 뿌리를 내리게 되었다. 사람들은 땅을 소유하기 시작했고 그곳을 새로운 식물로 장식했다. 그와 동시에 사람들이 먹는 식물종의 수는 점점 줄어들어서 결국 몇 가지 곡물과 병아리콩, 렌즈콩 정도만 남게 되었다.

이상하게도 비슷한 패턴이 다양한 문화권에서 반복되었다. 보리, 밀, 호밀이 1천 년 전에 중동의 비옥한 초승달 지역에서 경작되기 시작했다. 비슷한 시기에 중국에서는 쌀을 길렀고 아메리카 대륙에서는 옥수수를 키웠다. 아프리카에서는 수수와 기장이 큰 인기를 모았다. 결국 경작지의 70퍼센트가 벼, 보리, 옥수수, 밀 등에 할애되었다. 유전자 조작을 거친 밀은 살충제와 비료를 더 많이 써야 했지만 수확량은 늘어났다.

하지만 곡물만 씨앗이 아니다. 향신료와 약이 된 씨앗도 있다. 곤충으로부터 자신을 보호하기 위해 갖춘 강한 맛과 독성이 인간에게 큰 매력으로 작용했다. 비율을 잘 맞추면 괜찮았기 때문이다. 인도에서는 향신료를 음식과 아유르베다 의료술에 모두 사용했고 메소포타미아와 중국에서도 귀한 대접을 받았다. 마침내 향신료는 승전을 거둔 군인처럼 환영을 받으며 유럽으로 진군했다. 고대 그리스에서는 세금 대신 후추 씨를 낼 수 있었고 로마 제국에서는 육두구를 화폐로 사용했다. 새로운 시대의 동이 트면서 사람들은 향신료를 찾아 배를 타고 온 세상을 누비기 시작했다. 콜럼버스는 향신료를 확보할 수 있는 길을 개척하기 위해 대서양을 건넜고 바스쿠 다 가마Vasco da Gama는 인도양의 스파이스 아일랜드*로 향하는 더 나은 항로를 확립했다. 맛있는 씨앗뿐 아니라 사프란과 크

* 말루쿠 제도의 옛 이름.

로커스, 바닐라, 난초, 계피 등도 큰 인기를 누렸다. 네덜란드 동인도 회사가 향신료 무역에서 거두어들인 이익은 현대의 정유 산업이 올리는 이익에 맞먹을 정도로 막대했다. 남아메리카 대륙에서 새로 발견한 식물은 황금보다도 더 가치가 컸다. 처음에는 사람들이 그곳에서 가져온 감자, 딸기, 토마토, 옥수수 등을 환영하지 않았지만 나중에는 귀한 대접을 받았다.

곧이어 희귀한 꽃도 향신료만큼이나 큰 인기를 얻게 되었다. 튀르키예산 튤립에 대한 투기 열풍으로 네덜란드의 주식 시장이 붕괴되는 현상까지 초래될 정도였다. 일부 지역에서는 이국적인 식물을 경작하기 위해 노예 무역을 도입했고 그 결과 노예상이 엄청난 수익을 올렸다. 아프리카인을 야만인, 다시 말해 야생의 인간이라 부르며 야생이니 마음대로 다루어도 되는 것으로 취급했다. 그런 개념에 따라 식물과 노예화된 인간을 바다 건너 낯선 곳으로 가져가 플랜테이션을 만들었다. 사탕수수는 칼날처럼 날카로운 이파리를 가지고 있었지만 결국 세상에서 가장 사랑받는 작물이 되었다. 그에 못지않게 성공을 거둔 식물은 히비스커스와 친척 관계인 목화이다. 목화는 멕시코와 남아메리카 대륙의 아즈텍 문명, 그리고 잉카 문명에서 경작되었고 유럽에서는 알렉산더 대왕이 인도에서 목화를 가져와 지중해 유역에서 길렀다. 하지만 북아메리카 대륙의 남부에서는 목화가 새로운 식물이었으며, 노예의 강제 노동을 통해 세계 최초로 대량 생산을 이룬 원자재라는 기록을 남겼다.

식물 대이동이 남긴 여파는 베란다에 앉아 있는 우리에게도 미쳤다. 베란다 바로 옆에서 튀르키예에서 건너온 라일락이 만개했고, 목화에서 추출한 섬유질은 옷뿐아니라 아이스크림, 마가린, 껌, 화장품에도 들어 있다. 세계 시장에서 가장 많이 거래되는 상품 중 하나로 꼽히는 커피는 수십억 명의 사람이 즐긴다. 물론 우리도 베란다에 앉아 날마다 커피를 마셨다. 커피뿐 아니라 차, 초콜릿, 담배 등은 모두 그 식물이 경작되는 곳이 아니라 다른 곳의 부를 축적시킨다. 게다가 커피를 기르는 데는 엄청난 양의 물이 들어간다. 한 잔의 커피를 만들려면 무려 140리터의 물이 필요하다.

식물은 역사, 그리고 문화와 특별한 연관성을 지닌 경우가 많다. 우리 뇌의 신경이 더 빠르게 반응하도록 만드는 카페인 덕분에 유럽의 계몽주의가 싹틀 수 있었다는 설도 있다. 다른 사람은 몰라도 볼테르Voltaire와 드니 디드로Denis Diderot는 카페에서 하루에 40여 잔의 커피를 마시면서 취기가 전혀 없는 상태로 활발한 토론을 벌였다고 한다. 요즘은 스웨덴의 거의 모든 직장에서 고용인에게 무료 커피를 제공한다.

사실상 카페인은 곤충으로부터 스스로를 보호하기 위한 식물의 방어책이다. 커피 잔에 빠졌다가 나온 거미는 이상한 모양의 집을 짓는다. 하지만 커피 덤불도 꽃가루받이를 도와줄 곤충이 필요하다. 그리하여 소량의 카페인은 두려워하지 않고 오히려 좋아하는 특정 벌의 신세를 진다. 벌도 열심히 일한 후에 원기를 회복하고 있을 것이라고 상상하면 즐겁다.

이국적인 식물 중 내가 가장 긴 시간을 함께 보낸 것은 화분에 심은 식물이다. 실내로 들여온 식물은 조용한 반려동물과 다르지 않고 간혹 자기들이 고향에서 어떻게 살았는지를 보여 준다. 예를 들어 제라늄은 아프리카의 가뭄에 익숙하고, 게발선인장은 브라질에서 꽃을 피우는 때에 상응하는 계절에 꽃을 피우고, 같은 지역에서 온 마란타*는 브라질에 밤그림자가 드리울 즈음에 손을 모으듯 아름다운 이파리들을 접는다.

하지만 스웨덴에서 자라는 대부분의 나무는 토종 식물이다. 우리도 그 식물에 기대어 소속감을 느끼는 경우가 잦다. 린네의 성(姓)도 그의 가족이 소유한 농장에서 자라는 서양종 보리수나무에서 기원했듯이 스웨덴 사람들의 성으로 사용되는 나무만으로도 숲 하나는 족히 만들 수 있다. 비에르크Björk, 에크Ek, 린드Lind, 해그Hägg, 뢴블롬Rönnblom, 뢴블라드Lönnblad, 하셀그렌Hasselgren, 알름크비스트Almkvist, 알스트룀Alström, 아스플룬드Asplund, 푸루란드Furuland, 그란크비스트Grankvist 등은 각각 자작나무, 떡갈나무, 서양종 보리수나무, 귀룽나무, 마가목꽃, 단풍나무잎, 개암나무 가지, 오리나무 잔가지, 사시나무 숲, 소

* 〈기도하는 식물〉이라는 뜻을 지니고 있다.

나무 숲, 가문비나무 잔가지 등을 뜻한다. 나무의 이름을 따서 성을 짓는 것은 자신의 뿌리를 내리는 한 가지 방법이었을까? 보호하는 나무가 가진 개념도 이와 비슷한 목적이었을까?

물론 우리 가족도 깊은 뿌리를 지녔다. 비록 친척들이 모두 여기저기 흩어져 살고 있기는 하지만 추억을 공유하고 있으며 서로 간 비슷한 성격을 찾아내는 일은 늘 즐겁다. 어린 조카들에게 가계도를 그려 주려고 했지만 성공을 거두지 못했다. 가지가 다 엉켜 버렸기 때문이다. 예닐곱 개의 나라에 걸쳐 있는 뿌리는 제멋대로 뻗어 있었고 1백 년만 거슬러 올라가도 수천 개의 연결 고리가 존재했다. 인간의 생물학적 진화를 담은 수형도를 그리는 일은 그보다 훨씬 더 어려울 것이다. 우리는 커다란 지구라는 세상에 속한 계에 속한 문에 속한 강에 속한 목에 속한 과에 속한 속에 속한 그저 하나의 종일 뿐이기 때문이다.

그럼에도 불구하고 유전자는 정체성의 일부인 동시에 늘 변화할 가능성이 있다. 노란구륜앵초는 절대 장미가 되지 않겠지만 유전적 성향과 환경은 늘 서로 영향을 미치며 상호 작용을 한다. 19세기 중반까지는 이런 변이의 과정이 수수께끼로 남아 있었다. 그 비밀을 벗기기 위해 한 남자가 완두콩을 심기 시작했다.

그레고어 멘델Gregor Mendel은 가족이 작은 농장을 경영

하고 있었지만 식물을 기르는 일에 일생을 걸 의지는 없었다. 그는 생명에 관한 의문을 푸는 일에 관심이 있었다. 장학금을 받고 개인 교사를 하며 번 돈 덕분에 그는 철학, 물리학, 수학을 공부할 수 있었지만 자신이 원하는 연구를 실행하기 위해서는 더 큰돈을 모으거나 후원자가 필요했다. 하지만 멘델에게는 둘 중에 그 어느 것도 없었다. 그러자 그의 지도 교수는 과학적 연구를 지원하는 오거스틴 수도원에 지원하라고 조언을 했다.

수도원은 중세 때부터 약초를 길러 왔다. 그곳에서 수업을 하게 된 그는 대학에서 몇 개의 강의를 들었다. 그 강의들과 현미경 덕분에 멘델은 그동안 씨름해 온 문제들에 대한 답을 찾는 연구를 시작할 수 있었다.

농부들은 유전자가 어떤 식으로 이전되는지를 전혀 이해하지 못한 채로 오래전부터 다양한 이종 교배를 해왔다. 하지만 린네의 분류법에는 변종이나 잡종이 끼어들 여지가 없었다. 멘델은 실험을 통해 문제의 핵심을 파헤치고 싶었다. 그는 처음에는 벌을 사용하려 했지만 실패하고 말았다. 벌은 공중에서 짝짓기를 하는 데다 꽤 독특한 유전자를 가지고 있기 때문이다. 색이 다른 쥐로 실시한 실험은 조금 더 가능성이 있어 보였지만 수도원장이 허락하지 않았다. 쥐는 어차피 어디에서도 환영을 받지 못하는 동물이지만 너무나 빠른 번식을 하는 그들의 습성을 금욕적인 수도원에서 받아들이기가 힘들었기 때문이다.

식물은 이야기가 달랐다. 완두콩으로 실험을 할 경우에는 식재료가 생긴다는 부가적인 혜택까지 있었다. 멘델은 수도원 정원에 독자적으로 사용할 수 있는 온실을 얻었다. 그곳에서 누구의 방해도 없이 작은 붓을 사용해서 화단에 있는 친구들을 중매할 수 있었다. 그는 8년 동안 1만 포기 이상의 완두콩을 꽃가루받이하는 데 성공했다. 초록색 콩을 노란색 콩과, 표면이 주름진 콩을 매끄러운 콩과 교배했고, 흰색 꽃과 자주색 꽃, 키가 큰 콩나무와 작은 콩나무를 짝지었다. 그다음 이전에 받은 수학적 훈련을 토대로 그 결과를 표로 만들어 정리했다. 그는 자신의 실험 결과를 보고 놀랐다. 키가 큰 콩나무와 작은 콩나무가 합쳐지면 중간 키의 콩나무가 아니라 큰 콩나무를 얻었고 또 흰색 꽃과 자주색 꽃을 섞으면 흰색 꽃만 나왔다. 그러나 1세대에 나타나지 않은 특성이 후세대에 나타나는 경우가 있는 것으로 보아서, 그 특성이 감추어져 있었을 뿐이지 사라지지는 않고 언제나 존재하고 있는 듯했다. 부모가 둘이듯, 우성 유전자와 열성 유전자도 쌍을 지어 다니는 것이 확실했다.

멘델은 자신의 실험을 통해 정리한 결과를 지역의 과학 저널에 발표했다. 또 그 자료를 1백여 권 남짓 인쇄한 다음 그중 한 권을 다윈에게도 보냈다. 그는 다윈이 발표한 진화 이론을 독일어로 번역한 자료를 상세한 메모까지 하며 꼼꼼히 읽었기 때문이다. 그러나 다윈은 멘델이 보낸 자료를 영원히 열어 보지 않았다. 사실 당시에는 아무도 멘델의 발견에 큰 관심을 보이지 않았다. 동물의 조상에 대한 다윈의 이론에 비해 멘델의 완두콩 표는 별 재미가 없어 보였다. 그의 연구는 씨앗과 마찬가지로 새로운 시대가 열리기를 기다려야 했고 결국 그 자료는 그가 죽은 후에 빛을 볼 수 있었다.

과학계가 마침내 멘델의 이론에 주의를 기울이게 되면서, 유전학은 아직 풀지 못한 수수께끼가 많이 남아 있었는데도 불구하고 그 자체로 당당하게 과학의 일부로 인정받았다. 다양하고도 무질서해 보이는 생명이라는 것이 어떻게 이만큼 깔끔하게 정돈된 유전자를 바탕으로 나타날 수 있을까? 이 문제는 또 다른 인물이 또 다른 식물을 통해 풀어 보려고 했다.

20세기의 여명이 밝아 올 무렵, 바버라 매클린톡Barbara McClintock이 태어났을 때는 멘델의 법칙이 이미 널리 알려져 있었다. 그녀도 자기 자녀를 가져야 할지 아니면 자녀가 물려받는 유전자에 대한 연구를 지속할지를 선택해야만 했다. 당시만 해도 여성이 결혼을 하면 대학에서 쫓겨났는데, 그렇지 않아도 그녀는 가정생활을 고려할 시간조차 없었다. 하루에 열여섯 시간을 오롯이 실험실과 직접 관리하는 옥수수밭을 오가는 데 바치고 있었기 때문이다. 그녀에게 옥수수는 연구 대상 이상의 의미였다. 그녀는 바람에게 선수를 빼앗기기 전에 옥수수의 수꽃과 암꽃을 오가며 서로를 맺어 주는 큐피드였다. 그녀는 하루에도 여러 번 옥수수밭 가운데로 사라졌다. 그녀보다 작은 옥수수는 없었기 때문에 일단 그녀가 옥수수밭에 들어가면 찾을 수가 없었다. 옥수수 세포를 현미경으로 들여다볼 때도 그녀는 다른 의미에서 자신이 사라지는 느낌을 받았다. 일에 너무 몰입한 나머지 보고 있는 대상과 거의 하나가 되는 듯했고, 그렇게 몰두한 덕분에 다른 사람들은 간과해 온 부분을 놓치지 않고 발견해 냈다.

매클린톡은 그 작은 우주 안에서 유전과 변화에 관한 커다란 질문에 대해 생각했다. 멘델의 수학적 표에 보이는 유전자는 진주 목걸이만큼 단정하게 줄지어 선 것이었다. 그러나 자신의 연구 결과는 그보다 더 거칠고 무작위인 것으로 보였다. 심지어 어떤 유전자는 이해할 수 없는 방식으로 이리저리 튀는 것 같았다.

규칙적인 패턴으로 나타나는 유전자와 불규칙으로 모습을 드러내는 유전자는 서로 다른 규칙을 따랐다. 그리하여 어느 정도는 다른 시각으로 이해를 해야 했다. 매클린톡은 이 사실에 특히 세심한 주의를 기울였다. 그녀는 이리저리 튀는 유전자를 추적해서 그것들이 물려받은 형질을 변화시킬 수 있다는 사실을 발견했다. 그러나 그녀의 발견도 멘델의 발견처럼 당시에는 별 관심을 끌지 못했다. 사람들은 여전히 식물이 우리의 비밀을 풀 수 있다고 믿지 않았다. 결국 30여 년이 지난 1970년대에 다른 과학자들이 전자 현미경을 이용해 직접 눈으로 확인을 한 후에야 그녀의 주장을 받아들였다. 염색체의 일부가 움직이는 것이 가능하다는 사실이 밝혀진 것이다. 그녀의 이론을 적용하면 모든 생물종에 나타나는 변종이 어떻게 벌어지는지를 설명할 수 있었다. 결국 매클린톡은 노벨상을 수상했다.

그즈음 매클린톡의 연구는 이미 문화사에도 공헌을 하고 있었다. 1만 년 동안 옥수수는 현재 중남미에 해당하는 지역에 사는 원주민이 가는 곳이라면 어디든지 따라다녔다. 옥수수의 염색체에서 그녀가 발견한 시간 지표를 비교하면, 원주민 사회가 어떻게 전승이 되었는지를 알 수 있었다. 그녀가 현미경으로 들여다본 식물 세포는 굽이굽이 전해 내려온 유전자의 여정뿐 아니라 한 대륙 전체의 문화사를 짐작하는 것을 가능하게 만들었다.

따지고 보면 유전자를 통해 생명을 물려받는 과정을 식물로 설명하는 것은 상당히 논리적이다. 가계도도 나무의 모양을 띤 수형도로 그리지 않는가. 그 모든 배후에는 지구 전체를 덮을 수 있는 뿌리를 가진 〈세계수〉가 있다. 그 이미지는 폴리네시아 문화, 시베리아의 야쿠트족과 오글랄라족의 신화뿐 아니라 인도의 우파니샤드 성전에도 등장한다. 고대 바빌로니아인은 심지어 두 그루의 나무, 다시 말해 지식의 나무와 생명의 나무를 가지고 있었는데 나중에 유대교인과 기독교인이 이를 받아들였다.

나무의 가지에서 지식을 얻을 수 있다는 사실에 수긍하지 않는 사람은 없다. 붓다Buddha는 보리수나무 아래에서 열반에 이르렀고, 제우스Zeus는 도도나의 신성한 떡갈나무에 부는 바람 소리로 삶의 문제에 대한 답을 했다고 전해진다. 그보다 북쪽에서 자라는 떡갈나무가 보내는 메시지는 학식이 높은 드루이드교 사제들이 해석을 담당했다. 바이킹들은 조금 더 인정사정없는 방법으로, 즉 나무를 제물로 바치는 의식을 통해 신과 교감을 꾀했다.

세계수는 북유럽 신화를 모아 놓은 『에다Edda』에 〈위그드라실〉이라는 나무로 등장하는데, 그곳에 구체적인 세계수의 모습이 묘사되어 있다. 위그드라실은 세 개의 뿌리를 가지고 있으며 뿌리 하나하나는 각자의 샘에 굳건히 닻을 내리고 있다. 첫 번째 뿌리에는 노른Norn이 앉아 있다. 그들은 생명을 자아내고, 가닥을 짓고, 그것을 잘라 내는 일을 한다. 우파니샤드 성전에 나오는 창조, 보존, 파괴의 신들과 비슷하다. 위그드라실의 두 번째 뿌리는 지금까지 일어난 모든 것과 앞으로 일어날 모든 것에 대한 지식이 들어 있는 미미르Mimir의 샘에서 물을 길어 올린다. 한편 세 번째 뿌리는 차가운 지옥으로 둘러싸여 있어서 구렁이가 끊임없이 뿌리를 갉아먹고 있다.

우리가 그 안에 살고 있다고 해도, 세상만큼 큰 규모의 나무를 상상하는 것은 어려운 일이다. 위그드라실의 한가운데에 있는 미트가르트에서 사는 사람들은 자기들이 나무 안에 살고 있다는 사실조차 이해하지 못했다. 그들의 조상인 아스크Ask와 엠브라Embra는 나뭇조각에서 만들어졌다고 전해진다. 또 시간의 흐름을 기록하는 룬 문자는 나무껍질에 새겨졌다. 그러나 위그드라실 전체를 볼 수 있는 것은 오딘Odin의 까마귀인 후긴Huggin과 무닌Muninn뿐이다. 각각 생각과 기억이라는 의미를 가진 이 까마귀들은 나무 꼭대기에 앉아 있다. 가지들이 얽혀 있는 모습은 뇌 속의 시냅스를 연상시킨다.

위그드라실은 물푸레나무라고 전해진다. 스웨덴의 전통적인 보호하는 나무 역시 물푸레나무가 아닌가. 린네가 출연하기 전까지 분류 체계는 그다지 중요하지 않았다. 예를 들어 수사슴이 위그드라실의 바늘잎을 우물거리며 먹는 장면이 나오는 것으로 보고 그것을 주목이라고 추측한 동료 작가도 있었다. 나는 여러 정황을 고려했을 때 위그드라실을 자작나무로 생각했다. 빙하 시대가 끝난 후 스칸디나비아에 처음으로 뿌리를 내린 나무가 자작나무였기 때문이다. 위그드라실을 묘사한 부분에서 익숙한 특징도 몇 가지 발견했다. 가령 나무 끝과 땅은 하늘과 땅 사이의 전령인 다람쥐 라타토스크Ratatosk에 의해 연결되었다고 한다. 우리 집의 보호하는 나무에 사는 다람쥐들처럼 말이다. 위그드라실 근처에서 수사슴들이 풀을 뜯었다는 말도 나오는데, 옛사람들이 구분해 놓은 동물종은 믿을 수가 없으니 그것이 노루였을 확률도 상당하다. 우리 집 마당에 오는 노루들처럼 말이다. 위그드라실은 이파리를 가지고 있었을 것이다. 벌이 뚝뚝 떨어지는 단물에 유혹되었다는 대목을 보아, 그 단물은 분명 이파리를 갉아먹는 진딧물이 만들었을 것이기 때문이다.

나무에서는 여러 가지 사건이 꼬리에 꼬리를 물고 일어나는 일이 다반사라는 생각을 해보면 위그드라실에도 다양한 생명이 살고 있었을 가능성이 높다. 가지에 사는 새부터 뿌리에 사는 땅호박벌, 개미, 들쥐에 이르기까지, 어쩌면 여우도 살고 있었을까?

과학적 시각에서 보아도 위그드라실의 이미지를 우리의 원래 집으로 생각하는 것은 꽤 합리적이다. 약 320만 년 전에 우리 조상 중 한 명이 또 다른 나무에서 땅으로 떨어졌다. 그녀는 똑바로 서서 걸을 수는 있었지만, 나무에서 떨어진 후에 민첩한 하이에나와 검치호 사이에서 스스로를 지킬 길이 막연했다. 그때 나무는 좋은 피난처였고 강한 팔과 섬세한 손가락을 가진 그녀는 나무를 오르기에 좋은 조건을 갖추고 있었다. 유일한 단점은 체중이 거의 40킬로그램이나 되어서 다람쥐만큼 가볍지 않다는 점이었다. 상대적으로 무거운 몸이었지만 적어도 한 번은 휘청거리는 나무 꼭대기까지 올라간 듯하다. 그녀가 왜 높이가 12미터나 되는 그곳까지 올라갔는지는 아무도 모른다. 나중에 과학자들은 비틀즈의 노래 「루시 인 더 스카이 위드 다이아몬드Lucy in the Sky with Diamonds」에서 이름을 가져와 그녀를 〈루시〉라고 불렀다. 비틀즈의 노래는 LSD에 관한 것이었는데, 어쩌면 그 나무 위에 먹으면 황홀해지는 마약 같은 과일이 열려 있었을까? 루시는 약에 취했을까? 정확한 이유는 알 수 없지만, 그녀는 나무에서 추락하고 말았다. 체중 때문에 가속이 붙어 시속 60킬로미터로 떨어졌다. 너무 빠른 속도였다. 그녀의 부상 흔적으로 보아 팔로 땅을 짚으며 떨어진 듯했지만 소용이 없었다. 나무의 품을 떠나자 땅은 그녀의 무덤이 되었다.

나무는 왜 다양한 신화에서 그토록 중요한 의미를 가지고 등장할까? 옛 기억 때문일까? 생각해 보면 어린아이는 나무 타기의 선수이다. 우리 집 마당에 서 있는 자작나무의 우아한 가지들은 나무를 탈 수 있을 정도로 굵지는 않지만, 땅을 향해 굽어 있었기 때문에 이파리가 무성한 텐트 같은 공간을 만들었다. 나에게 그 공간은 나무 위의 삶에 대한 기억을 깨우는 곳이었다.

스톡홀름의 작은 뒷마당에 있는 느릅나무가 손바닥만한 내 발코니에 닿을 정도로 자랐다. 매년 나는 점점 발코니에 가까워지는 느릅나무의 성장을 눈여겨보았고, 마침내 이파리가 발코니까지 다다르자 나는 하늘의 절반 정도까지 닿아 있는 나무 요새를 얻은 느낌이 들었다. 그 느릅나무는 참 좋은 친구였다. 봄에는 둥그런 날개가 달려 은화처럼 보이는 작은 열매들을 건네며 나의 샐러드에 고소한 맛을 더했다. 그럴 때면 스웨덴 사람들이 느릅나무 열매에게 붙여 준 〈만나manna〉*라는 이름은 참 적절하다고 생각했다. 열매가 열린 다음에 잎이 돋는다. 잎 하나하나에는 내 손의 혈관처럼 잎맥이 퍼져 있다. 이파리

* 이스라엘 민족이 먹을 음식과 마실 물이 없어 방황하고 있을 때에 여호와가 날마다 내려 주었다고 하는 기적의 음식.

사이에서는 늘 특별한 일이 벌어진다. 모든 이파리는 평등하게 햇빛을 받을 수 있도록 민주적인 형태로 배치가 되어 있다. 이파리는 사다리 모양으로 나는데, 가장 아래쪽 잎은 바로 위에 있는 잎보다 조금 더 크고 또 햇빛을 흡수할 수 있는 색소를 조금 더 많이 가지고 있다. 어느 가지도 다른 가지보다 우월하지 않아야 한다는 철학에 뿌리를 둔 배치였다.

그렇다고 수십만 개에 달하는 이파리 사이에 다양성이 전혀 없다는 뜻은 아니다. 사다리 모양으로 서로 어긋나게 배치가 된 것 말고도 각 이파리는 유전자의 모자이크에 의해 만들어졌다. 그럼에도 모든 잎이 같은 둥치에서 뻗어 나오고 나무가 주는 물을 자매처럼 사이좋게 나누어 가진다. 더운 날에는 증산 작용을 통해 수백 리터에 달하는 수분을 내보내고 그 수분은 다른 생물에게 도움이 된다. 밤에는 이파리도 긴장을 풀고 잠에 빠져들어 약간 처져 보인다. 가을에는 다른 잎보다 조금 더 오래 가지에 매달려 있는 잎도 있고, 많은 잎이 모두 땅 위에 모이기 전에 춤 솜씨를 자랑하는 잎도 있다. 그것들을 다 합치면 꽉 채운 여행 가방만큼 무겁다. 사실 가을이 되기 전 몇 달 동안 나무는 지구와 함께 태양을 도는 긴 여행을 해온 셈이다.

불행하게도 그 느릅나무와 나의 우정은 종지부를 찍어야만 했다. 건물 감독관이 나무의 뿌리가 건물의 기초를 흔들고 있어서 나무를 베어야 한다고 말했기 때문이다.

나는 1970년대에 스톡홀름에서 지하철역 입구를 만들기 위해 느릅나무를 뽑으려는 일에 대해 시민들이 벌인 반대 운동이 기억났다. 당시에 사형 선고가 내려진 느릅나무의 친구들이 재빨리 나무 사이에 해먹과 텐트를 치며 농성을 시작했다. 몇 차례 당국과 충돌이 있었지만 그들은 결국 나무를 살려 내는 데 성공했다. 나는 그런 성공을 거두지 못했고 내 느릅나무는 결국 베어졌다. 하지만 애당초 그럴 필요가 없었다. 나무뿌리가 건물의 기초 근처에도 가지 않았다는 사실이 밝혀졌기 때문이다. 더불어 새로운 사실도 알게 되었다. 느릅나무의 이야기는 아직 끝난 것이 아니었다. 나무둥치에서 새순이 솟아 나왔다. 나는 나무의 단면을 자세히 살필 수 있는 기회를 얻었다. 그곳이야말로 바로 나무의 역사가 새겨진 곳이 아닌가.

　나는 늘 느릅나무를 위에서 내려다보았다. 보통은 누릴 수 없는 유리한 위치였다. 그런데 이제 나무의 안쪽까지 들여다볼 수 있게 된 것이다. 그 원형의 단면 가운데 근처에 구멍이 하나 있었다. 무름병에 걸렸다가 이겨 낸 자국이었다. 그 구멍 주변으로 나무의 성장을 보여 주는 나이테가 호를 그리며 형성되어 있었다. 집을 향하고 있는 쪽에 있는 나이테는 공간과 빛이 더 풍부해서 반대쪽에 있는 것보다 더 작았다. 어떤 부분은 나이테의 간격이 더 좁았는데, 아마도 그해에는 상황이 좋지 않았을 것이다. 나이테를 모두 세어 보니 느릅나무는 올해 딱 40세였다. 느릅나무가 꽃을 피우기 시작하는 나이가 바로 40세

즈음이다. 아름다운 무늬를 뽐내는 식탁이나 요트 바닥을 만드는 목재로 사용하기 위해 베어 버리지만 않으면 느릅나무는 5백 년 동안 살 수 있다.

나무의 내부를 보고 우리는 무엇을 알 수 있을까? 악기를 만들기 위한 재료를 고를 때는 나무의 인생을 고려해야 한다. 바이올린을 만드는 장인은 여러 계절에 걸쳐 천천히 자란 가문비나무로 앞판을 만든다. 아주 추운 겨울과 차가운 산바람을 맞아 섬유질이 강해진 나무라면 더 좋다. 하지만 뒤판과 옆판은 다른 환경에서 자란 발칸반도의 단풍을 사용해야 한다. 서로 다른 두 가지 목재가 상호 작용을 원활하게 하기 위해서는 앞판과 뒤판의 진동을 전달하는 향주라는 버팀대가 필요하다. 악기의 공명을 방해하는 어떠한 소음도 생기지 않게 하려면 밀리미터 단위의 비율까지 맞추어야 한다. 또 나무는 살아 있는 재료이기 때문에 악기를 규칙적으로 연주해 주어야 한다.

나무의 영혼이 바이올린, 기타, 목관 악기를 통해 표현되는 것일까? 살아 있는 나무는 무슨 말을 하고 싶을까? 그들의 몸 구조는 우리 몸과 완전히 다르기 때문에 다른 방식으로 소통할 것이다. 자기 정원의 벗나무와 대화하는 습관이 있는 내 동생과 이 문제에 대해 이야기를 나눈 적이 있다. 나는 과학적인 설명을 찾고 있었고 서서히 답이 보이기 시작했다.

나무는 보기보다 외롭지 않다. 지구상에서 가장 거대

한 유기체인 균류와 동반자 관계를 맺고 있기 때문이다. 뿌리 체계가 1킬로미터까지 퍼진 균류도 있다. 이파리 식물이 등장한 초기부터 균류는 바위에서 흡수한 무기질을 식물에게 공급했고, 실처럼 생긴 뿌리인 균사로 식물의 뿌리를 감싸서 양쪽 다 혜택을 누렸다. 나무는 잎으로 흡수한 태양 에너지를 균류와 나누어 가졌고 그 보답으로 균류는 영양분을 공급하고 균사에 접근하도록 허락했다. 그 결과 나무는 자기 내부의 화학 물질로 다른 나무와 연결될 수 있었다. 보이지 않는 네트워크를 얻은 셈이다. 결국 대부분의 식물이 균류의 도움으로 협력 관계를 형성한다. 하지만 인공적으로 기른 나무는 의사소통을 하는 데 조금 더 어려움을 겪는다.

어찌 되었든 나무는 서로의 안위에 대해 관심이 있고 마음을 쓴다. 그들은 형제자매를 알아보고 다른 나무의 필요에 따라 스스로를 변화시킨다. 한 나무가 곤충의 공격을 알리는 경보를 내보내면 이웃 나무들은 재빨리 방어책을 마련한다. 떡갈나무는 이파리에 자극적인 타닌산을 보태고 호랑버들은 이파리에 쓴 살리신산염을 만든다. 적의 천적을 유인하는 화학 물질을 분비해서 공격을 물리치는 전략도 구사한다. 그러나 자기가 입은 손상이 자연적인 것이면 나무는 다른 나무에게 경고를 보내지 않고 스스로를 치료하기 위한 호르몬을 분비할 뿐이다.

나무가 의사소통을 한다는 사실은 당연히 여러 가지 질문을 낳는다. 식물 사이의 접촉은 분명 분자 수준에서 일어나는 일이겠지만, 어떤 형태의 의사소통일지라도 당사자가 의식이 있어야 한다는 것이 전제되어야 한다. 의식이 무엇인지에 대해서, 그리고 그것이 어디에서 나오는지에 관해서는 합의가 이루어진 적이 없지만 신경학자와 인지 전문가들은 어떤 생물이든 신경 체계를 가지고 있다면 주관적인 경험을 할 수 있다는 결론을 내렸다. 그러나 그것은 동물에 적용되는 이야기다. 식물의 경우도 그럴까?

이 질문은 고대부터 심심찮게 나왔으며 그때그때마다 다양한 방식으로 답이 제시되었다. 데모크리토스는 나무는 뇌를 땅에 두고 거꾸로 서 있는 사람이라고 표현했다. 피타고라스Pythagoras는 나무의 영혼도 환생을 한다고 믿었고 그래서 콩을 먹지 않았다고 한다. 아리스토텔레스는 식물이 이동할 능력이 없다는 데 집착한 나머지 열등한 영혼을 가졌다고 생각했다.

소위 범심론자라고 불리는 사람들은 살아 있는 모든 것은 의식을 지니고 있다고 여긴 반면 르네 데카르트René Descartes와 같은 합리적 이성주의자는 인간을 제외한 모든 생물을 영혼이 없는 기계로 간주했다. 데카르트는 당대에 이미 시계에 응용되고 있었던 17세기의 위대한 발명품인 기계식 진자에서 영향을 받았다. 한편 1700년대에는 자연을 기계에 비유해서 보는 시각이 장자크 루소Jean-Jacques Rouseau 같은 철학자에 의해 완전히 배제되었다. 데카르트와 달리 루소는 자연 속에서 시간을 많이 보냈기 때문에 자연에 대해 아는 것이 더 많았다. 이와 비슷한 관점에서 린네는 식물이 자손 번식을 할 뿐 아니라 잠도 잔다고 주장했다. 밤에는 자세가 달라진다는 사실이 그런 주장의 근거였다. 그렇다면 이는 식물이 깨어 있을 때는 일정 수준의 의식이 있다는 사실을 시사하는 것이 아닐까? 19세기에는 자연을 기계로 보는 데카르트의 시각을 비판하는 진영에 다윈도 목소리를 보탰다. 다윈은 인간과 다른 동물의 의식 수준은 정도의 문제일 뿐이며 식물도 모종의 지적 능력을 가지고 있다고 추정하는 것이 합당하다고 말했다.

결국 기술적인 실험으로 이 문제를 해결해 보려는 시도가 이루어졌다. 그중 하나는 꽤 이상한 상황에서 우연히 벌어졌다. 1966년에 CIA 심문 전문가 클리브 백스터 Cleve Backster는 경찰들에게 거짓말 탐지기의 사용법을 가르칠 예정이었다. 거짓말 탐지기가 탐지하는 여러 요소 중에는 피부 습도가 올라가는 반응도 포함되어 있었다. 사무실에서 화분에 물을 주고 있던 백스터는 문득 궁금해졌다. 거짓말 탐지기는 물이 뿌리에서 잎까지 올라가는 속도를 측정 수 있을까? 그는 이파리에 전극을 부착했지만 아무 반응도 없었다. 그때 심문 전문가로서 쌓아 온 경험이 고개를 들었다. 조금 더 공격적인 방법을 사용하면 반응을 보일까? 잎을 살짝 불로 그슬어 보기로 했다. 그러자 거짓말 탐지기에 바로 반응이 나타났다. 백스터는 깜짝 놀랐지만 그것이 무슨 의미인지 알 수가 없었다.

식물이 위협에 반응할 능력이 있다는 말일까? 그렇다면 그들은 어떤 종류의 의사소통 체계를 가지고 있는 것일까?

그는 큰 관심과 반대 속에서 실험을 계속했다. 인간의 혈관처럼 식물도 여러 종류의 관다발로 된 체계를 가지고 있기 때문에 내부에 소통 체계를 갖추고 있을 것이라고 추측해도 무리는 아니겠지만, 식물이 다른 식물과 대화를 할 수 있을 것이라는 개념은 터무니없는 주장으로 일축되어 왔다. 그러나 반세기 후에 농과 대학 소속의 과학자들은 밀과 옥수수 모두 뿌리와 공기를 통해 짧은 메시지를 주고받는다는 사실을 확인했다. 식물은 세포 혹은 분자 수준까지 감각을 지닌 것일까? 이를 밝히려는 일단의 과학자들이 〈식물 신경 생물학〉이라는 새로운 분야를 확립했다.

새로운 학문 분야의 중심에는 이탈리아 플로렌스의 국제 식물 신경 생물학 실험실International Laboratory of Plant Neurobiology이 있었다. 그 실험실을 설립한 스테파노 만쿠소Stefano Mancuso는 한 가지 가설을 실험해 보고 싶었다. 식물은 개미처럼 모종의 집단 지성을 형성할까?

그것은 완전히 새로운 개념은 아니었다. 마테를링크도 비슷한 생각을 내놓았다. 벌과 개미에 관한 책 말고도 『꽃들의 지성L'intelligence des fleurs』도 집필한 적이 있었으니, 그가 식물과 개미를 비교하는 것은 전혀 의외의 일이 아니었다. 물론 마테를링크는 과학자가 아니라 작가였으며 지적 능력은 인간의 경우에도 정의하기가 힘든 개념이다. 그런데 마테를링크의 책이 출간된 지 1백 년이 지난 후에 만쿠소 교수가 동일한 개념을 과학적 시각으로 들여다보겠다고 선언한 것이다. 만쿠소가 생각하기에 지적 능력은 곧 삶이 던지는 문제를 해결할 능력을 뜻했다. 기술적으로 말하면 외부 자극에 대한 반응에 융통성을 가지고 대처하는 능력을 의미했다. 원칙적으로 전자기 혹은 분자 수준에서 관찰이 가능한 일이었다.

만쿠소는 진화 과정에서 지능은 다양한 형태로 발달했을 것이라고 확신했다. 그중 한 분파는 인간의 두뇌처럼 크고 뛰어나서 슈퍼컴퓨터를 연상시키는 형태로 발달했다. 그러나 또 다른 분파는 수백만 개의 컴퓨터가 연결된 것처럼 널리 퍼진 형태의 지능으로 발달했다. 각 개체의 능력은 제한적이지만 협력을 통해 상당히 복잡한 수준에 도달할 수 있다. 이것이 바로 벌, 개미, 식물이 독립된 개체인 동시에 더 큰 전체의 일부로 존재할 수 있는 이유다.

나는 내가 마주친 벌과 개미를 한 마리씩 떠올리다가 그들이 이루고 사는 발달된 사회를 생각했다. 그리고 그것을 식물에 비교했다. 같은 종류의 꽃이라도 어느 하나 같은 것이 없으니 식물도 각자의 개성을 가진 개체이다. 하지만 이 〈개체〉라는 것은 더 이상 나눌 수 없는 단위를 뜻하는 것이 아닌가. 풀을 깎거나 꺾꽂이를 하기 위해 제라늄을 잘라도 죽지 않는다. 나무는 가지치기를 통해 더 강해진다.

하지만 이것 역시 설명이 가능하다. 식물은 우리와 다른 신체를 가지고 있다. 우리는 머리를 자르면 바로 죽는 반면에 곤충은 머리를 잘라도 조금 더 살 수 있고 식물은 아예 머리가 없다. 계속 포식자에게 먹히면서도 도망갈 능력이 없는 경우에는 생명 유지에 필요한 모든 부분을 한곳에 두는 것이 치명적일 수 있다. 따라서 식물의 감각기관은 널리 퍼져 있다. 우리의 기준으로는 식물에 눈, 코, 입이 없는 것처럼 보이지만, 식물의 잎에 있는 세포는 빛을 받아들이고 식물의 뿌리는 흙 속에서 더듬거리며 물과 영양소가 있는 곳을 찾아낸다. 심지어 그것들을 필요한 만큼 흡수하기 위해 뿌리를 더 만들기도 한다. 납이나 카드뮴처럼 해로운 물질을 만나면 뿌리는 후퇴를 한다.

식물은 땅 위로 드러난 부위도 땅 밑에 있는 부위만큼 활발하게 움직인다. 화초 사진을 20초마다 찍은 다음 그 이미지를 이어 붙여 저속 촬영 영상처럼 편집하면, 식물이 땅 위로 나오기 위해 얼마나 맹렬한 노력을 기울이는지 알 수 있을 것이다. 싹을 틔우는 동안에도 해가 움직이는 경로를 따라가느라 나선형으로 열심히 움직인다. 덩굴 식물은 한 걸음 더 나아가 지지대를 찾아 뻗어 나가며 그것을 휘감는다. 인동덩굴 옆에 갈퀴를 두면 덩굴은 금방 갈퀴를 찾아올 것이다. 또 곤충을 먹어서 영양을 섭취하는 식충 식물은 곤충이 착지하면 바로 알아차리고 잎이나 꽃을 접어 생포한다.

식물이 소리를 듣는 능력도 가지고 있다는 주장도 나와 있다. 뿌리 끝에서 딸깍거리는 것과 비슷한 소리가 들렸다는 보고도 있다. 아마 뿌리가 자라면서 세포벽이 터질 때 나는 소리일 것이다. 다른 뿌리들이 그 소리를 들을 수 있다면 수수께끼 같은 현상이 일부 설명될 수 있다. 하나의 식물에서 1백만 개가 넘는 잔뿌리가 자라지만 절대 서로 엉기지 않는다. 그 말은 그들이 서로의 위치를 파악하고 있다는 뜻이다. 큰 무리를 지어 날아다니는 새나 물고기가 동료들의 움직임을 알고 있기 때문에 서로 부딪히지 않는 현상과 비슷하다. 어찌 되었든 식물은 뿌리를 두뇌처럼 써서 정보를 수집한다. 데모크리토스가 믿었던 바로 그대로다.

뿌리가 소리에 반응할 수도 있다는 가능성이 대두되자 새로운 실험이 줄을 이었다. 만쿠소의 지휘 아래 포도원에 스테레오 음향 시스템이 설치되었다. 5년 후에 스피커 가까이에서 자라는 포도 덩굴이 스피커로부터 멀리에 있는 덩굴보다 더 잘 자란 것으로 드러났다. 포도는 더 빨리 익었고 색과 맛은 더 풍부했다. 음악이 해충을 혼돈에 빠뜨렸는지 살충제 사용량이 줄어드는 보너스 혜택까지 있었다. 그러나 포도 덩굴에게 가장 중요한 요소는 멜로디가 아니라 소리의 주파수였다. 저음이 특정 간격으로 울리면 성장이 촉진되고 높은 주파수는 성장을 막았다.

이 이론은 버섯이 드럼 소리를 들으면 더 잘 자란다는 사실을 발견한 일본의 한 식품 회사에 의해 다시 한번 확인되었다. 한편 호주의 한 연구 팀은 밀이 220헤르츠의 톡톡 치는 소리에 반응해 그 소리가 들리는 쪽으로 뿌리가 방향을 전환한다는 사실을 밝혀냈다. 식물은 소리가 아니라 진동에 반응하는 것이 아닐까? 만쿠소의 연구에 따르면 다수의 동물과 마찬가지로 식물은 지구의 전자기장을 감지할 수 있다. 물냉이는 전자기장과 같은 방향으로 뿌리를 뻗는다.

의문은 점점 더 늘어만 갔다. 식물이 가진 예민한 감각을 일종의 감정으로 간주해도 될까? 포도주 제작자들은 포도가 이해할 수 없는 반응을 보일 때가 있다고 말한다. 보통 1년에 두 번, 그러니까 꽃이 필 때와 수확을 할 때 특이한 현상이 관찰된다. 그때에는 갓 만든 새 와인이 며칠간 뿌옇게 되는 것이다. 나무통이나 병에 담긴 채로 포도를 수확하는 곳에서 멀리 떨어진 창고에 저장되어 있는데도 말이다. 조상으로부터 물려받은 삶의 리듬에 대한 감각이 아직 남아 있기 때문일까, 아니면 연민과 동조의 표현일까? 식물에게 모종의 의식이 있다면 그들의 감정에 대해 궁금해하는 것은 합리적인 일이다.

이런 종류의 질문에 관해 생각하다 보니 베란다 테이블에 한 상 가득 차려진 모든 것이 궁금해졌다. 포도주와 밀까지 주변 환경을 감각할 수 있다면 의식은 거의 모든 것에 깃들어 있지 않을까? 우리는 식물과 동물의 감정이 이리저리 연결되어 있는 그물망 한가운데 앉아 있는 것일까? 어쩌면 이것이 생명의 특징이 아닐까?

에너지가 넘치는 아이들은 숨바꼭질을 하느라 한동안 보이지 않았지만 이제 잠자리에 들 시간이었다. 아이들의 아빠들은 배우자 없이 일주일 동안 아이들과 여름휴가를 보내는 우리 가족의 전통을 받아들였다. 예전에 나와 내 동생이 만든 전통이었다. 다 함께 오두막에서 잘 예정이었기 때문에, 내 동생이 제일 어린 손주들을 돌보는 동안 방 배치를 바꾸는 작업이 진행되었다.

그사이 나는 마당을 한 바퀴 돌았다. 수액이 넘치는 나무둥치와 널리 뻗은 가지, 그리고 멀리 퍼져 나간 뿌리 안에서는 정말로 무슨 일이 벌어지고 있을까? 분명 나무뿌리와 개미가 바로 내 발 아래에서 활발하게 의사소통을 하고 있을 것이다. 나무는 그로 인해 더 강해질 것이다. 그들은 다 함께 협력해서 숲을 이루고 그 숲은 초유기체가 될 것이다.

우리의 문화와 사회에 대해서도 같은 논리를 적용할 수 있다. 하지만 식물은 분명 지구와 더 밀접한 접촉을 하고 있다. 글자 그대로 그 속에서 살고 있지 않은가. 바로 이 시점에서 만쿠소는 시대에 맞는 위로의 말을 전한다. 그는 미래에는 기술의 발전 덕분에 식물을 통역사로 변신시켜서 식물이 인간에게 공기와 흙의 질, 독소, 혹은 곧 다가올 지진 등에 대한 정보를 전달할 수 있을 것이라고 믿었다. 식물의 힘을 다 모으면 〈그린터넷greenternet〉이 될 것이다.

무엇보다도 식물은 세상에 대해 꽤 잘 이해하고 있다는 사실을 입증했다. 그들은 빛, 음파 진동, 화학 물질 등에 반응하고 끊임없이 움직인다. 식물이 꼼짝 않고 정지해 있다고 보는 것은 인간의 시각과 뇌가 시간을 그들과 다르게 해석하기 때문이다. 단지 식물이 사는 시간의 리듬과 감각적 세상, 의사소통 체계가 우리의 것과 다를 뿐이다. 따라서 우리는 우리가 사용하는 측정 방법이나 표현 방법이 보편적 기준이라고 추정하지 않아야 한다.

하지만 살아 있는 모든 것을 깊이 파고 들어가 보면, 서로 관련이 있는 의사소통 체계를 가지고 있기는 하다. 그것은 세포 단위로 존재해서 동물과 식물은 그 안에서 만난다. 동물의 세포는 식물 뿌리의 가장 겉면에 있는 세포와 굉장히 비슷하다. 식물의 뿌리와 지렁이의 뇌를 비교한 다윈이 발견한 사실이다. 다윈은 연구 활동의 대부분을 바로 이 주제, 즉 식물과 지렁이에 관한 것에 집중했다. 지렁이 연구는 오랫동안 수근거리는 정도로만 논의가 이루어지긴 했지만 말이다. 인간의 조상이 유인원이라고 주장하기만 해도 모욕적이기 짝이 없었는데, 그 가계도에 벌레까지 들어 있다고 말한다면 다윈은 완전히 매장을 당할 것이 뻔했다. 설상가상으로 그는 벌레가 일정 수준의 지적 능력을 지녔다고 생각했다. 이에 관한 다윈의 연구는 1930년대에 금속 쟁기를 발명한 미국의 발명가가 다시 꺼내기 전까지 공개되지 않았다.

지렁이가 흙을 파헤치고 갈아엎는다는 사실은 누구나 알고 있다. 고대 이집트에서는 클레오파트라Cleopatra가 지렁이 수출을 금지했다. 지렁이가 없으면 나일강 유역의 땅이 융성한 문화가 발달할 만큼 기름지지 못할 것이라는 사실을 알았기 때문이다. 부지런한 지렁이는 10년 사이에 10센티미터의 흙을 완전히 갈아엎어 공기를 통하게 하고 영양분을 되찾게 한다.

그러나 다윈은 지렁이의 농업 기술에는 관심이 없었다. 그는 지렁이와 식물 사이의 유사점에 흥미를 가졌다. 그는 지렁이의 감각을 이해하기 위한 실험을 하다가 처음으로 그 유사점을 알아차렸다. 어느 날 램프를 켜서 지렁이의 시각을 시험하고 악기를 연주해서 지렁이의 청각을 시험하고 있었다. 지렁이는 바순이나 주석 피리에 반응을 보이지 않았으며 소리를 질러도 아무 효과가 없었다. 그러나 지렁이를 흙이 담긴 그릇에 놓은 다음에 피아노 위에 올려 두자 반응을 보였다. 피아노를 연주하면 지렁이가 흙 표면 아래로 파고들었다. 식물과 마찬가지로 지렁이도 흙의 진동을 느낀다는 의미였다. 서로 다른 음조는 다른 메시지를 전달하는 것일까? 지렁이도 아주 희미하지만 규칙적인 패턴의 소리를 내고 있었다.

후각에 관해 말하자면 지렁이는 향수나 담배 냄새를 좋아하지 않는 듯했다. 하지만 좋아하는 음식이 풍기는 냄새에는 반응을 보였다. 그리하여 다윈은 지렁이가 먹는 것을 선호한다고 결론을 지었다. 그들은 우리와 마찬가지로 음식의 맛을 보는데, 개암나무 이파리보다 산벚나무 이파리를 훨씬 더 맛있게 먹었다. 양배추, 당근, 샐러리, 고추냉이 등도 좋아했지만 샐비어나 타임, 박하 등의 허브에는 입도 대지 않았다.

모든 자료를 요약해 본 다윈은 지렁이와 식물 사이의 유사점이 놀라울 정도로 많다는 사실을 깨달았다. 우선 둘 다 땅속에서 살기 때문에 비슷한 감각을 가졌다. 식물과 마찬가지로 지렁이도 특별한 촉각을 갖추고 있고 눈 대신 광수용체를 가지고 있다. 또 미뢰나 코 없이도 흙의 화학적 구성을 파악할 수 있으며 어느 부분이 잘려도 생명에 지장이 없는 다수의 분절로 몸이 이루어져 있다. 지렁이는 풀처럼 뜯기지는 않지만 오소리에서부터 새, 심지어 물고기에 이르기까지 각종 포식자에게 잡아먹힌다. 그렇기 때문에 지렁이는 많은 자손을 낳는 것으로 충분치 않다. 몸의 일부를 잃고도 생명을 유지할 수 있어야 한다. 어느 불쌍한 지렁이는 실험 대상이 되어 과학의 이름으로 죽기 전까지 무려 마흔 번이나 잘려야 했다.

지렁이에게 가장 중요한 부위는 그들의 앞쪽이다. 그 부위는 마치 뿌리 끝처럼 땅을 파고들어 갈 수 있을 만큼 강하며 심지어 경고성 페로몬을 분비하는 능력도 있다. 지렁이는 피하고 싶은 불편한 장소에서 페로몬을 분비하는데 녀석이 낚싯바늘에 꿰어 있을 때에도 페로몬을 분비한다. 간혹 물고기가 페로몬의 존재를 알아차리기도 하는데 그 경우에는 지렁이를 물지 않는다.

물론 지렁이는 식물과 다르다. 예를 들어 지렁이의 심장은 근육질의 밸브가 장착된 두꺼워진 혈관에 불과하지만, 이런 심장이 다섯 개나 있고 그것들이 따뜻한 피를 펌프질을 해서 온몸에 피가 돌게 한다. 또 지렁이의 뇌는 신경이 모여서 조금 커진 형태에 불과하지만, 결정을 내리고 방향을 잡고 새로운 것을 배우기에는 충분하다. 녀석들은 먹고 싶은 잎을 조심스럽게 선택하고 흙 속의 터널로 먹이를 운반하기 위해 여러 방법을 시도해서 가장 효율적인 해결책을 찾으려고 한다. 예를 들어 매끄러운 몸에는 흙을 잡기 위한 작은 솔이 붙어 있고 이파리를 땅 밑으로 끌어 내린 다음에는 일찍 일어난 새가 눈치를 채지 못하도록 흙에 생긴 구멍을 막는다.

다른 말로 표현하자면, 벌거벗은 채 살아 있는 내장처럼 보이는 그 생물은 사실 생각보다 훨씬 더 복잡한 존재이다. 게다가 20세기에 지렁이를 민간요법에 사용한 데는 다 합당한 이유가 있었다는 사실도 밝혀졌다. 지렁이는 임신 테스트에 사용할 수 있고 열을 내리는 물질도 함유하고 있는 것으로 보아서 화학적으로 평범하지 않다. 하지만 모든 지렁이의 특징 중에서도 식물의 뿌리 끝과 유사하다는 것이 가장 흥미롭다. 이것은 더 큰 질문으로 이어진다. 생물학적 분류법에 따라 각각의 범주를 나누는 선은 얼마나 명확하고 선명할까? 따지고 보면 식물과 동물은 같은 뿌리에서 나왔고 어떤 유기체는 그 두 가지 범주 사이에 존재하면서 양쪽을 연결해 주는 듯하다.

아이들을 재우기 위해 그들을 침대에 눕히는 과정에서 작은 사건이 벌어졌다. 이층 침대 근처에서 매우 활발한 개미 길을 발견한 것이다. 다양한 반응이 나왔다. 아이들 중 한 명은 크게 관심을 보이면서 개미에 관한 모든 것을 알고 싶어 했지만 다른 아이들은 그 침입자를 당장 없애고 싶어 했다. 양쪽 모두의 심정이 이해가 되었다. 일단 예전에 주문해 둔 개미 덫을 찾아보기로 했다. 목공용 헛간 어디인가에 있을 것이었다.

목공용 헛간에서 아이들이 관심을 보일 만한 또 다른 것을 본 적이 있다. 어느 날 그곳에 들어가 보니 썩어 가는 도마 위에 노란색 쿠션이 있었다. 처음에는 여우가 가져다 놓은 것이라고 생각했지만 자세히 살펴보니 달걀스크램블점균이었다. 스웨덴 사람들이 왜 이 점균류를 〈트롤 버터troll butter〉라고 부르는지 이해할 만한 모양새이다. 달걀스크램블점균은 움직일 수 있다. 땅 위에 생긴 균류는 보통 움직이지 않기 때문에 일부 생물학자는 이동을 하는 점균류를 동물로 분류하기도 한다. 하지만 이에 반대하는 생물학자도 있다. 그들은 점균류가 포자를 뿌리기 때문에 식물로 분류해야 한다고 주장한다.

서로 으르렁댔지만 모두 틀린 것으로 판명되었다. 점균류는 동물도, 식물도, 균류도 아니다. 그보다는 단일 세포로 만들어졌다는 특징에서 아메바에 가깝다. 그러나 세포 하나도 다양한 능력을 갖추고 있다. 서로를 알아보고 의사소통을 하고 기억을 할 뿐 아니라, 점균류의 경우처럼 세포벽이 없으면 여러 개의 핵을 가진 단일 세포로 결합을 할 수 있다. 세포 내의 핵들이 이리저리 다니기 때문에 세포 덩어리 전체가 움직일 수 있고 그렇게 이동을 하다가 만나는 박테리아를 욕심껏 모두 녹여 버린다. 점균류가 섭취를 하는 것이다. 계통 분류학자들이 혼란스러워한 것도 무리가 아니다.

트롤 버터를 다시 찾으려고 했을 때에는 이미 녀석들은 헌 도마 위에서 자취를 감춘 후였다. 어차피 느릿느릿 게으르게 움직이는 세포 덩어리는 아이들을 신나게 만들기에는 역부족이다. 하지만 점균류는 과학자들에게 생명의 진화에 관한 중요한 정보를 제공했다. 여러 개의 핵이 공존하는 상태는 단일 세포로 된 유기체가 서로 협력을 시작하면 어떤 일이 벌어지는지를 알 수 있는 중요한 단서다. 점균류가 미로를 빠져나갈 수 있는지에 관한 실험을 통해 그들이 놀라울 정도의 기억력을 가졌다는 사실이 입증되었다. 개미처럼 점균류의 기억도 자신이 남긴 냄새의 흔적으로 구현되지만 개미와 다른 점이 있다. 점균류는 한번 지나간 길은 절대 다시 가고 싶어 하지 않는다는 사실이다. 개미와 반대로 점균류는 냄새를 남긴 곳은 이미 박테리아를 먹은 곳을 의미했기 때문에 다른 경로를 택했다. 그들의 행동은 과학자들에게 단서를 주었다. 이런 식의 외부적 기억 장치는 내부적 기억 장치를 갖추는 데 필요한 첫 단계였을 것이다.

그것을 원시적인 것이라거나 무엇인가가 부족한 것이

라고 생각할 수는 없다. 인류 문화의 초석도 바로 이런 외부적 기억 장치였기 때문이다. 나는 최근에 가족들과 벌인 기억력 게임에서 졌지만, 외부적 기억 장치인 책을 자유롭게 이용하고 즐긴다. 점균류는 글자로 적힌 것이 아니더라도 외부적 기억 장치가 삶에 얼마나 중요한 역할을 하는지를 잘 보여 준다.

게다가 나는 트롤 버터가 단순히 기억의 진화 과정만 보여 주는 데서 그치지 않고 식물에 관한 중요한 사실을 입증했다고 생각한다. 눈과 두뇌, 그리고 신경 체제가 없는 유기체도 환경에 맞추어 방향을 잡고 기억을 할 수 있다는 사실 말이다.

개미 덫을 찾은 후에도 나는 오두막 밖에서 잠시 머뭇거렸다. 인동덩굴이 막 뿜어 내기 시작한 향기는 꽃만큼 풍성하게 굽이치고 있었다. 얼마 지나지 않아 밤나방들이 서둘러 몰려들어 활짝 핀 꽃 속에 숨겨진 달콤한 보물 창고를 즐길 것이다.

여름의 정수처럼 느껴지는 인동덩굴의 향기 덕분에 반쯤 잊힌 옛 저녁의 추억이 떠올랐다. 향기에 기억을 담는 것은 개미와 트롤 버터뿐이 아니다. 내 동생은 아직도 엄마가 나도제비난을 보여 준 순간을 기억한다. 「이 향기 좀 맡아 봐!」 그 순간 숲속의 빈터는 반세기가 지나도록 기억 속에서 사라지지 않는 작은 우주가 되었다.

무형의 향기가 이제는 죽고 없어진 것까지 되살리는

힘이 있다는 사실은 꽤 놀랍다. 소설가 마르셀 프루스트 Marcel Proust는 스펀지케이크 한 조각의 도움으로 생애 전체의 기억을 되살리기도 했다. 치매가 진행되면 후각이 둔해진다는 것은 시사점이 크다. 향기는 찰나에 지나가는 현재의 시간처럼 금방 사라져 버리지만, 오래전에 떠나온 사건과 장소를 감싼 채 떠나지 않기도 한다. 냄새는 수백만 년 동안 우리를 인도해 왔다. 그래서 모든 포유류와 마찬가지로 우리도 냄새가 어디서 나는지를 찾는 데 도움이 되도록 두 개의 콧구멍을 가지고 있는 것이다. 하지만 그 능력은 어떤 곳들에 이름을 붙이고 지도를 만들기 시작하면서 점차 중요성이 떨어졌다. 그때부터 냄새는 이름을 붙이지 않은 그림자의 세계로 전락해 버렸다.

듣거나 보지 못하는 헬렌 켈러Helen Keller에게 냄새의 세상은 여전히 엄청난 정보를 주었다. 그녀는 냄새를 맡은 다음 마치 주변 풍경을 본 것처럼 목초지와 헛간과 소나무 숲을 묘사할 수 있었다. 또 사람을 만나면 냄새로 상대방을 파악했다. 다른 사람이 목소리로 친구를 알아보는 것과 비슷했다. 켈러는 어떤 사람이 정원을 거쳐서 왔는지 아니면 부엌에서 왔는지를 구분할 수 있었다. 또 생명력이 왕성한 사람에게는 특유의 강한 냄새가 난다고 말했다.

어두운 감방에서 자란 카스파어 하우저Kaspar Hauser에게도 후각은 똑같이 중요했다. 그는 이파리에서 나는 미묘한 냄새의 차이로 과실수의 종류를 알아맞힐 수 있었다. 그러나 매우 오랫동안 그는 사람들에게서 밀려오는 후각 정보에 대해서 어찌할 바를 몰랐다.

공기 중에 떠다니는 냄새 분자는 가장 오래된 삶과 생명의 표현법일까? 동물 세계의 페로몬처럼 냄새는 희석되지 않은 생명의 정수를 담고 있으며 수백만 년 동안 인간에게 큰 도움이 되어 왔다. 새로 태어난 아기는 냄새로 엄마의 젖을 찾고 나쁜 냄새를 통해 음식이 썩었다는 사실을 파악한다. 멀리 떨어진 경우에도 냄새를 통해 상대방에 대한 여러 가지 정보를 알 수 있다. 나에게 다가오는 동물이 잠재적인 포식자일까, 먹이일까, 짝짓기 상대일까? 존재 하나하나를 수십만 개의 분자가 둘러싸서 그 개체만의 독특한 냄새를 형성한다.

냄새가 종의 경계를 넘어서면 그 해석이 더 다양해진다. 침엽수림의 향기로운 냄새는 테르펜을 함유하고 있어서 미생물을 억제한다. 진드기, 나방, 벼룩이 라벤더를 싫어하는 것도 같은 이유에서다. 인간과 벌은 같은 향기를 좋아한다. 바로 그 때문에 우리는 꽃향기를 빌려 향수를 만든다. 나비가 장미 향을 내면서 짝짓기 상대를 유혹하는 일과 비슷하다. 수천 년 동안 우리는 꽃잎, 과일 껍질, 씨앗, 이파리 등으로 향수를 만들었고 심지어 뿌리와 나무껍질도 사용해 왔다. 이 무형의 에센스는 음악의 음조처럼 만들어지는데 베이스 노트, 하트 노트, 톱 노트라는 향수 용어만 보아도 그 유사성을 짐작할 수 있다. 19세기의 한 향수 제조업자는 다장조 음계 전체에 해당하는 향기를 만들었는데, D는 바이올렛, E는 아카시아, F는 월하향, G는 오렌지꽃, A는 막 자른 건초, B는 개사철쑥, C는 녹나무였다. 다른 꽃향기로 또 다른 음계를 만들 수도 있다. 음악의 세계만큼 향기의 세계에도 다양한 변주곡이 존재하기 때문이다.

톱 노트는 코에 제일 먼저 감지가 되고 가장 먼저 사라지는 향기다. 하트 노트는 재스민과 장미 향부터 말린 정향 향기까지 다양하다. 베이스 노트에는 해변이나 비 온 뒤의 숲과 비슷한 향기가 나는 마른 떡갈나무 등이 사용된다. 가장 대표적인 베이스 노트는 백단유 향기다. 샌들우드라고도 부르는 백단향에서 나오는 오일은 마음을 차분하게 만드는 동시에 관능적으로 흥분시키는 효과를 낸다. 나무 에센스는 따뜻한 기운이 있기 때문이다.

향유고래에서 나오는 용연향 같은 동물적인 베이스 노트도 있다. 용연향은 한때 황금이나 노예만큼 진귀한 대우를 받은 신비로운 에센스다. 깊은 바다에서 온 용연향은 몇 년이 지나도 사라지지 않는다. 이 물질은 원래 향유고래의 위에서 소화되지 않고 남아 있던 두족류의 뼈가 풍부한 지방으로 둘러싸여 있다가 배설된 것으로 보통 해변에서 발견된다.

은은하든 화려하든, 차분하든 흥분을 시키든지 간에 향수의 향기는 생명이 용솟음치고 흐르는 다양한 곳에서 채취를 한다. 삶이 그렇고 음악이 그렇듯, 향기도 서서히 변화하고 사라지기는 하지만 조용하면서도 치열한 향기의 언어는 언제나 우리와 함께해 왔다. 오래전 진화의 초기에는 후각을 담당하는 기관은 신경 끝에 달린 조직 덩어리에 불과했지만, 점점 발달을 거듭해서 결국 뇌가 되었다. 그렇기 때문에 우리 뇌의 양쪽 반구는 한때 짧은 냄새 신경 줄기 끝에 달린 새순과 비슷한 꽃봉오리 모양이었을 것이다. 심지어 우리의 사고가 냄새를 감각하는 방식으로 이루어진다는 주장도 있다. 그러나 사고 기능이 후각의 영역에 속하지 않은 것은 확실하다. 사고의 뿌리는 뇌 안에서 감정을 전담하는 오래된 부위인 변연계에 있다. 향기가 감정과 관련이 있다는 뜻이다.

감정과 마찬가지로 향기 또한 묘사하기가 쉽지 않다. 사실 어떻게 향기를 정확히 포착해 묘사할 수가 있겠는가. 고대 로마의 시인 루크레티우스Lucretius는 후각으로 향기 분자의 모양을 짐작할 수 있다고 믿었다. 1960년대에도 이와 비슷한 이론이 등장하면서, 꽃의 향기 분자는 쐐기 모양이고 사향 계통의 향기 분자는 원반 모양이며 녹나무의 향기 분자는 공 모양이라는 주장이 대두되었다. 그러나 냄새 분자의 모양이나 화학 공식은 향기의 정수를 말로 표현하는 데 별 도움이 되지 않는다. 수천 가지 냄새를 구분할 줄 아는 향수 전문가들도 향기를 말로 표현해야 할 때에는 속수무책이 된다. 향기는 어떤 문법으로도 길들이지 못한 언어 영역에 속해 있다. 그것은 공중에 떠다니는 화학 물질로서 산들바람과 습도와 열기에 섞여 있으며, 현재, 그리고 지구에 사는 모든 생명의 동반자이다.

우리가 느끼는 감정의 뿌리가 후각에 있기 때문에 그 토록 많은 종류의 감정을 꽃으로 표현하게 되었을 것이다. 생일부터 무덤에 이르기까지 꽃다발이 쓰이지 않는 경우는 거의 없다. 심지어 사랑에 빠진 커플에게 어떤 종류의 꽃으로 어떤 감정을 정확히 표현할 수 있는지를 알려 주는 안내서까지 나와 있다. 사실 빅토리아 시대 사람들은 사람과 벌이 하는 일들을 직접 언급하는 대신 꽃으로 표현하는 쪽을 선호했다. 어찌 되었든 우리가 감정을 표현하는 데 꽃이 얼마나 큰 도움이 되어 왔는지 잘 보여 주는 사례이다.

우리는 눈으로 수백만 가지의 색을 볼 수 있지만, 사실 거론할 수 있는 색은 이름이 붙여진 몇 가지의 색뿐이다. 꽃은 이때에도 큰 도움을 준다. 〈장밋빛〉이라는 단어는 장미에서 유래한 것이다. 또 오렌지색은 동일한 이름의 과일에서, 바이올렛색과 라벤더색도 마찬가지로 각각 동일한 이름의 꽃에서 붙여진 색이름이다. 보라색의 일종을 묘사하는 옛 단어인 〈그리들린gridelin〉도 프랑스어 〈그리 드 랭gris de lin〉, 즉 〈아마 회색〉이라는 단어에서 유래한 것이다. 이름으로 인해 팔레트가 조금 더 환해지는 효과도 얻었다. 일부 지역에서는 그 단어가 나오기 전까지 같은 색을 밤색이라고 불렀기 때문이다.

사실 색과 향기는 벌뿐 아니라 인간에게도 강력한 위력을 발휘한다. 하지만 그것에 관해 이야기하기는 절대로 쉽지 않으며 그것에 생명력을 부여하는 것은 심지어 더 어려운 일이다. 글로 쓰인 언어는 죽은 식물을 매개로 전해 내려온다. 이집트의 파피루스 위에서, 그리고 스칸디나비아의 얇게 자른 너도밤나무 위에서 말이다. 그 후에도 나무의 펄프로 만들어진 종이를 통해 수십억 개의 단어가 조상으로부터 우리에게 전달되었다. 벌이 꽃들을 통해 꿀을 만들어 내듯 우리도 단어들을 통해 더 위대한 것을 만들어 낼 것이다. 거기에는 미래까지 계속될 생명의 정수가 담겨 있기 때문이다.

어쩌면 바로 이것이 문학과 생물학이 만나는 지점이 아닐까? 따지고 보면 〈문화culture〉와 〈경작cultivation〉은 어원이 같지 않은가. 새로운 생각과 아이디어는 식물과 마찬가지로 이종 교배를 할 수 있고 꺾꽂이를 하는 과실수처럼 새로운 사상을 기존 사상에 접목할 수도 있다. 불필요하게 복잡한 문장은 화단에 난 잡초처럼 솎아야 더 유기적인 리듬이 생긴다. 또 일부 단어는 다른 언어에 이식되거나 새로운 합성어로 재탄생하기도 한다. 그렇게 새로 난 가지처럼 뻗어 나가며 만개한 수많은 단어가 있으며 그 단어는 모두 문자와 글의 세상에 새로운 향기와 그림자를 만들어 낸다.

그러고 보니 문학과 정원을 가꾸는 일은 접점이 참 많다는 생각이 들었다. 아무도 자연과 경쟁할 수는 없지만, 우리도 섣불리 싹을 틔우고 웃자라려는 표현을 다듬는데 시간과 정성을 기울일 수 있을 것이다. 그렇게 생각하

니 우리 집을 수리하러 온 일꾼뿐 아니라 정원사들에게
도 친밀감이 느껴졌다.

　가족들과 휴가를 보낸 며칠은 시간의 흐름을 느끼지
못할 정도로 진하게 행복했다. 휴가가 끝난 후에는 그 모
든 시간이 성장의 힘이 가득한 씨앗 안에 단단히 뭉쳐진
듯한 느낌이 들었다. 나뭇잎처럼 추억도 영향력을 멀리,
그리고 오래 끼칠 수 있기 때문에 모든 것이 사라진 후에
도 떠나지 않고 그대로 남을 것이다.

　내가 시골집을 떠나고 나서도 조카들은 오두막에 계속
머무르며 휴가를 즐겼다. 정원사를 만나기 위해 오두막
으로 내가 다시 돌아왔을 즈음에는 숲속에서 자라는 블
루베리 관목 사이의 그림자가 길어지고 있었다. 하지만
더 큰 변화가 나를 기다리고 있었다. 여름 가뭄이 계속되
는 사이에 동네 우물이 마르고 마당에 있는 자작나무가
거의 모두 죽어 버린 것이다. 자작나무 이파리는 8월에
떨어진 뒤에 다시 나지 않았다.

　나는 『에다』에 등장하는 위그드라실의 운명을 떠올리
고 낙담을 했다. 신화에서는 구렁이 니드호그Nidhogg가
위그드라실의 뿌리를 깊이 갉아먹고, 또 다른 뿌리에 영
양을 공급하는 미미르의 샘은 천천히 썩어 가기 시작했
다. 마침내 노른들이 생명을 자아내고, 가닥을 짓고, 그것
을 자르는 뿌리 하나만 남았다. 가지에 달린 이파리들이
노랗게 물들어 가자, 노른들은 걱정을 했지만 미트가르

트의 사람들은 전과 변함없는 생활을 계속했다. 그러다 폭풍이 몰아치고 홍수가 몰아닥치며 위그드라실은 마침내 쓰러지고 말았다. 신들이 저버린 세계수가 불에 타면서 하늘이 붉게 물들었다.

집의 곳곳을 살펴보다가 나는 집 모퉁이에 있는 자작나무는 가뭄을 견디고 살아남았다는 사실을 깨달았다. 뿌리가 다른 나무들보다 더 깊게 뻗어 있었기 때문일까? 그 자작나무도 마당의 다른 자작나무에게 무슨 일이 벌어졌는지 틀림없이 느꼈을 것이다. 한 가족인 데다 나무는 서로 의사소통을 할 수 있기 때문이다. 집 반대편에 있는 자매 나무의 마른 뼈대가 슬픈 모습으로 눈길을 끌고 있었다. 시골집으로 이사를 온 첫 봄에 내가 흔들거리는 새집을 매달았던 나무였다. 그 나무에는 늘 새가 한가득 앉아 있었다. 6월에는 새매가 다이빙하듯 내려와 마치 과일을 따는 것처럼 가지에 앉아 있는 푸른박새를 잡는 장면을 목격하기도 했다. 가슴 아픈 광경이었지만 그 자작나무는 모든 새를 환영했다.

그러나 눈부시게 화려한 꽃마저도 죽음이 삶의 일부라는 암시를 담고 있다. 봄에 피는 라일락의 향기를 이루는 재료 중 한 가지인 인돌은 부패 과정에서 나오는 유기 화합물이다. 이 같은 이중성은 여름에 많이 나오는 우산 모양의 산형과 식물에서도 볼 수 있다. 파슬리, 파스닙, 쿠민, 처빌처럼 우리에게 맛있는 음식과 약이 되어 주는 식물이 있는가 하면, 독미나리처럼 죽음을 가져오는 식물

318

도 있다. 모두 같은 과에 속하는 식물로, 줄기, 잎, 열매, 뿌리, 개화 시기, 서식지로만 구분할 수 있다. 삶과 죽음은 뜨개질 작품의 앞면과 뒷면처럼 묘한 관계를 맺고 있다. 숲에 사는 생물종의 절반이 죽은 나무에 의지해 살고, 식물은 부패 과정을 통해 만들어진 흙에서 영양소를 취한다. 그 모든 과정을 거치는 동안 자연의 구성 요소는 언제나 동일하게 남아 있다. 이것은 살아 있는 모든 것이 상호 작용을 하면서 지구가 비옥해졌다는 의미이다.

낙엽을 긁어모아 두엄 더미로 가져갔다가, 그곳이 마당에서 제일 활발한 활동이 벌어지고 있는 곳이라는 생각이 들었다. 부엽토 내부의 풍경은 내가 눈으로 볼 수 있는 바깥 풍경만큼 다양하다. 그곳에는 꽃가루와 잘게 부수어진 암석, 박테리아뿐 아니라 수없이 많은 미세한 유기체가 섞여 있다. 균사체 숲속 어디인가에 톡토기의 신혼집이 있을 것이다. 다른 한쪽에서는 딱정벌레가 저녁 식사를 찾아 헤매고 노래기가 쥐며느리를 먹고 있을 것이다. 북적거리는 생명으로 넘쳐 나지만 대부분 이름조차 없다. 지하에 사는 생물종 중 극도로 적은 수만 알려져 있기 때문이다. 그런 사실과 상관없이 힘을 합쳐 땅을 만드는 장본인이 바로 그들이다. 고대 그리스 사람들은 흙을 세상을 구성하는 한 요소로 간주했지만 흙은 물, 공기, 입자, 그리고 셀 수 없이 많은 작은 생명체의 유기적 협력으로 만들어진 결과물이다.

나는 두엄을 한 삽 떠서 살펴보았다. 다양한 균류와 조

류 사이에서 아마도 박테리아 수백만 마리, 현미경으로
나 볼 수 있을 작은 벌레 수십만 마리, 그리고 2만 마리는
족히 되는 진드기가 살고 있을 것이다. 왕성한 식욕을 자
랑하는 수십억 마리에 달하는 생물이 썩어 가는 재료를
식물의 먹이로 변신시킨다. 거대한 연회장처럼 모두가
먹고 마신다. 맥주와 포도주, 치즈, 빵을 만드는 효모가
땅에 떨어진 잎에 든 당분을 알코올로 만들면, 박테리아
가 그것을 마시고 다른 생물에게 아세트산을 내준다. 그
것은 초의 불꽃만큼이나 강한 연소 작용이다. 그리하여
지구가 순환하듯 그 안에 든 모든 것을 순환시켜, 이야기
의 끝이 또 다른 이야기의 시작이 되도록 한다.

두엄을 돌보다가 손을 조금 베었다. 나는 혹시 몰라서
상처를 소독하기 위해 집 안으로 들어갔다. 박테리아는
은근슬쩍 위력을 발휘할 수 있는 녀석들이기 때문이다.
엄청나게 많은 종의 박테리아가 세상을 지배하는 가운
데, 녀석들은 식물에게는 영양분을 공급하지만 우리에게
는 치명적일 수도 있다.

미생물의 세상에서는 놀라운 일이 숱하게 일어난다.
다양한 종류의 토양에 따라 그곳에 맞는 고유의 미생물
조합이 살고 있는 데서 그치는 것이 아니다. 모든 미생물
은 균류를 상대로 조용한 전쟁을 벌이고 균류는 일종의
항생제를 무기로 방어를 한다. 박테리아와 균류 사이의
투쟁에 대해 전혀 모르는 채로 고대 이집트 사람들은 곰

팡이로 만든 반죽으로 상처를 덮었다. 아마 균류의 긍정적 효과를 우연히 발견했던 듯하다. 그 둘의 관계가 명백해진 때는 20세기에 접어든 후였지만, 그것도 완전히 우연한 일이었다. 알렉산더 플레밍Alexander Flemming은 어느날 실내 온도가 꽤 높은 실험실에 박테리아를 담은 접시를 방치하게 되었다. 그 접시를 다시 발견했을 때에는 곰팡이의 공격을 받은 상태였다. 그는 이 모든 것의 의미를 이해했다.

어릴 때 내 몸은 박테리아와 균류의 전쟁터였다. 내가 반복적으로 박테리아에 감염되는 것을 확실히 치료해 보겠다는 의지를 불태운 열성적인 의사가 엄청난 양의 항생제를 처방해 주었다. 그는 그 약을 먹으면 박테리아를 싹 죽일 수 있을 것이라고 말했고 어떤 면에서는 성공했다. 나는 갑자기 형용할 수 없을 정도로 피곤했고 거의 모든 것에 알레르기 반응을 보였다. 당시 우리 가족은 반려견들을 키웠는데 나는 그들과 숲으로 함께 산책을 가는 것마저 고문처럼 느껴졌다. 내 몸은 더 이상 동물이나 식물을 가까이할 수가 없게 되었다. 하지만 나는 멸균 상태로 살고 싶지는 않았다. 결국 엄마가 나를 자연 치유 요법 전문가에게 데려갔고 그 덕분에 알레르기를 없앨 수 있었다. 어쩌면 내 몸이 더 튼튼해지면서 균류와 박테리아 사이의 균형이 회복되었을 수도 있다. 자연 치유 요법의 일환으로 여러 가지 약을 먹었는데 그중에는 꽃가루로 만든 사탕도 있었다.

훨씬 후에야 몸에 사는 박테리아를 모두 합친 무게가 뇌의 무게만큼 무겁다는 것, 그리고 그들 나름의 방식으로 뇌만큼 중요한 역할을 해내고 있다는 것이 밝혀졌다. 면역 체계를 훈련시키는 박테리아, 효소나 비타민을 포함한 공짜 영양분을 제공하는 박테리아, 피부에 사는 외부 박테리아를 견제하는 박테리아가 있는가 하면, 뇌로 신경 전달 물질을 보내는 박테리아도 있어서 박테리아가 우울증, 자폐증, ADHD 등을 비롯한 여러 질병에도 모종의 역할을 할 수 있을 것이라는 주장도 있다. 우리 몸에는 완성된 박테리아 생태계가 존재하는데, 모두 적정한 비율로 제자리에 있어야 한다. 몸 안에 사는 수십억 개의 박테리아 세포를 생각하면 인간을 거의 박테리아의 한 종으로 분류해도 될 지경이다.

박테리아는 수만 많은 것이 아니다. 녀석들은 엄청나게 활력이 넘친다. 소금 결정 안에서 2억 5천만 년을 지낸 박테리아도 약간의 수분만 있으면 되살아나 이내 증식을 시작한다. 박테리아에게 증식은 식은 죽 먹기다. 그들은 20분에 한 번씩 분열을 하기 때문에 죽는 것만큼 끊임없이 번식을 한다. 박테리아는 영양 공급원이 있는 곳으로 자유로이 이동할 수 있을 뿐만 아니라 빛, 온도, 화학적 구성, 그리고 자기장의 변화도 감지를 한다. 또한 동료들과 분자와 DNA를 교환하거나 개미처럼 거대한 네트워크를 만들기도 한다. 박테리아는 살아 있는 모든 생물에서 발견된다. 공존할 이유가 있기 때문이다. 바다에서 살던 과거로 거슬러 올라가 보면, 그들과 우리는 같은 뿌리를 지니고 있다.

진화 초기에 박테리아가 수행한 역할은 비교적 최근에 발견되었다. 미국의 젊은 생물학자 린 마굴리스Lynn Margulis는 1960년대에 박테리아의 중요성에 대한 가설을 세웠다. 하지만 당시 통용되던 진화 이론을 거스르는 가설이었기 때문에 다들 그녀를 괴팍한 반항아로 생각했다. 진화를 투쟁으로 묘사하는 기존의 해석과 달리, 그녀는 경쟁보다 상호 보완적 요소가 더 많다고 보았다.

자연 선택은 부적절한 요소를 걸러 낼 수는 있지만 새로운 것을 만들어 낼 수는 없다. 그러나 협력은 새로운 것을 만들어 낼 수 있다. 무엇인가를 보태는 것이 취하는 것보다 더 많은 혜택이 있기 때문에 협력은 새로운 것을 만들어 낼 수 있는 것이다. 게다가 어떤 생물종이 진화 과정에서 살아남았다는 사실은 주변 환경에 적응을 했다는 뜻이며, 그 주변 환경에는 다른 종류의 생명체도 포함되어 있다. 간단히 말하자면 모두가 다른 모두에게 의지해서 살아남은 것이다. 지구가 특별한 하나의 종에게 혜택을 베풀기 위해 나머지 8백만 종의 생물에게 살 곳을 제공한 것이 아니다.

마굴리스는 동물학자들이 동물로만 진화 과정을 설명하는 것에 오해의 소지가 있다는 사실도 깨달았다. 동물의 출현은 생명의 진화 역사에서 비교적 최근에 벌어진 사건이기 때문에 그녀는 태고의 바다에서 생긴 최초의 세포를 연구하기로 했다. 그곳에서 그녀는 공생의 흔적을 보았다. 마굴리스의 가설은 생명의 진화 초기 어느 시점에 박테리아가 다른 세포 안으로 들어간 다음 그 안에서 발전소 역할을 했을 것이라는 내용이었다. 그녀는 그렇게 해서 생명의 다양성이 증가할 수 있었다고 생각했다. 시간이 흐른 후 마굴리스의 이론은 유전학 연구를 통해 입증되었고 그녀는 현대 생물학계에서 가장 뛰어난 학자로 인정을 받게 되었다.

그러나 마굴리스의 가설이 사람들의 주의를 끌기까지는 꽤 많은 시간이 걸렸다. 가계도에 박테리아를 포함시키는 것은 인간을 유인원의 후손이라 부르는 것보다 심지어 더 나쁜 일이었다. 그리하여 그녀의 이론을 풀어 낸 논문은 무려 열다섯 개의 과학 저널로부터 거절을 당했다. 그럼에도 불구하고 그녀는 연구를 계속해 나갔다.

예를 들어 그녀는 박테리아가 기체를 만들어 낸다는 사실을 알아차리고 그것이 지구의 대기에 영향을 주었을 가능성을 의심했다. 마굴리스의 남편이 천체 물리학자 칼 세이건Carl Sagan이었기 때문에, 그녀는 현미경으로 보는 시각과 천문학적으로 보는 시각이 조화롭게 공존할 수 있다는 사실을 이해하고 있었다. 나사에서 일하는 제임스 러브록James Lovelock 역시 마굴리스와 같은 의견을 가지고 있었다.

러브록은 지구의 대기를 화성과 금성의 대기와 비교한

다음 그 차이를 보고 매우 중요한 결론을 도출했다. 지구 대기의 근원은 생물학적이었다. 다시 말해 지구의 공기는 지구상에 사는 살아 있는 유기체에 의해 만들어졌고, 지금도 여전히 그 유기체에 의해 제어되고 있는 듯하다는 결론이었다. 우리가 하늘이라고 부르는 대기권은 흙과 마찬가지로 지구에 있는 모든 것이 함께 만들었고 따라서 유일무이하다.

우주에서 지구를 보는 일은 땅에서 제한된 시각으로 지구를 보는 일보다 더 쉬웠다. 처음 우주 공간에 가게 된 우주인은 푸른색과 초록색으로 은은하게 빛나는 진주 같은 지구의 모습에 감탄을 금치 못했다. 우주인은 땅을 가르는 어떤 경계도 없이 오직 산과 계곡 같은 지형 위로 비와 바람이 자유롭게 움직이는 모습을 보았다.

각자가 가진 지식을 통합해 본 마굴리스와 러브록은 가장 작은 곳을 들여다보는 시각과 가장 큰 곳을 들여다보는 시각이 서로 통하는 데가 있다는 사실을 깨달았다. 그 사실은 많은 것을 시사했다. 두 사람은 세포부터 대기권까지 망라하는 모종의 상호 작용, 그리고 지속적으로 무엇인가를 주고받을 수 있는 순환 고리가 존재한다는 것을 발견했다. 마치 식물, 동물, 균류, 미생물이 모두 상호 의존적으로 존재하는 잘 짜인 그물과 같았다. 진화는 더 나은 곳으로 가기 위한 사다리가 아니었다. 새로 진화한 생물이 이전에 존재한 생물보다 더 강건한 것도 아니었다. 다만 제일 처음 무대에 오른 박테리아가 다른 모든 생물보다 훨씬 더 오래도록 무대에 남을 것이라는 것은 의심할 여지가 없었다.

그렇다면 이 가설을 어떻게 불러야 할까? 러브록은 이웃에 사는 작가 윌리엄 골딩William Golding과 함께 긴 시간 동안 산책하는 일을 즐겼다. 골딩은 나중에 노벨 문학상을 받은 인물이지만 젊었을 때에는 자연 과학을 공부한 과학도였다. 러브록은 자신과 마굴리스가 협업을 통해 세운 가설을 골딩에게 알려 주었다. 골딩은 그 이야기에 완전히 매료되고 말았다. 골딩은 그들의 가설에 그리스 신화에 등장하는 대지의 여신 가이아Gaia의 이름을 붙일 것을 권유했다. 가이아의 그리스식 이름인 〈게Gē〉는 〈지질학geology〉, 〈지리학geography〉과 어원이 동일하다. 그리스 신화에서 가이아는 대지의 신이자 다산과 비옥의 신이다. 신에게 인간적인 특성을 부여하는 것은 어려운 일이 아니었기 때문에 이런 이름은 러브록과 마굴리스의 가설이 내세우는 개념을 이해하는 데도 도움이 될 법했다. 낭만주의자인 러브록은 골딩의 제안을 받아들였다. 그렇게 해서 〈가이아 가설〉이라는 이름이 탄생했다.

그러나 마굴리스는 그 이름에 만족하지 않았다. 여신의 이름을 은유적으로 사용하면 잘못된 연상 작용을 일으킬 위험이 컸다. 가설의 가장 중요한 내용은 모든 것의 원동력은 한곳에 집중되어 있지 않고 오히려 그 반대로 박테리아에서 식물과 동물에 이르기까지 지구의 모든 유기체가 유연하게 상호 작용을 한 결과라는 것이다. 지구 상의 생명체를 인도한 힘에 인간적인 특성을 부여하는 방식은 매력적이기는 했지만, 그들의 이론의 정수는 바로 그 개념의 정반대를 강조하고 있었다.

그것은 결국 정당한 우려로 밝혀졌다. 그 이름 때문에 가이아 가설은 비과학적인 뉴에이지 주술 등과 연관이 지어졌다. 또 여성적인 개념으로 해석되기도 했는데, 이 는 마굴리스가 〈감당하기 힘든 과학계 대지의 여신〉으로 불리면서 현대의 가이아로 간주된 일과 일맥상통하는 면 이 있었다. 가이아 가설의 중심 사상, 즉 지구의 모든 생 명이 연결되어 있다는 개념은 결국 다른 이름으로 불리 게 되었다.

아리스토텔레스는 지구상의 연결 관계를 집합 가족에 비유했고, 그리스어로 〈집〉을 의미하는 단어에서 〈생태 계ecology〉라는 단어가 만들어졌다. 이 단어는 생물학자 에른스트 헤켈Ernst Haeckel이 19세기에 최초로 사용한 이 후 1960년대에 고개를 들기 시작한 환경 운동과 함께 널 리 사용되었다.

러브록과 마굴리스의 이론 이야기로 다시 돌아가자면, 두 사람의 가설은 시간이 흐르면서 과학계 전반의 지지 를 받게 되었지만 의도적으로 〈가이아 이론〉으로 부르지 않았다. 요즘은 〈지구 생리학〉, 혹은 〈지구 시스템 과학〉 이라는 용어가 사용되고 있다. 또 지구상에서 벌어지는 상호 작용은 서로 연결된 컴퓨터의 이미지에 비유되는 경우가 많다. 만쿠소가 서로 연결된 개미나 식물의 지성을 설명할 때도 같은 방법이 사용되었다. 크든 작든 간에 중요한 것은 〈네트워크〉였다.

두엄을 돌보는 일을 끝낸 다음 나는 베란다에 앉아서 지구의 상호 작용을 설명하는 여러 가지 방법에 대해 떠올려 보았다. 흔히 사용하는 개념인 〈그물〉은 그물코 하나하나가 중요하기 때문에 강함과 취약함을 동시에 내포하고 있다. 그것은 단순히 공통된 맥락 이상의 것이다. 흙이 연루가 되면 그 맥락은 나무 밑의 균사체가 된다. 고개를 들어 오두막 모퉁이에 서 있는 자작나무를 보았다. 세계수도 합당한 상징으로 쓰일 수 있겠다는 생각이 들었다. 여신이나 집, 컴퓨터와 달리 나무는 지구상에서 살고 있는 실제 생명이다. 자작나무의 껍질은 노인의 피부처럼 주름져 있었지만 나는 그 나무의 잔가지가 봄에 터뜨릴 움을 숨기고 있다는 것을 안다. 나무는 폭포수처럼 풍부한 가능성을 지닌 유전자의 모자이크지만 잔가지는 모두 하나의 둥치에서 나왔다. 오직 그 다양성 덕분에 나무가 살아갈 수 있다. 각 부분은 나름대로 완벽하다. 생명과 삶이 헤프게 보일지라도 무의미한 것은 아무것도 없다.

여름휴가 때 조카들에게 그려 준 가계도는 우리 가족을 아우르는 것이었다. 그러나 우리와 다른 모든 사람을 분리하는 선은 어디에 그어야 할까? 훨씬 더 범위가 큰 가계도를 그리는 과학자들은 지구상의 모든 생명이 공유하는 공통분모를 찾는 데 성공했다. 그것은 미생물에서 식물, 동물까지 확장되는 거대한 집단으로, 〈현존하는 모든 생물의 공통 조상Last Universal Common Ancestor〉의 약자를 따서 〈루카LUCA〉라는 이름이 붙여졌다. 루카는 여러 곳에서 동시다발적으로 출현했을 수도 있지만 요점은 그것이 원시 세포였다는 사실이다.

나는 재기 넘치는 노래를 부르는 푸른박새와 그들이 앉아 있는 자작나무를 눈으로 한번 훑었다. 살아 있는 모든 생명이 루카의 후손이라면 내 몸의 세포도 다른 존재와 친족 관계일 것이다. 그렇다면 마당 전체에 내 친척들이 살고 있다는 의미이다. 우리는 완전히 다른 외양을 지니고 있지만 내부의 가장 깊숙한 곳은 동일하다.

세포가 그토록 다양한 유기체를 만들어 낼 수 있다는 사실은 상상하기가 힘들지만, 알파벳이 새로운 조합으로 글자와 책을 계속 창조하듯 새로운 세상을 끊임없이 창조하는 유전자 알파벳에 그 성공의 비밀이 들어 있다. 내 몸 안에 있는 몇백만 개의 유전자가 그 증거다. 내 신경 체계의 청사진을 담고 있는 유전자가 곤충과 벌레의 몸에도 들어 있을 수 있다. 그뿐이 아니라 나는 나무, 백합과도 같은 유전자를 가지고 있다.

물론 우리 마당에 사는 생물들은 지구에 사는 생명 중 극히 일부에 불과하다. 나는 생명의 역사를 단계적으로 보여 주는 자연사 박물관에서 더 개략적인 시각을 얻었다. 전시는 상영실의 돔 천장에 장엄하게 투사된 빅뱅으로 시작되었다. 다음 공간에는 모든 것이 형성되어 가면서 별로 만원을 이룬 하늘이 펼쳐졌다. 이윽고 이제 막 태어난 지구에게로 카메라의 초점이 맞추어졌다. 유성우가 쏟아지는 가운데 화산들이 폭발하고 있었다. 붉게 이글거리는 지구, 용암으로 시커멓게 변한 지구, 서리로 하얗게 된 지구가 차례로 나타나다가 초록색으로 변하면서 생명이 융성하기 시작했다.

나는 시간의 흐름이 새겨진 암석과 압력을 받아 보석으로 변신한 돌이 전시된 전시장을 둘러보았다. 두족류 뼈와 나란히 있는 화석의 흔적과 조상들의 두개골도 보았다. 멸종되었거나 그냥 사라진 동물이 전시된 공간도 지나친 후 오소리가 무표정하게 앞을 응시하고 있는 공간에 이르렀고 서둘러 발걸음을 옮겼다. 나는 사라진 시간을 잡기라도 하려는 듯 나비들을 핀으로 꽂아 전시한 공간에 도착했다. 나비들 아래로 딱정벌레들이 은은한 빛을 발하는 군인들처럼 포진하고 있었다. 비로소 새의 깃털들이 빛났다. 유명한 식물 표본집이 말린 희귀 식물 표본의 무게에 짓눌린 듯 보였다.

그러나 전시장과 전시 품목에는 없는 것이 있었다. 땅과 물과 하늘, 그리고 다른 생명과 긴밀한 관계 속에서 끊임없이 앞으로 뻗어 나가면서 스스로를 고양시키고, 짝을 짓고, 의사소통을 하고, 사냥을 하고, 도망을 치는 생명이 빠져 있었다. 그것은 모든 것을 융성하게 하고, 생명에 대한 채울 수 없는 갈증을 만들어 내고, 더 많은 생명을 탄생시키는 영원한 상호 작용이었다. 사람들이 서로 다른 생물종 사이에 세운 벽은 애초에 가르지 않아야 할 것들을 가르고 있었다. 나는 그 순간 깨달았다. 우리 집 벽은 개미와 벌이 단열을 해주고 있었으며, 우리 집 천장은 새집의 바닥이고 우리 집 바닥은 여우 집의 천장이라는 사실을 말이다.

한 가지 질문이 여전히 머릿속에 남아 있었다. 모든 유기체가 어떻게 무너지거나 흩어지지 않고 하나의 전체를 이루어 낼 수 있었을까? 나는 수많은 점을 찍어 형상을 묘사하는 점묘화와 컴퓨터 화면의 화소를 떠올렸다. 점이 많을수록 그림이 더 선명해지는 이유는 각각의 점이 색이나 세부 사항을 명확히 만드는 데 기여하기 때문이다.

모든 것을 하나의 서사로 잇는 일은 불가능하다. 일반적인 이야기에서는 모든 사건이 하나의 시점을 중심으로 벌어지지만, 지구상에 생명이 충만해지게 된 사건은 그런 식으로 벌어지지 않았다. 미술 수업 시간에 나는 르네상스 시대에 등장한 황금 비율을 사용해서 원근감을 주는 기법을 배웠다. 놀랍게도 자연에서도 똑같은 비율을 찾을 수 있다. 작가 페테르 닐손Peter Nilson은 달팽이, 솔방울, 해바라기에서 황금 비율을 찾아냈다. 자연과 예술이 비슷한 규칙을 따르고 있었던 것이다.

천문학자이기도 했던 닐손은 우주의 형태와 음악 사이

의 접점을 알아냈다. 최초의 원자들이 움직이며 발생한 진동은 우주 전체로 퍼져 나가면서 소위 컴퓨터의 〈플리커 잡음〉의 원인이 되었다. 이것은 멀리 떨어진 항성계에서만 발견되는 현상이 아니라 지구의 물길과 바람, 자연재해, 심지어 주식 시장의 변동에도 존재한다.

심지어 살아 있는 생물들 사이에서도 서로 연관된 소리 패턴이 존재한다. 긴팔원숭이의 노래를 2배속으로 들으면 새소리처럼 들리고 더 느린 속도로 들으면 고래 소리처럼 들린다. 음파를 그려 보면 모두 같은 패턴을 보인다. 가지가 나무를 닮은 모양으로 자라는 이유도 같은 맥락으로 볼 수 있다. 단지 크기와 속도가 다를 뿐이다.

한편 속도는 생물종 사이의 또 다른 차이도 보완해 준다. 벌은 1초 사이에 내가 볼 수 있는 것보다 1백 배나 빠른 움직임을 이해할 수 있다. 신진대사가 빠른 작은 동물은 큰 동물보다 더 높은 밀도로 세상을 감각한다. 작은 명금류와 쥐의 심장은 1분에 6백 번이나 뛰기 때문에 바람결에 떨리는 이파리처럼 파닥이는 반면 고래의 심장은 1백 배나 느리다. 결국 평생 뛰는 심장 박동 수는 작은 동물이나 큰 동물이 모두 비슷해진다.

이 숫자들은 박자표의 기능을 하는 것일까? 곤충이 십육분음표, 포유류가 사분음표로 움직인다면 터벅거리는 오소리의 발걸음은 온음표일 것이다. 모든 동물은 무한대의 변주가 가능한 음악 속에서 움직이고 있다. 그들의 발밑에는 지구의 중심에서부터 자기장으로 울려 퍼지는 화음이 흐른다. 이 화음은 1초에 8회에서 16회 사이를 오르내린다. 내 뇌 속에도 같은 리듬이 흘러 고요한 상태를 만들어 낸다. 그렇다면 우리가 지구의 리듬에 맞출 수 있을까?

문득 나는 나사에서 녹음한 지구의 전자기 진동을 떠올렸다. 진동을 소리로 전환해 보니 그것은 시작도 끝도 없이 포효하는 화음처럼 들렸다. 지구 행성에 사는 모든 생명이 그 포효에 목소리를 더하고 있을까? 생화학자 예스페르 호프마이어Jesper Hoffmeyer는 지구의 의사소통 영역 전체를 〈기호계〉라고 불렀는데, 여기에는 서로 다른 수백만 가지의 표현 방식이 포함되어 있다. 향기, 색깔, 형태, 화학적 신호, 촉감, 움직임, 모든 형태의 파장, 전기장 등의 생물학적 문법을 망라하는 것이다. 조바꿈에 능한 찌르레기의 노래, 박새의 오도 화음, 고래의 노래, 곤충의 날갯짓이 내는 소리, 연체동물이 내는 북소리 사이로 각종 물고기의 소리, 짝짓기 상대를 부르는 아우성과 엄마 여우가 내는 콧방귀 소리, 오소리의 신음 소리, 들쥐가 부르는 초음파 권역의 노래, 지렁이의 희미한 소리, 그 무엇 하나 소통의 수단이 아닌 것이 없다.

모든 존재의 중심에는 침묵 속에 진동하는 유전자의 화음이 있다. 유전자는 네 개의 음을 내는 악기로 연주하는 음악에 비유할 수 있다. 유전자 하나가 1백 개의 화음을 낼 수도 있기 때문에 다른 유전자와 어우러진다면 태초의 멜로디에 대한 새롭고도 무한한 변주곡을 끝없이 만들어 낼 수 있다. 그 변주곡은 한 번도 멈춘 적이 없다. 생명은 절대 끝나지 않는 미완성 교향곡이기 때문이다.

늦여름의 공기가 밝고 온화했다. 철새가 떠날 시기가 다가오고 있었다. 그들은 발 아래 풍경이 변화하기를 기다리면서 먹이와 에너지를 모으기 위해 안간힘을 쓰고 있을 것이다.

나는 더 이상 철새를 따라가겠다는 꿈을 꾸지 않는다. 그들을 공중으로 부양시키는 포화 상태의 공기는 여기에도 있었다. 그 공기에는 수천 가지의 향기, 날갯짓의 진동, 과거에 내쉰 수백만 번의 숨이 들어 있다. 공기에는 생명의 조각들마저 흩어져 있다. 공기 분자에는 1백 가지의 해조류, 4만 개의 균류 포자, 1만 가지 식물의 꽃가루의 흔적이 포함되어 있다. 그 사이로 소금, 재, 진흙, 심지어 토파즈의 미세한 가루까지 섞여 있다. 마치 세상 전체가 무한한 공기 안에서 만나고 싶은 듯하다. 나도 내 몫을 보탠다. 매시간 내 피부에서 떨어져 나가는 미세한 조각이 1백만여 개에 달할 것이다. 그 조각들에 탑승해 공기 중으로 나아가는 수많은 생명체는 덤이다.

이 중에서 내 감각으로는 포착할 수 있는 것은 아무것도 없다. 내 머릿속에서 하나의 우주를 이루고 있는 신경 세포마저 나는 알지 못한다. 그 신경 세포는 은하계에 있는 별의 수만큼 많다. 그래서 내가 감각하는 모든 것이 수많은 신경 가지 안에 아우러진다. 내가 어떤 생각을 하면 그 순간 그 생각이 신경 가지 안에서 재현되고, 그러다가 다른 것이 내 주의를 끌면 그 생각은 배경으로 물러나 그곳에서 살아간다. 내가 눈을 돌려도 그대로 그 자리에 있는 우리 집 마당의 모든 것처럼 말이다.

그럼에도 불구하고 나는 나를 둘러싼 것의 극히 일부만을 감각할 수 있다. 마음속에서 나는 내 감각 능력을 다른 생물의 예민한 감각 능력과 비교해 보았다. 여우는 지렁이가 풀 사이를 기어가며 내는 소리를 들을 수 있고, 지하를 활보하는 식물의 뿌리는 흙의 희미한 화학적 구성까지 감지를 한다. 장어는 호수 전체에 골무 하나 정도의 방향유만 뿌려도 알아차린다. 돌고래는 반향 위치를 측정하는 능력을 사용해 1백 미터나 떨어진 곳에 있는 물체가 무엇인지를 파악한다. 철새의 뇌에는 나침반, 날씨 위성, GPS가 장착되어 있고, 수컷 모기는 몇 킬로미터 밖에 있는 암컷 모기의 냄새를 맡을 수가 있다. 개미는 냄새를 이용해 사회 전체를 지탱하는 하부 구조를 만들어 낸다.

벌의 감지 능력은 또 어떤가. 벌의 머리에 든 지도에는 꽃 하나하나의 위치뿐 아니라 꽃이 피는 시간은 물론 그곳까지 가는 데 걸리는 시간에 대한 정보가 모두 들어 있다. 새가 나뭇잎에서 자외선의 변화를 감지하듯 벌은 꽃에서 그것을 감지해 꽃 안팎을 문제없이 드나든다.

전문화된 감각을 모두 합칠 수 있다면 어떻게 될까? 그렇다면 어떤 것을 보게 될까? 우리는 원래부터 어떤 이미지나 음악의 일부였을까? 그것은 냇물 같은 흐름 속에서 만들어지면서 그 흐름이 채운 대상에서 형체를 얻었을 수도 있다. 어쩌면 그렇게 해서 생명은 작고도 작은 진드기와 풀잎 하나에서까지 중심을 찾았을지도 모른다.

나는 단순히 갖가지 옷을 입은 모든 형태의 생명을 통해 삶을 사랑하는 것일까? 마당에서 아직 꽃을 피우고 있는 꿩의비름을 보다가 갑자기 그것이 옛날에는 사랑의 묘약으로 사용되었다는 사실이 기억났다. 나는 꺾여 있는 줄기 하나를 잘라서 잔가지 몇 개와 함께 화병에 꽂았다. 그리고 베란다 테이블 위에 올려 두었다. 곧바로 늦여름의 호박벌이 꿀을 찾으러 다가왔다. 나는 벌의 날갯짓과 사각거리는 나뭇잎이 내는 생명의 소리에 취했다. 그때 자작나무 가지가 흔들리며 오두막의 서쪽 벽을 쓰다듬었다. 고개를 들어서 바라보니 다람쥐 한 마리가 가지에 앉는 바람에 그 가지가 흔들리고 있었다. 꼬리가 아직 풍성하지 않은 것을 보니 얼마 가지 않아 마당 전체를 점령할 새 세대 다람쥐인 듯했다. 그 다람쥐는 졸린 표정으로 나를 바라보다가 잠시 눈을 감았다. 그러다가 다시 눈을 번쩍 뜨고는 나를 똑바로 쳐다보았다. 지구는 내가 한 번도 보지 못한 1천 개의 생물종과 내가 한 번도 알아듣지 못한 1천 개의 언어를 가지고 있지만 지금처럼 말 없는 만남을 주선하기도 한다. 나는 행복했다.

나는 생각했다. 라타토스크, 다른 곳으로 가지 말고 여기에 머무르렴. 우리가 나무를 돌보아야 하니까.

참고 문헌

세상은 어떤 소설보다 더 동화처럼 보이는 사실로 넘쳐 난다. 이 책에 담겨 있는 수백 가지의 자료에서 얻은 수천 가지의 사실은 모두 중요하다. 본문에서 그 자료들을 그대로 인용했으면 에세이가 아니라 학술 논문이 되었을 것이다. 그리하여 수없이 많은 과학자에게 감사하는 마음을 담아 그 자료들을 참고 문헌에 별도로 실었다.

들어가는 말

Barnes, Jonathan, Aristotle. A Very Short Introduction, Oxford 2000.

Burton, Nina, Gutenberggalaxens nova. En essäberättelse om Erasmus av Rotterdam, humanismen och 1500-talets medierevolution, Stockholm 2016.

Farrington, Benjamin, Grekisk vetenskap. Från Thales till Ptolemaios, övers. Lennart Edberg, Stockholm 1965.

Leroi, A.M., The Lagoon. How Aristotle Invented Science, London 2015.

1 파랑 지붕

Ackerman, Jennifer, Bevingad intelligens. I huvudet på en fågel, övers. Shu-Chin Hysing, Stockholm 2018; 애커먼, 제니퍼, 『새들의 천재성』, 김소정 옮김(서울: 까치글방, 2017).

Alderton, David, Animal Grief. How Animals Mourn, Poundbury 2011.

Bach, Richard, Måsen: berättelsen om Jonathan Livingston Seagull, övers. Tove Bouveng, Stockholm 1973; 바크, 리처드, 『갈매기의 꿈』, 공경희 옮김(서울: 나무옆의자, 2018).

Barnes, Simon, The Meaning of Birds, London 2016.

Bastock, Margaret, Uppvaktning i djurvärlden. En bok om parningsspel och könsurval, övers. Sverre Sjölander, Stockholm 1967.

Bright, Michael, Intelligens bland djuren, övers. Roland Staav, Stockholm 2000.

- Djurens hemliga liv, övers. Roland Staav, Stockholm 2002.

Burton, Nina, Den hundrade poeten. Tendenser i fem decenniers poesi, Stockholm 1988.

Caras, Roger, Djurens privatliv, övers. Bo och Gunnel Petersson, Stockholm 1978.

Chaline, Eric, Femtio djur som ändrat historiens gång, övers. Hans Dalén, Stockholm 2016.

Edberg, Rolf, Spillran av ett moln, Stockholm 1966 / 68.

Fridell, Staffan & Svanberg, Ingvar, Däggdjur i svensk folklig tradition, Stockholm 2007.

Graebner, Karl-Erich, Livet i himmel, på jord, i vatten, övers. Roland Adlerberth, Stockholm 1975.

- Naturen - livets oändliga mångfald, övers. Roland Adlerberth, Stockholm 1974.

Gorman, Gerard, Woodpeckers, London 2018.

Griffin, Donald R, Animal Minds, Chicago 1992.

Hagberg, Knut, Svenskt djurliv I mark och hävd, Stockholm 1950.

Haupt, Lyanda Lynn, Mozart's Starling, New York 2017.

Ingelf, Jarl, Sjukvård i djurvärlden, Stockholm 2002.

Isaacson, Walter, Leonardo da Vinci, övers. Margareta Eklöf, Stockholm 2018; 아이작슨, 월터, 『레오나르도 다빈치』, 신봉아 옮김(파주: 아르테, 2019).

King, Doreen, Squirrels in your garden, London 1997.

Linsenmair, Karl-Eduard, Varför sjunger fåglarna? Fågelsångens former och funktioner, Stockholm 1972.

Lorenz, Konrad, I samspråk med djuren, övers. Gemma Snellman, Stockholm 1967; 로렌츠, 콘라트, 『솔로몬의 반지』, 김천혜 옮김(서울: 사이언스북스, 2000).

- Grågåsens år, övers. Håkan Hallander, Stockholm 1980; 로렌츠, 콘라트, 『야생 거위와 보낸 일 년』, 유영미 옮김(서울: 한문화, 2004).

Lagerlöf, Selma, Nils Holgerssons underbara resa genom Sverige, Stockholm 1907.

Leroi, A.M., The Lagoon. How Aristotle Invented Science, London 2015.

Marend, Mart, Vingkraft, Klintehamn 2012.

Meijer, Eva, Djurens språk. Det hemliga samtalet i naturens värld, övers. Johanna Hedenberg, Stockholm 2019; 메이어, 에바, 『이토록 놀라운 동물의 언어』, 김정은 옮김(서울: 까치글방, 2020).

Milne, Lorus J. och Margery, Människans och djurens sinnen, övers. Svante Arvidsson, Stockholm 1965.

Nilson, Peter, Stjärnvägar. En bok om kosmos, Stockholm 1996.

Robbins, Jim, The Wonder of Birds, London 2018.

Rosen, Björn von, Samtal med en nötväcka, Stockholm 1993.

Rosenberg, Erik, Fåglar i Sverige, Stockholm 1967.

Rådbo, Marie, Ögon känsliga för stjärnor. En bok om rymden, Stockholm 2008.

Safina, Carl, Beyond Words. What Animals Think and Feel, New York 2015; 사피나, 칼, 『소리와 몸짓』, 김병화 옮김(파주: 돌베개, 2017).

Sax, Boria, Crow, London 2017; 색스, 보리아, 『까마귀』, 이한중 옮김(서울: 가람기획, 2005).

Signaler i djurvärlden, red. Dietrich Burkhardt, Wolfgang Schleidt, Helmut Altner, övers. Sverre Sjölander, Stockholm 1969.

Tinbergen, Niko, Beteenden i djurvärlden, övers. Inga Ulvönäs, Stockholm 1969; 틴버겐, 니코, 『동물의 사회 행동』, 박시룡 옮김(서울: 전파과학사, 2021).

Taylor, Marianne, 401 Amazing Animal Facts, London 2010.

Ulfstrand, Staffan, Flugsnapparnas vita fläckar. Forskningsnytt från djurens liv i svensk natur, Stockholm 2000.

- Fågelgrannar, med Sven-Olof Ahlgren, Stockholm 2015.

Wallin, Nils L., Biomusicology. Neurophysiological, Neuropsychological and Evolutionary Perspectives on the Origins and Purposes of Music, New York 1992.

Watson, Lyall, Lifetide, London 1979.

- Supernature II, London 1986; 왓슨, 라이얼,『초자연, 자연의 수수께끼를 푸는 열쇠 2』, 박광순 옮김(서울: 물병자리, 2001).

Wickler, Wolfgang, Häcka, löpa, leka. Om parbildning och fortplantning i djurvärlden, övers. Anders Byttner, Stockholm 1973.

Wills, Simon, A History of Birds, Barnsley 2017.

Wohlleben, Peter, Djurens gåtfulla liv, övers. Jim Jakobsson, Stockholm 2017; 볼레벤, 페터,『동물의 사생활과 그 이웃들』, 장혜경 옮김(고양: 이마, 2017).

Zänkert, Adolf, Varthän - Varför. En bok om djurens vandringar, övers. Birger Bohlin, Malmö 1959.

* 기사

Bounter, David och Shah, Shailee, A Noble Vision of Gulls, Summer 2016 issue of Living Bird Magazine.

Burton, Nina, Den sagolika verklighetens genre, De Nios litterära kalender 2007.

Denbaum, Philip, Kråkor, Dagens Nyheter 8 feb 2018.

Ekstrand, Lena, Därför är kråkfåglar så smarta, Göteborgs-Posten 18 dec 2016.

Olkowicz, Seweryn, m.fl., Birds have primate-like number of neurons in the forebrain, Proceedings of the National Academy of Sciences 13 juni 2016.

Snaprud, Per, Så hittar fåglarna, Dagens Nyheter 11 maj 2002.

Svahn, Clas, 2,9 miljarder fåglar har försvunnit i Nordamerika på 50 år, Dagens Nyheter 19 sept 2018.

Symposium för Kungl. Fysiografiska sällskapet 14 september 2017 på Palaestra, Lund, The Thinking Animal - are other animals intelligent?

Bugnyar, Thomas, Testing bird brains, Raven politics

Emery, Nathan, Bird brains make brainy birds

Roth, Gerhard, What makes an intelligent brain intelligent?

http://classics.mit.edu/Aristotle/history_anim.mb.txt

https://www.natursidan.se/nyheter/talgoxar-som-attackerar-smafaglar-utsprittfenomen-som-dokumenterats-länge

https://www.svt.se/nyheter/lokalt/skane/talgoxen-utmanar-schimpansen

https://fof.se/tidning/2015/6/artikel/var-smarta-smafagel

https://djurfabriken.se/kycklingfabriken

2 문 앞의 날갯짓

Ackerman, Jennifer, Bevingad intelligens. I huvudet på en fågel, övers. Shu-Chin Hysing, Stockholm 2018; 애커먼, 제니퍼, 『새들의 천재성』, 김소정 옮김(서울: 까치글방, 2017).

Bergengren, Göran, Meningen med bin, Stockholm 2018.

Boston, David H., Beehive Paintings from Slovenia, London 1984.

Bright, Michael, Intelligens bland djuren, övers. Roland Staav, Stockholm 2000.

- Djurens hemliga liv, övers. Roland Staav, Stockholm 2002.

Caras, Roger, Djurens privatliv, övers. Bo och Gunnel Petersson, Stockholm 1978.

Carson, Rachel, Tyst vår, övers. Roland Adlerberth, Lund 1979; 카슨, 레이첼, 『침묵의 봄』, 김은령 옮김(서울: 에코리브르, 2024).

Casta, Stefan & Fagerberg, Maj, Humlans blomsterbok, Bromma 2002.

Chaline, Eric, Femtio djur som ändrat historiens gång, övers. Hans Dalén, Stockholm 2016.

Comont, Richard, Bumblebees, London 2017.

Dröscher, Vitus B., Hur djuren upplever världen, övers. Roland Adlerberth, Stockholm 1969.

Goulson, Dave, Galen i humlor. En berättelse om små men viktiga varelser, övers. Helena Sjöstrand Svenn & Gösta Svenn, Stockholm 2015; 굴슨, 데이브, 『사라진 뒤영벌을 찾아서』, 이준균 옮김(서울: 자연과생태, 2016).

- Galen i insekter. En berättelse om småkrypens magiska värld, övers. Helena Sjöstrand Svenn & Gösta Svenn, Stockholm 2016.

- Den stora humleresan, övers. Helena Sjöstrand Svenn & Gösta Svenn, Stockholm 2018.

Graebner, Karl-Erich, Naturen - livets oändliga mångfald, övers. Roland

Adlerberth, Stockholm 1974.

- Livet i himmel, på jord, i vatten, övers. Roland Adlerberth, Stockholm 1975.

Griffin, Donald R, Animal Minds, Chicago 1992.

Hanson, Thor, Buzz. The Nature and Necessity of Bees, New York & London 2018; 핸슨, 소어, 『벌의 사생활』, 하윤숙 옮김(파주: 에이도스, 2021).

Hansson, Åke, Biet och bisamhället, i Landskap för människor och bin, Stockholm 1981.

Klinting, Lars, Första insektsboken, Stockholm 1991.

Lindroth, Carl H., Myran Emma, Stockholm 1948.

- Från insekternas värld, Stockholm 1963.

Lloyd, Christopher, The Story of the World in 100 Species, London 2016.

Meijer, Eva, Djurens språk. Det hemliga samtalet i naturens värld, övers. Johanna Hedenberg, Stockholm 2019; 메이어르, 에바, 『이토록 놀라운 동물의 언어』, 김정은 옮김(서울: 까치글방, 2020).

Milne, Lorus J. och Margery, Människans och djurens sinnen, övers. Svante Arvidsson, Stockholm 1965.

Mossberg, Bo & Cederberg, Björn, Humlor i Sverige. 40 arter att älska och förundras över, Stockholm 2012.

Munz, Tania, The Dancing Bees. Karl von Frisch and the Discovery of the Honeybee Language, Chicago 2016.

Möller, Lotte, Bin och människor. Om bin och biskötare i religion, revolution och evolution samt många andra bisaker, Stockholm 2019.

Nielsen, Anker, Insekternas sinnesorgan, övers. Steffen Arnmark, Stockholm 1969.

Russell, Peter, The Brain Book, London 1979.

Signaler i djurvärlden, red. Dietrich Burkhardt m.fl,, övers. Sverre Sjölander, Stockholm 1969.

Safina, Carl, Beyond Words. What Animals Think and Feel, New York 2015; 사피나, 칼, 『소리와 몸짓』, 김병화 옮김(파주: 돌베개, 2017).

Sverdrup-Thygeson, Anne, Insekternas planet. Om småkrypen vi inte kan leva utan, övers. Helena Sjöstrand Svenn & Gösta Svenn, Stockholm 2018.

Tinbergen, Niko, Beteenden i djurvärlden, övers. Inga Ulvönäs, Stockholm 1969; 틴버겐, 니코, 『동물의 사회 행동』, 박시룡 옮김(서울: 전파과학사, 2021).

Watson, Lyall, Supernature II, London 1986; 왓슨, 라이얼, 『초자연, 자연의 수수께끼를 푸는 열쇠 2』, 박광순 옮김(서울: 물병자리, 2001).

Wohlleben, Peter, Djurens gåtfulla liv, Stockholm 2017; 볼레벤, 페터, 『동물의 사생활과 그 이웃들』, 장혜경 옮김(고양: 이마, 2017).

Thomas, Lewis, Cellens liv, övers. Karl Erik Lorentz, fackgranskning Bo Holmberg, Stockholm 1976.

* 기사

Aktuellt i korthet. Särbegåvad. Att bin kan räkna ⋯ Sveriges Natur 4/2018.

Humlan känner igen ditt ansikte, Allt om vetenskap 17 aug 2007.

Humlor - smartare än du tror, TT, AB 24 feb 2017.

Jones, Evelyn, Därför kan vi inte leva utan insekterna, Dagens Nyheter 16 mars 2019.

Nordström, Andreas, Kärleken till humlan hänger på håret, Expressen 10 mars 2011.

Ottosson, Mats, Lycklig av bin, Sveriges Natur 1/05.

Pejrud, Nils, Humlor och blommor - en elektrisk kärlekshistoria, svt.se / nyheter/vetenskap 21 feb 2013.

Studie visar att insekter har ett medvetande, TT, DN 19 april 2016.

Undseth, Michelle TT, Insekter har medvetande, SVT vetenskap 18 april 2016.

Symposium för Kungl. Fysiografiska sällskapet 14 september 2017 på Palaestra, Lund, The Thinking Animal - are other animals intelligent?

Chittka, Lars, Are insects intelligent?

https://natgeo.se/djur/insekter/bin-kan-ocksa-bli-ledsna

https://svenskhonungsforadling.se/honung/honungsskolan

https://www.biodlarna.se/bin-och-biodling/biodlingens-produkter/honung

https://meinhoney.com/news/the-researchers-found-that-a-honeybee-has-thesame-amount-of-hairs-as-a-squirrel-3-million

https://www.bumblebeeconservation.org/bee-faqs/bumblebee-predators
https://tv.nrk.no/serie/insekter-og-musikk

3 벽 위의 개미

Bright, Michael, Intelligens bland djuren, övers. Roland Staav, Stockholm
2000.

- Djurens hemliga liv, övers. Roland Staav, Stockholm 2002.

Burton, Nina, Det splittrade alfabetet. Tankar om tecken och tystnad
mellan naturvetenskap, teknik och poesi, Stockholm 1998.

- Det som muser viskat. Sju frågor och hundra svar om skapande och
kreativitet, Stockholm 2002.

Caras, Roger, Djurens privatliv, övers. Bo och Gunnel Petersson,
Stockholm 1978.

Dröscher, Vitus B., Hur djuren upplever världen, övers. Roland
Adlerberth, Stockholm 1969.

Goulson, Dave, Galen i insekter. En berättelse om småkrypens magiska
värld, övers. Helena Sjöstrand Svenn & Gösta Svenn, Stockholm 2016.

Graebner, Karl-Erich, Naturen - livets oändliga mångfald, övers. Roland
Adlerberth, Stockholm 1974.

- Livet i himmel, på jord, i vatten, övers. Roland Adlerberth, Stockholm
1975.

Griffin, Donald R, Animal Minds, Chicago 1992.

Hölldobler, Bert & Wilson, Edward, The Superorganism. The Beauty,
Elegance, and Strangeness of Insect Societies, New York & London
2009; 횔도블러, 베르트 외 1명, 『초유기체』, 임향교 옮김(서울: 사이언스
북스, 2017).

Ingelf, Jarl, Sjukvård i djurvärlden, Stockholm 2002.

Johnson, Steven, Emergence. The connected lives of ants, brains, cities,
and software, New York 2001 & 2004.

Lindroth, Carl H., Från insekternas värld, Stockholm 1962.

Lindroth, Carl H. & Nilsson, Lennart, Myror, Stockholm 1959.

Martinson, Harry, Vinden på marken, Stockholm 1964.

Maeterlinck, Maurice, Bikupan, Stockholm 1922.

- Myrornas liv, övers. Hugo Hultenberg, Stockholm 1931.

Milne, Lorus J. och Margery, Människans och djurens sinnen, övers.
Svante Arvidsson, Stockholm 1965.

Nielsen, Anker, Insekternas sinnesorgan, övers. Steffen Arnmark,
Stockholm 1969.

Russel, Peter, The Brain Book, London 1979.

Safina, Carl, Beyond Words. What Animals Think and Feel, New York
2015; 사피나, 칼, 『소리와 몸짓』, 김병화 옮김(파주: 돌베개, 2017).

Sverdrup-Thygeson, Anne, Insekternas planet. Om småkrypen vi inte kan
leva utan, övers. Helena Sjöstrand Svenn & Gösta Svenn, Stockholm
2018.

Taylor, Marianne, 401 Amazing Animal Facts, London 2010.

Thomas, Lewis, Cellens liv, övers. Karl Erik Lorentz, Stockholm 1976.

Wilson, E. O., Anthill, New York 2010; 윌슨, 에드워드, 『개미언덕』, 임지
원 옮김(서울: 사이언스북스, 2013).

Wilson, E. O., On human nature, Harward 1978; 윌슨, 에드워드, 『인간 본
성에 대하여』, 이한음 옮김(서울: 사이언스북스, 2011).

Wohlleben, Peter, Naturens dolda nätverk, övers. Jim Jakobsson,
Stockholm 2017; 볼레벤, 페터, 『자연의 비밀 네트워크』, 강영옥 옮김(서
울: 더숲, 2018).

* 기사

Exploderande myror, Svenska Dagbladet 9 juli 2018.

Johansson, Roland, Vägbygget som inte behöver planeras, Svenska
Dagbladet 9 feb 2019.

Myror kan räkna, Allt om vetenskap nr 6-2011.

Rosengren, Izabella, Kyssens korta historia, forskning.se 14 feb 2017.

Thyr, Håkan, Myror mäter med pi, Ny Teknik 2000.

Wallerius, Anders, Prat med myror blir möjligt, Ny Teknik 20-08.

4 바다가 보이는 베란다

Ackerman, Diane, The Human Age. The World Shaped by Us, New York
2014; 애커먼, 다이앤, 『휴먼 에이지』, 김명남 옮김(파주: 문학동네,
2017).

Beerling, David, The Emerald Planet, New York 2007.

Black, Maggie, Water, life force, Toronto 2004.

Bright, Michael, Intelligens bland djuren, övers. Roland Staav, Stockholm 2000.

- Djurens hemliga liv, Stockholm 2002.

Burton, Nina, Flodernas bok. Ett äventyr genom livet, tiden och tre europeiska flöden, Stockholm 2012.

Capra, Fritjof, The Web of Life, London 1997; 카프라, 프리초프, 『생명의 그물』, 김동광·김용정 옮김(고양: 범양사, 1999).

Caras, Roger, Djurens privatliv, övers. Bo och Gunnel Petersson, Stockholm 1978.

Carson, Rachel L., Havet, övers. Hans Pettersson, Stockholm 1951; 카슨, 레이첼, 『우리를 둘러싼 바다』, 김홍옥 옮김(서울: 에코리브르, 2018).

Chaline, Eric, Femtio djur som ändrat historiens gång, övers. Hans Dalén, Stockholm 2016.

Davis, K.S. & Day, J.A., Vatten, vetenskapens spegel, övers. Leif Björk, Stockholm 1961.

Day, Trevor, Sardine, London 2018.

Dröscher, Vitus B., Hur djuren upplever världen, övers. Roland Adlerberth, Stockholm 1969.

Edberg, Rolf, Droppar av vatten, droppar av liv, Höganäs 1984.

- Årsbarn med Plejaderna, Stockholm 1987.

Ellervik, Ulf, Ursprung. Berättelser om livets början, och dess framtid, Stockholm 2016.

Evans, L.O., Jordens historia och geologi, övers. Marcel Cohen, Stockholm 1972.

Graebner, Karl-Erich, Livet i himmel, på jord, i vatten, övers. Roland Adlerberth, Stockholm 1975.

- Naturen - livets oändliga mångfald, övers. Roland Adlerberth, Stockholm 1974.

Harari, Yuval Noah, Sapiens. En kort historik över mänskligheten, övers. Joachim Retzlaff, Stockholm 2015; 하라리, 유발, 『사피엔스』, 조현욱 옮김(파주: 김영사, 2023).

- Homo Deus. En kort historik över morgondagen, övers. Joachim Retzlaff, Stockholm 2017; 하라리, 유발, 『호모 데우스』, 김명주 옮김(파

주: 김영사, 2017).

Henderson, Caspar, The Book of Barely Imagined Beings. A 21st Century Bestiary, Chicago 2013.

Isaacson, Walter, Leonardo da Vinci, övers. Margareta Eklöf, Stockholm 2018; 아이작슨, 월터, 『레오나르도 다빈치』, 신봉아 옮김(파주: 아르테, 2019).

Kallenberg, Lena & Falk, Bisse, Urtidsboken. Från jordens födelse till dinosauriernas undergång, Stockholm 1996.

Kuberski, Philip, Chaosmos, New York 1994.

Lloyd, Christopher, The Story of the World in 100 Species, London 2016.

Meijer, Eva, Djurens språk. Det hemliga samtalet i naturens värld, övers. Johanna Hedenberg, Stockholm 2019; 메이어르, 에바, 『이토록 놀라운 동물의 언어』, 김정은 옮김(서울: 까치글방, 2020).

Melville, Herman, Moby Dick eller Den vita valen, övers. Hugo Hultenberg, Stockholm 2016.

Meulengracht-Madsen, Jens, Fiskarnas beteende, Stockholm 1969.

Milne, Lorus J. och Margery, Människan och djurens sinnen, övers. Svante Arvidsson, Stockholm 1965.

Nicol, Stephen, The Curious Life of Krill. A Conservation Story from the Bottom of the World, Washington 2018.

Nilson, Peter, Stjärnvägar, Stockholm 1991.

Philbrick, Nathaniel, I hjärtat av havet. Den tragiska berättelsen om valfångsfartyget Essex, övers. Hans Berggren, Stockholm 2001.

Russell, Peter, The Brain Book, London 1979.

Safina, Carl, Beyond Words. What Animals Think and Feel, New York 2015; 사피나, 칼, 『소리와 몸짓』, 김병화 옮김(파주: 돌베개, 2017).

Sagan, Carl, Lustgårdens drakar. Den mänskliga intelligensens utveckling, övers. Carl G. Liungman, Stockholm 1979.

Signaler i djurvärlden, red. Dietrich Burkhardt m.fl., övers. Sverre Sjölander, Stockholm 1969.

Sörlin, Sverker, Antropocen. En essä om människans tidsålder, Stockholm 2017.

Teschke, Holger, Sill. Ett porträtt, övers. Joachim Retzlaff, Stockholm 2018.

Thomas, Lewis, Cellens liv, övers. Karl Erik Lorentz, fackgranskning Bo Holmberg, Stockholm 1976.

Tinbergen, Niko, Beteenden i djurvärlden, övers. Inga Ulvönäs, Stockholm 1969; 틴버겐, 니코, 『동물의 사회 행동』, 박시룡 옮김(서울: 전파과학사, 2021).

Waal, Frans de, Are We Smart Enough to Know How Smart Animals Are? New York 2016.

Watson, Lyall, Lifetide, London 1979.

- Heaven's Breath. A Natural History of the Wind, London 1984.

- The Water Planet. A Celebration of the Wonder of Water, New York 1988.

Wege, Karla, Väder, övers. Thomas Grundberg, Stockholm 1993.

Welland, Michael, Sand. The Never-ending Story, Berkeley 2009.

Wilson, Edward O., On Human Nature, Cambridge, Massachusetts 1978 & 2004; 윌슨, 에드워드, 『인간 본성에 대하여』, 이한음 옮김(서울: 사이언스북스, 2011).

- Half Earth. Our Planet's Fight for Life, New York 2016; 윌슨, 에드워드, 『지구의 절반』, 이한음 옮김(서울: 사이언스북스, 2017).

Wohlleben, Peter, Djurens gåtfulla liv, övers. Jim Jakobsson, Stockholm 2017; 볼레벤, 페터, 『동물의 사생활과 그 이웃들』, 장혜경 옮김(고양: 이마, 2017).

Zänkert, Adolf, Varthän - Varför. En bok om djurens vandringar, övers. Birger Bohlin, Malmö 1959.

* 기사

Backman, Maria, Tyst, vi störs! Sveriges Natur 5/2017.

- Känner med vän, Sveriges Natur 1/2020.

Bertilsson, Cecilia, Utan öron, inga ljud, Sveriges Natur 2/2004.

Britton, Sven, Cellerna dör för nästan, Dagens Nyheter 28 mars 1995.

Brusewitz, Martin, Alger, hajp eller hopp? Sveriges Natur 2/18.

Djur i rymden, Dagens Nyheter 6 feb 2013.

Djuret som lurar evolutionen, Forskning och Framsteg 20 april 2019.

Högselius, Per, Spår i sand berättar om jordens historia, Svenska Dagbladet 14 april 2011.

Kerpner, Joachim, Vattnet på väg att ta slut i 17 länder, Aftonbladet 7 aug 2019.

Livet uppstod i en vattenpöl, Illustrerad vetenskap 20 april 2019.

Schjærff Engelbrecht, Nønne / TT, 33 storstäder hotas av vattenbrist, Svenska Dagbladet 7 aug 2019.

Thorman, Staffan, Att leva i vatten, ur utställningskatalogen Vatten. Myt. Konst. Teknik. Vetenskap, Lövstabruk 1991.

Symposium för Kungl. Fysiografiska sällskapet 14 september 2017 på Palaestra, Lund, The Thinking Animal - are other animals intelligent?

Mather, Jennifer, Mind in the water

https://blueplanetsociety.org/2015/03/the-importance-of-plankton

https://www.forskning.se /2017/09/18/fiskhonor-gillar-hanar-som-sjunger

https://octopusworlds.com/octopus-intelligence

https://svt.se/nyheter/inrikes/odlad-lax-full-av-forbjudet-bekampningsmedel

https://tonyasumaa.wordpress.com/2013/09/30/varlden-konsumerar-143-miljarderliter-olja-per-dag

5 야생의 땅에 깃든 힘

Almqvist, Carl Jonas Love, Jaktslottet med flera berättelser, Stockholm 1969.

Angulo, Jaime de, Indian Tales, New York 1974.

Baker, Nick, ReWild. The Art of Returning to Nature, London 2017.

Barkham, Patrick, Badgerlands. The Twilight World of Britain's Most Enigmatic Animal, London 2013.

Bonniers stora verk om jordens djur, Stockholm 1996.

Dröscher, Vitus B., Hur djuren upplever världen, övers. Roland Adlerberth, Stockholm 1969.

Dugatkin, Lee Alan & Trut, Lyudmila, How to Tame a Fox (and Build a Dog), London 2017.

Fridell, Staffan & Svanberg, Ingvar, Däggdjur i svensk folklig tradition, Stockholm 2007.

Graebner, Livet i himmel, på jord, i vatten, övers. Roland Adlerberth,

Stockholm 1975.

Grahame, Kenneth, Det susar i säven, övers. Signe Hallström, Stockholm 1949.

Hagberg, Knut, Svenskt djurliv i mark och hävd, Stockholm 1950.

Handberg, Peter, Jag ville leva på djupet, Stockholm 2017.

Heintzenberg, Felix, Nordiska nätter. Djurliv mellan skymning och gryning, Lund 2013.

Ingelf, Jarl, Sjukvård i djurvärlden, Stockholm 2002.

Lindström, Erik, Lär känna rödräven, Stockholm 1987.

Lowen, James, Badgers, London 2016.

Meijer, Eva, Djurens språk. Det hemliga samtalet i naturens värld, övers. Johanna Hedenberg, Stockholm 2019; 메이어르, 에바, 『이토록 놀라운 동물의 언어』, 김정은 옮김(서울: 까치글방, 2020).

Milne, Lorus J. och Margery, Människans och djurens sinnen, övers. Svante Arvidsson, Stockholm 1965.

Safina, Carl, Beyond Words. What Animals Think and Feel, New York 2015; 사피나, 칼, 『소리와 몸짓』, 김병화 옮김(파주: 돌베개, 2017).

Saint-Exupéry, Antoine de, Lille prinsen, övers. Gunvor Bang, Stockholm 1973.

Thomas, Chris D., Inheritors of the Earth. How Nature Is Thriving in an Age of Extinction, New York 2017.

Thoreau, Henry David, Dagboksanteckningar, övers. Peter Handberg, Stockholm 2017.

Unwin, Mike, Foxes, London 2015.

Waal, Frans de, Are We Smart Enough to Know How Smart Animals Are? New York 2016.

Wohlleben, Peter, Djurens gåtfulla liv, övers. Jim Jakobsson, Stockholm 2017; 볼레벤, 페터, 『동물의 사생활과 그 이웃들』, 장혜경 옮김(고양: 이마, 2017).

* 기사

Anthropologists discover earliest cemetery in Middle East, Science Daily 2 feb 2011.

Burton, Nina & Ekner, Reidar, Indianerna i USA. Ett reportage, Ord &

Bild nr 1 1976.

Ekdahl, Åke, Mickel. Naturens egen supervinnare, Dagens Nyheter 13 april 2002.

Engström, Mia, »Vi är ekologiska analfabeter«, intervju med professor Carl Folke, Svenska Dagbladet 8 april 2014.

Flores, Juan, Bläckfisk som byter färg i sömnen förtrollar, Dagens Nyheter 29 sept 2019.

Herzberg, Nathaniel, L'homme pousse les animaux à une vie nocturne, Le Monde 2 juni 2018.

Snaprud, Per, Möss och människor nästan lika som bär, Dagens Nyheter 5 dec 2002.

Walker, Matthew, Sömngåtan, Svenska Dagbladet 3 juli 2018.

800000 kostar deppiga hundar, Dagens Nyheter 26 jan 2018.

https://www.livescience.com/11713-prehistoric-cemetery-reveals-man-fox-pals.html

https://www.natursidan.se/nyheter/vilda-djur-utgor-bara-4-av-alla-daggdjur-restenar-boskap-och-manniskor

https://www.newscientist.com/article/2116583-there-are-five-times-more-urbanfoxes-in-england-than-we-thought

https://www.sciencedaily.com/realeases/2011/02/110202132609.htm

6 보호하는 나무

Ackerman, Diane, Sinnenas naturlära, övers. Margareta Eklöf, Stockholm 1993; 애커먼, 다이앤, 『감각의 박물학』, 백영미 옮김(파주: 작가정신, 2023).

Aftel, Mandy, Parfym En väldoftande historia, övers. Margareta Eklöf, Stockholm 2003.

Andrews, Michael, De små liven inpå livet. Upptäcktsresa på människans hud, övers.Nils Olof Lindgren, Stockholm 1980.

Beering, David, The Emerald Planet, New York 2007.

Buch, Walter, Daggmasken i trädgård och jordbruk, övers Sixten Tegelström, Göteborg 1987.

Burton, Nina, Den nya kvinnostaden. Pionjärer och glömda kvinnor under tvåtusen år, Stockholm 2005.

Capra, Fritjof, The Web of Life, London 1997; 카프라, 프리초프, 『생명의 그물』, 김동광·김용정 옮김(고양: 범양사, 1999).

Carson, Rachel, Tyst vår, övers. Roland Adlerberth, Lund 1979; 카슨, 레이첼, 『침묵의 봄』, 김은령 옮김(서울: 에코리브르, 2024).

Cook, Roger, The Tree of Life. Image for the Cosmos, London 1974.

Dennett, Daniel C., Från bakterier till Bach och tillbaka. Medvetandets evolution, övers. Jim Jakobsson, Stockholm 2017.

Dillard, Annie, For the Time Being, New York 2000.

Edberg, Rolf, Vid trädets fot, Stockholm 1971.

Graebner, Karl-Erich, Livet i himmel, på jord, i vatten, övers. Roland Adlerberth, Stockholm 1975.

- Naturen - livets oändliga mångfald, övers. Roland Adlerberth, Stockholm 1974.

Greenfield, Susan A., Hjärnans mysterier, övers. Nils-Åke Björkegren, Stockholm 1997.

Hansson, Gunnar D, Idegransöarna, Stockholm 1994.

Harari, Yuval, Homo Deus. En kort historik över morgondagen, övers. Joachim Retzlaff, Stockholm 2017; 하라리, 유발, 『호모 데우스』, 김명주 옮김(파주: 김영사, 2017).

Henrikson, Alf & Lindahl, Edward, Asken Yggdrasil. En gammal gudomlig historia, Stockholm 1973

Hjort, Harriet, Blomstervandringar, Stockholm 1970.

Hoffmeyer, Jesper, En snegl på vejen, Betydningens naturhistorie, Köpenhamn 1995.

Hope Jahren, Anne, Träd, kärlek och andra växter, övers. Joachim Retzlaff, Stockholm 2016; 자런, 호프, 『랩 걸』, 김희정 옮김(서울: 알마, 2017).

King, Janine m.fl., Scents, London 1993.

Kvant, Christel, Trädets tid, Stockholm 2011.

Laws, Bill, Femtio växter som ändrat historiens gång, övers. Lennart Engstrand & Marie Widén, Stockholm 2016.

Lloyd, Christopher, The Story of the World in 100 Species, London 2016.

Lovelock, James, Gaia. A New Look at Life on Earth, Oxford 1979, 1995.

Maeterlinck, Maurice, Blommornas intelligens, övers. Hugo Hultenberg,

Stockholm 1910.

Mancuso, Stefano & Viola, Alessandra, Intelligenta växter. Den överraskande vetenskapen om växternas hemliga liv, övers. Olov Hyllienmark, Stockholm 2018; 만쿠소, 스테파노 외 1명, 『매혹하는 식물의 뇌』, 양병찬 옮김(서울: 행성B이오스, 2016).

Newman, Eric A., red., The Beautiful Brain, New York 2017.

Nilson, Peter, Stjärnvägar, Stockholm 1991.

- Ljuden från kosmos, Stockholm 2000.

Nissen, T. Vincents, Mikroorganismerna omkring oss, övers. Steffen Arnmark, Stockholm 1972.

Nordström, Henrik, Gräs, Stockholm 1990.

Stigsdotter, Marit & Hertzberg, Bertil, Björk. Trädet, människan och naturen, Stockholm 2013.

Taylor, Marianne, 401 Amazing Animal Facts, London 2010

Thomas, Chris D., Inheritors of the Earth. How Nature is Thriving in an Age of Extinction, New York 2017.

Thomas, Lewis, Cellens liv, övers. Karl Erik Lorentz, fackgranskning Bo Holmberg, Stockholm 1976.

Tomkins, Peter & Bird, Christopher, The Secret Life of Plants, London 1974.

Watson, Lyall, Supernature, London 1973; 왓슨, 라이얼, 『초자연, 자연의 수수께끼를 푸는 열쇠 1』, 박광순 옮김(서울: 물병자리, 2001).

- Heaven's Breath. A Natural History of the Wind, London 1984.

- Jacobson's Organ and the Remarkable Nature of Smell, London 2000; 왓슨, 라이얼, 『코』, 이한기 옮김(서울: 정신세계사, 2002).

Went, Frits W., Växterna, övers. Roland Adlerberth, Stockholm 1964.

Wilson, E.O., Half Earth. Our Planet's Fight for Life, New York 2016; 윌슨, 에드워드, 『지구의 절반』, 이한음 옮김(서울: 사이언스북스, 2017).

Wohlleben, Peter, Trädens hemliga liv, övers. Jim Jakobsson, Stockholm 2016; 볼레벤, 페터, 『나무 수업』, 장혜경 옮김(서울: 위즈덤하우스, 2016).

- Naturens dolda nätverk, övers. Jim Jakobsson, Stockholm 2017; 볼레벤, 페터, 『자연의 비밀 네트워크』, 강영옥 옮김(서울: 더숲, 2018).

Yong, Ed, I Contain Multitudes. The Microbes Within Us and a Grander

View of Life, New York 2016; 융, 에드, 『내 속엔 미생물이 너무도 많아』,
양변찬 옮김(서울: 어크로스, 2017).

* 기사

Ajanki, Tord, Fattig munk blev genetikens fader, Populär Historia 1/1998.

Bojs, Karin, Världens äldsta bacill kan förökas, Dagens Nyheter 19 okt
2000.

- Du är mer bakterie än människa, Dagens Nyheter 17 jan 2012.

Dahlgren, Eva F, Bakterier som släcker solen, Dagens Nyheter 31 okt
1999.

Ennart, Henrik, Bajsbanken kan bli framtidens föryngringskur, Svenska
Dagbladet 12 feb 2017.

Forskare: Så dog urtidsmänniskan Lucy, TT, Expressen 29 aug 2016.

Fredrikzon, Johan, Fotot som blev hela mänsklighetens selfie, Svenska
Dagbladet 16 sept 2017.

Gyllander, Roland, Bakterien outrotlig, Dagens Nyheter 23 okt 1994.

Johansson, Roland, Antalet arter på jorden är lagbundet, Svenska
Dagbladet 20 dec 2012.

Majsplantor pratar med varandra under jord, TT, Aftonbladet 4 maj 2018.

Mathlein, Anders, Kaffets symbolvärde en smakrik historia, Svenska
Dagbladet 14 okt 2011.

Niklasson, Sten, Bakterierna behöver oss - därför finns vi, Svenska
Dagbladet 24 jan 2013.

Rydén, Rolf, Träd och människor - myt och verklighet, Naturvetaren nr
5&11 2002.

Sempler, Kaianders, Munken och ärtorna avslöjade ärftlighet, Ny Teknik
17 juni 2017.

Snaprud, Per, En formel för medvetandet, Forskning & Framsteg 1/2017.

Spross, Åke, Bakterier ofta bättre än sitt rykte, Apoteket 3/2000.

https://earthobservatory.nasa.gov/features Lawn

https://grist.org/article/lawns-are-the-no-1-agricultural-crop-in-
america-they-n eedto-die

https://www.earthwormwatch.org/blogs/darwins-worms

https://www.forskning.se/2017/07/14/bakterier-visar-flockbeteende

https://www.forskning.se/2018/08/01/livet-i-jorden-ett-konstant-krig-om- naring

https://www.forskning.se/2017/12/05/livet-under-markytan-i-direktsandning

https://www.forskning.se/2017/09/28/vaxter-taligare-i-symbios-med-svamp

https://www.forskning.se/2017/02/15/hoppstjartarnas-mangfald-har-sin-forklaring

https//www.slu.se/ew-nyheter/2019/1/trangsel-far-majsen-att-aktivera-forsvaretoch-doftsignaler-far-plantor-pa-hall-att-gora-likadant

https://www.svt.se/nyheter/vetenskap/8-7-miljoner-arter-pa-jorden

옮긴이 **김희정** 서울대학교 영문학과와 한국외국어대학교 통번역 대학원을 졸업했다. 현재 가족과 함께 영국에 살면서 전문 번역가로 활동하고 있다. 옮긴 책으로 『그들이 말하지 않는 23가지』, 『장하준의 경제학 강의』, 『어떻게 죽을 것인가』, 『램걸』, 『배움의 발견』, 『장하준의 경제학 레시피』, 『나는 메트로폴리탄 미술관의 경비원입니다』 등이 있다.

살아 있는 모든 것에 안부를 묻다

발행일 2024년 5월 20일 초판 1쇄

지은이 니나 버튼
옮긴이 김희정
발행인 홍예빈·홍유진
발행처 주식회사 열린책들

경기도 파주시 문발로 253 파주출판도시
전화 031-955-4000 팩스 031-955-4004
홈페이지 www.openbooks.co.kr 이메일 humanity@openbooks.co.kr

Copyright (C) 주식회사 열린책들, 2024, *Printed in Korea.*
ISBN 978-89-329-2435-9 03850